셜록 홈즈의 회상록

셜록 홈즈의 회상록

The Memoirs of Sherlock Holmes

아서 코난 도일 지음

강의선 옮김

부북스

(일러두기: 아무 표시가 없는 주는 모두 역자주입니다.)

차 례

셜록 홈즈의 회상록

실버 블레이즈

"왓슨, 내가 가야만 할 것 같네."

홈즈가 말했다. 어느 날 아침, 아침식사를 하느라 같이 앉아 있을 때였다.

"간다고! 어디를?"

"다트무어[01]에 있는 킹스 파일랜드로."

나는 놀라지 않았다. 사실, 그가 영국 전역에 최대의 화젯거리로 떠오른 이 기이한 사건에 벌써 참여하지 않았다는 것이 놀라운 일이었다. 온종일 내 동료는 머리를 푹 숙이고 눈썹을 찌푸린 채로 방 안을 돌아다녔고, 파이프에 독한 검은 담배를 채우고 비우기를 반복했으며, 내 질문이나 이야기에는 완전히 귀를 막았다. 신문배달원이 가져다준 새로 발간된 각종 신문들은 슬쩍 훑어보고 나서 구석으로 던져버렸다. 하지만 아무런 말이 없다 해도, 나는 그가 무슨 생각에 잠겨 있는지 잘 알고 있었다. 그의 분석능력에 도전할 만한 널리 알려진 사건은 단 한 가지 밖에 없었는데, 그것은 웨섹스 컵 대회의 유력 우승마가 실종되고 조교사가 비참하게 살해된 특이한 사건이었다. 그

---

01 Dartmoor : 영국 잉글랜드 데번셔 남부에 위치한 고원 지대.

런 까닭에 홈즈가 갑자기 사건 현장으로 떠나겠다는 의중을 밝힌 것은 내가 바랐고, 희망했던 일이었다.

"방해가 되지 않는다면, 나도 같이 가고 싶네."

내가 말했다.

"왓슨, 자네가 함께 간다면 정말 큰 힘이 되지. 자네 시간을 헛되이 쓰게 되진 않을 걸세. 이 사건에는 독특한 점이 여러 가지 있으니까 말이야. 패딩턴 역으로 가면 제 시간에 기차를 탈 수 있을 것 같군. 이 사건에 대한 자세한 이야기는 여행 중에 해주겠네. 괜찮다면 자네의 성능 좋은 야전 망원경을 가지고 가세."

한 시간 정도 지난 후에 나는 엑서터[02]로 향하는 기차의 일등석에 앉아있었다. 예리하고 열띤 얼굴 위로 귀덮개가 달린 여행모자를 쓴 셜록 홈즈는 패딩턴에서 새로 산 신문 다발을 빠르게 훑어보았다. 레딩을 한참 지난 뒤에야 그는 마지막 신문을 의자 밑에 던지고 내게 시가 케이스를 건넸다.

"잘 가고 있네."

그는 창밖을 내다보다가 시계를 흘긋 보고 말했다.

"현재 속도는 시속 53.5마일[03]이군."

"4분의 1마일 표지를 보지 못했는데."

내가 말했다.

"나도 못봤어. 하지만 이 구간은 전신주가 60야드[04]마다 있어서 계산하기가 쉽네. 자네도 존 스트레이커가 살해당하고 실버 블레이

---

02 Exeter : 영국 잉글랜드 남서부 데번셔의 주도(州都).

03 약 86km/h. 1마일은 약 1.6km.

04 약 54.8m. 1야드는 약 0.9m

즈가 사라진 사건에 대해 이미 살펴봤겠지?"

"〈텔레그래프〉와 〈크로니클〉에 실린 것만 봤네."

"이 사건에서는 새로운 증거를 수집하기 보단, 오히려 세부 사항들을 감별하는데 추리가의 추리 기술을 사용해야하는 경우라네. 이 비극적인 사건은 너무도 비범하고 치밀한데다 아주 많은 사람들의 사적인 이익과 관련되어 있어서 수많은 추측과 이론, 가설이 넘쳐흐르고 있거든. 이론가와 기자들이 덧붙여 놓은 이야기에서 절대적이고 부정할 수 없는 진실의 뼈대를 가려내는 건 어려운 일이지. 그러니까 견고한 토대를 쌓은 다음 그 위에 서서 추론을 끌어내고, 수수께끼를 모두 풀어낼 특별한 핵심을 찾아내는 것이 바로 우리의 임무인 셈이지. 화요일 저녁, 마주(馬主)인 로스 대령과 이 사건을 맡고 있는 그레고리 경감에게서 협조를 요청하는 전보를 각각 받았네."

"화요일 저녁!"

나는 큰소리로 말했다.

"오늘은 목요일 아침이잖아. 어째서 어제 내려가지 않은 건가?"

"내가 큰 실수를 한 거지. 왓슨, 자네가 쓴 회고록을 통해서만 나를 아는 사람들은 그렇게 생각하지 않겠지만, 사실 내게도 실수는 종종 있는 일이네. 영국에서 가장 유명한 말을 오랜 동안 찾지 못한다는 것은 있을 수 없는 일이라 믿었거든. 특히 다트무어 북부와 같은 인구가 적은 곳에서는 말이야. 어제는, 말을 발견했고 그 말을 유괴한 사람이 존 스트레이커도 살해했다는 소식이 곧 들려오기를 기대하고 있었다네. 그런데 또 하루가 지나고 보니 피츠로이 심슨 청년을 체포했다는 소식 외엔 아무 것도 들려오지 않아서, 내가 나서야할 시간이 되었다고 생각하게 된 걸세. 하지만 다른 면에서 보면, 어제 하루를 그저 낭비한 것만은 아니야."

"그러면 가설을 세운 건가?"

"적어도, 이 사건의 가장 중요한 사실은 파악했어. 그걸 자네에게 하나하나 설명해보도록 하겠네. 사건을 명확하게 정리하려면 다른 사람에게 얘기하는 것만큼 좋은 방법은 없으니까 말이지. 그리고 우리의 출발점이 어디서부터인지 설명해주지 않으면 자네의 도움도 기대할 수가 없을 테니."

나는 의자 쿠션에 기대어 시가를 피웠고, 홈즈는 앞으로 몸을 숙여 그의 길고 마른 검지로 왼손바닥을 짚으며, 우리가 가는 곳에서 일어난 사건을 대략적으로 설명해 주었다.

"실버 블레이즈는,"

그가 말했다.

"아이소노미 종으로, 유명한 조상만큼 훌륭한 기록을 보유하고 있다네. 현재 나이가 다섯 살인데, 출전하는 경마 대회마다 로스 대령에게 우승을 안겨줬으니, 그는 운이 좋은 마주(馬主)였지. 이와 같은 파국에 이르기 전까지는 웨섹스 컵 대회의 유력 우승마로 배당률은 3대 1이었네. 그 말은 경마에서 항상 최고의 인기를 누렸고, 한 번도 그 명성을 저버린 적이 없기 때문에 배당이 적음에도 불구하고 사람들은 그 말에 엄청난 돈을 걸었어. 그러니 다음 주 화요일 경기 때 실버 블레이즈가 출전하지 못하기를 바라는 사람이 많다는 것은 당연한 일이지.

이와 같은 사실은 물론, 대령의 마방(馬房)이 있는 킹스 파일랜드에서도 잘 알고 있네. 그 우승마를 지키기 위해서 모든 예방책을 동원했지. 조교사 존 스트레이커는 기수였다가 은퇴한 사람인데, 체중이 많이 불기 전까지는 로스 대령 밑에서 기수를 했었네. 로스 대령과는 기수로서 5년, 조교사로 7년 함께 일했고, 언제나 열성적이고 성실한 사람이었지. 말은 전부해야 네 마리인 작은 마방이라, 스트레이커 밑에서 일하는 청년은 세 명뿐이야. 그 중 한 명이 매일 마구간에서 밤을 새우고 다른 두 명은 다락방에서 잔다네. 세 명 모두 괜찮은 친구들이라는군. 존 스트레이커는 결혼을 했기 때문에 마구간에서 2백야드 정도 떨어진 작은 집에서 산다네. 아이는 없고 하녀가 한명 있는데, 꽤 잘 살고 있는 편이야. 그 부근은 인적이 드문 곳인데 북쪽으로 반 마일 정도 가면 타비스톡의 건설업자가 다트무어의 신선한 공기가 필요한 환자나, 뭐 그런 사람들을 위해 지은 작은 규모의 빌라촌이 있지. 타비스톡은 서쪽으로 2마일 떨어진 곳에 있고, 그 반대편으로 2마일을 가면 규모가 큰 캐플턴 마방이 있네. 그곳은 백워터 경 소유로 실라스 브라운이 관리를 맡고 있지. 그 밖의 지역은 완전히 황무지라네. 떠돌이 집시만이 몇몇 있을 뿐이지. 이것이 지난 월요일 밤, 사건이 일어났을 때의 대략적인 상황일세.

그날 저녁, 평소처럼 말들을 운동시키고 물을 먹인 후 9시에 마구간 문을 잠갔네. 청년 두 명은 조교사의 집으로 걸어가서 주방에서 저녁을 먹었고, 다른 청년, 네드 헌터는 마구간에 남았지. 9시 조금 지나서 하녀, 에디스 백스터가 마구간에 있는 청년에게 저녁을 가져다주려고 양고기 카레를 접시에 담아서 갔어. 음료수는 가져가지 않았지. 마구간에 수도가 있기도 하고, 불침번을 서는 청년은 물 외의 음료는 마시면 안된다는 규칙이 있었거든. 밖은 매우 어두웠고, 황무지를 가로지르는 길이었기 때문에 하녀는 등불을 들고 갔네.

에디스 백스터가 마구간에 도착하기까지 30야드 정도 남았을 때, 어떤 남자가 어둠 속에서 나타나 그녀를 불러 세웠어. 등불의 노란 빛이 비치는 범위 안에 그 남자가 들어온 후에야, 에디스는 그가 신사처럼 옷을 입은 사람이란 걸 알 수 있었지. 회색 트위드 정장을 입고 천으로 만든 모자를 썼으며, 각반을 차고 손잡이가 달린 무거운 지팡이를 가지고 있었네. 하지만 그녀에게 가장 강렬한 인상을 남겼던 것은 극도로 창백한 얼굴과 불안한 행동이었지. 그 남자의 나이는, 그녀가 추측하기를, 서른이 좀 넘었다더군.

〈여기가 어디오?〉

그가 물었네.

〈벌판에서 잘 수밖에 없다고 생각하던 차에, 당신 등불을 보게 되었소.〉

〈킹스 파일랜드 마방 근처입니다.〉

그녀가 대답했지.

〈오, 정말이오? 행운을 만났군!〉

그가 소리쳤네.

〈마구간을 지키는 청년이 매일 밤 그곳에서 혼자 잔다고 들었소. 아마도 저녁을 갖다 주러 가는 모양이군요. 그럼, 내가 새 드레스를 한 벌 살 수 있는 돈을 벌게 해준다면 거절하진 않겠지요? 어떻소?〉

그는 조끼에서 반을 접은 하얀 색 종이를 꺼냈네.

〈오늘 밤 그 청년에게 이 걸 전해주시오. 그럼 세상에서 가장 예

12

뻔 원피스를 살 돈을 갖게 될 거요.〉

그의 열성적인 태도에 겁이 난 하녀는, 그 옆을 지나쳐 항상 저녁밥을 건네주던 창가로 뛰어갔어. 창문은 열려 있었고, 헌터는 안쪽의 작은 탁자 앞에 앉아 있었네. 그녀가 무슨 일이 있었는지 이야기하기 시작했을 때 그 이방인이 다시 나타났지.

〈안녕하시오.〉

그는 창문 안쪽을 들여다보며 말했네.

〈자네와 얘기를 나눴으면 좋겠는데.〉

그녀가 증언하기를, 그 남자가 얘기를 할 때 손에 쥔 작은 종이다발의 한쪽 끝이 튀어나와 있는 걸 보았다는군.

〈무슨 일로 오셨습니까?〉

청년이 물었어.

〈자네 주머니를 채워줄 만한 얘기일세.〉

그 남자가 말했지.

〈웨섹스 컵 대회에 출전하는 말이 두 마리 있다고 들었소. 실버블레이즈와 바야르 말이오. 확실한 정보를 내게 주면, 섭섭지 않게 해주리다. 부담중량[05]을 하고 뛰면 바야르가 실버블레이즈를 5 펄롱[06]에 백 야드 앞선다는 것이 사실이오? 그래서 이곳 마방에서는 바야르에게 돈을 걸었다는데?〉

〈그러니까 네 놈은 염탐꾼이구나!〉

청년은 소리 질렀네.

---

05 부담중량이란 경주에서 각 말의 능력 차이를 조정하기 위해 일정량의 무게를 지고 달리도록 하는 것으로, 말의 나이, 성, 산지 등에 따라 다르다.

06 펄롱 (furlong) : 경마에서 쓰는 단위로, 1펄롱은 8분의 1마일, 즉 201.17미터이다.

〈킹스 파일랜드에선 너 같은 놈을 어떻게 하는지 알려주겠다.〉

그는 벌떡 일어나 개를 데리러 마구간을 가로질러 뛰어갔네. 하녀는 집을 향해 달려갔는데, 도중에 돌아보니 그 이방인이 창문 안으로 몸을 디밀고 있었다는군. 그런데 잠시 후에 헌터가 개를 데리고 달려가 보니 그 남자는 사라졌어. 청년은 건물 주위를 모두 돌아봤는데 그 남자의 흔적을 찾을 수 없었네."

"잠깐만,"

내가 물었다.

"그 마구간 지키는 청년이 개를 데리고 나갈 때 문을 열어놓은 것 아닌가?"

"훌륭해! 왓슨, 훌륭하네."

내 동료는 중얼거리듯 말했다.

"그 문제가 아주 중요한 부분이라는 생각이 들어 어제 다트무어로 특별전신을 보내 알아봤지. 그 청년은 마구간을 떠나기 전에 문을 잠갔다더군. 덧붙이자면, 창문도 사람이 들어갈 만큼 크지 않다고 했네.

헌터는 동료들이 올 때까지 기다렸다가, 조교사에게 무슨 일이 일어났는지 알렸지. 스트레이커는 그 얘길 듣고 흥분했는데, 이 사건의 진정한 의미를 깨닫지는 못한 것 같아. 어쨌거나, 막연한 불안감은 느낀 것 같네. 스트레이커 부인이 새벽 한 시에 잠에서 깨어났더니 그가 옷을 입고 있었다네. 그녀가 묻는 말에 대답하기를, 말들이 걱정이 되어서 잠을 잘 수가 없다는 거야. 그래서 마구간으로 가서 모두가 잘 있는지 확인하겠다고 했다는군. 비가 창문을 두드리는 소리가

14

들렸기 때문에 부인은 집에 있으라고 했지만, 그 부탁은 듣지도 않고 커다란 방수외투를 꺼내들고 집을 나갔다네.

스트레이커 부인은 아침 일곱 시에 일어나, 남편이 돌아오지 않았다는 것을 알았지. 서둘러 옷을 입고 하녀를 불러 마구간으로 갔네. 마구간 문은 열려 있었고, 안에서는 헌터가 의자 위에서 웅크린 채로 인사불성이 되어 있었지. 유력 우승마가 있던 마구간은 비어있었고 조교사는 아무 데도 보이지 않았네.

마구창고 위 여물 써는 다락에서 자고 있던 두 청년도 서둘러 일어났지. 두 사람 모두 깊게 잠드는 편이라 지난밤에는 아무 소리도 듣지 못했다는군. 헌터는 분명히 어떤 강력한 약물을 섭취한 것이 틀림없었어. 아무리 해도 정신을 차리지 못해 그대로 자게 놔두고 두 청년과 두 여인은 사라진 사람과 말을 찾아 나섰지. 그때까지만 해도 조교사가 어떤 이유에서든지, 말을 훈련시키려고 일찍 데려간 것이라는 희망을 품고 있었네. 하지만 주변 황무지를 잘 볼 수 있는 작은 언덕 위로 올라갔는데도 실버 블레이즈는 보이지 않았을 뿐 아니라 비극적인 사건이 있음을 암시하는 무언가를 발견하게된 거야.

마구간에서 4분의 1마일 정도 떨어진 곳에 존 스트레이커의 외투가 바늘금작화 덤불에 걸려 펄럭이고 있었지. 그 바로 아래 황무지에 사발 모양으로 움푹 파인 구덩이가 있었는데, 그 바닥에서 불행한 조교사의 시체가 발견되었다네. 그의 머리는 어떤 무거운 흉기로 잔인한 일격을 당한 듯 깨져있었고, 허벅지에는 아주 날카로운 도구로 당한 듯한 길고 예리한 상처가 있었지. 스트레이커가 범인의 공격에 맞서 거세게 저항한 것은 명백하네. 오른손에 작은 나이프를 들고 있었는데 피가 손잡이까지 흘러 말라붙어 있었지. 왼손에는 붉은 색과 검은 색으로 된 실크 목도리를 쥐고 있었네. 그 목도리는 하녀가 알아봤는데, 지난 저녁 때 마구간을 찾아왔던 이방인이 했던 것이라더군.

인사불성 상태에서 깨어난 헌터도 역시 목도리의 주인은 그 사람이 맞는다고 얘기했지. 그는 또한 그 이방인이 창가에 서 있다가 자신의 양고기 카레에 약을 탄 것이 틀림없다고 했네. 마구간 지키는 사람을 없애기 위해서 말이야.

사라진 말에 대해서는, 싸움이 벌어질 당시에 그 죽음의 구덩이에 있었다는 증거를 바닥의 진흙에서 많이 찾을 수 있었지. 하지만 실종된 그 날 아침부터 많은 상금이 걸렸고, 다트무어의 모든 집시들이 두 눈을 부릅뜨고 찾고 있지만, 아직 감감무소식이라네. 마지막으로, 그날 마구간 불침번을 섰던 청년이 남긴 저녁을 조사해보니 상당량의 아편가루가 발견되었어. 같은 날 그 집에서 같은 저녁을 먹었던 사람들은 아무런 증상이 나타나지 않았네.

여기까지가 이 사건의 주요한 사실들이야. 과장된 것은 모두 빼고, 되도록 단순하게 이야기했다네. 이제는 이 사건에 대해 경찰이 한 일을 대략적으로 설명하겠네.

이 사건을 맡은 그레고리 경감은 아주 유능한 경찰이지. 상상력만 있다면 그 직업에서 큰 성공을 할 인물이야. 그는 현장에 도착하자마자 즉시, 자연스럽게 떠오른 용의자를 찾아내서 체포했네. 그는 근방에서 잘 알려진 사람이었으니까, 찾는 데는 어려움이 없었지. 그의 이름은 피츠로이 심슨으로 밝혀졌네. 좋은 가문에서 태어나 훌륭한 교육을 받았는데 경마로 재산을 탕진하고, 현재는 런던의 스포츠

클럽에서 소규모로 조용하고 품위 있게 마권영업을 하고 있어. 그의 장부를 조사해보니 오천 파운드나 되는 돈을 그 유력 경주마의 경쟁 상대에게 걸었다는 것이 밝혀졌지.

체포된 후에 그는 다트무어에 갔던 이유는 킹스 파일랜드의 말 뿐만 아니라 캐플턴 마방의 실라스 브라운이 관리하고 있는 2위 경주마, 데즈버러에 대한 정보를 얻기 위해서였다고 스스로 얘기했네. 전날 밤에 있었던 일을 부인하지는 않았는데, 나쁜 목적이 있던 것이 아니라 단지 직접적인 정보를 얻으려 했던 것이라고 주장했지. 그 목도리를 들이대자 그의 얼굴빛이 창백해졌고, 죽은 사람의 손에 어째서 그것이 있었는지에 대해선 전혀 설명하지 못했네. 젖은 옷으로 인해 그가 지난 밤 폭풍 속에 나갔던 것이 증명되었고, 그가 지닌 지팡이 페낭로여[07]는 납으로 무게를 늘린 것이라 여러 번 내리치면 조교사에게 끔찍한 상처를 입힐 수 있는 무기가 되지.

그런 반면에, 스트레이커가 가지고 있던 나이프의 상태로 볼 때 그를 공격한 범인에게 적어도 어떤 흔적이 남았을 법한데, 그의 몸에는 상처가 하나도 없었던 거야. 자, 이제 간략한 설명을 끝냈네. 왓슨, 자네가 작은 불빛이라도 하나 밝혀준다면 정말 고마울 걸세.”

홈즈 특유의 깔끔한 설명을 나는 흥미 있게 듣고 있었다. 대부분의 사실은 나도 알고 있었지만, 어느 것이 중요한 것인지, 서로 간에 어떤 연관성이 있는 지에 대해선 감을 잡지 못하고 있었다.

“혹시 이런 가능성은 없을까?”

---

07 Penang Lawyer : 보행시에 쓰이는 나무로 만든 지팡이. 그 이름은 말레이시아어, pinang liyar(야생 야자나무의 일종)에서 유래했다고 알려져 있다.

내가 말을 꺼냈다.

"스트레이커가 머리에 상처를 입고 경련을 일으키며 버둥거리다, 자기가 가지고 있던 나이프에 허벅지를 베인 것은 아닐까?"

"그럴 가능성이 충분하지. 있을 법한 일이야."

홈즈가 말했다.

"그럴 경우엔, 피고인에게 유력한 증거 중의 하나가 사라지게 되는 거지."

"그런데,"

내가 말했다.

"아직까지도 나는 경찰이 어떤 가설을 세운 것인지 모르겠네."

"우리가 어떤 가설을 주장하건 간에 경찰과는 완전히 반대가 될 것 같군."

내 동료는 대답했다.

"내가 알기론, 경찰은 피츠로이 심슨이 그 청년에게 약을 먹이고, 어떤 경로를 통해 손에 넣은 복사한 열쇠로 마구간 문을 연 다음 말을 꺼냈다고 생각하고 있네. 실버 블레이즈를 납치하겠다는 확실한 의도를 가지고 말이야. 그 말의 고삐도 사라졌는데, 심슨이 말에 씌워서 데려간 것이지. 문을 열어둔 채로 마구간에서 나와 황무지 쪽으로 말을 끌고 갔는데, 조교사가 쫓아왔거나 아니면 그곳에서 만나게 된 거야. 당연히 싸움이 일어났고, 심슨이 무거운 지팡이로 조교사의 머리를 가격했네. 스트레이커는 작은 나이프를 휘둘러 방어 했지만 심슨은 아무런 상처도 입지 않았지. 그리고 말은 어떤 비밀스런 장소에 숨겨두었거나, 싸움을 할 때 도망을 가서 황무지를 헤매 다니

18

고 있는 거야. 이것이 경찰이 추정하고 있는 사건의 내막일 걸세. 도무지 현실성이 없는 얘기지만 다른 설명은 더욱 믿기 힘든 것뿐이야. 어쨌든, 현장에 도착하면 일단 그 주장이 옳은지 빨리 조사해볼 작정이네. 그때까지는 현재 상황에서 한 걸음도 나아갈 수 없는 것 같군."

타비스톡의 작은 마을에 도착했을 때는 저녁나절이었다. 그곳은 다트무어라는 커다란 원 한 가운데 위치한, 방패의 점 같은 곳이었다. 역에는 두 명의 신사가 마중을 나왔는데 키가 큰 남자는 사자갈기 같은 머리에 턱수염이 있었고 사람을 완전히 꿰뚫어볼 듯한 연푸른 눈동자를 가지고 있었다. 민첩해 보이는 키가 작은 남자는 단정하고 깔끔하게 차려 입었는데, 구레나룻은 짧게 정리했고, 프록코트에 각반을 차고 있었으며 외눈 안경을 쓰고 있었다. 키가 작은 쪽이 스포츠맨으로 유명한 로스 대령이었고, 큰 쪽은 영국 형사계에서 빠르게 명성을 얻고 있는 그레고리 경감이었다.

"홈즈 씨, 이곳까지 내려오셔서 정말 감사합니다."

대령이 말했다.

"여기 있는 경감이 최선을 다해 일을 하셨지만, 불쌍한 스트레이커의 원수를 갚고 내 말을 되찾을 수만 있다면 어떤 방법이든 가리지 않고 해보고 싶습니다."

"새롭게 발견된 사실은 있습니까?"

홈즈가 물었다.

"죄송합니다만, 진척된 일이 별로 없습니다."

경감이 말했다.

"해가 지기 전에 현장을 보고 싶어 하실 것 같아 밖에 무개마차를 준비해 뒀습니다. 가면서 얘기하시지요."

잠시 후에 우리는 안락한 사륜마차를 타고 데번셔 지방의 색다르고 예스러운 마을을 덜컹거리며 달려 나갔다. 그레고리는 사건에 대한 생각으로 가득 차 있는지 많은 말을 쏟아냈고 홈즈는 가끔씩 질문을 하거나 감탄사를 덧붙였다. 로스 대령은 팔짱을 끼고 모자를 눈 위까지 눌러쓴 채 등을 기대고 앉아있었고, 나는 두 탐정의 대화를 귀 기울여 들었다. 그레고리가 생각한 가설은 홈즈가 기차 안에서 얘기했던 것과 거의 똑 같았다.

"피츠로이 심슨에게로 포위망을 좁혀가고 있습니다."

그레고리 경감이 말했다.

"저는 그가 범인이라고 믿고 있습니다. 물론, 순전히 상황 증거이기 때문에 새로운 사실이 나타난다면 뒤집힐 수도 있다는 걸 잘 알고 있습니다."

"스트레이커가 가지고 있던 나이프에 대해선 어떻게 생각하시나요?"

"우리는 그가 쓰러지면서 스스로 상처를 입은 것이라고 결론을 내렸습니다."

"의사인 제 친구 왓슨이 이곳에 오면서 얘기한 견해와 같군요. 그렇다면, 심슨에게는 불리하게 되겠군요."

"확실히 그렇습니다. 심슨은 나이프도 가지고 있지 않고 상처도 하나 없습니다. 그가 범인이라는 유력한 증거가 많지요. 그 유력 경주마가 사라지면 막대한 이득을 챙기게 되는데다, 마구간 청년에게 약을 먹인 혐의도 있습니다. 폭풍우가 치는 동안 나갔던 것도 분명하고, 무거운 지팡이로 무장을 했으며, 죽은 남자의 손에서는 그의 목도리가 발견되었습니다. 이 정도면 법정에 세우기에 충분하다고 생각합니다."

홈즈는 고개를 저었다.

"똑똑한 변호사라면 그 정도는 쉽게 휴지조각으로 만들어버릴 겁니다. 무엇 때문에 말을 마구간 밖으로 데리고 나갈까요? 상처를 입힐 생각이라면 왜 그 안에서 하지 않았겠습니까? 그의 소지품에서 복사한 열쇠는 발견되었나요? 어떤 약사가 아편 가루를 팔았답니까? 무엇보다도, 이 근방 지리에 어두운 그가 말을 어디에 숨기겠습니까? 그것도 이렇게 유명한 말을. 그가 하녀에게 보여주며 마구간 청년에게 주라고 했던 종이에 대해서는 뭐라고 하던가요?"

"10파운드 지폐라고 하더군요. 지갑에서 한 장 나왔습니다. 하지만 말씀하신 문제는 보기보단 간단한 것입니다. 심슨은 이 근방 지리에 어둡지 않지요. 여름철에 두 번 타비스톡에서 묵은 적이 있습니다. 마약은 아마도 런던에서 사왔겠지요. 그 열쇠는, 목적을 달성했으니 던져버렸을 겁니다. 말은 황무지에 있는 오래된 광산이나 구덩이 밑에 누워 있을 테지요."

"목도리에 대해선 뭐라고 말했나요?"

"자기 것이라고 시인은 했는데, 잃어버린 것이라고 주장하고 있지요. 하지만 그가 마구간에서 말을 꺼냈다고 볼 수 있는 새로운 요인이 하나 나타났습니다."

홈즈는 귀를 곤두세웠다.

"월요일 밤, 살인 현장 근처 1마일 이내에서 집시 무리가 야영을 했던 흔적을 발견했습니다. 화요일에는 떠나갔어요. 심슨과 그 집시 무리 사이에 어떤 협정이 있었다고 가정한다면, 스트레이커가 그를 쫓아갔을 때 말을 집시한테 데려다주려고 가던 중이 아니었을까요? 현재, 집시 무리가 말을 가지고 있는 건 아닐까요?"

"분명 있을 법한 일이군요."

"그 집시 무리를 찾기 위해 황무지를 뒤지는 중입니다. 타비스톡에서 반경 10마일 안에 있는 모든 마구간과 헛간도 역시 조사했습니다."

"가까운 곳에 또 다른 마방이 있다고 들었는데 맞습니까?"

"네. 그 점은 간과해서는 안 될 중요한 요소입니다. 그 곳에 있는 데즈버러라는 말이 경마에서 2위를 차지하고 있으니, 유력 경주마의 실종과 이해관계가 있지요. 조교사 실라스 브라운은 이번 경주에 많은 돈을 걸었다는 소문이 있는데다, 스트레이커와는 친분이 없습니다. 그런데, 마구간을 조사해보았지만 이번 사건과 관련된 것은 나오지 않더군요."

"심슨이란 사람은 캐플턴 마방과 아무런 이해관계가 없나요?"

"전혀 없습니다."

홈즈는 마차 의자에 등을 기대며 앉았고 대화는 끝났다. 몇 분 지난 후에 마차는 도로 옆, 처마를 두른 작고 아담한 붉은 벽돌집 앞에 멈췄다. 방목장 건너, 약간 떨어진 곳에 회색 지붕의 길쭉한 헛간이 있었다. 사방을 둘러보면, 시들어가는 양치류 식물이 청동빛을 띠고 황무지를 덮고 있었고, 그 황무지는 낮은 곡선을 그리며 지평선으로 이어지고 있었다. 타비스톡의 첨탑과 서쪽으로 보이는 캐플턴 마방의 건물들만이 그 지평선에서 솟아올라와 있었다. 우리는 모두 마차에서 뛰어내렸는데, 홈즈만은 그대로 기대앉은 채 하늘을 바라보며 생각에 빠져 있었다. 내가 그의 팔을 툭 친 후에야 깜짝 놀라며 마차에서 내려섰다.

"실례했습니다."

그는 놀라서 쳐다보고 있는 로스 대령을 향해 말했다.

"공상에 빠져있었나 봅니다."

홈즈의 눈은 번쩍이고 있었고, 흥분을 억누르는 듯한 태도였다. 그의 습관을 잘 알고 있는 나는 그가 단서를 잡았다는 것을 알아차 렸지만 어떻게 찾아낸 것인지는 짐작도 할 수 없었다.

"홈즈 씨, 당장 사건 현장으로 가시겠지요?"

"여기서 잠시 머물며 한두 가지 상세하게 알아봐야할 것이 있습 니다. 스트레이커는 여기에 있겠죠?"

"네. 위층에 있습니다. 검시는 내일입니다."

"로스 대령, 스트레이커가 당신 밑에서 오랫동안 일했지요?"

"그는 언제나 충실한 사람이었습니다."

"경감, 사건 당시 그가 주머니에 지니고 있던 물건 목록을 만드셨 겠지요?"

"홈즈 씨가 보자고 하실 것 같아 응접실에 그 물건들을 가져다 났습니다."

"그렇다면 잘됐군요."

우리 모두는 거실로 줄지어 들어가 중앙 탁자 앞에 빙 둘러 앉았 다. 경감은 함석으로 만든 사각 상자를 열고 작은 물건들을 탁자 위에 꺼내놓았다. 성냥 한 상자, 2인치짜리 수지양초, A.D.P상표의 브라이어[08] 뿌리로 만든 파이프, 길게 썬 씹는담배가 반 온스[09] 들어있는 바다

08 brier : 찔레나무.

09 약 14g. 1oz는 약 28.3g.

표범가죽 주머니, 금줄이 달린 은시계, 소버린 금화 다섯 개, 알루미늄 연필통, 종이 몇 장 등이 있었고, 상아 손잡이에 〈바이스 앤 컴퍼니, 런 던〉이라고 적혀있는 아주 섬세하고 단단한 나이프가 있었다.

"이건 매우 특이한 나이프인데요."

홈즈는 그 나이프를 들고 자세히 살펴보며 말했다.

"핏자국이 있는 것으로 볼 때, 죽은 사람이 손에 쥐고 있던 것이 틀림없겠군요. 왓슨, 이 나이프는 자네 분야일 것 같네."

"이건 의사들이 백내장 나이프라고 부르는 걸세."

내가 말했다.

"그럴 거라 생각했네. 아주 정교한 수술을 위해 고안된 섬세한 칼 이지. 거친 일을 하는 남자가 지닌다는 건 이상하군. 주머니 안에 넣 을 수도 없을 텐데 말이야."

"시체 옆에서 칼날을 보호하기 위해 끼우는 코르크 원반을 발견 했습니다."

경감이 말했다.

"그 나이프가 며칠 동안 화장대 위에 있었다고 스트레이커의 아 내가 말했습니다. 방을 나올 때 가지고 나왔을 겁니다. 무기로서는 보 잘 것 없지만, 그 당시에 손에 넣을 수 있는 것 중엔 제일 나았을 수 도 있지요."

"그럴 가능성도 큽니다. 이 종이는 뭐지요?"

"그 중 세 장은 건초 업자들에게 받은 영수증입니다. 또 하나는 로스 대령이 지시를 내리는 편지이지요. 다른 건 본즈 가(街)에 있는 마담 레슈리에 의상실에서 윌리엄 다비셔에게 보낸 37파운드 15실링짜리 청구서입니다. 스트레이커 부인이 말하기를, 다비셔는 스트레이커의 친구인데 가끔 편지가 이곳으로 배달되기도 한답니다."

"다비셔 부인은 사치스런 것을 좋아하는군요."

홈즈는 청구서를 흘긋 내려다보며 말했다.

"옷 한 벌에 22기니[10]라면 비싼 편입니다. 어쨌거나, 이제 더 볼 것이 없으니 사건 현장으로 내려가야겠군요."

응접실에서 나오는데, 한 여성이 복도에서 기다리고 있다가 앞으로 한 걸음 다가서며 경감의 옷소매를 잡았다. 마르고 수척한 얼굴에 불안한 표정이었는데, 최근의 끔찍한 사건이 얼굴에 그대로 나타나 있었다.

"범인을 잡았나요? 범인을 찾았나요?"

그녀는 숨이 차 헐떡거리듯 말했다.

"아닙니다. 스트레이커 부인. 하지만 여기 홈즈 씨가 런던에서부터 우리를 도우려 오셨으니, 할 수 있는 모든 조치를 취할 것입니다."

"스트레이커 부인, 얼마 전 플리머스에서 만나 뵌 것 같군요. 가든 파티 말입니다."

홈즈가 말했다.

"아닙니다. 잘못 아신 것 같네요."

"그럴 리가요. 틀림없습니다. 비둘기색 실크 드레스에 타조 깃털을 꽂으셨지요."

"그런 드레스는 입어본 적도 없어요."

---

10 1기니는 21실링.

부인이 대답했다.

"아, 알겠습니다."

홈즈는 미안하다는 말을 한 뒤에 경감을 따라 밖으로 나갔다. 황무지를 가로질러 잠시 걸어가자 시체가 발견된 구덩이가 나타났다. 그 구덩이의 가장자리에는 외투가 걸려있던 바늘금작화 덤불이 있었다.

"그날 밤에는 바람이 불지 않았다고 알고 있는데요."

홈즈가 말했다.

"맞습니다. 하지만 비는 꽤 많이 내렸습니다."

"그렇다면 그 외투는 바람에 날려 와 바늘금작화에 걸린 게 아니라, 그곳에 놓아둔 거군요."

"네. 덤불 위에 얹혀 있었습니다."

"흥미로워지는군요. 땅이 상당히 많이 짓밟혀 있는 것을 보니, 월요일 밤 이후로 많은 사람들이 밟고 다닌 모양입니다."

"이쪽 옆에 매트를 깔고 우린 그걸 밟고 서있었습니다."

"훌륭하군요."

"이 가방 안에 스트레이커가 신었던 부츠 한 쪽과 피츠로이 심슨의 구두, 실버 블레이즈의 말편자 하나를 넣어 가지고 왔습니다."

"정말 대단하군요. 경감."

홈즈는 가방을 들고 구덩이로 내려가, 깔아놓은 매트를 중심부 쪽으로 약간 밀었다. 그리고는 길게 엎드려 두 손으로 턱을 받치고 앞쪽의 짓밟힌 진흙을 자세히 살펴보기 시작했다.

"아하!"

그는 갑자기 소리쳤다.

"이게 뭘까?"

그것은 반쯤 탄, 진흙에 뒤덮인 밀랍 성냥이었다. 언뜻 보기에는 작은 나무 조각처럼 보였다.

"그걸 어떻게 찾지 못했는지 모르겠군요."

경감이 곤혹스러워하며 말했다.

"진흙에 파묻혀 보이지 않았습니다. 저는 이걸 찾고 있었기 때문에 볼 수 있던 것이지요."

"네? 그걸 찾으리라 예상했단 말입니까?"

"그렇다고 할 수 있지요."

그는 가방에서 신발을 꺼내 바닥의 발자국과 하나하나 대조했다. 그리고 구덩이의 가장자리로 올라와 양치류 식물과 덤불 사이를 기어다녔다.

"거기엔 더 이상 발자국이 없을 겁니다."

경감이 말했다.

"사방으로 백야드의 땅은 아주 신중하게 조사를 했습니다."

"그렇군요."

홈즈는 일어나면서 말했다.

"그러시다면 다시 조사하는 무례를 저지를 수는 없지요. 그런데 어두워지기 전에 황무지를 좀 산책해보고 싶군요. 내일 왔을 때 알기 쉽게 말입니다. 이 말편자는 행운을 비는 의미로 제 주머니에 넣어두겠습니다."

로스 대령은 내 동료의 차분하고 체계적인 조사 방식에 조바심을 내며 시계를 쳐다봤다.

"경감, 당신은 나와 함께 돌아갔으면 좋겠습니다."

그가 말했다.

"몇 가지 조언을 듣고 싶은 일이 있습니다. 경주대회 출전명단에서 우리 말의 이름을 빼겠다고 밝히는 것이 좋을지 아닐지 알고 싶군요."

"그럴 필요 없습니다."

홈즈가 단정적으로 말했다.

"이름을 그대로 두십시오."

대령은 허리를 굽혀 인사했다.

"당신 의견이 그렇다니 정말 기쁘군요."

그가 말했다.

"산책을 끝내신 후에 스트레이커 집으로 오시지요. 다같이 마차를 타고 타비스톡으로 갑시다."

그는 경감과 함께 돌아갔고, 홈즈와 나는 황무지를 천천히 걸었다. 해는 캐플턴 마방 너머로 지고 있었다. 눈앞으로 보이는 길고 완만한 경사를 이룬 평원은 금빛으로 물들었고, 시들은 양치류 식물과 가시나무는 저녁햇살을 받아 선명한 적갈색이 더욱 짙어졌다. 하지만 깊은 생각에 빠져있는 내 동료에게 아름다운 풍경이란 아무런 소용이 없었다.

"이렇게 해보세, 왓슨."

홈즈가 마침내 말을 꺼냈다.

"누가 존 스트레이커를 죽였느냐 하는 문제는 잠시 접어두고, 그 말을 찾는 데에만 집중을 하기로 하지. 자, 참극이 벌어지는 중간이든, 그 후이든 말이 도망갔다고 가정해보세. 어디로 갔을까? 말은 집

28

단을 이루어 생활하는 동물이네. 혼자 남겨졌다면 본능적으로 킹스 파일랜드로 돌아가거나 캐플턴 마방으로 갔을 걸세. 황무지를 뛰어다닐 이유가 어디 있겠나? 그랬다면 지금쯤 누군가의 눈에 띄었겠지. 그리고 집시가 왜 그 말을 납치하겠는가? 그 사람들은 문젯거리가 생기면 경찰로부터 괴롭힘을 당하는 것이 싫어서 언제나 그 곳을 떠나버리지. 그런 말은 팔고 싶어도 팔수가 없어. 말을 가지고 있어봐야 위험만 초래할 뿐 득이 되는 건 하나도 없네. 이건 명백한 일이야."

"그러면, 말은 어디에 있나?"

"킹스 파일랜드나 캐플턴에 갔을 거라고 벌써 말했잖은가. 킹스 파일랜드에는 없으니 캐플턴에 있겠군. 일단 이렇게 가정을 하고, 어떻게 되는지 알아보기로 하세. 이쪽 황무지는 경감이 말했듯이 아주 단단하고 메말라 있네. 그런데 저쪽 캐플턴을 향해서 가면 지대가 낮아지고 움푹 파인 곳이 많이 있지. 분명 월요일 밤에는 땅이 아주 질퍽했을 걸세. 우리 가설이 맞다면 말은 저길 가로질러 갔을 거야. 저기가 말의 흔적을 찾아봐야할 곳이지."

우리는 이야기를 하면서 성큼성큼 걸어갔다. 몇 분 정도 가니, 그 움푹 파인 곳에 도착했다. 홈즈가 시킨 대로 나는 가장자리의 오른쪽으로 내려갔고, 그는 왼쪽으로 갔다. 오십 걸음을 채 가기도 전에 홈즈가 소리쳤다. 그는 나를 보며 이쪽으로 오라고 손을 흔들었다. 그의 앞쪽, 부드러운 땅 위에 말굽자국이 선명하게 남아있었다. 그가 주머니에 넣고 가져온 말편자도 그 자국에 정확히 들어맞았다.

"상상력의 유용성을 보게나."

홈즈가 말했다.

"그레고리에게 부족한 한 가지 자질은 바로 이거야. 무슨 일이 일어났는지 상상해보고, 그 가정을 바탕으로 움직인 결과 우리가 옳다는 걸 알게 되었네. 계속 가보세."

우리는 습지를 지나 마르고 단단한 황무지를 4분의 1마일 쯤 걸어갔다. 또다시 경사진 언덕이 나타났고 말굽자국도 역시 찾을 수 있었다. 그러다 반 마일 정도는 사라졌다가 캐플턴 마방과 가까운 곳에서 나타났다. 홈즈가 그걸 처음 발견하고는 승리한 듯한 표정으로 서서 자국을 가리켰다. 말굽자국 옆에 사람 발자국이 보였다.

"지금까지는 말굽자국만 있었네."

내가 소리쳤다.

"바로 그렇지. 지금까진 혼자였어. 아하! 이건 뭐지?"

말과 사람의 발자국은 갑자기 킹스 파일랜드 쪽으로 방향을 틀었다. 홈즈는 휘파람을 불었다. 우리는 그 자취를 따라갔다. 홈즈의 눈이 그 발자국만을 따라가고 있는 동안, 나는 슬쩍 옆을 바라보았더니 놀랍게도 같은 발자국이 반대 방향으로 돌아오고 있었다.

"왓슨, 이번엔 자네가 점수를 올렸군."

내가 그 발자국을 가리키자 홈즈가 말했다.

"먼 길을 갔다가 돌아와야 했는데 덕분에 그러지 않아도 되겠네. 저 돌아오는 발자국을 따라가세."

그리 멀리 갈 필요도 없었다. 캐플턴 마방으로 가는 아스팔트 포장도로에서 흔적은 사라졌다. 우리가 캐플턴으로 다가갈 즈음에 저쪽에서 마부가 한 명 뛰어왔다.

"이런 곳에서 돌아다니면 안됩니다."

그가 말했다.

"한 가지만 물어봅시다."

홈즈는 집게손가락을 조끼 주머니에 넣은 채 말했다.

"실라스 브라운 씨를 만나려고 내일 새벽 다섯 시에 오면 너무 이르겠소?"

"천만에요. 그 시간에는 누구라도 만날 수 있습니다. 항상 제일 먼저 일어나시니까요. 그런데 저기 오시는군요. 직접 물어보시면 될 겁니다. 아니, 안됩니다. 그 돈에 손을 대기만 해도 저는 쫓겨날 겁니다. 괜찮으시다면 나중에."

셜록 홈즈는 반 크라운 동전을 주머니에 다시 집어넣었다. 사납게 생긴 나이 지긋한 남자가 사냥용 채찍을 손에 쥐고 흔들며 정문에서부터 성큼성큼 다가왔다.

"무슨 일이냐? 도슨."

그가 소리 질렀다.

"잡답하지 마라! 가서 일이나 해! 그리고 너희들은 여기서 대체 뭐하는 거냐?"

"10분만 얘기할까요, 나으리."

홈즈는 부드러운 목소리로 말했다.

"할 일없이 돌아다니는 놈들과 얘기할 시간 없다. 여긴 이방인이 올 데가 아냐. 꺼지지 않으면 개를 풀어서 쫓아낼 거다."

홈즈는 앞으로 몸을 숙여 조교사의 귀에 대고 무언가 낮은 목소리로 이야기했다. 조교사는 깜짝 놀라며 관자놀이까지 빨갛게 변했다.

"거짓말!"

그는 소리쳤다.

"말도 안되는 거짓말이야!"

"잘됐군! 그럼 여기 사람들 다 보는 곳에서 얘기해보겠소? 아니면 안에 들어가서 얘기할까요?"

"오, 아니오. 안으로 들어갑시다."

홈즈는 미소 지었다.

"몇 분 안에 돌아오겠네, 왓슨."

그가 말했다.

"자, 브라운 씨. 당신 뜻대로 하지요."

홈즈와 조교사가 다시 돌아올 때까지는 20분이나 걸렸다. 그동안 석양의 붉은 빛은 사라지고 회색빛만이 남았다. 나는 그토록 짧은 시간에 완전히 달라지는 사람은 실라스 브라운 외엔 본 적이 없다. 얼굴은 잿빛으로 창백해졌고 이마에는 땀방울이 송골송골 맺혀있었으며 사냥용 채찍을 쥔 손은 바람에 흔들리는 나뭇가지 마냥 떨리고 있었다. 거만하고 건방진 태도는 모두 사라지고, 주인을 따르는 강아지처럼 내 동료의 옆에 붙어 아침을 해댔다.

"지시하신 대로 하겠습니다. 꼭 그렇게 하겠습니다."

그가 말했다.

"절대 실수가 있으면 안되오."

홈즈는 조교사를 보며 말했다. 그는 홈즈의 험악한 눈빛을 보고 움찔했다.

"오, 그럼요. 절대 실수하지 않겠습니다. 그곳에 대령하지요. 먼저 그걸 바꿀까요, 말까요?"

홈즈는 잠시 생각하더니 웃음을 터뜨렸다.

"아니, 아니오."

그가 말했다.

"거기에 관해서는 편지로 알려주겠소. 속임수를 쓰거나 하면……."

"오, 믿어주십시오. 믿어주십시오."

"그 날에는 당신 소유인 것처럼 해야 하오."

"믿어주시길 바랍니다."

"알겠소. 믿어보겠소. 그럼 내일 연락하리다."

홈즈는 조교사가 떨리는 손으로 악수하려고 내미는 것을 무시하고 돌아섰다. 우리는 킹스 파일랜드를 향해 떠났다.

"내가 만나본 사람 중에 실라스 브라운만큼 거만하고, 겁 많고, 교활한 성격을 복합적으로 가진 녀석은 없을 거야."

터벅터벅 걸어가면서 홈즈는 말했다.

"그럼 저 자가 말을 가지고 있나?"

"처음엔 고함을 치며 허세를 부렸어. 그런데 그 날 아침에 했던 행동을 정확히 설명해주자, 내가 그를 보고 있었던 걸로 알더군. 물론 자네도 발자국에 남은 독특한 사각형 구두코 모양을 봤겠지만, 그녀석이 신은 구두와 정확히 일치했네. 남의 밑에서 일하는 일꾼이라면 감히 그런 일은 할 수가 없지. 나는 일이 어떻게 된 것인지 설명해줬네. 그 녀석이 평소 하던 대로 일찍 일어나 언덕을 내려갔다가 황무지를 돌아다니는 낯선 말을 보았다는 것하며, 이마에 흰 얼룩이 있기 때문에 실버 블레이즈란 이름이 붙은 유력 경주마라는 걸 알고는 놀란 것, 그리고 자신이 돈을 건 말을 이길 수 있는 유일한 말이 그의 수중에 들어갔다는 것을 말해주었지. 처음 생각으로는 킹스 파일랜드에 데려다 주려고 했으나 사악한 마음이 들어서 경기가 끝날 때까지 말을 숨기기로 하고 캐플턴으로 데려가 놓고 위장을 시켜놨다는 것도 설명해줬어. 상세한 것까지 다 얘기해주니 포기하고, 어떻게 하면 자신의 죄를 모면할 수 있을까 궁리만 하더군."

"그런데 그 마방은 조사했잖아."

"저 녀석처럼 말을 오래 다룬 사람은 숨기는 방법도 많이 알고 있지."

"하지만 말을 저 자 수중에 놓고 가도 괜찮을까? 말이 다치면 저 자가 이익이잖나?"

"이 친구야, 그는 말을 보물 다루듯 할 걸세. 그에게 남은 희망이라곤 안전하게 돌려줘서 자비를 구하는 것 밖에 없다는 걸 알 테니까."

"로스 대령은 어떤 경우에도 자비를 베풀 인물 같이 보이지 않던데."

"그건 로스 대령에게 달려 있는 문제가 아니지. 나는 내 방식대로 하는 거니까, 로스 대령에게 얼마나 많이 얘기할 지, 얼마나 적게 얘기할지는 내가 결정하네. 이것이 경찰이 아니기 때문에 갖는 장점이야. 왓슨, 자네도 느꼈는지 모르겠지만, 내가 보기에 대령의 태도는 좀 오만하더군. 그래서 좀 놀라게 해줄 작정이네. 말에 대해서는 아무 말도 하지 말게."

"자네 허락 없인 얘기하지 않겠네."

"물론, 이 일은 누가 존 스트레이커를 살해했는가 하는 문제와 비하면 별 것 아닌 일이지."

"그러면 이제 그 문제에 전념할 건가?"

"천만에. 우리는 야간열차를 타고 런던으로 돌아갈 걸세."

나는 내 친구의 말에 벼락을 맞은 듯 충격 받았다. 데번셔에 온지 몇 시간이 지났을 뿐이고, 그렇게 훌륭하게 시작한 조사를 포기한다니 나로서는 전혀 이해가 가질 않았다. 무슨 일인지 알아내려고 했지만 조교사의 집에 도착할 때까지 그는 한 마디도 하지 않았다. 대령과 경감은 응접실에서 기다리고 있었다.

"제 친구와 저는 심야 급행열차로 런던에 돌아갑니다."

홈즈가 말했다.

"아름다운 다트무어의 공기를 조금이라도 호흡할 수 있어 즐거웠습니다."

경감은 눈을 크게 떴고, 대령의 입술은 비웃음으로 일그러졌다.

"그렇다면 스트레이커 살해범을 잡는 건 포기하셨군요."

대령이 말했다. 홈즈는 어깨를 으쓱했다.

"중대한 어려움이 있는 건 확실합니다."

그는 말했다.

"어쨌거나, 당신의 말이 화요일에 출전하는 것은 틀림없다고 봅니다. 그러니 기수를 준비하시지요. 존 스트레이커 씨의 사진을 한 장구할 수 있을까요?"

경감은 그의 주머니에서 봉투를 꺼내 그 안에 들은 것을 한 장 홈즈에게 건넸다.

"그레고리 경감, 내가 무엇을 원할 지 다 예상하고 있군요. 여기서 잠시 기다려주시겠습니까? 하녀에게 알아볼 것이 하나 있습니다."

"런던에서 온 탐정에게 적잖은 실망을 했다는 건 말씀드려야겠군요."

내 친구가 방을 나가자 로스 대령이 퉁명스럽게 말을 했다.

"그가 오고 나서 진전된 것이 뭐가 있는지 모르겠습니다."

"적어도 당신의 말이 출전하리라는 보장은 받았잖습니까."

내가 말했다.

"네, 그 보장은 있지요."

대령은 어깨를 으쓱해 보이며 말했다.

"그보다 말을 찾으면 좋겠군요."

내가 친구를 변호하는 말을 막 하려는데, 홈즈가 다시 방으로 들어왔다.

"자, 신사 여러분."

그가 말했다.

"이제 타비스톡으로 갈 준비가 다 됐습니다."

우리가 마차에 오르는 동안, 마구간 청년 중 하나가 문을 열어 주었다. 홈즈는 갑작스런 생각이 떠올랐는지, 몸을 앞으로 기울여 청년의 소매를 붙잡았다.

"방목장에 양이 좀 있더군."

그가 말했다.

"누가 돌보는가?"

"제가 합니다."

"최근, 양들에게 뭔가 이상한 일이 생기지 않았나?"

"글쎄요. 대단한 일은 아닙니다만, 세 마리가 발을 절게 되었습니다."

나는 홈즈가 낄낄 웃으며 두 손을 맞대고 비비면서, 아주 기뻐하는 걸 볼 수 있었다.

"왓슨. 이겼어. 아주 크게 이겼네."

그는 내 팔을 붙잡으며 말했다.

"그레고리 경감. 양들 사이에 도는 특이한 전염병을 주의해서 살피기를 권해드리지요. 마부! 갑시다!"

로스 대령은 여전히 내 동료의 능력이 형편없다고 생각하는 듯 무시하는 태도를 보였다. 하지만 경감은 바짝 긴장하며 홈즈의 말에 주의를 기울였다.

"그게 중요하다고 생각하시는 겁니까?"

그가 물었다.

"분명 그렇습니다."

"제가 주의해야할 다른 점은 없는지요?"

"그 날 밤, 개의 이상한 행동에 주목하십시오."

"그 개는 밤에 아무 일도 하지 않았는데요."

"그게 바로 이상한 점이죠."

셜록 홈즈가 대답했다.

나흘 뒤, 홈즈와 나는 웨섹스 컵 대회를 보기 위해서 윈체스터로 가는 기차에 다시 올랐다. 로스 대령은 약속에 맞춰 역 앞에 나와 있었고, 그의 사륜마차를 타고 우리는 시 외곽의 경기장을 향해 갔다. 대령의 얼굴은 어두웠고 태도는 차갑기 짝이 없었다.

"내 말은 전혀 보지 못했습니다."

대령이 말했다.

"말을 보면 알아보실 수 있습니까?"

홈즈가 물었다.

대령은 크게 화를 냈다.

"내가 경마계에서 보낸 시간이 20년이나 되는데 그런 질문은 생전 처음 듣는군요."

그가 말했다.

"하얀 이마와 오른쪽 다리에 있는 반점을 보면 아이들이라도 실버 블레이즈라는 걸 알겁니다."

"배당률은 얼마나 됩니까?"

"음, 그게 이상하더군요. 어제만 해도 15대 1이었는데, 점점 줄어들더니 지금은 3대 1이 겨우 되는 정도입니다."

"흠!"

홈즈가 말했다.

"알아챈 사람이 있군. 틀림없어!"

사륜마차는 경기장 안으로 들어가 특별관람석 가까운 곳에서 멈췄다. 나는 출장 명단표를 슬쩍 살펴보았다. 거기엔 이렇게 쓰여 있었다.

웨섹스 배 경주 대회. 각 50소브린 금화. 4, 5세 연령 말 출전. 1등 1,000소브린. 2등 300파운드. 3등 200파운드. 새로운 코스(1마일과 5펄롱)

1. 히스 뉴턴, 니그로(빨간 모자, 계피색 재킷)

2. 워드로 대령, 퓨절리스트(분홍 모자, 청색과 검정색 재킷)

3. 백워터 경, 데즈버러(노랑 모자와 소매)

4. 로스 대령, 실버 블레이즈(검은 모자, 붉은 재킷)

5 발모럴 공작, 아이리시(노란색과 검은색 스트라이프 무늬)

6. 싱글포드 경, 래스퍼(자주색 모자, 검은색 소매)

"다른 말의 출전은 취소하고, 당신이 한 얘기에 모든 희망을 걸고 있습니다."

대령이 말했다.

"뭐? 뭐라고? 실버 블레이즈가 우승 후보?"

"실버 블레이즈 5대 4!"

경마장이 울리도록 큰 소리가 들렸다.

"5대 4 실버 블레이즈! 15대 5 데즈버러! 나머지 출장마는 5대 4!"

"번호가 올라가는군요."

내가 소리쳤다.

"모두 여섯 필입니다."

"모두 여섯! 그렇다면 내 말도 뛰는 건데."

대령은 흥분하며 소리쳤다.

"그런데 내 말이 보이지 않습니다. 내 색깔을 한 기수가 지나가지 않았어요."

"다섯이 지나갔습니다. 이번이 틀림없겠지요."

내가 말하고 있을 때 우람한 적갈색 말이 계량대를 넘어 우리 앞을 느린 걸음으로 지나갔다. 말 등에는 대령의 색깔로 유명한 검은

색 모자와 붉은 색 재킷을 입은 기수가 타고 있었다.

"저건 내 말이 아닙니다."

말의 주인이 큰 소리로 말했다.

"저 동물에는 흰색 털이 없지 않습니까. 홈즈 씨, 대체 무슨 일을 한 겁니까?"

"자, 그럼 얼마나 잘 달리는지 봅시다."

내 친구는 태연하게 대답했다. 잠시 동안 그는 내 망원경으로 유심히 살펴보았다.

"됐어! 출발이 아주 좋군!"

그는 갑자기 소리쳤다.

"저기 커브를 돌아옵니다!"

우리는 마차에 앉아서 말들이 직선코스로 달려오는 것을 볼 수 있었다. 여섯 필의 말은 서로 가깝게 붙어 있어서 카펫 하나로도 모두를 덮을 수 있을 정도였다. 그런데 반 쯤 지나가자 캐플턴 마방의 노란색이 앞으로 나왔다. 하지만 우리 앞을 지나기도 전에 데즈버러의 속도가 줄어들었고 대령의 말이 거세게 치고 나와, 경쟁상대보다 6마신[11]도 넘는 거리차이로 결승선을 통과했다. 발모럴 공작의 아이리시는 겨우 3등을 했다.

"어쨌든 내가 이겼습니다."

대령은 숨을 몰아쉬며 한 손으로 눈을 비볐다.

"도대체 나는 뭐가 뭔지 모르겠습니다. 홈즈 씨, 이만하면 비밀을

---

11 마신(馬身) : horse length. 말의 몸길이를 뜻하는 경마용어. 코끝부터 꼬리뼈까지의 길이. 보통 약 2.4m.

알려주실 때가 되지 않았습니까?"

"물론이죠, 대령. 모두 알려드리지요. 다 같이 가서 말을 보기로 합시다. 이쪽입니다."

우리는 말주인과 그 동료만이 출입할 수 있는 계량소로 들어갔다. 홈즈가 말을 이었다.

"포도주로 말의 얼굴과 다리를 씻기면 전과 똑같은 실버 블레이즈를 볼 수 있을 겁니다."

"정말 나를 놀라게 하는군요!"

"협잡꾼의 수중에 있는 걸 찾아내서, 제 재량으로 돌려보낸 모습 그대로 출전하게 했습니다."

"대단한 일을 하셨습니다. 말은 아주 튼튼하고 건강해 보이는군요. 지금까지 저렇게 좋았던 적이 없습니다. 당신의 능력을 의심한데 대해 백배사죄 드리겠습니다. 이렇게 훌륭하게 내 말을 찾아주셨으니 말입니다. 아직 남아있는 존 스트레이커 살해범만 잡아주신다면 정말 감사하겠습니다."

"이미 잡았습니다."

홈즈는 조용히 말했다.

대령과 나는 깜짝 놀라며 그를 쳐다보았다.

"범인을 잡았군요! 어디 있습니까?"

"여기 있습니다."

"여기? 어디에?"

"지금 바로 저와 함께 있군요."

대령은 얼굴을 붉히며 화를 냈다.

"홈즈 씨, 내가 당신께 신세를 졌다는 건 잘 알고 있습니다만."

그가 말했다.

"방금 한 말은 아주 형편없는 농담이거나, 아니면 나에 대한 모욕이군요."

셜록 홈즈는 웃었다.

"대령, 당신이 범죄와 관련이 없다는 건 내가 보증하지요."

홈즈가 말했다.

"진짜 범인은 지금 당신 뒤에 서있습니다."

그는 앞으로 걸어 나와, 기품 있는 순종마의 윤기 흐르는 목에 손을 얹었다.

"말이!"

대령과 나는 동시에 소리쳤다.

"그렇지요. 바로 이 말입니다. 하지만 자기방어였다는 것을 말씀드리면 말의 죄가 좀 가벼워지겠지요. 존 스트레이커는 당신의 신임을 받을 만한 자가 전혀 아니었습니다. 그런데 벨이 울리는군요. 다음 경기에서는 돈을 좀 벌어하니까, 긴 이야기는 나중에 적당한 시간이 날 때까지 미루기로 하지요."

그날 저녁 우리는 침대칸에 몸을 싣고 런던을 향해 출발했다. 로스 대령과 나는, 월요일 밤 다트무어의 마방에서 일어났던 사건과 그걸 풀어나간 방법에 대한 내 친구의 설명을 듣느라 기차여행이 그저 짧게만 느껴졌다.

"솔직히 말하자면,"

홈즈가 말했다.

"신문을 보고 제가 구성했던 가설은 완전히 틀린 것이었지요. 거기에도 암시는 있었습니다만 다른 복잡한 일들에 가려 진실이 숨겨져 있던 겁니다. 저는 피츠로이 심슨이 진범이라는 확신을 가지고 데번셔에 갔지요. 물론 그에 대한 불리한 증거가 완벽하지 않다는 것은 알고 있었습니다.

마차를 타고 가서 조교사의 집에 도착했을 때, 양고기 카레의 중대한 의미가 떠오르더군요. 모두 내린 뒤에도 제가 멍하니 앉아있던 것을 기억하실 겁니다. 그렇게도 명백한 단서를 어째서 간과했던 것인지 스스로도 놀라고 있었지요."

"나도 솔직히 말하자면,"

대령이 말했다.

"그게 무슨 의미가 있는 건지 아직도 모르겠군요."

"그것이 제 추리의 첫 번째 연결 고리였습니다. 아편 가루는 아무런 맛이 없는 것이 아니지요. 특별히 나쁜 맛은 아닙니다만 분명 식별할 수가 있습니다. 일반적인 음식과 섞는다면, 틀림없이 맛이 다르다는 것을 알고 먹기를 중단할 겁니다. 카레는 그 맛을 구분할 수 없게 만들지요. 이방인인 피츠로이 심슨이 그날 밤 조교사의 식구들에게 카레를 먹도록 했다는 건 불가능한데다가, 아편가루 맛을 숨길 수 있는 음식이 나오는 바로 그날에 우연히 심슨이 나타났다는 가정도 말이 되지 않습니다. 터무니없는 일이지요. 그러므로 심슨은 이 사건에서 제외되었고, 그날 저녁으로 양고기 카레를 선택할 수 있는 두 사람, 스트레이커와 그 아내에게 관심이 집중되었습니다. 저녁을 먹은 다른 사람들은 이상이 없었기 때문에, 아편은 마구간 청년에게 줄 음식이 차려진 다음에 넣은 것이지요. 그럼 하녀에게 들키지 않고 그 음식에 접근할 수 있는 사람은 둘 중 누구일까요?

그 질문에 답하기에 앞서 저는 개가 조용했었다는 사실의 중대성을 깨달았습니다. 하나의 올바른 추리는 반드시 또 다른 추리를 불러오는 법이지요. 심슨이 나타난 사건으로 저는 마구간을 지키는 개가 있다는 사실을 알았습니다. 그런데 누군가가 말을 마구간에서 데리고 나오는데 다락에 있는 두 청년이 깰 정도로 짖지 않았다는 겁니다. 틀림없이 한 밤중에 들어온 사람은 그 개가 잘 알고 있는 인물인 것이지요.

저는 존 스트레이커가 죽던 날 밤에 마구간으로 내려가 실버 블레이즈를 데리고 나갔다는 것을 이미 확신하고 있었습니다. 거의 확신하고 있었다고 해야겠군요. 무엇 때문일까요? 분명 옳지 못한 일입니다. 그것이 아니라면 어째서 마구간 청년에게 약을 먹이겠습니까? 하지만 그 이유에 대해서는 잘 몰랐지요. 조교사가 대리인을 통해서 상대편 말에 돈을 걸고, 부정한 수단으로 자신의 말이 이기지 못하도록 해서 막대한 돈을 챙기는 일은 많이 있습니다. 기수가 고삐를 당기는 방법도 있고, 더 확실하고 더 교활한 방법을 쓰기도 합니다. 이 사건에서는 어떤 방법을 썼을까요? 저는 그의 주머니에서 나온 물건으로 결론을 얻을 수 있길 바랐습니다.

그리고, 그렇게 되었습니다. 죽은 사람의 손에서 발견된 특이한 나이프를 잊지 않으셨겠지요. 미친 사람이 아니고서야 무기로는 절대 선택하지 않을 그 나이프 말입니다. 의사인 왓슨 선생이 말했듯이 아주 정밀한 외과 수술에서 쓰는 나이프이지요. 그날 밤 정교한 수술에 그 나이프를 쓰려던 것입니다. 로스 대령께선 경마에 관한 폭넓은 경험이 있으니 아실 테지만, 전혀 흔적을 남기지 않고 말의 넓적다리에 있는 피하층 신경에 작은 상처를 내는 것이 가능합니다. 말은 약간 다리를 절게 되는데, 훈련 중에 발목을 삐었거나 관절염 때문인 것으로 알지 부정한 일이 있었다곤 생각을 못하지요."

"이런 나쁜 놈! 악당 같은 녀석!"

대령이 소리쳤다.

"여기서 존 스트레이커가 왜 말을 이끌고 황무지로 갔는지 알 수가 있습니다. 그렇게 기운이 좋은 동물이 칼로 찔리는 것을 느낀다면, 아무리 깊은 잠에 빠진 사람이라도 깨울 만큼 소란을 피울 겁니다. 꼭 바깥으로 데리고 나가야만 했던 것이지요."

"나는 장님이었군!"

대령은 큰 목소리로 말했다.

"그래서 초와 성냥이 필요했던 거군요."

"맞습니다. 그런데 그의 소지품을 살펴보고 나니, 운좋게도 범죄의 방법뿐만 아니라 동기까지도 알아낼 수 있었습니다. 대령께서는 세상일을 잘 알고 계시니, 일반적으로 사람들이 다른 이의 청구서를 주머니에 넣고 다니는 일은 없다는 것을 아시겠지요. 우리 대부분은 자신의 청구서를 처리하는 것만 해도 빠듯하니까요. 저는 곧 스트레이커가 이중생활을 하고 있다는, 즉 딴 살림을 차렸다는 결론을 내렸습니다. 이 청구서의 내용으로 볼 때 이 사건에는 여성이 관련되어 있으며, 그 여성은 사치스런 취향이란 것을 알 수 있었지요. 대령께서 하인들에게 넉넉한 봉급을 준다 하더라도, 20기니나 하는 외출용 드레스를 여자에게 사줄 정도는 아닐 겁니다. 스트레이커 부인이 눈치 채지 않게 드레스에 대해 물어봤더니, 그런 옷이 없다는 만족스런 대답을 얻을 수 있었기에, 의상실의 주소를 적어두었습니다. 스트레이커의 사진을 가지고 그곳을 찾아가면 의문의 인물 다비셔를 알아내리란 생각이 들더군요.

그 이후로는 모두 간단합니다. 스트레이커는 빛이 보이지 않도록 말을 데리고 움푹 패인 구덩이로 들어갔지요. 심슨이 도망가면서 떨어뜨린 목도리를 스트레이커가 주웠습니다. 아마도 말의 다리를 단단히 묶어두려고 그랬겠지요. 구덩이에 들어가자 그는 말 뒤에 서서 불을 켰습니다. 그런데 말이 갑작스런 불빛에 놀라 발길질을 했지요. 자신에게 어떤 위험이 다가오고 있다는 본능적인 느낌도 있었을 겁니다. 말굽쇠가 스트레이커의 이마에 제대로 맞았습니다. 비가 오고 있었지만 정교한 작업을 위해서 외투를 벗어놓고 있었기 때문에, 그는 넘어지면서 자신의 나이프로 허벅지를 깊게 그은 것이지요. 이제 확실히 아시겠지요?"

"대단하군요!"

대령은 소리쳤다.

"훌륭합니다! 마치 그곳에 있던 것 같습니다."

"사실, 마지막 결론까지는 시간이 많이 걸렸습니다. 스트레이커 같은 교활한 자가 연습 한 번 없이 신경을 칼로 찌르는 정교한 작업을 할 리가 없다는 생각이 들더군요. 무엇을 가지고 연습했을까요? 양이 눈에 띄어 청년에게 물어보았지요. 놀랍게도 제 추측이 맞았다

46

는 걸 알게 되었습니다."

"홈즈 씨, 이제 완벽하게 알겠군요."

"런던으로 돌아간 뒤 저는 그 의상실을 방문해서, 스트레이커가 다비셔라는 이름의 우수고객이라는 것과 그에게는 값비싼 옷을 유달리 좋아하고 허세부리기 좋아하는 부인이 있다는 걸 알아냈지요. 이 여자 때문에 빚더미에 올라앉게 되었고, 그 결과 이런 파렴치한 계획을 세우게 된 겁니다."

"모든 일은 다 설명해 주셨지만, 한 가지는 빼놓으셨군요."

대령이 말했다.

"말은 어디에 있던 겁니까?"

"아, 말은 달아나서, 이웃 사람 하나가 돌보고 있었습니다. 제 생각에는, 그 점에 관해서 너그럽게 용서하셔야할 것 같습니다. 이곳은 클래펌 환승역이군요. 제가 틀리지 않는다면, 10분 안에 빅토리아에 도착할 것 같습니다. 대령, 저의 집으로 가서 시가 한 대 피우시겠습니까? 궁금한 점이 있으시다면 상세히 설명해 드리도록 하지요."

노란 얼굴

내 친구의 비범한 재능으로 인해 나는 많은 사건을 접할 수 있었고, 때로는 기묘한 사건에 직접 참가해 활약하기도 했다. 그러한 사건들을 바탕으로 이 단편들을 출판함에 있어서, 홈즈의 실패담보다는 성공담 위주로 다룬 것은 자연스런 일이었다. 그의 명성을 드높여 주기위해서가 아니라 - 사실 그는, 사람들이 그의 열정과 재능을 높이 칭송할 때엔 어찌할 바를 몰랐다 - 그가 실패한 사건을 다른 사람이 성공한 경우는 거의 없었고 대부분 아무런 결론이 없이 미제로 남겨졌기 때문이다. 하지만 가끔씩은 그가 실수한 경우에도 진실이 밝혀지는 경우가 있었다. 이런 종류의 사건 기록이 대여섯 가지 있는데, 그 중 〈두 번째 얼룩〉[01] 사건과 지금 쓰려고 하는 사건, 이 두 가지가 가장 흥미로운 이야기일 것이다.

셜록 홈즈는 운동 그 자체가 좋아서 운동하는 일은 거의 없는 사람이었다. 그러면서도 보기 드물게 강한 힘을 가지고 있었다. 같은 체급의 권투선수라면 그보다 뛰어난 선수를 찾아볼 수 없을 정도였다. 하지만 그는 이유 없이 힘을 쓰는 것은 에너지를 낭비하는 것이라 생

---

01 코난 도일이 1904년에 쓴 단편. 단편집 〈셜록 홈즈의 귀환〉에 실려 있다.

각했고, 직업적인 목적이 아니라면 애써 몸을 움직이려고 하지 않았다. 그런데도 피곤하거나 지치는 일이 없었다. 그런 상황에서 자신의 몸 상태를 훌륭하게 유지해나간다는 것은 놀라운 일이었다. 그는 평소에 검소한 식사를 했고, 생활 습관도 금욕적이라 할 만큼 단순했다. 가끔씩 코카인을 하는 것 외에 나쁜 습관은 없었는데, 그것도 사건이 없거나 신문이 흥밋거리를 주지 않을 때 무미건조한 삶에 대항하는 방식으로만 마약을 할 뿐이었다.

이른 봄의 어느 날, 할 일도 없고 늘어지게 한가했던 홈즈와 나는 함께 공원으로 산책을 갔다. 느릅나무에서는 파란 새순이 어렴풋이 피어나고 있었고, 창끝처럼 뾰족하고 끈끈한 밤나무 가지 끝에서도 다섯 개의 잎이 막 움트고 있었다. 서로를 잘 아는 사람들이 그러하듯이, 우리는 두 시간 동안 별다른 얘기 없이 공원을 거닐었다. 베이커 가로 돌아간 때는 다섯 시가 가까이 되어서였다.

"실례합니다."

홈즈가 문을 열때 급사가 와서 말했다.

"어떤 신사분이 선생님을 뵈러 찾아왔었습니다."

홈즈는 책망하는 눈길로 나를 쳐다보았다.

"오후 산책은 이제 그만해야겠어."

그가 말했다.

"그럼, 그 신사 분은 갔나?"

"네."

"안으로 들어오라고 하지 않고?"

"했습니다. 안에 들어왔었어요."

"얼마나 있었는가?"

"반시간입니다. 안절부절 못하고 있었어요. 여기 있던 동안 내내 왔다갔다하고 발을 동동 구르고 있었습니다. 저는 방 밖에서 기다리고 있었기 때문에 들을 수가 있었지요. 그러다가 복도로 나오더니 큰 목소리로 말하더군요. 〈그 사람은 아예 오지 않는 거냐?〉 바로 이렇게 말했습니다. 〈조금만 더 기다리면 오실 겁니다.〉 제가 이렇게 말했더니, 〈그러면 바깥에 넓은 곳으로 나가서 기다리겠다. 숨이 막힐 것 같구나.〉라고 말하더니 〈곧 돌아올 거다.〉라며 나가버렸습니다. 어떤 말을 해도 붙잡을 수 없었을 겁니다."

"그래, 좋아. 잘했어."

홈즈는 방안으로 걸음을 옮기며 말했다.

"하지만 참으로 안타까운 일인걸. 왓슨, 나에겐 사건이 꼭 필요했는데 말이야. 게다가 그 남자가 안절부절 못한 것을 보아 중요한 사건이었던 것 같아. 어허! 탁자 위에 있는 파이프는 자네 것이 아니군. 그 사람이 두고 간 것이 틀림없네. 낡고 훌륭한 브라이어 파이프야. 담배애호가들이 호박이라 부르는 긴 담뱃대가 달려있어. 진짜 호박으로 만든 물부리가 런던에 얼마나 있을지 궁금하네. 어떤 사람들은 날벌레가 들어있는 것이 진짜 호박이라는 표시라고 생각하더군. 하지만 가짜 호박에 가짜 파리를 넣어서 만드는 장사꾼들도 있으니까 말이야. 어쨌든, 소중히 여기는 파이프를 두고 간 것으로 봐서 어지간히 마음이 급했던 모양이네."

"파이프를 소중히 여긴다는 건 어떻게 알았나?"

내가 물었다.

50

"파이프의 원래 가격은 7실링 6펜스 정도 했을 걸세. 자네도 알겠지만, 이건 두 번 수리를 했군. 한 번은 나무로 된 담뱃대 부분을, 또 한 번은 호박 부분을 수리했네. 두 번 다 은으로 만든 띠를 둘러서 고쳤는데, 파이프 원래 가격보다 많이 들었을 걸세. 같은 값이면 새 걸 살 수도 있는데 고치는 쪽을 택했다면 분명 소중히 여기고 있다고 봐야지."

"그리고 다른 건?"

내가 물었다. 홈즈는 파이프를 손 위에 올려놓고 돌리면서, 특유의 생각에 잠긴 모습으로 바라보았다.

그는 파이프를 들어 올려 마치 뼈에 대한 강의를 하는 교수처럼, 가늘고 긴 검지로 툭툭 쳤다.

"파이프란 아주 흥미로운 물건일 때가 많지."

그가 말했다.

"시계와 구두끈을 제외하면 이보다 개인적인 특성이 잘 나타나는 물건이 없지. 이 파이프는 아주 특별하거나 중요한 점은 없지만 말이야. 이 물건의 주인은 건장한 체격에 왼손잡이이고, 치아가 튼튼하며 부주의한 성격에다, 경제력이 있어서 돈을 벌려고 애쓸 필요가 없군."

홈즈는 즉석에서 알아낸 정보를 던져놓고는, 그의 추리를 잘 이해하고 있는지 살피려고 내 쪽을 흘끗 보았다.

"7실링짜리 파이프로 담배를 핀다고 부자라고 생각하는 건가?"

내가 물었다.

"이건 1온스에 8펜스짜리 그로브너 혼합담배야."

홈즈는 파이프를 손바닥에 대고 두들겨 담뱃재를 약간 털어내며 대답했다.

"그 가격의 반값이면 훌륭한 담배를 살 수 있거든. 돈을 아낄 필요가 없던 거지."

"그러면 다른 건 어떻게 안 건가?"

"이 사람은 파이프를 등불이나 가스버너에 대고 불을 붙이는 습관이 있네. 한쪽이 까맣게 그을린 것이 보일 걸세. 물론, 성냥불로도 그럴 수 있겠지. 하지만 성냥불을 파이프 옆에 대고 불을 붙일 이유가 있겠나? 그런데 등불에 대고 불을 붙이려면 파이프 한 쪽이 까맣게 그을릴 수밖에 없지. 이건 오른쪽이 그을려 있다네. 그래서 왼손잡이라고 생각한 것이지. 자네 파이프를 가지고 등불에 대보게. 오른손잡이라면 자연스레 파이프 왼쪽이 불꽃에 닿을 거야. 한두 번 정도는 반대로 할 수도 있겠지만, 늘 그럴 순 없지. 이 파이프는 항상 왼손으로 불을 붙였네. 그리고 호박 물부리에는 이로 문 자국이 있군. 이것은 건강한 체격에 혈기왕성한 친구라는 것뿐만 아니라 튼튼한 이도 가지고 있다는 걸 의미하지. 그런데, 계단을 올라오는 소리가 나는데 그 사람인 듯 하군. 파이프를 연구하는 것보다 재미있는 일이 생길 것 같네."

곧 문이 열리더니 키 큰 젊은 남자가 방 안으로 들어왔다. 그는 부유해보였지만 수수한 짙은 회색 양복을 입었고 손에는 챙이 넓은 중절모를 들고 있었다. 나는 그때 서른 살 정도라고 생각했는데, 실제로는 그보다 몇 살이 많았다.

"죄송합니다."

그가 당황한 듯 말했다.

"노크를 했어야 합니다만, 네. 물론, 노크를 했어야 합니다. 실은 제가 마음이 혼란스러운 상태라 그러니 양해해주시길 바랍니다."

그는 반쯤 정신 나간 사람처럼 손으로 이마를 문지르며 쓰러지듯 의자에 앉았다.

"하루 이틀 정도 잠을 못잔 것 같군요."

홈즈는 편안하고 온화한 말투로 이야기했다.

"그건 일하는 것보다도, 심지어 즐겁게 노는 것보다도 신경을 혹사시키는 일이지요. 무슨 일을 도와드릴까요?"

"선생님의 조언이 필요합니다. 저는 어찌해야 될지 모르겠습니다. 내 인생이 통째로 산산조각이 나버릴 것 같습니다."

"자문을 해주는 탐정을 찾아오신 겁니까?"

"그 뿐만은 아닙니다. 세상을 사는 지혜를, 현명한 의견을 얻고자 이렇게 왔습니다. 제가 이제 어떻게 해야 할지 알고 싶습니다. 부디 선생님께서 알려주시길 바라고 있습니다."

그는 작고 날카로운 목소리로 경련을 일으키며 말을 내뱉었다. 말하는 자체가 매우 고통스러워 보였고, 의지의 힘으로 가까스로 감정을 억누르는 것 같았다.

"이 일은 아주 예민한 문제입니다."

그가 말했다.

"사람들은 모르는 사람에게 집안일을 이야기하는 걸 싫어하지요. 제가 처음 뵙는 두 분에게 제 아내의 일을 의논하려니 두렵기만 합니다. 정말 끔찍한 일이군요. 하지만 저는 제 한계에 도달했으니 꼭 조언이 필요합니다."

"그랜트 먼로 씨,"

홈즈가 말했다.

방문객은 의자에서 튀어 오르듯 일어났다.

"뭐라구요?"

그는 소리쳤다.

"제 이름을 아십니까?"

"신분을 숨기려면,"

홈즈가 미소를 지으며 말했다.

"모자 안감에 이름을 쓰지 말거나, 이야기하고 있는 상대방을 향해서는 모자를 위쪽으로 돌려놔야지요. 제 친구와 저는 이 방에서 기이한 비밀 이야기를 수없이 들었다는 걸 말씀드려야겠군요. 그리고 다행스럽게도 많은 고통 받는 영혼들에게 평화를 가져다주었습니다. 당신께도 그와 같이 할 수 있으리라 믿습니다. 시간이 촉박한 일일 수도 있으니, 더 이상 지체하지 말고 사건에 대한 이야기를 해주시겠습니까?"

방문객은 몹시 고통스런 모습으로 이마를 다시 한 번 문질렀다. 그의 동작과 표정으로 내가 알 수 있는 것은 말이 적고, 사람들과 터놓고 지내지 않는 사람이며, 천성적으로 자존심이 강하고, 자신의 상처를 드러내기 보단 감추기를 좋아하는 사람이라는 것이다. 갑자기 그는 주먹을 쥐고 맹렬히 흔들며, 마치 그동안 억누르고 있던 마음은 모두 공중에 던져버린 듯, 이야기를 시작했다.

"홈즈 씨, 사실은 이렇습니다."

그가 말했다.

"저는 결혼한 지 3년이 되는 사람입니다. 그동안 제 아내와 저는 다른 결혼한 사람들이 그렇듯이, 서로 아낌없이 사랑을 했고 행복하게 살아왔습니다. 우리는 생각이나 말, 행동에 단 한 가지도 다른 점이 없었습니다. 그런데 이제는, 지난 월요일 이후로는, 느닷없이 우리 사이에 장벽이 생겼습니다. 그녀의 생활이나 생각에는 마치 거리에서 스쳐지나가는 여인과 같이, 제가 알지 못하는 어떤 것이 있다는 것을 알게 되었지요. 우리 사이는 소원해졌는데, 그 이유가 뭔지 알고 싶습니다.

홈즈 씨, 이야기를 계속 하기 전에 꼭 아셔야할 것이 있습니다. 에피는 저를 사랑하고 있습니다. 결코 오해 없으시길 바랍니다. 그녀는 진심으로 저를 사랑하고 있고, 지금도 변함이 없습니다. 저는 분명히 알지요. 느낄 수 있습니다. 그것에 관해서는 논쟁하고 싶지 않습니다. 여자가 남자를 사랑할 때, 남자는 그걸 쉽게 알 수 있는 법이지요. 하지만 우리 사이에 비밀이 존재하는 한, 그 비밀이 풀리기 전까지는 예전과 같을 수는 없을 겁니다."

"먼로 씨, 사건을 얘기해 주시지요."

홈즈는 참지 못하고 이렇게 말했다.

"에피의 지난 과거에 대해 아는 대로 말씀드리겠습니다. 제가 처음 만났을 때 그녀는 스물다섯 밖엔 안 된 미망인이었지요. 그때의 이름은 헤브론 부인이었습니다. 어렸을 적에 미국으로 건너가 애틀랜타 시에서 살다가, 헤브론이라는 잘 나가는 변호사와 만나 결혼했습니다. 아이가 하나 있었는데, 그 곳에 황열병[02]이 무섭게 번지면서 남

---

02 황열병(黃熱病) : 아프리카 서부, 남아메리카 등지에서 발생하는 악성 전염병. 고열과 구토, 황달을 일으키며 사망률이 높은 편.

편과 아이 둘 다 죽고 말았습니다. 남편의 사망 증명서를 본 적이 있지요. 이 일로 미국에 염증을 느낀 그녀는 영국으로 돌아와 미들섹스의 피너에서 혼자 지내는 이모와 함께 살게 되었습니다. 전남편은 그녀가 편안하게 살 수 있을 만한 유산을 남겼습니다. 4천5백 파운드 정도 되는데, 전남편이 투자를 잘 해놓았기 때문에 연평균 7퍼센트의 이자를 받고 있습니다. 제가 그녀를 만난 것은 피너에서 온 지 6개월 밖에 안 되었을 때였지요. 우리는 서로 사랑에 빠지게 되어, 몇 주후에 결혼을 했습니다.

저는 홉을 파는 상인으로 7, 8백 파운드 정도 수입을 올리고 있지요. 우리는 풍족한 재산이 있어서 집세가 일 년에 80파운드 하는 멋진 주택을 노베리에 얻을 수 있었습니다. 우리의 작은 보금자리는 런던에서 가까운 곳에 있지만 시골 같은 곳입니다. 조금 위쪽에는 집 두 채와 여관이 있고 맞은 편 목초지 건너에 작은 별장이 한 채 있는 것 외에는, 기차역 가는 길 중간까지 집이 하나도 없습니다. 제 일은 특별한 때에만 런던에 가면 되는 것이기 때문에 여름에는 일이 거의 없어, 전원주택에서 아내와 나는 마음껏 행복하게 지낼 수 있었지요. 이 불행한 일이 닥치기 전까지는 우리에게 어떤 그늘 한 점도 없었습니다.

더 얘기하기 전에 말해야할 것이 한 가지 있군요. 우리가 결혼했을 때, 제 아내는 모든 재산을 제게 맡겼습니다. 만약 제 사업이 잘못된다면 그게 얼마나 곤란한 일인지 알기 때문에 저는 반대했지요. 하지만 아내가 꼭 그렇게 하길 원해서 그렇게 했습니다. 그런데 약 6주전, 그녀가 내게 와서 말했습니다.

〈잭, 당신한테 내 돈을 맡길 때 내가 원하면 언제든지 주겠다고 얘기했지요.〉

〈물론이지.〉

제가 말했지요.

〈그건 모두 당신 거니까.〉

〈그렇다면,〉

그녀가 말했습니다.

〈백파운드만 주세요.〉

저는 이 말을 듣고 약간 당황했습니다. 그저 새 드레스라든가 그런 비슷한 종류를 사려는 것이라 생각했었거든요.

〈대체 뭘 하려고?〉

내가 물었습니다.

〈오,〉

그녀는 장난스럽게 말했어요.

〈당신은 내 은행이라고 말했잖아요. 은행은 고객한테 그런 걸 묻지는 않지요.〉

〈진심으로 말하는 거라면 물론 돈을 줘야지.〉

〈네, 진심이에요.〉

〈어디에 쓸 건 지는 말하지 않을 거요?〉

〈나중에요. 지금은 아니에요. 잭.〉

저는 그 걸로 만족할 수밖에 없었습니다. 우리 사이에 비밀이 생긴 것은 바로 그때가 처음이었지요. 저는 아내에게 수표를 주었고, 그 일에 대해선 더 이상 생각하지 않았습니다. 이 일은 나중에 닥친 일과 아무런 관련이 없는 것일 수도 있지만, 얘기해두는 편이 나을 것 같았습니다.

조금 전에 말씀 드린 바와 같이, 저희 집에서 멀지 않은 곳에 작은 별장이 한 채 있습니다. 우리 집과 사이에는 목초지가 있을 뿐이지만 그곳에 가려면 도로를 따라가다가 작은 길로 들어가야 합니다. 그 너머에는 작고 훌륭한 스코틀랜드 전나무 숲이 있어서 저는 그 길을 따라 산책하는 걸 아주 좋아합니다. 나무란 항상 친근한 이웃 같은 것이지요. 그 별장은 근래 여덟 달 동안 비어있어서 안타깝다는 마음이 들었습니다. 예쁜 이층집인데다가 인동덩굴에 덮인 고풍스런 현관이 있기 때문이지요. 저는 몇 번인가 그 앞에 서서 사람이 살면 얼마나 멋진 집이 될까 하는 생각을 했었습니다.

지난 월요일 저녁, 그 길을 산책하다가 빈 짐마차가 작은 길에서 올라오는 걸 봤습니다. 그 집의 현관 옆 잔디밭에는 카펫이라든가 여러 가지 물건들이 쌓여있는 게 보이더군요. 드디어 그 별장에 사람이 들어오는 것이 틀림없었습니다. 저는 그 집 앞을 지나다가, 할 일 없이 다니는 사람처럼 멈춰 서서 가까이 살 이웃이 어떤 사람들일까 생각하며 살펴보았지요. 그러다가 갑자기 이층 창문 중 하나에서 누군가 나를 보고 있는 얼굴이 있다는 걸 깨달았습니다.

홈즈 씨, 그 얼굴이 어땠는지는 잘 모르겠습니다만, 내 등줄기가 오싹하는 느낌을 받았습니다. 멀리 떨어져 있어서 잘 볼 수는 없었지만, 그 얼굴에는 무언가 부자연스럽고 사람 같지 않은 어떤 것이 있었습니다. 그런 느낌을 받았기 때문에, 저를 바라보는 사람을 좀 더 가까운 곳에서 보려고 재빨리 앞으로 다가갔습니다. 그런데 그 얼굴이 갑자기 사라져 버리더군요. 너무 갑작스러워서 방 안의 어둠 속으로 빨려 들어간 것만 같았습니다. 저는 오 분 정도 서서 무슨 일인지 생각해보았지요. 제가 받은 인상이 대체 무엇이었는지 분석해보려고 했습니다. 그 얼굴이 남자인지 여자인지도 알 수 없었습니다. 하지만 색깔은 확실하게 인상에 남아있지요. 그건 죽은 사람처럼 창백한 노란색으로, 무언가 경직되고 굳어있는 것 같아서 소름끼치도록 기괴해 보였습니다. 저는 그 일이 자꾸 마음에 걸려서, 별장에 새로 들어온 사람들에 대해 좀 더 알아보기로 결심했지요. 문 앞에 다가가 노크를 했습니다. 금방 문이 열리더니, 사납고 무서워보이는 얼굴에 키가 크고 깡마른 여자가 나타났습니다.

〈무슨 일인가요?〉

그녀는 북부 지방 억양으로 말했습니다.

〈저쪽에 사는 이웃입니다만,〉

저는 제 집을 가리키며 말했지요.

〈지금 막 이사 오신 것 같은데 무슨 도움이라도 드릴 게 없나 해서,〉

〈아, 필요한 일이 있으면 얘기하지요.〉

그 여자는 이렇게 말하더니 내 코앞에서 문을 닫았습니다. 무례한 거절에 화가 난 저는 그대로 돌아서서 집으로 갔습니다. 저녁 내내 다른 생각을 하려고 노력 했지만, 창문에서 보았던 유령 같은 형상과 예의 없는 그 여자가 자꾸 떠오르더군요. 아내는 겁이 많고 신경이 날카로운 편이라 유령 이야기는 하지 않았습니다. 내가 느꼈던 기분 나쁜 인상을 같이 나누고 싶지 않았지요. 하지만 잠들기 전에,

별장에 사람이 왔다는 얘기는 했습니다만, 아내는 대답이 없더군요.

저는 평소에 아주 깊게 잠드는 편입니다. 밤에 한 번 잠들면 누구도 못 깨운다고 식구들이 늘 놀려댔지요. 하지만 그 날 밤은 달랐습니다. 저녁 때 있었던 일 때문인지 아닌지 잘 모르겠지만, 약간 흥분된 상태여서 평소보다 얕은 잠에 들게 되었지요. 반쯤 잠이 든 듯 어렴풋이 의식이 깨어있었는데 방 안에서 무언가가 움직이는 것이 느껴졌습니다. 서서히 잠에서 깨어나 보니 아내가 외투를 입고 모자를 쓰고 있더군요. 저는 이런 시간에 차려입은 것을 보고 놀라, 입술을 떼고 졸린 목소리로 몇 마디를 하려고 했습니다. 그런데 반쯤 뜬 눈으로 촛불에 비친 그녀의 얼굴을 보니 입이 굳어 아무 말도 나오지 않았지요. 지금껏 그런 표정은 한 번도 본 적이 없습니다. 그런 표정을 할 수 있으리라고는 감히 상상도 못했습니다. 그녀는 시체처럼 창백한 얼굴에 숨을 헐떡이고 있었지요. 외투 단추를 잠그며 혹시 내가 깨지 않았을까 확인하려고 침대 쪽을 슬며시 살폈습니다. 그리고는 내가 여전히 자고 있다고 생각했는지 소리 없이 방을 빠져나가더군요. 곧이어 삐걱하는 소리가 날카롭게 들렸습니다. 그건 현관문의 경첩에서만 나는 소리였습니다. 저는 침대에서 몸을 일으키고 앉아 꿈인지 생시인지 알려고 침대 난간을 주먹으로 쳤지요. 그다음에 베개 위의 시계를 집어 들었습니다. 새벽 세 시였습니다. 대체 아내는 무슨 일로 새벽 세 시에 시골길로 나간 것일까요?

저는 마땅한 해답을 찾으려고 이십 분 정도 앉아서 골똘히 생각했습니다. 그런데 생각하면 할수록 이상하고 납득이 가질 않았지요. 문이 조용히 닫히는 소리와 아내가 계단을 올라오는 소리가 들릴 때까지 저는 여전히 미로 속을 헤매고 있었습니다.

〈에피, 대체 어디를 갔었소?〉

그녀가 들어오자 제가 물었지요.

아내는 내 말을 듣자 소스라치게 놀라며 낮은 비명을 질렀습니다. 그 비명과 놀라는 모습은 제게 더욱 혼란을 가져다주었습니다. 그건 무언가 떳떳하지 못한 것이 있다는 뜻이니까요. 아내는 항상 솔직하고 개방적인 사람이었기에, 슬며시 방을 들어오는 것과 남편의 말을 듣고 놀라 비명을 지르는 모습을 보니 저는 어쩐지 오싹한 기분이 들었습니다.

〈잭, 일어났군요?〉

그녀는 불안한 듯 웃으며 말했습니다.

〈당신은 절대 잠에서 깨지 않을 거라 생각했어요.〉

〈어디 갔었소?〉

저는 좀 더 단호한 말투로 물었습니다.

〈당신이 놀라는 것도 당연해요.〉

그녀가 말했지요. 외투 단추를 푸는 손가락이 떨리고 있는 것이 보였습니다.

〈평생 이런 일은 처음인 것 같아요. 실은, 숨이 꽉 막히고 답답해 신선한 공기를 마시고 싶었어요. 나가지 않으면 정말 정신을 잃고 쓰러질 것만 같더군요. 문 앞에 나가 몇 분 정도 서있었더니 지금은 괜찮아졌어요.〉

이 말을 하는 동안 그녀는 한 번도 제가 있는 쪽을 쳐다보지 않았고, 목소리도 평소와 달랐습니다. 거짓말을 하고 있는 것이 분명했지요. 저는 아무 말도 하지 않고 벽 쪽으로 얼굴을 돌렸습니다. 마음속에는 온갖 나쁜 의혹과 의심이 떠올랐지요. 저한테 무엇을 숨기려 했던 걸까요? 대체 어디를 다녀온 것일까요? 그 사실을 알 때까지는 마음이 편안하지 않으리라는 걸 알았지만, 거짓말이라도 대답을 했기 때문에 다시 묻지는 않았습니다. 그날 밤 내내 저는 뒤척이며 여러 가지 생각을 거듭했지만 도무지 결론이 나지 않았지요.

그 날 저는 시내 중심가에 갈 일이 있었지만 마음이 혼란스러워 일에 집중을 할 수가 없었습니다. 아내 역시 저처럼 혼란스러운 듯했습니다. 내가 그녀의 말을 믿지 않는 것을 알았는지 의혹이 담긴 시선으로 저를 쳐다보곤 했지요. 무엇을 어떻게 해야 할지를 모르는 것 같았습니다. 아침 식사를 하면서도 거의 대화를 나누지 않았지요. 저는 신선한 아침 공기를 마시며 생각을 해보려고, 식사 후 곧장 산책을 나갔습니다.

수정궁[03]까지 가서 구내에서 한 시간 정도를 보낸 뒤, 한 시에 노베리로 돌아갔습니다. 그 별장 앞을 지나가게 되었기 때문에 저는 잠시 걸음을 멈추고 창문을 올려다보았습니다. 전날 나를 빤히 쳐다보던 이상한 얼굴을 다시 볼 수 있을까 해서였지요. 그런데 제가 그곳에 서있을 때, 갑자기 그 집 문이 열리더니 아내가 나오더군요. 홈즈 씨, 제가 얼마나 놀랐는지 상상도 못하실 겁니다.

아내를 보고 너무 놀라 말도 나오지 않았습니다. 하지만 우리 둘의 시선이 마주쳤을 때 그녀의 얼굴에 나타난 표정에 비하면, 제 놀

03 Crystal Palace : 하이드파크에 있는 건물로, 쇠와 유리로 만들어졌다. 1851년, 이곳에서 런던 만국박람회가 열렸다. 조셉 팩스턴(Joseph Paxton)이 설계.

람 정도는 아무 것도 아니었지요. 잠깐 동안 아내는 그 집으로 다시 들어갈까 망설이는 듯 했지만, 숨어봐야 소용이 없다는 것을 알고는 앞으로 걸어왔습니다. 창백한 얼굴과 겁먹은 눈동자를 감추려 짐짓 입술에는 미소를 띠고 말입니다.

〈오, 잭.〉

그녀가 말했습니다.

〈새로 이사 온 이웃 분께 혹시 도와드릴 일이 있나 해서 온 것뿐이에요. 잭, 왜 나를 그런 눈으로 보는 거예요? 나한테 화 난 건 아니죠?〉

〈그러니까.〉

제가 말했습니다.

〈지난밤에 당신이 왔던 곳이 여기로군.〉

〈그게 무슨 말이에요?〉

그녀가 외쳤습니다.

〈여기 왔었어. 틀림없소. 그런 시간에 찾아오다니 대체 여기 사는 사람은 누구요?〉

〈전엔 여기 와본 적이 없어요.〉

〈거짓말이란 걸 알면서 어찌 그런 말을 할 수 있소?〉

저는 소리쳤습니다.

〈당신 목소리가 달라진 것만 봐도 알 수 있어. 내가 언제 당신에게 숨기는 일이 있었소? 저 집으로 들어가, 무슨 일인지 샅샅이 밝혀내고야 말겠어.〉

〈안돼요. 잭, 안돼요. 제발!〉

그녀는 걷잡을 수 없이 흥분해서 숨을 헐떡였습니다. 내가 문 앞으로 다가가자, 내 소매를 붙잡고 필사적인 힘을 다해 끌어당겼습니다.

〈잭, 제발 이러지 말아요.〉

그녀는 외쳤습니다.

〈맹세코 나중에 모두 다 얘기할게요. 지금 이 집으로 들어가면 불행한 일만 생길 거예요.〉

팔을 흔들어 아내를 떼어놓으려 했지만, 그녀는 미친 듯이 애원하며 매달렸습니다.

〈잭, 믿어 주세요.〉

아내는 소리쳤습니다.

〈이번 한 번만 믿어 줘요. 절대 후회하지 않을 거예요. 당신을 위해서가 아니라면 무엇이든 몰래 감추는 일은 하지 않아요. 우리의 인생이 여기에 달려있어요. 나와 함께 집으로 돌아가면 모든 일이 잘될 거예요. 당신이 억지로 이 집에 들어간다면 우리 사이는 모두 끝장이에요.〉

그 말이 너무도 진지했고, 너무도 필사적인 모습이었기 때문에 저는 움직이지 못하고 문 앞에 서서 망설였습니다.

〈한 가지 약속을 하면 믿겠소. 단 한 가지 약속이오.〉

결국 저는 이렇게 말했습니다.

〈이런 수수께끼 같은 일은 이제 끝이오. 비밀을 간직하는 건 맘대로 해도 좋지만 밤에 나가거나, 나 몰래 무슨 일을 하지 않겠다고 약속하시오. 앞으로 다신 이런 일이 없다고 약속해준다면 지난 일은 모

두 잊어버리겠소.〉

〈저를 믿어줄 거라 생각했어요.〉

그녀는 안도의 한숨을 크게 내쉬며 말했습니다.

〈당신이 말한 대로 하겠어요. 가요. 집으로 돌아가요!〉

아내는 여전히 내 소매를 잡고 끌어당겨 별장에 가까이 있지 못하도록 했습니다. 집으로 가면서 돌아봤더니 이층 창에서 노랗고 창백한 얼굴이 내려다보고 있었지요. 아내와 그 녀석 사이에는 도대체 어떤 연관이 있는 걸까요? 전날 보았던 그 무례하고 험악한 여자와는 또 어떤 관계가 있는 걸까요? 그건 정말 기묘한 수수께끼였고, 그 해답을 찾을 때까진 제 마음에 안정이란 결코 없을 거라는 걸 알게 되었습니다.

이 일이 있은 후 이틀 동안 저는 집에 머물러 있었고 아내 역시 약속을 충실하게 지켰지요. 제가 아는 한, 아내는 집 밖으로 나가지 않았습니다. 그런데 사흘째 되는 날에 분명한 증거를 잡게 되었습니다. 굳은 약속을 했음에도 불구하고, 남편과 자신의 의무를 저버리게 하는 비밀스런 힘이 있다는 것을 말이지요.

그날은 시내에 나갔는데, 늘 하던 대로 3시 36분차를 타지 않고 2시 40분차를 타고 돌아왔습니다. 집에 들어서자 하녀가 놀란 얼굴을 하고 현관으로 달려 나오더군요.

〈안주인은 어디 계시냐?〉

제가 물었습니다.

〈산책을 나가신 것 같아요.〉

하녀가 대답했습니다.

제 마음 속에는 즉시 의심이 가득 찼습니다. 아내가 집에 없는지 확인하려고 위층으로 뛰어올라갔습니다. 그런데 위층 창문 밖을 흘 긋 보니 방금 얘기했던 하녀가 목초지를 가로질러 그 별장으로 달려 가는 것이 보이더군요. 물론, 저는 무슨 일인지 확실히 알 수 있었습 니다. 아내가 그곳으로 갈 때, 내가 돌아오면 알려달라고 하녀에게 말 했던 것이지요. 화가 치밀어 견딜 수 없게 된 저는 이 일을 한 번에 끝내버리려고 아래층으로 뛰어 내려가 목초지를 건너갔습니다. 아내 와 하녀가 허둥지둥 길을 따라 오는 것을 보았지만 저는 아무 말도 하지 않고 계속 앞으로 갔지요. 제 인생에 그늘을 드리운 비밀이 그 별장에 있었습니다. 저는 무슨 일이 있더라도 그 비밀을 파헤치리라 맹세했어요. 문 앞에 이르러서는 노크도 하지 않고 손잡이를 돌려 안 으로 뛰어 들어갔습니다.

일층은 아무도 없이 조용했습니다. 주방에서는 주전자가 불 위에 서 끓고 있었고, 크고 검은 고양이 하나가 바구니 안에서 둥글게 몸 을 말고 있었는데, 전에 보았던 여자는 어디에도 보이지 않았지요. 다 른 방으로 들어가 봤지만 그곳도 역시 아무도 없었습니다. 그래서 위 층으로 뛰어 올라갔는데 방 두 개가 모두 비어있고 사람은 보이지 않 더군요. 집안 전체에 사람은 한 명도 없었습니다. 가구와 그림은 대 부분 흔하고 평범한 것이었는데, 제가 그 이상한 얼굴을 보았던 창이 있는 방 하나만은 예외였어요. 아늑하고 기품 있게 꾸며진 그 방을 보자 제 의혹은 고통의 불길로 더욱 활활 불타올랐습니다. 석 달 전 에 제가 부탁해서 찍은 아내의 전신사진이 벽난로 선반 위에 놓여있 었기 때문입니다.

저는 그 별장에 아무도 없다는 것을 확실하게 확인한 다음에야 그곳에서 나왔습니다. 제 생전 그토록 마음이 무거웠던 적은 없었습니다. 집으로 들어갔을 때 아내는 현관에 나와 있었지요. 하지만 마음의 상처가 크고 너무 화가 나서, 아무 말 없이 그녀를 밀치고 서재로 들어갔습니다. 그런데 문을 닫기도 전에 그녀가 따라 들어왔지요.

〈약속을 어겨서 미안해요, 잭.〉

그녀가 말했습니다.

〈하지만 모든 상황을 다 알고 나면 나를 용서하게 될 거예요.〉

〈그럼 모두 다 얘기해 보시오.〉

제가 말했습니다.

〈안돼요, 잭. 할 수 없어요!〉

아내는 소리쳤습니다.

〈저 별장에 살고 있는 사람이 누구인지, 당신이 사진을 준 그 사람이 누구인지 말하지 않는다면 우리 사이에 믿음이란 없을 것이오.〉

이렇게 말하며 저는 아내를 남겨두고 집을 나왔습니다. 그때가 어제입니다. 홈즈 씨, 그 이후로는 아내를 보지 못했고, 이 이상한 사건에 대해서 더 이상 아는 것이 없습니다. 우리 사이에 어두운 그림자가 드리운 것은 이번이 처음이라, 혼란스럽기만 할뿐 어찌해야 좋을지 모르겠군요. 오늘 아침 갑자기 홈즈 씨가 떠올랐고, 제게 방법을 알려주실 분이란 생각이 들었습니다. 그래서 이렇게 달려와 속마음을 털어놓게 된 것입니다. 제가 분명하게 설명하지 못한 부분이 있다면 말씀해주시기 바랍니다. 하지만 무엇보다도 먼저, 제가 어떻게 해야 할지 알려주시길 부탁드립니다. 이런 상황을 더 이상 견딜 수가 없군요."

홈즈와 나는 극도로 흥분한 감정 탓에 더듬거리며 두서없이 말하는 그의 기묘한 이야기에 깊은 관심을 가지고 귀를 기울였다. 내 동료는 손으로 턱을 괴고, 한참 동안 아무 말 없이 생각에 빠져있었다.

"그렇다면,"

마침내 홈즈가 입을 열었다.

"창문을 통해서 당신이 본 것이 사람의 얼굴이 틀림없습니까?"

"항상 멀리 떨어진 곳에서 봤기 때문에 확실하다고는 말할 수 없습니다."

"어쨌든 그것을 보고 기분 나쁜 인상을 받았다는 것이지요?"

"얼굴색도 자연스럽지 않았고, 이상하게도 표정이 경직된 듯했습니다. 다가갔을 때는 갑자기 사라져 버렸지요."

"부인이 백 파운드를 달라고 했던 때는 언제인가요?"

"두 달 전쯤입니다."

"전남편의 사진을 본 적이 있습니까?"

"아뇨. 그가 죽은 후 얼마 지나지 않아 애틀랜타에 큰 화재가 나서 모든 서류가 타버렸다고 하더군요."

"그런데 부인이 남편의 사망 증명서는 가지고 있었군요. 본 적이 있다고 했지요?"

"봤습니다. 화재 후에 사본을 받았다고 했습니다."

"미국에서 부인을 알고 지내던 사람을 만난 적이 있나요?"

"없습니다."

"부인이 그곳에 다시 간다는 얘기를 한 적이 있습니까?"

"아니오."

"그러면, 편지가 온 적은?"

"제가 아는 한은 없습니다."

"알겠습니다. 이제 그 문제에 대해 좀 생각해봐야겠군요. 만일 그 별장이 완전히 비어있다면 일을 해결하는데 어려움이 있을 것 같습니다. 반면에, 내 생각에는 아마도 이쪽이 맞을 것 같은데, 어제 당신이 그 집에 들어가기 전에 이미 경고를 듣고 떠났다고 한다면, 지금쯤은 돌아와 있을 테니 모든 일을 쉽게 해결할 수 있을 겁니다. 그러니 내 말을 들으시지요. 노베리로 돌아가서 그 별장의 창문을 잘 살펴보십시오. 그곳에 사람이 있다고 생각된다면 강제로 들어가려고 하지 말고 이곳으로 전보를 보내는 겁니다. 우리가 그 전보를 받으면 한시간 내로 달려가, 이 사건을 신속하게 해결해 드리지요."

"그런데 여전히 비어있으면 어떻게 하지요?"

"그럴 경우에는 내일 내가 갈 테니 그때 이야기해봅시다. 그럼 안녕히 가십시오. 모든 문제가 밝혀지기까지는 너무 불안해하지 않는 것이 좋습니다."

"왓슨, 나쁜 일이 아닐까 걱정되는군."

그랜트 먼로 씨를 문 앞까지 배웅하고 돌아온 홈즈는 이렇게 말했다.

"자네는 어떻게 생각하나?"

"어쩐지 추악한 이야기였네."

내가 대답했다.

"그렇지. 분명 협박을 당하고 있는 걸 거야. 그게 아니라면 내가 큰 오해를 하는 거겠지."

"누가 협박을 한단 말인가?"

"음, 그 별장에서 단 하나 뿐인 안락한 방에 살고 있는 자일거야. 벽난로 위에 부인의 사진이 걸린 그 방 말일세. 왓슨, 맹세컨대, 그 창가의 창백한 얼굴에는 분명히 흥미로운 점이 있네. 이 사건을 절대 놓치지 않을 거야."

"가설을 세웠군?"

"그렇지. 잠정적인 것이긴 하지만, 이 가설이 틀리다면 그게 오히려 놀랄 일이지. 그 여자의 첫 번째 남편은 별장에 있네."

"어째서 그렇게 생각하나?"

"두 번째 남편이 들어가지 못하게 하려고 필사적으로 막는 이유가 달리 있겠는가? 내가 보건데, 사실은 이럴 거야. 이 여자는 미국에서 결혼을 했네. 남편이 차츰 혐오스런 성격을 나타내기 시작했거나, 어떤 역겨운 병에 걸리게 되어 나병환자나 천치가 되고 말았지. 그녀는 결국 남편을 버리고 영국으로 돌아와, 이름을 바꾸고 인생을 다시 시작한 거야. 그녀의 생각으로는 새로운 삶이었지. 결혼한 지 3년이 지나자 자신의 생활이 안정되었다고 믿었네. 남편에게 보여준 사망증명서는 다른 남자의 것이었지. 그 이름의 성을 따라 자신의 이름도 새로 지었던 거야. 그런데 갑자기 첫 번째 남편이, 아니면 불구자인 그에게 붙어사는 어떤 악랄한 여인이 그녀가 사는 곳을 알아낸 것이지. 그들은 이곳으로 와서 사실을 폭로하겠다는 협박편지를 써서 보냈네. 부인은 남편에게 백 파운드를 요청해서 그들의 입을 막으려고 했지. 그럼에도 불구하고 이곳으로 왔고, 별장에 새로운 사람이 들어온 것을 본 남편은 별 생각 없이 아내에게 얘기를 한 거야. 부인은 자신을 협박하는 자들이란 걸 알았지. 남편이 잠들 때까지 기다렸다가 별장으로 달려가 조용히 떠나기를 설득했네. 아무 소용이 없자 다음날 아침 다시 찾아갔지. 그래서 먼로 씨가 얘기했듯이 그 집에서 나올 때 남편과 마주치게 된 거야. 다시는 그 집에 가지 않겠다고 약속했지만 이틀이 지나고, 끔찍한 이웃을 쫓아내야한다는 생각에 더 이상 참지 못하고 사진을 들고 또다시 찾아가게 되었네. 아마 그 사진은 그들이 요구한 거겠지. 얘기를 하고 있던 도중에 하녀가 달려와서 남편이 집으로 왔다는 걸 알렸네. 부인은 남편이 곧장 별장으로 오리라는 것을 알고 허겁지겁 그들을 뒷문으로 내보냈지. 아마도 집 근처에 있다고 한, 전나무 숲으로 들어갔을 걸세. 그래서 남편이 들어갔을 땐 집이 비어있던 거야. 오늘 저녁 먼로 씨가 그 별장을 살펴봤는데 여전히 아무도 없다면 나로서는 놀라운 일이겠지. 내 가설이 어떤가?"

"모두 추측일 뿐이군."

"그렇지만 적어도 모든 사실을 설명할 수는 있지. 설명할 수 없는 새로운 사실이 나타난다면 그때 가서 다시 생각해봐도 늦지 않을 거야. 현재로서는 노베리의 친구로부터 메시지가 올 때까지 아무 것도 할 일이 없군."

하지만 그리 오래 기다리지는 않았다. 차를 막 마시고 나자 전보가 도착했다. 〈별장에는 여전히 사람이 살고 있음.〉 전보는 이렇게 시작했다. 〈그 얼굴을 창문에서 보았음. 7시차로 오시면 마중 나가겠음. 오실 때까지 아무 일도 하지 않겠음.〉

우리가 기차에서 내렸을 때 그는 플랫폼에서 기다리고 있었다. 역의 불빛에 비친 그는 창백한 얼굴이었고 흥분으로 몸을 떨고 있었다.

"홈즈 씨. 아직 그곳에 있습니다."

그는 내 친구의 소매를 붙잡으며 말했다.

"오는 길에 보니, 별장에 불이 켜져 있더군요. 이제 출발합시다. 단번에 모든 걸 밝혀내겠습니다."

"그럼, 어떻게 하실 계획입니까?"

나무가 늘어선 어두운 거리를 걸으며 홈즈가 물었다.

"강제로 그 집에 들어가 누가 살고 있는지 제가 직접 볼 겁니다. 두 분은 증인이 되어주시길 바랍니다."

"부인께서는 이 문제를 파헤치지 않는 것이 낫다고 경고했는데도 그렇게 결심하신 겁니까?"

"네. 결심했습니다."

"음, 제 생각에도 그 편이 좋은 것 같군요. 어떤 진실이라 할지라도 한없이 의심만 하는 것보단 나을 테니까요. 지금 당장 가는 것이 좋겠습니다. 물론 법적으로는 구제받을 수 없는 일입니다만, 그래도 해볼 만한 가치는 있지요."

칠흑같이 어두운 밤이었다. 우리가 큰 도로에서 작은 길로 접어들자 비가 조금씩 떨어지기 시작했다. 수레바퀴 자국이 깊게 패어있고 양쪽에 울타리가 있는 길이었다. 그랜트 먼로 씨는 성급하게 앞으로 나아갔지만, 우리는 넘어질 듯 비틀거리며 힘겹게 따라 가야했다.

"저쪽에 보이는 불빛이 저희 집입니다."

먼로 씨는 속삭이며 나무 사이의 희미한 불빛을 가리켰다.

"그리고 이쪽이 우리가 가는 별장이지요."

그가 말하는 동안 우리는 모퉁이를 돌아갔다. 그러자 우리 옆에 건물이 하나 나타났다. 노란 불빛이 어두운 앞마당에 길게 드리워져 있는 것으로 보아 현관문이 완전히 닫혀있지 않은 듯했다. 이층에는 창문 하나에만 불이 환하게 켜져 있었다. 우리가 올려다보는 사이, 블라인드 사이로 어둡고 희미한 물체가 지나갔다.

"저기 그 녀석이 있습니다."

그랜트 먼로가 소리쳤다.

"누군가 저기 있는 것이 보일 겁니다. 저를 따라오세요. 곧 모든 걸 알게 될 겁니다."

문 앞에 다다르자, 갑자기 어둠 속에서 한 여인이 나타나 노란 불빛을 등지고 섰다. 어두워서 얼굴은 보이지 못했지만 두 팔을 내밀고 간절하게 애원하는 모습이었다.

"제발 이러지 말아요, 잭!"

그녀가 큰 소리로 말했다.

"오늘 저녁 당신이 올 것 같은 예감이 들었어요. 다시 생각해 봐요, 여보! 나를 믿어줘요. 절대 후회하지 않을 거예요."

"이미 믿을 만큼 믿었소, 에피!"

그는 단호하게 말했다.

"비켜서시오. 난 들어가야만 하겠소. 내 친구들과 함께 이 문제를 완전히 해결 지을 것이오."

그는 부인을 한쪽으로 밀쳤고, 우리는 바짝 붙어서 따라갔다. 그가 문을 열자 중년 여자가 뛰어나와 지나가지 못하도록 가로막고 섰다. 하지만 그녀도 밀쳐버렸고, 우리는 곧장 이층으로 올라갔다. 그랜트 먼로는 맨 끝에 있는 불 켜진 방으로 뛰어 들어갔다. 우리도 그 뒤를 따랐다.

잘 꾸며진 안락한 방이었다. 촛불 두 개가 탁자 위에 놓여있었고, 벽난로 위에도 두 개가 있었다. 구석에는 여자애인 듯한 어린 아이가 책상 위로 몸을 숙이고 있었다. 우리가 들어갔을 때 그 아이는 반대쪽으로 고개를 돌렸지만 빨간 드레스와 길고 흰 장갑을 끼고 있는 것을 볼 수 있었다. 그 아이가 우리 쪽으로 홱 돌아서자 나는 놀라움과 공포의 비명을 질렀다. 우리를 향한 여자 아이의 얼굴은 기이하게도 창백한 빛이었고, 표정에는 아무런 감정이 없었다. 잠시 후에 그 수수께끼는 풀렸다. 홈즈가 웃으며 어린 아이의 귀 뒤쪽으로 손을 뻗어, 얼굴을 가리고 있던 가면을 벗겨내었다. 그러자 어리둥절하고 있는 우리들 앞에, 새까만 얼굴의 흑인 아이가 재미있다는 표정으로 하얀 이를 반짝이며 나타났다. 나는 그 아이의 즐거운 얼굴에 덩달아 웃음이 터져 나왔다. 하지만 그랜트 먼로는 자신의 목을 붙잡고 서서 바라보고만 있었다.

"맙소사!"

그가 소리쳤다.

"이게 대체 어찌된 일이지?"

"어찌된 일인지 내가 얘기하지요."

부인이 방 안으로 성큼 들어섰다. 당당하면서도 단호한 표정이었다.

"말하지 않으려고 했지만, 당신이 이렇게까지 하니 말하지 않을 수 없군요. 이제 우리 모두 최선의 길을 찾아야 해요. 전남편은 애틀랜타에서 사망했어요. 내 아이는 살아남았지요."

"당신 아이가!"

그녀는 가슴 속에서 커다란 은제 로켓을 꺼내 들었다.

"이걸 여는 걸 본 적이 없을 거예요."

"그건 열리지 않는 걸로 알았소."

그녀가 스프링을 건드리자 앞면이 열렸다. 그 안에는 눈에 띄게 잘 생기고 지적인 남자의 초상이 들어있었다. 하지만 그 얼굴에는 의심의 여지가 없이 흑인 혈통이라는 것이 드러나 있었다.

"이 사람이 애틀랜타의 존 헤브론이에요."

부인이 말했다.

"그리고 이 사람보다 고귀한 이는 지구상에 없습니다. 이 사람과 결혼하기 위해서 제 가문과의 인연을 끊어버렸지만, 그가 살아있는 동안 단 한 번도 후회한 적이 없어요. 우리의 단 하나 뿐인 아이가 나를 닮지 않고 그 사람의 혈통을 닮아 태어난 것이 불행이었지요. 백인과 흑인 사이의 결혼에서 그런 일은 자주 있는 일이지만, 우리 루시는 아버지보다 훨씬 더 검은 피부랍니다. 하지만 검은 색이든 흰 색이든, 나의 소중한 아이이며 사랑스러운 딸이에요."

그 말을 듣자 아이는 방을 가로질러 달려가 부인의 치마에 매달렸다.

"이 아이를 미국에 두고 온 것은,"

그녀는 계속 말을 이었다.

"몸이 약했기 때문이지요. 변화를 주는 것은 건강에 해롭다고 생각했어요. 그래서 하녀로 일했던 믿음직한 스코틀랜드 출신 유모에게 맡겼답니다. 아이를 버린다는 생각은 한 순간도 해본 적이 없어요. 하지만 잭, 우연히 당신을 만나게 되고 사랑에 빠지게 되자, 아이에 대해 말하기가 두려웠어요. 신이여, 용서하소서. 당신을 잃을까 두려워 말할 용기가 나지 않더군요. 당신과 사이에서 선택을 해야 했을 때, 우유부단했던 나는 아이에게 등을 돌리고 말았어요. 그 아이의 존재를 당신에게 삼 년 동안 비밀로 감추어왔지요. 그런데 유모부터 소식을 듣고 아이의 건강이 나아졌다는 것을 알았어요. 아이를 다시 한 번이라도 보고 싶다는 욕망이 걷잡을 수 없이 밀려오더군요. 그 마음을 억누르려고 했지만 도리가 없었지요. 위험한 일이란 걸 알았지만 단 몇 주만이라도 이곳에 데려오려고 결심했어요. 유모에게 백 파운드를 보냈고, 이 별장에 대해 알려줘서 저와 아무런 관련이 없는 이웃인 것처럼 이사 오도록 하였지요. 나는 유모에게 낮 동안은 아이를 집안에 있도록 하고, 얼굴과 손을 가려 사람들이 창 밖에서 봐도 이웃에 흑인 아이가 살더라는 소문이 돌지 않도록 조심하라고 일렀어요. 내가 그렇게까지 조심하지 않았더라면, 조금 더 현명한 결과가 나왔을 지도 모르지만, 당신이 진실을 알까 두려워 반쯤 미쳐있었답니다.

이 별장에 사람들이 이사 왔다고 처음 얘기한 이는 바로 당신이었어요. 아침까지 기다려야했지만 기대감에 부풀어서 잠을 잘 수가 없었지요. 당신이 잘 깨어나지 않는다는 걸 알았기에 나는 몰래 빠져

76

나왔어요. 하지만 내가 나가는 걸 당신이 보았고, 그것이 사건의 발단이 되었지요. 다음 날 비밀이 탄로 날 뻔 했지만 당신은 끝까지 추궁하지 않고 고귀한 자제력을 보여주었어요. 그런데 사흘 뒤, 당신이 현관문으로 뛰어 들어왔을 때 유모와 아이는 뒷문을 통해 가까스로 빠져나갔지요. 그리고 오늘 밤 결국은 모든 사실을 알게 되었군요. 이제 우리 사이는 어떻게 되는 건가요? 이 아이와 나는 어떻게 해야 하죠?"

그녀는 두 손을 모아 움켜쥐고 대답이 오기를 기다렸다.

그랜트 먼로가 침묵을 깨기까지 2분은 기나긴 시간이었다. 그가 한 대답은 언제든 다시 떠올려도 기분 좋은 말이었다. 그는 아이를 들어 올려 입 맞추고는, 팔에 안은 채로 다른 손으로 부인의 손을 잡은 다음, 문 쪽으로 몸을 돌렸다.

"집에 가서 편안하게 이야기해봅시다."

그가 말했다.

"에피, 나는 그리 좋은 사람이 아니오. 하지만 당신이 생각하는 것보단 좋은 사람일 거요."

홈즈와 나는 그들을 따라서 별장에서 나왔다. 작은 길에 이르자 그는 내 소매를 잡아끌었다.

"내 생각에는,"

그가 말했다.

"우리는 노베리보다 런던에 가는 편이 나을 것 같네."

그날 밤 늦게까지 홈즈는 그 사건에 대해서 아무 말도 하지 않았다. 불을 붙인 촛불을 들고 침실로 갈 때쯤 되어서야 나를 돌아보며 입을 열었다.

"왓슨."

그가 말했다.

"내가 내 자신의 능력을 과신하거나 사건에 소홀히 하는 모습을
보일 때는 내 귀에 대고 조용히 〈노베리〉라고 말해주게. 그렇게 해준
다면 더없이 고맙겠네."

증권회사 직원

결혼한 지 얼마 지나지 않아 나는 패딩턴 구역에 있는 의원을 인수했다. 나에게 의원을 판 늙은 의사 파쿼 씨는 한창때 일반의로서 잘 알려졌지만 나이가 들고, 무도병[01]으로 고생을 하게 되자 유명세가 많이 줄어들었다. 자연스런 일이지만, 일반 대중은 다른 이를 치료하는 사람이란 완벽한 건강을 유지해야한다고 생각하고, 스스로 치료할 수 없는 병을 앓는 사람에겐 의사로서의 치료 능력에 대해 의심스런 눈초리를 보내기 마련이다. 그래서 파쿼 씨의 건강이 나빠짐에 따라 환자가 점점 뜸해져서 수입도 점차 줄어들었다. 연수입이 천이백 파운드였던 것이 내가 인수할 당시에는 삼백 파운드도 안 될 정도였다. 하지만 나는 젊고 정열적으로 일할 수 있었기에 몇 년 안에 의원을 일으켜 전과 같은 명성을 되찾을 자신이 있었다.

개업하고 나서 석 달 동안은 일에 열중하느라 내 친구 셜록 홈즈를 거의 만나지 못했다. 나는 의원이 바빠서 베이커 가를 찾아가지 못했고, 그 역시 직업적인 일이 아니고선 어디든 밖에 나가는 성격이 아니었다. 그런 까닭에 나는 놀라지 않을 수 없었다. 6월 어느 날 아침, 식사

---

01 무도병(舞蹈病) : St Vitus's Dance, 신경병의 일종. 얼굴, 손, 발 등이 의지와 다르게 움직이거나 마비되는 증세가 있다.

를 마치고 앉아 〈영국 의학 저널〉을 읽고 있을 때, 벨소리에 이어 내 오랜 동료의 높고 어딘가 귀에 거슬리는 목소리가 들려왔기 때문이다.

"이보게, 왓슨."

성큼성큼 방 안으로 들어오며 홈즈가 말했다.

"자네를 만나게 되어 반갑군. 부인께서는 〈네 사람의 서명〉[02] 사건의 충격에서 완전히 회복되셨겠지?"

"걱정해줘서 고맙네. 우리 둘 다 아주 잘 지내고 있지."

나는 이렇게 대답하며, 다정하게 그의 손을 잡고 악수했다.

"그리고,"

홈즈는 흔들의자에 앉으며 말을 이었다.

"의원일 때문에 추리 문제에 대한 예전의 관심을 모두 지워버린 건 아니겠지?"

"그 반대일세."

내가 대답했다.

"어제 밤만 해도 예전 노트를 살펴보며 지난 사건들을 분류하고 있었다네."

"사건을 기록하는 일을 그걸로 끝낸 건 아니지?"

"천만에. 그런 경험을 더 하는 것이 내가 정말 바라는 것일세."

"그렇다면, 오늘은 어떤가?"

"물론 오늘도 좋지. 자네만 좋다면."

"버밍엄[03]까지 가는 건?"

---

02 이 사건을 계기로 왓슨은 현재의 부인과 만나 결혼하게 되었다.

03 Birmingham : 영국 미들랜드 주에 있는 공업도시.

"좋아. 자네가 원한다면."

"그럼 의원일은?"

"이웃 의사가 외출할 때 내가 대신 일을 봐주고 있네. 언제든 빚을 갚을 준비가 되어있을 걸세."

"하! 그렇다면 아주 잘 됐네."

홈즈는 이렇게 말하며, 의자 등받이에 몸을 기대고 반 쯤 감은 눈꺼풀 사이로 나를 예리하게 살펴보았다.

"요즘 건강이 좋지 않았었군. 여름감기란 언제나 쉽지 않은 법이지."

"지난주 사흘 동안, 감기 때문에 심한 오한이 들어 집에만 있었네. 하지만 이제 다 나아서 아팠던 기색은 없을 텐데."

"맞아. 아주 건강해 보이는군."

"그러면 어떻게 안 건가?"

"이 친구, 내 방식을 알잖나."

"그럼 추론해낸 건가?"

"물론이지."

"무엇을 보고?"

"자네 슬리퍼라네."

나는 신고 있던 새 에나멜가죽 슬리퍼를 흘긋 내려다보았다.

"대체 어떻게?"

내가 묻는 말이 끝나기도 전에 홈즈가 대답했다.

"자네 슬리퍼는 새것이군."

그가 말했다.

"그걸 신은 지 몇 주가 되지 않았을 거야. 지금 내 쪽에서 보이는 신발바닥이 약간 그을려있네. 잠깐 동안은, 젖어서 말리느라 태운 거라 생각했지. 하지만 발등 부분에 점원이 암호를 써넣은 작고 동그란, 얇은 종이가 붙어있군. 젖었다면 그게 떨어져 나갔을 거야. 자네는 난로 앞에 앉아 다리를 불쪽으로 쭉 뻗고 있던 거지. 건강한 사람이라면 아무리 젖었다한들 6월에 그렇게 하고 있진 않았을 거야."

홈즈의 추리가 모두 그렇듯이, 설명을 듣고 나면 너무도 간단하게 느껴졌다. 이런 내 생각을 읽었는지 그는 쓸쓸하게 미소 지었다.

"설명을 하다 보니 너무 많은 걸 알려주는 것 같군. 이유는 말하지 말고 결과만 얘기한다면 더욱더 인상적일 텐데 말이야. 그럼, 버밍엄으로 같이 갈 수 있겠지?"

"물론이네. 어떤 사건인가?"

"기차 안에서 모두 알려주겠네. 의뢰인이 밖에서 사륜마차를 타고 기다리고 있어. 지금 곧 갈 수 있나?"

"금방 준비하겠네."

나는 이웃의사에게 메모를 쓰고, 이층으로 뛰어올라가 아내에게 이 일에 대해 설명한 뒤, 홈즈와 함께 문을 나섰다.

"자네 이웃도 의사라고 했지?"

그는 황동 간판을 보며 고개를 끄덕였다.

"맞아. 나처럼 의원을 인수했네."

"오래된 곳인가?"

"내 의원과 똑 같아. 둘 다 이 건물을 지었을 때부터 시작했지."

"아, 그러면 자네는 둘 중에 잘되는 곳을 잡은 거군."

"그런 것 같네. 하지만 어떻게 알았지?"

"이 친구, 계단을 보면 알 수 있잖나. 자네 쪽은 이웃보다 더 닳아서 3인치나 깊게 패여 있네. 그건 그렇고, 마차에 타고 있는 이 신사 분이 의뢰인인 홀 파이크로프트 씨일세. 인사 나누시게. 마부, 출발하세. 기차 시간이 거의 다 되어가는군."

내가 마주 보고 앉은 남자는 건장하고 혈색이 좋은 젊은이로, 솔직하고 정직해 보이는 얼굴에 곱슬곱슬한 노란 콧수염을 약간 기르고 있었다. 그는 번들거리는 중산모를 쓰고 수수한 검은 색 양복을 입고 있었는데, 그 말쑥한 모습이 금융가의 젊은이라는 것과 사람들이 흔히 코크니[04]라고 부르는 계층에 속한다는 것을 말해주고 있었다. 정예 지원병부대를 만들어 내고, 영국 땅의 어느 누구보다도 훌륭한 운동가와 선수를 배출해내는 그 계층 말이다. 그의 둥글고 혈색이 좋은 얼굴에는 천성적으로 쾌활함이 넘쳐흘렀지만, 우스꽝스러우면서도 곤란한 상황에 처해있는 듯 입술 양 끝이 흘러내려 있었다. 하지만 그가 셜록 홈즈를 찾아온 이유에 대해서는 우리 모두가 버밍엄으로 향하는 기차의 일등석에 앉은 후에야 들을 수 있었다.

"여기서부터 꼬박 70분은 가야하네."

홈즈가 말했다.

"홀 파이크로프트 씨. 당신이 겪었던 흥미로운 일을 내게 말했던 그대로 이 친구에게 얘기해주시지요. 되도록 더욱 상세하게 얘기하면 좋겠군요. 사건에 대해 처음부터 다시 듣는 것이 내게도 도움이 됩니다. 왓슨, 이 사건은 뭔가가 있을 수도 있고 없을 수도 있네. 하지만

---

04 cockney : 런던 토박이, 특히 런던 동부(East End)에 거주하는 사람을 말한다.

적어도 현재로서는 자네나 내가 좋아할 만한 색다르고 유별난 일인 것만은 틀림없어. 자, 그럼 파이크로프트 씨, 더 이상 끼어들지 않겠습니다."

젊은 친구는 반짝이는 눈으로 나를 쳐다보았다.

"제 이야기 중에 제일 안 좋은 점은,"

그가 말했다.

"제가 완전히 어리석은 일을 저질렀다는 겁니다. 물론 일은 잘 해결되겠습니다만 제겐 다른 방도가 없더군요. 직장을 잃고도 남는 것이 하나도 없다면 정말 바보라는 생각이 들 것 같습니다. 왓슨 씨, 제가 이야기를 잘 하는 사람은 아니지만, 이제 말씀 드려보겠습니다.

저는 드레퍼스 가든의 콕슨 앤 우드하우스에서 직원으로 일해 왔습니다. 그런데, 기억하시리라 믿습니다만, 이른 봄에 베네수엘라 공채[05] 때문에 큰 타격을 받고 위기에 처하고 말았습니다. 저는 5년 간을 그곳에서 일을 했습니다만, 결국 회사가 망하게 되자 콕슨 씨는 제게 훌륭한 추천장을 써주었습니다. 하지만 스물일곱 명 전 직원이 직장을 잃고 떠돌아다니게 된 것이지요. 여기저기에 지원서를 내보았지만 저와 같은 처지의 다른 사람들이 많았기 때문에 오랫동안 직장을 구할 수가 없었습니다. 콕슨에서 근무할 때 주급 3파운드를 받았기에 그동안 저축을 해서 70파운드 가량 모았습니다. 그런데 그 돈으로 생활하다보니 얼마 지나지 않아 다 써버리고 말았지요. 결국 막다른 길에 다다르게 된 겁니다. 광고를 보고 지원하려고 해도 우표 한

---

05 19세기 후반, 남미의 국가 베네수엘라가 경제 위기를 맞아 공채를 갚지 못하게 된 일을 말함.

장 없을 뿐 아니라 그 우표를 붙일 봉투조차 없었어요. 신발이 닳도록 사무실 계단을 오르내렸지만 전처럼 직장을 구하는 것은 까마득하게만 느껴졌습니다.

마침내 롬버드 가(街)의 큰 증권회사 모슨 앤 윌리엄스에 빈자리가 있다는 걸 알게 되었습니다. 두 분은 금융계에 대해 잘 모르시겠지만, 그 곳은 런던에서 가장 자본이 많은 회사이지요. 입사 지원은 우편으로만 하게 되어있었습니다. 저는 추천장과 지원서를 보냈지요. 하지만 붙으리라는 희망은 거의 없었습니다. 그런데 다음 월요일에 면접을 보고 마음에 든다면 즉시 새 업무를 주겠다는 답장이 왔습니다. 어떻게 일이 이렇게 되었는지는 모르겠습니다. 담당자가 산더미처럼 쌓인 지원서에 손을 넣고 잡히는 대로 꺼낸다는 말도 있더군요. 어쨌거나 제게 기회가 온 것이어서 너무도 기뻤습니다. 봉급은 일주일에 일 파운드가 오르고 업무는 콕슨에서 하던 일과 거의 같았지요.

이제, 이야기는 기묘한 부분으로 들어갑니다. 제가 사는 곳은 햄스테드 도로에 있는 포터스 테라스 17번지입니다. 면접을 오라는 편지를 받은 바로 그날 저녁, 저는 앉아서 담배를 피우고 있었습니다. 그때 하숙집 주인아주머니가 〈아서 피너, 회계담당자〉 라고 쓰인 명함을 가지고 올라왔지요. 그 이름은 생전 처음 들어봤기 때문에 무슨 일로 저를 찾아왔는지 알 수가 없었지만, 주인아주머니께 올려 보내라고 했습니다. 올라온 사람은 보통 키에 검은 머리, 검은 눈동자, 검은 턱수염을 한 남자였고, 코는 유태인처럼 보였습니다. 그는 활발한 태도와 분명한 말투로 얘기했습니다. 시간의 소중함을 아는 사람 같았지요.

〈홀 파이크로프트 씨이시죠?〉

그가 말했습니다.

〈그렇습니다.〉

저는 대답하며 의자를 그 사람 쪽으로 밀어줬습니다.

〈최근에 콕슨 앤 우드하우스에서 일하셨지요?〉

〈그렇습니다.〉

〈그리고 지금은 모슨의 직원이 되셨지요?〉

〈맞습니다.〉

〈실은,〉

그가 말했습니다.

〈당신의 회계 능력이 정말 대단하다는 얘기를 들었습니다. 콕슨의 부장이었던 파커를 기억하시겠죠? 그 사람이 항상 당신 얘기를 빼놓지 않더군요.〉

물론 저는 그 말을 듣고 기뻤습니다. 저는 언제나 직장에서 빈틈없이 일을 처리했습니다만, 금융계에서 그런 평판이 나올 줄을 꿈에도 생각 못했습니다.

〈기억력이 아주 좋지요?〉

그가 말했습니다.

〈그냥 괜찮은 편입니다.〉

저는 겸손하게 대답했습니다.

〈일을 하지 않는 동안에도 시장에 대해 관심을 가지고 있었겠지요?〉

그가 물었습니다.

〈네. 매일 아침 주식시세표를 보고 있습니다.〉

〈오, 정말 열심히 하는군요!〉

그는 큰소리로 말했습니다.

〈그게 바로 성공하는 길이지요. 내가 테스트를 좀 해봐도 되겠습니까? 자, 그럼! 에어셔[06]의 주가는?〉

〈105파운드에서 105파운드와 25펜스입니다.〉

〈뉴질랜드 정리공채는?〉

〈104파운드입니다.〉

〈브리티시 브로큰 힐스는?〉

〈7파운드에서 7파운드 6펜스입니다.〉

〈훌륭하군!〉

그는 두 손을 들며 소리 쳤습니다.

〈내가 들은 바 그대로이군요. 세상에, 당신은 모슨의 직원으로 일하기엔 너무 훌륭한 인재입니다!〉

짐작하시겠지만, 이런 갑작스런 말에 저는 당황했습니다.

〈글쎄요.〉

제가 말했지요.

〈피너 씨, 다른 사람들은 당신처럼 저를 대단하게 평가하지 않고 있습니다. 저는 이 직장을 얻기 위해 힘들게 노력을 했고, 자리를 얻게 되어 아주 기쁘게 생각합니다.〉

---

06 Ayrshires : 철도 관련주.

〈허, 이보시오. 원대한 꿈을 가져야지요. 당신이 있어야할 자리는 그곳이 아닙니다. 그럼 우리 회사의 조건을 말해주지요. 당신 능력에 비하면 모자랄 수도 있겠지만, 모슨에 비교한다면 완전히 흑과 백의 차이일겁니다. 자 그럼 봅시다! 모슨에는 언제 나가기로 했습니까?〉

〈월요일입니다.〉

〈하! 하! 당신이 그곳에 가지 않는다는 데에 내기를 걸겠습니다.〉

〈모슨에 가지 않는다고요?〉

〈그렇습니다. 그날 당신은 프랑코 미들랜드 기자재 주식회사의 영업부장이 되어있을 겁니다. 프랑스의 수도와 지방에 134개 지점을 갖고 있는 회사입니다. 브뤼셀[07]과 산레모[08]에 있는 지점을 제외하고도 말이지요.〉

그 말을 듣자 저는 숨이 턱 막혀왔습니다.

〈저는 들어본 적이 없는데요.〉

제가 말했지요.

〈그럴 겁니다. 자본은 모두 개인출자로 되어있고 공공연히 떠들기엔 아주 수익이 좋은 사업인지라 은밀하게 일을 하고 있습니다. 제 형인 해리 피너가 발기인인데 전무이사로서 이사회에 참여하고 있어요. 내가 이곳 사정에 훤하다는 걸 알고, 봉급은 조금 받더라도 진취적이고 정력적으로 일할 젊은이를 추천해달라고 하더군요. 파커가 당신 얘기를 하기에 이 밤에 여기까지 온 것입니다. 처음에는 고작 오백 파운드 밖에 드릴 수 없지만.〉

---

07 Brussels : 벨기에의 수도.
08 San Remo : 이탈리아 리구리아주에 있는 해안관광 도시.

〈일 년에 오백 파운드라고요!〉

저는 소리쳤습니다.

〈처음엔 그것 밖에 안 되지만, 당신이 관리하는 지점의 모든 사업에 대해서 우선적으로 일 퍼센트 커미션을 받게 될 겁니다. 봉급보다 그게 더 많을 거란 걸 내가 보증하지요.〉

〈하지만 저는 기자재에 대해선 아무 것도 모릅니다.〉

〈어허, 당신은 숫자에 밝지 않습니까.〉

머리속이 빙빙 도는 것 같아 저는 의자에 가만히 앉아 있을 수가 없었습니다. 그런데 갑자기 의심스런 생각이 서늘하게 다가오더군요.

〈솔직하게 말씀드리자면,〉

제가 말했지요.

〈이백 파운드 밖에 주지 않기는 해도, 모슨 쪽이 안전한 것 같습니다. 사실 당신 회사에 대해서는 아는 것도 별로 없고,〉

〈아, 현명하군요. 현명해.〉

그가 기쁨에 가득 찬 듯 소리쳤습니다.

〈당신이야말로 우리 회사에 꼭 필요한 사람이군요! 더 이상 얘기할 것도 없이 당신이 꼭 맞는 사람입니다. 자, 여기 백 파운드 수표가 있습니다. 우리와 같이 일할 생각이 든다면 이걸 주머니에 넣기만 하면 됩니다. 선불로 드리는 거니까요.〉

〈꽤 큰 금액이군요. 언제 일을 시작하는 겁니까?〉

〈내일 한 시에 버밍엄으로 가십시오.〉

그가 말했습니다.

〈여기 내 주머니 안에 형한테 전할 편지가 있습니다. 코퍼레이션가(街) 126B에 회사의 임시 사무실이 있어요. 그곳에서 형을 만나면 됩니다. 물론 형이 계약을 확인하게 될 텐데, 그건 걱정하지 마십시오.〉

〈피너 씨, 정말이지 어떻게 감사의 말을 전해야할지 모르겠습니다.〉

제가 말했습니다.

〈천만에요. 당신은 그만한 대우를 받을 가치가 있는 사람입니다. 그리고 한두 가지 간단한 일을 해야 하는데, 형식적인 겁니다. 거기 당신 옆에 종이가 있군요. 이렇게 써주십시오. '나는 프랑코 미들랜드 기자재 주식회사에 최하 500파운드의 연봉으로 영업부장에 취임하고자 합니다.'〉

저는 그가 하라는 대로 했고, 그는 그 종이를 주머니에 넣더군요.

〈또 한 가지 사소한 일이 있습니다.〉

그가 말했지요.

〈모슨에는 뭐라고 말할 겁니까?〉

저는 기쁜 마음에 모슨에 대해서는 완전히 잊어버리고 있었습니다.

〈그만둔다는 편지를 쓰겠습니다.〉

제가 말했습니다.

〈그렇게 하지 않는 게 좋겠군요. 당신을 두고 모슨의 부장과 말다툼을 했습니다. 당신에 대해 물어보려고 갔었는데 부장이 아주 공격적으로 비난하더군요. 당신을 꾀어서 회사에서 빼내가려고 한다는 둥, 그런 얘기를 하면서 말입니다. 결국 나도 화가 나서 '훌륭한 직원을 원한다면 그 만큼 봉급을 많이 줘야하는 거 아니오.'라고 말했습니다. 그랬더니 '당신이 봉급을 많이 줘도, 적게 주는 우리한테로 오게 될 거요.'라고 하더군요. 그래서 이렇게 말했지요. '5파운드를 걸겠소. 그가 내 제안을 받으면 다신 이곳에 연락도 안하게 될 거요.' 그러니까 '좋소! 우리가 그를 하수구에서 건져줬으니 쉽게 떠나진 못할 것이오.' 이렇게 말하더군요.〉

〈저런 뻔뻔스러운 녀석이 있다니!〉

저는 소리쳤습니다.

〈저는 한 번도 그 사람을 본 적이 없습니다. 어쨌거나 그런 사람을 신경 쓸 필요가 없겠지요? 편지를 쓰지 않는 게 낫다면 쓰지 않겠습니다.〉

〈좋습니다! 그럼 약속한 겁니다!〉

이렇게 말하며 그는 의자에서 일어났습니다.

〈훌륭한 사람을 형한테 소개시킬 수 있게 되어서 기쁘군요. 여기 선불금 백 파운드하고 편지가 있습니다. 코퍼레이션 가 126B 주소를 적어두십시오. 내일 약속은 한 시니까 잊으면 안됩니다. 그럼 안녕히 계십시오. 행운이 있으시길 바랍니다.〉

지금까지, 그 사람과 나눈 대화를 기억하는 대로 최대한 자세히 말씀 드렸습니다. 왓슨 씨, 짐작하시겠지만 그런 놀라운 행운에 저는 얼마나 기뻤는지 모릅니다. 밤새도록 뒤척이며 잠을 설치고는, 다음 날 기차를 타고 버밍엄으로 떠났습니다. 약속 시간이 한참 남아서 도착했지요. 뉴스트리트에 있는 호텔에 짐을 두고 주소에 적힌 곳을 찾아 갔습니다.

약속 시간이 15분 정도 남았지만, 큰 시간 차이는 아니라고 생각했어요. 126B번지 건물에는 두 개의 큰 상점이 있었고 그 사이에 통로가 있는데 거길 따라가면 나선형 계단으로 이어지더군요. 거기서부터는 회사나 전문직종 사람들에게 세를 주는 사무실이 각 층마다 있었습니다. 맨 아래층 벽에는 입주한 회사 이름이 적혀있었는데 프랑코 미들랜드 기자재 주식회사라는 이름은 없었어요. 저는 낙심해서, 모든 일이 잘 꾸며낸 짓궂은 장난이 아닐까하는 생각을 하며 잠시 서있었습니다. 그런데 한 남자가 제게 다가와서 말을 건넸지요. 그는 전날 밤에 봤던 남자와 아주 비슷하게 생겼습니다. 얼굴도 목소리도 같았는데, 깔끔하게 면도한 것과 머리색이 더 밝다는 것만 달랐지요.

〈홀 파이크로프트 씨이지요?〉

그가 물었습니다.

〈그렇습니다.〉

제가 말했지요.

〈아! 기다리고 있었습니다. 좀 일찍 왔군요. 오늘 아침 동생으로부터 편지를 받았는데 당신 칭찬을 정말 많이 했습니다.〉

〈사무실이 어딘지 찾고 있던 중이었습니다.〉

〈지난주에 임시 사무실을 얻었기 때문에 아직 회사 이름을 올리지 않았지요. 함께 올라가서 얘기를 해봅시다.〉

그를 따라서 높은 계단 끝까지 올라갔습니다. 지붕 바로 밑에 먼지가 가득한 비어있는 방이 두 개 있었는데 카펫도 깔려 있지 않았고 커튼도 없었어요. 그곳으로 저를 데리고 들어가더군요. 늘 익숙하게 보아왔던, 반짝이는 책상과 직원들이 줄지어 앉아있는 넓은 사무실을 기대했는데 방 안에 있는 가구라고는 나무 의자 두 개와 작은 책상 하나, 그리고 장부 한 권과 서류를 버리는 쓰레기통뿐이어서 저는 멍하니 바라보기만 했습니다.

〈실망할 거 없습니다. 파이크로프트 씨.〉

제가 낙담해 있는 것을 보고, 방금 만난 그 사람이 말했습니다.

〈로마는 하루아침에 이루어지지 않았지요. 사무실을 아직 꾸미지 않았을 뿐이지 우리에겐 쌓아둔 자금이 많이 있습니다. 자리에 앉아서 편지를 내게 주시지요.〉

저는 편지를 건넸고, 그는 아주 신중하게 읽어보았습니다.

〈내 동생 아서가 당신에게서 아주 좋은 인상을 받은 모양이군요.〉

그가 말했습니다.

〈아서가 꽤 훌륭한 판단력을 가지고 있다는 건 인정하지요. 물론 아서는 런던 사람을 신뢰하고 나는 버밍엄 사람을 신뢰하지만 말입니다. 이번에는 동생의 의견을 따르도록 하지요. 확실히 채용된 것으로 생각하면 됩니다.〉

〈제 업무는 어떤 겁니까?〉

제가 물었습니다.

〈나중에는 파리의 큰 창고를 맡아 관리하게 될 텐데, 그곳에서 영국산 도자기를 프랑스 134개 지점에 있는 상점으로 대량 방출할 예정이지요. 구매는 일주일 안에 끝낼 거니까 그동안은 버밍엄에 머물러서 일을 하면 되는 거요.〉

〈어떤 일입니까?〉

대답 대신에 그는 서랍에서 빨간 표지의 커다란 책을 꺼냈습니다.

〈이건 파리의 인명부이지요.〉

그가 말했습니다.

〈사람 이름 뒤에 직업이 쓰여 있어요. 이걸 묶고 있는 곳에 가지고 가서 모든 기자재 판매업자를 찾아 이름과 주소를 적어주면 됩니다. 그 목록이 있으면 아주 유용하게 쓰일 거요.〉

〈직업별 명부가 있는데요?〉

제가 말했지요.

〈신뢰성이 없어요. 우리와는 체계가 다르지요. 일에 몰두해서 월요일 12시까지 목록을 가져오십시오. 그럼 파이크로프트 씨, 이만 안녕히. 열정과 지혜를 보여준다면 우리 회사가 큰 보답을 하게 될 거요.〉

저는 팔에는 커다란 책을 끼고, 가슴 속에는 엄청난 갈등을 안고 호텔로 돌아왔습니다. 일단 저는 분명 취직이 된 것이고, 제 주머니에는 백 파운드가 들어있습니다. 그런데 한편으로 보면 사무실의 형태, 벽에 적혀 있지 않은 회사 이름, 그리고 사업가라고 보기엔 여러 가지 면이 들어맞질 않다는 것 등이 고용주인 그 사람을 의심스럽게 했습니다. 어찌 되었건, 돈을 받았으니 일을 시작해야 했지요. 일요일 내내 열심히 일을 했지만 월요일이 되어서도 H항목까지 밖엔 하지 못했습니다. 고용주에게 돌아갔더니, 그는 전과 같이 아무 것도 없는 방에 앉아 있더군요. 그는 수요일까지 계속 하라고 했고, 저는 다시 숙소로 돌아갔습니다. 수요일까지 해도 일이 끝나지 않아 금요일까지 매달려서 해야 했지요. 그게 바로 어제입니다. 저는 목록을 가지고 해리 피너 씨에게 갔습니다.

〈아주 잘 했군.〉

그가 말했습니다.

〈내가 이 업무를 너무 과소평가 했었나 보군요. 이 목록은 아주 많은 도움이 될 거요.〉

〈시간이 꽤 걸렸습니다.〉

제가 말했지요.

〈이번에는.〉

그가 말했습니다.

〈가구점 목록을 작정해주면 됩니다. 그곳에서도 도자기를 판매하니까.〉

〈잘 알겠습니다.〉

〈내일 저녁 7시에 와서 일이 잘 되어 가는지 알려주시오. 지나치게 일에 매달리지는 않아도 됩니다. 일을 마치고 저녁에 한두 시간 정도 데이스 뮤직홀에 가는 것도 괜찮을 겁니다.〉

그는 이렇게 말하며 웃었는데, 왼쪽 두 번째 치아가 볼품없이 금으로 씌워진 것을 보고 저는 오싹한 기분이 들었습니다."

셜록 홈즈는 즐거운 듯 두 손을 비볐지만 나는 놀란 눈으로 의뢰인을 바라보았다.

"왓슨 씨, 놀라신 것 같습니다만, 실은 이렇습니다."

그가 말했다.

"런던에서 그 사람의 동생을 만나 얘기할 때, 제가 모슨에 가지 않겠다고 하자 그가 웃었는데, 그때 아주 특이한 모양으로 금니를 했다는 걸 알았습니다. 두 번 다 금이 반짝이는 것을 보고서 알게 된 것입니다. 목소리나 용모는 같고 오직 다른 점은 면도를 한 것과 가발을 쓴 것뿐인데, 그건 맘대로 바꿀 수 있는 것이니 같은 사람이라고 의심하지 않을 수 없었지요. 물론 형제가 꼭 닮을 수는 있습니다. 하지만 같은 치아를 같은 방식으로 금을 씌운다는 것은 있을 수 없는 법이지요. 그는 잘 가라고 인사를 했고 저는 도무지 정신을 차리지 못하고 밖으로 나왔습니다. 호텔로 돌아와 머리를 찬 물이 담긴 세면대에 넣은 뒤에 어찌된 일인지 생각해 보았지요. 왜 그 사람은 저를 런던에서 버밍엄으로 보낸 걸까요. 왜 제가 도착하기 전에 와있던 것이며, 왜 자기 자신에게 편지를 썼던 것일까요? 이 모든 것이 저에겐 너무 감당하기 힘든 일이었고, 도무지 그 이유를 알 수 없었습니다. 그때 갑자기 셜록 홈즈 씨라면 아무리 암흑 같은 일에서라도 빛을 찾아낼 수 있으리란 생각이 떠오르더군요. 그래서 런던으로 가는 야간 열차를 빠듯한 시간에 잡아탔고, 오늘 아침에 뵙고 난 후, 이렇게 두 분과 함께 버밍엄으로 돌아가게 된 것입니다."

증권회사 직원이 놀라운 경험담을 모두 이야기하고 난 뒤, 잠시 적막이 흘렀다. 셜록 홈즈는 커밋 빈티지[09]를 한 모금 맛보는 미식가처럼 만족스러우면서도 비판적인 표정으로 쿠션에 등을 기대며 나를 쳐다보았다.

"꽤 멋진 일이 아닌가, 왓슨?"

홈즈가 말했다.

---

09 comet vintage : 혜성이 나타난 해에 포도를 수확해서 만든 와인. 일반적으로 대혜성이 나타난 1811년산 와인을 말한다.

"나를 즐겁게 만드는 요소들이 몇 가지 있지. 자네도 그렇게 생각하겠지만, 프랑코 미들랜드 기자재 주식회사의 임시 사무실에 가서 아서 해리 피너 씨를 만나 이야기해보는 것은 꽤 재미있는 일이 될 걸세."

"하지만 어떻게 만나지?"

내가 물었다.

"오, 그건 간단하죠."

홀 파이크로프트 씨가 활기차게 말했다.

"직장을 구하는 제 친구로 두 분을 소개하는 겁니다. 전무이사에게 데리고 가는 것은 그보다 자연스런 방법이 없지요."

"바로 그거야! 물론이지!"

홈즈가 말했다.

"그 사람을 만나서 이런 장난을 한 이유가 무엇이었는지 알아봐야겠군요. 당신의 도움이 어째서 그렇게 중요한 건지, 당신한테 어떤 장점이 있기에 그러는 건지 알아봐야겠습니다. 아니면 혹시……."

홈즈는 손톱을 물어뜯으며 아무 것도 보이지 않는 창 밖에 시선을 고정시켰고, 뉴스트리트에 도착하기 전까지는 거의 한 마디도 하지 않았다.

그날 저녁 일곱 시에 우리 셋은 그 회사의 사무실이 있는 코퍼레이션가로 걸어갔다.

"약속 시간 전에 가도 소용이 없습니다."

의뢰인이 말했다.

"저를 만나기 위해서만 오는 것이 분명합니다. 약속 시간 전에는 사무실이 텅 비어 있으니까요."

"그럴 법 하군요."

홈즈가 말했다.

"틀림없습니다. 제가 말한 그대로군요!"

증권회사 직원이 소리쳤다.

"저기 우리 앞쪽에 걸어가고 있습니다."

그는 길 반대편에서 바쁘게 걸어가고 있는, 키가 좀 작고 금발에 잘 차려입은 남자를 가리켰다. 그 남자는 최신판 석간신문을 사라고 소리치며 이륜마차와 합승마차들 사이를 뛰어가는 소년을 보고는 신문 한 부를 샀다. 그리고는 신문을 손에 쥔 채 출입문 안으로 사라졌다.

"저기 갑니다!"

홀 파이크로프트가 외쳤다.

"그가 들어간 곳에 회사 사무실이 있습니다. 함께 갑시다. 제가 가능한 한 간단하게 일을 처리하겠습니다."

그를 따라서 5층을 올라가자 반쯤 열린 문이 보였고 의뢰인이 노크를 했다. 들어오라는 목소리가 들리자 우리는 안으로 들어갔는데, 홀 파이크로프트가 묘사한 대로 횅뎅그렁하고 아무 것도 꾸민 것이 없는 방이었다. 하나 뿐인 탁자 앞에는 길에서 보았던 남자가 앉아서 석간신문을 펼쳐놓고 있다가, 우리를 보려고 고개를 들어올렸다. 그의 얼굴에는 슬픔이, 아니 슬픔을 넘어서는 어떤 것, 평생을 지내도 거의 만나지 못할 공포와 같은 것이 서려있었다. 이마는 땀으로 번들거렸고, 양 볼은 생선의 배처럼 생기 없이 창백한 흰 색이었으며, 두 눈은 미친 사람처럼 초점을 잃고 어딘가 응시하고 있었다. 그는 직원을 보고도 알아차리지 못하는 것 같았고, 이곳으로 우리를 데려온 의뢰인의 놀란 얼굴로 미루어볼 때 그가 평소의 모습과는 전혀 다르다는 걸 알 수 있었다.

"피너 씨, 아프신 것 같습니다."

의뢰인이 큰 소리로 말했다.

"별로 좋지 못하군요."

그 사람은 정신을 차리려고 애쓰는 모습이 확연했다. 마른 입술을 혀로 적신 후에 말했다.

"함께 데려온 이 신사 분들은 누굽니까?"

"한 사람은 버먼 시의 해리스 씨이고, 또 한 사람은 이곳에 사는 프라이스 씨입니다."

파이크로프트는 주저하지 않고 유창하게 말했다.

"두 사람 다 제 친구이고 경력이 많은 사람입니다만 한동안 직장을 구하지 못하고 있습니다. 혹시 회사에서 일을 할 자리를 찾을 수 있을까 해서 데려왔습니다."

"좋아요. 아주 좋아!"

피너 씨는 시체 같은 핼쑥한 웃음을 지었다.

"틀림없이 당신들에게 마땅한 일자리를 찾을 수 있을 겁니다. 해리스 씨, 전문 분야가 뭡니까?"

"회계원입니다."

홈즈가 말했다.

"아, 그렇군. 그 분야에 일할 사람을 찾고 있어요. 프라이스 씨, 당신은?"

"사무원입니다."

내가 말했다.

"회사에서 당신에게 맞는 자리를 찾게 될 거요. 결정이 나는 대로 최대한 빨리 알려드리지요. 그럼 이제 돌아가시면 좋겠군요. 제발 나를 혼자 있게 해주시오!"

그 마지막 말은 지금까지 참고 참았던 것이 자제력을 잃고 갑작스럽게 터져 나온 듯 했다. 홈즈와 나는 서로 쳐다보았고, 홀 파이크로프트는 탁자 앞으로 한 걸음 다가갔다.

"피너 씨, 제가 이 시간에 온 것은 업무지시를 받기 위해서란 걸 잊으신 모양입니다."

파이크로프트가 말했다.

"그렇군, 파이크로프트 씨, 맞아요."

그 사람은 좀 더 침착한 어조로 대답했다.

"잠시만 기다려 주시오. 친구 분들과 같이 기다리는 것도 좋을 것 같군요. 3분 내로 꼭 돌아오지요. 그리 오래 기다리지 않을 겁니다."

그는 정중한 태도로 자리에서 일어나 인사를 하더니 방 한 쪽 끝에 있는 문 안으로 들어간 뒤, 문을 닫았다.

"어쩌려는 거지?"

홈즈가 속삭였다.

"우릴 떼어놓으려는 건가?"

"그건 불가능합니다."

파이크로프트가 대답했다.

"왜죠?"

"저 문은 안쪽 방으로 이어지는 겁니다."

"출구는 없나요?"

"없습니다."

"그 방엔 가구가 있습니까?"

"어제까지는 비어있었습니다."

"그렇다면 도대체 무엇을 하려는 걸까요? 이 사건은 무언가 이해할 수 없는 점이 있군요. 두려움 때문에 미쳐버린 사람이 있다면 바로 피너일 것 같군. 무엇이 그렇게 무서워서 떨고 있던 것일까?"

"우리가 탐정인 걸 알아차린 걸지도 몰라."

내가 말했다.

"맞습니다."

파이크로프트가 말했다.

홈즈는 고개를 저었다.

"우리를 보고 창백해진 것이 아니야. 우리가 방 안에 들어왔을 때 이미 창백한 얼굴이었지."

홈즈가 말했다.

"그건 아마도,"

그의 말이 끝나기도 전에 안쪽 방에서 갑작스레 쿵쾅하는 소리가 들려왔다.

"대체 왜 자기 방문을 두드리는 겁니까?"

파이크로프트가 소리쳤다.

또다시 쿵쾅하는 소리가 더 크게 들려왔다. 우리 모두는 무슨 일이 일어날지 궁금해 하며 닫힌 문을 바라보았다. 나는 홈즈를 흘긋 쳐다봤다. 그는 굳은 표정으로 문을 향해 몸을 숙이고 모든 신경을 집중하고 있었다. 그런데 갑자기 숨이 넘어가는 듯 목구멍을 울리는 소리가 낮게 들려왔고 목재를 힘차게 두드리는 소리가 이어졌다. 홈즈는 미친 듯이 뛰어가 문을 밀었다. 문은 안쪽에서 잠겨있었다. 홈즈가 하는 대로 우리는 모든 체중을 실어서 문을 향해 몸을 날렸다. 경첩 하나가 떨어졌고, 또 하나가 떨어지더니 문은 요란한 소리를 내며 넘어갔다. 그 위를 넘어 우리는 안쪽 방으로 들어갔다.

방은 비어 있었다.

하지만 잠시 후에 사태를 파악할 수 있었다. 한 쪽 구석에, 우리가 있었던 방과 가까운 쪽에 문이 또 하나 있었다. 홈즈는 그쪽으로 달려가 문을 당겨 열었다. 바닥에는 코트와 조끼가 떨어져있었고, 프랑코 미들랜드 기자재 주식회사의 전무이사는 문 뒤의 고리에 자신의 멜빵을 걸어 목을 매고 있었다. 무릎은 접혀 있고 머리는 끔찍한 각도로 꺾인 채 매달려 있는 모습이었다. 우리의 대화를 멈추게 했던 소리는 그의 신발 뒤꿈치가 문에 부딪쳐 나는 소리였던 것이다. 나는 곧장 그의 허리를 안아 들어 올렸고, 홈즈와 파이크로프트는 검푸른 피부 안으로 파고든 고무 밴드를 풀어냈다. 그리고는 다른 방으로 옮겨서 바닥에 눕혔다. 얼굴은 암석처럼 회색빛이었고 자줏빛 입술은 숨 쉴 때마다 들썩였다. 5분 전의 모습과는 다른 끔찍하고 비참한 광경이었다.

"왓슨, 어떨 것 같은가?"

홈즈가 물었다.

나는 몸을 굽히고 그를 진찰했다. 맥박은 약하고 부정맥이었지만 호흡은 점차 길어졌고 떨리는 눈꺼풀 사이의 틈으로 흰자위가 나타났다.

"아주 위험했네."

내가 말했다.

"그래도 지금은 살 수 있을 거야. 창문을 열고 유리 물병을 좀 건네주게."

나는 그의 옷깃을 풀고 찬 물을 얼굴에 부었다. 그리고 길고 편안하게 숨을 쉴 때까지 그의 팔을 잡고 올렸다 내렸다 했다.

"이제 기다리면 깨어날 걸세."

나는 그를 놓고 돌아서며 말했다.

홈즈는 바지 주머니에 손을 깊숙이 넣은 채 탁자 옆에 서서 고개를 푹 숙이고 있었다.

"그럼 경찰을 불러야 되겠군."

홈즈가 말했다.

"경찰이 오면 이 사건 전체를 설명해줘야겠네."

"저는 아직 수수께끼 같기만 합니다."

파이크로프트가 머리를 긁적이며 큰 소리로 말했다.

"어떤 목적으로 저를 이곳까지 오게 한 건지, 그리고,"

"허, 모든 게 명확한 일이지요."

홈즈는 갑갑하다는 듯 말했다.

"단지 마지막으로 택한 이 갑작스런 행동이 문제이군요."

"그럼 나머지는 다 아시는 겁니까?"

"분명히 알고 있습니다. 자네는 어떤가, 왓슨?"

나는 어깨를 움츠려 보였다.

"솔직히 말하자면 내 능력 밖의 일인 것 같네."

내가 말했다.

"아, 이 사건의 처음 부분을 생각한다면 결론은 단 하나라는 걸 알게 될 걸세."

"그게 뭔데?"

"음, 모든 일은 이 두 가지 점에 연관되어 있지. 첫 번째는, 파이크 로프트 씨에게 이 이상한 회사에 들어간다는 진술서를 쓰게 한 것이네. 이 일이 뜻하는 바를 모르겠는가?"

"나는 무슨 뜻인지 모르겠군."

"음, 왜 그렇게 하도록 시킨 것일까? 사무적인 일은 아니지. 이런 계약은 구두로 하는 게 일반적이야. 이 계약에서만 특별히 그렇게 할 이유가 없네. 젊은 친구, 그 사람들이 당신의 필적을 얻기 위해 애썼다는 걸 모르겠나요? 그걸 얻기 위한 다른 방법은 없었다는 것도?"

"그런데 왜죠?"

"바로 그거요. 왜냐? 그 질문에 대답한다면 문제를 푸는 데 진일보하게 되는 것이지요. 거기에 맞는 답은 단 하나 있습니다. 어떤 사람이 당신의 필적을 배우길 원했고, 먼저 그 필적을 손에 넣어야 했던 거지요. 그리고 두 번째로 넘어가면, 이 두 가지가 서로 해답을 가리키고 있다는 걸 알 수 있습니다. 그건 피너가 당신에게 회사를 그만두라고 하면서, 그걸 알리지 못하게 한 점입니다. 그 회사의 부장은 아직 얼굴도 알지 못하는 홀 파이크로프트 씨가 월요일 아침에 사무

104

실로 출근할 거라 믿고 있는데 말이지요."

"세상에!"

우리의 의뢰인이 소리쳤다.

"저는 한치 앞도 못보고 있었군요!"

"이제 필적에 관한 건 알았겠지요. 누군가 당신 대신에 나타났는데 지원서에 썼던 글씨와 전혀 다른 필체라면 게임은 이미 끝난 거라 할 수 있는 겁니다. 하지만 남은 시간 동안 당신 글씨를 배워서 모방한다면, 안전하게 자리를 차지할 수 있을 테지요. 사무실에는 당신을 직접 본 사람이 없다고 알고 있는데요?"

"한 명도 없습니다."

홀 파이크로프트는 낮게 신음 소리를 냈다.

"역시 그렇군요. 물론 가장 중요한 일은 당신이 생각을 돌리지 못하도록 하는 것과, 모슨의 사무실에 당신을 대신하는 가짜가 있다는 것을 아는 사람과 만나지 못하게 막는 일이지요. 그래서 상당한 액수의 선불을 주고 미들랜드로 보내버린 다음, 많은 일거리를 줘서 런던으로 돌아가지 못하게 한 겁니다. 당신이 나타난다면 일을 망치게 될 테니까요. 모두가 명백한 일입니다."

"하지만 이 사람은 왜 자신의 형인 척 한 겁니까?"

"그것 역시 쉽게 알 수 있지요. 저들은 분명 두 명인 겁니다. 다른 한 명은 당신 대신 그 사무실에서 있는 거지요. 여기 이 남자는 당신과 계약한 계약자 역할을 했는데, 계획대로 하자면 고용주 역을 할 제삼자가 필요하다는 것을 알게 된 겁니다. 다른 사람은 별로 끌어들이고 싶지 않았지요. 그래서 최대한 공을 들여 변장을 했고, 형제란

닮은 법이니까 당신이 알아차리지 못하리라 믿었습니다. 우연한 기회로 금을 씌운 치아를 발견하지 못했다면, 당신은 절대 의심하지 못했을 겁니다."

홀 파이크로프트는 두 주먹을 쥐고 허공에 흔들었다.

"이런 맙소사!"

그는 소리쳤다.

"제가 이렇게 바보처럼 지내는 동안, 또 다른 홀 파이크로프트는 모슨에서 무얼 하고 있었을까요? 홈즈 씨, 이제 어떻게 해야 합니까? 어찌 해야 할지 말해주세요!"

"모슨에 전보를 쳐야지요."

"토요일에는 12시에 문을 닫습니다."

"상관없어요. 경비원이나 안내원이 있을……."

"아, 맞습니다. 보유하고 있는 거액의 유가증권을 지키기 위해서 경비원이 상주하고 있습니다. 금융가에 있을 때 들은 기억이 납니다."

"잘됐군요. 그곳으로 전보를 쳐서 아무 일도 없는지, 당신 이름을 가진 직원이 거기서 일하고 있는지 알아봅시다. 여기까지는 명확한데, 이 범인 중의 한 명이 왜 우리를 보고나서 곧 방으로 들어가 스스로 목을 맨 것인지는 알 수가 없군요."

"신문!"

뒤에서 쉰 목소리가 들려왔다. 그 남자는 창백하고 송장 같은 모습으로 앉아 있었지만 눈빛은 제정신이 든 것 같았다. 손으로는 목둘레에 남은 넓고 붉은 자국을 신경질적으로 문지르고 있었다.

"신문! 바로 그거야!"

홈즈는 흥분해서 발작하듯 소리 질렀다.

"내가 바보였군! 우리가 여기 찾아온 것만 생각하느라 신문은 전혀 머릿속에 넣질 않았어. 틀림없이 비밀은 저기 있을 거야."

그는 신문을 탁자 위에 펼쳐 놓았다. 그의 입술에선 승리의 함성이 튀어나왔다.

"이걸 봐, 왓슨!"

홈즈가 소리쳤다.

"런던 신문이군. 〈이브닝 스탠다드〉의 초판일세. 여기 우리가 찾는 게 나와 있어. 헤드라인을 봐. 〈금융가의 범죄. 모슨 앤 윌리엄스에서 살인 사건. 엄청난 액수의 강도 미수. 범인 체포.〉 왓슨, 우리 다함께 들어야 하니까 크게 읽어주면 고맙겠네."

신문 지면을 차지한 기사의 위치로 볼 때 런던에서 큰 사건이 일어난 것 같았다. 그 내용은 다음과 같다.

오늘 오후 금융가에서 일어난 대담한 강도 미수 사건은 한 사람의 죽음과 범인 체포로 막을 내렸다. 유명한 금융회사인 모슨 앤 윌리엄스는 얼마 전부터 총액 100만 파운드가 훨씬 넘는 유가증권을 보유하고 있었다. 이 유가증권에 이상이 생겼을 때 어떤 문제가 발생할지 잘 알고 있는 관리 책임자는 그에 대한 대비로 최신 금고를 설치했으며 무장 경비원을 밤낮으로 배치했다. 이 회사는 지난주에 홀 파이크로프트라는 신규 직원을 채용했다. 이 사람은 다름이 아닌, 베딩턴인 것으로 추측된다. 그는 유명한 위조범이며 금고털이범으로, 자신의 형과 함께 범죄를 저질렀는데 얼마 전에 5년형을 마치고 출소했다. 아직 밝혀지지 않은 어떤 방법으로, 가명을 써서

이 회사의 직원이 되는 데 성공했으며, 그 지위를 이용해서 각종 열쇠를 복사하고 금고실과 금고의 위치에 대한 완벽한 정보를 얻어냈다.

토요일에 모슨사의 직원은 정오에 퇴근하는 것이 관례이다. 그렇기 때문에 런던 경찰서의 터슨 경사는 1시 20분 여행용 가방을 들고 내려오는 신사를 보고 놀랐다. 의심스런 마음이 든 경사는 그 사람을 따라갔고, 폴락 경관의 도움으로 필사적으로 저항하는 그를 체포할 수 있었다. 곧 막대한 돈을 노린 대담한 강도 사건이 벌어졌음이 밝혀졌다. 가방을 조사한 결과, 거의 10만 파운드에 이르는 미국 철도채권과 광산 및 여러 기업의 증권이 상당량 발견되었다. 회사 내부를 수색하자 불운한 경비원의 시체가 몸이 접힌 채로 대형 금고에 들어가 있는 것을 찾을 수 있었는데, 터슨 경사의 신속한 대응이 없었다면 이 시체는 월요일 오전까지 발견되지 않았을 것이다. 경비원의 두개골은 뒤에서 내리친 쇠막대에 의해 부서져 있었다. 베딩턴은 두고 온 물건을 찾으러 가는 척하고 건물 안으로 들어간 뒤, 경비원을 살해하고 재빨리 대형 금고를 뒤져 강탈한 물품을 가지고 도망가려 했던 것이 분명하다. 현재 확인된 바에 의하면, 많은 범죄를 함께 저질렀던 그의 형은 이번 사건에 참여하지 않은 것 같지만, 경찰은 그의 행방을 찾기 위해 전력을 다해 수사하고 있는 중이다.

"그 부분에 있어서는 우리가 경찰의 짐을 덜어줄 수 있겠군."

홈즈는 초췌한 모습으로 창가에 웅크리고 앉은 범인을 흘긋 쳐다보며 말했다.

"왓슨, 인간의 본성이란 참으로 이상한 것이라네. 아무리 악당이나 살인자라 해도, 동생이 사형당하리라는 것을 알고 형이 자살을 시도했다는 얘기를 듣는다면, 깊은 애정에 감화하게 되는 법이지.

어쨌든, 우리 맘대로 할 수 있는 일이 아니군. 파이크로프트 씨, 의사 선생과 내가 지키고 있을 테니 밖으로 나가서 경찰을 불러오면 좋겠군요."

글로리아 스콧 호

"여기 기록이 있군."

내 친구 셜록 홈즈가 말했다. 어느 겨울밤, 우리는 벽난로 양쪽에 자리 잡고 앉아있었다.

"왓슨, 이건 정말 자네가 볼만한 가치가 있는 걸세. 이 문서는 글로리아 스콧 호의 기괴한 사건을 담은 문서이고, 이것이 바로 치안판사 트레버가 읽고 공포에 질려 사망한 편지라네."

그는 서랍에서 작고 녹슨 원통을 꺼내 끈을 푼 다음, 반 장짜리 짙은 회색 종이에 휘갈겨 쓴 짧은 편지를 내게 건넸다.

〈런던행 사냥감 공급은 점차로 증가하고 있다.〉

내용은 이렇게 시작되었다.

〈우리가 아는 바로는, 파수꾼 허드슨은 현재 파리잡이 끈끈이 주문을 모두 받았으며, 당신 까투리의 목숨을 보존하기 위한 명령을 전달 받았다고 여겨진다.〉[01]

이 수수께끼 같은 편지를 읽고 나서 고개를 들자 홈즈가 내 표정을 보며 낄낄 웃었다.

---

01 The supply of game for London is going steadily up. Head-keeper Hudson, we believe, has been now told to receive all orders for fly-paper, and for preservation of your hen pheasant's life.

"좀 당황한 것 같은 걸."

그가 말했다.

"이런 편지가 어떻게 공포를 불러 일으켰는지 알 수가 없군. 내가 보기엔 무섭기보단 괴상하기만 한데 말이야."

"그렇지. 사실 그 편지를 읽은 사람은 건강하고 튼튼한 노인이었는데, 권총 개머리판에라도 맞은 것처럼 푹 쓰러지고 말았어."

"호기심이 생기는군."

내가 말했다.

"그런데 자네가 조금 전에 이 사건을 내가 조사해야할 특별한 가치가 있다고 했는데 그건 무슨 뜻인가?"

"내가 다루었던 첫 번째 사건이기 때문이야."

나는 그가 범죄 연구의 길로 들어서게 된 최초의 계기가 무엇인지 알아내려고 몇 번이나 애쓴 적이 있다. 하지만 그는 언제나 수다스런 유머로 말을 돌리곤 했다. 그런데 지금 그는 안락의자에 앉은 채, 바로 그 문서를 무릎 위에 펼쳐놓은 것이다. 그는 파이프에 불을 붙이고, 잠시 동안 담배를 피우며 문서를 뒤적였다.

"내가 빅터 트레버에 대해 얘기한 적이 없지?"

그가 물었다.

"그는 대학을 다니던 2년 동안 사귄 단 하나의 친구일세. 왓슨, 나는 결코 사교적인 사람이 아니어서 언제나 내 방에서 혼자 지내며 내 자신의 사고방법만을 연구해 왔네. 그래서 같은 또래의 사람들과 거의 어울리지 않았지. 펜싱이나 복싱만이 내가 관심을 가지는 운동이었고 내가 관심을 두고 연구하는 분야가 다른 동료들과 완전히 달랐기 때문에 공통점이란 전혀 없었던 거야. 내가 알고 지내던 사람은 오직 트레버 뿐이었는데, 그것도 어느날 아침 예배당에 가는 길에 그의 불테리어[02]가 내 발목을 무는 사건 때문이었네.

친구를 사귀는 방법으로는 재미없기는 해도 효과적이긴 했지. 나는 열흘 동안 꼼짝도 못하고 누워있어야 했고, 트레버가 가끔씩 문병을 왔네. 처음에는 일 분정도 밖에 대화를 나누지 않았지만 곧 문병 시간이 길어졌고, 내가 다 나을 즈음에는 친한 친구가 되었지. 그는 애정이 넘치고 혈기 왕성하며 에너지와 활기가 가득 찬 친구였어. 거의 모든 면에 있어서 나와는 반대였지. 그래도 몇 가지 공통점이 있었고, 그 역시 나처럼 친구가 없다는 걸 알게된 후 우리 사이에 유대감이 생긴 거야. 나중에는 노퍽의 도니소프에 있는 아버지 집으로 나를 초대했지. 그의 호의를 받아들여 그 곳에서 긴 방학 기간 중 한 달을 보내게 되었네.

트레버의 아버지는 치안판사이자 지주로 재산도 많고 존경도 받는 분이었어. 도니소프는 브로즈[03] 지역에 있는 랭미어 호수 바로 북쪽에 위치한 작은 마을이야. 그 저택은 고풍스런 건물로, 참나무 대들보에 벽돌로 쌓은 넓은 집이지. 집 앞에는 멋진 라임나무 가로수길이 있다네. 늪지에는 훌륭한 야생 오리 사냥터가 있고, 낚시질하기도 좋은 곳인데다, 전주인으로부터 물려받은 듯한 규모는 작아도 엄선된 책으로 가득 찬 서재도 있으며, 요리사도 괜찮은 편이지. 그곳에서 한 달을 즐겁게 지내지 못한다면 아주 까다로운 사람일 걸세.

---

02 bull-terrier : 불독과 테리어를 교배하여 생긴 중간 크기의 견종. 수렵견으로도 쓰인다
03 Broads : 잉글랜드 동쪽에 있는 습지대. 7개의 강과 63개의 호수가 있다. 희귀 동식물이 많이 서식하고 있다.

트레버 판사는 홀아비로, 내 친구가 그의 단 하나 뿐인 아들이지. 딸이 하나 있었는데, 내가 듣기로는 버밍엄에 갔다가 디프테리아에 걸려서 죽었다는군. 트레버의 아버지는 꽤 흥미로운 사람이었네. 교양은 별로 없었지만, 육체적으로든 정신적으로든 거칠고 야성적인 힘을 가지고 있었지. 책은 거의 읽지 않았지만, 여행을 많이 다녀 세상에 대해 아는 바가 많았고 겪었던 모든 일을 잘 기억하고 있었네. 용모는 땅딸막하고 탄탄한 체구에 머리는 부스스한 백발이었고, 햇볕에 그을린 갈색 얼굴, 사납게 보이는 날카롭고 푸른 눈동자를 가진 사람이었어. 하지만 근방에서는 친절하고 자애롭기로 명성을 얻고 있었고, 법정에서도 그의 판결은 너그럽다고 알려져 있었네.

어느 날 저녁, 내가 그곳에 도착한지 얼마 되지 않았을 때였지. 저녁 식사를 마친 후에 모두 둘러앉아 포트와인을 한 잔 하고 있었을 때, 내 친구 트레버가 내 관찰과 추리 습관에 대해 말을 꺼냈네. 그때 나는 이미 그 방법의 체계를 갖춘 상태였지만, 내 인생에 있어서 어떤 역할을 하게 될지는 파악하지 못하고 있었어. 트레버 노인은 아마도 그의 아들이 내가 보여줬던 한두 가지 하찮은 재주를 가지고 과장해서 얘기하고 있다고 생각한 모양이야.

〈그렇다면, 홈즈 군.〉

그는 기분 좋게 웃으며 말했네.

〈내가 아주 딱 맞는 실험재료가 되겠군. 나를 가지고 추리해 볼 수 있겠나?〉

〈잘은 모르겠습니다만,〉

내가 대답했네.

〈지난 12개월 내에 누군가가 습격을 해올지 않을까 걱정하신 것 같습니다.〉

그의 입술에서 웃음기가 사라지더니, 크게 놀란 눈으로 나를 쳐다보았지.

〈음, 그건 사실이네.〉

그는 이렇게 말하고 아들을 돌아보았지.

〈빅터, 너도 알겠구나. 밀렵꾼들을 일망타진했을 때, 그들이 칼로 찌르겠다며 떠들어댔지. 에드워드 하비 경이 실제로 습격당하기도 했어. 그때부터 나는 항상 경계를 해오고 있지. 자네가 어떻게 알았는지는 모르겠지만 말이야.〉

〈아버님은 아주 멋진 지팡이를 가지고 계시군요.〉

내가 대답했네.

〈상표를 보아하니 구입한지 일 년이 되지 않는 것 같습니다. 그런데 일부러 머리 부분에 구멍을 뚫은 다음, 납을 녹여 부어 넣으셨군요. 그러면 강력한 무기가 됩니다. 걱정할 만한 위협이 없었다면 그런 예방책을 취하진 않으셨겠지요.〉

〈그리고 다른 건?〉

그는 웃으며 물었네.

〈젊은 시절에 권투를 많이 하셨습니다.〉

〈그것도 맞네. 어떻게 알았나? 내 코가 약간 삐뚤어져 있는가?〉

〈아뇨.〉

내가 말했지.

〈귀입니다. 귀가 두드러지게 평평하고 두꺼운 모양이어서 권투하

는 사람 같았습니다.〉

〈그리고 또?〉

〈굳은살을 보니 광산에서 오래 일하신 것 같군요.〉

〈금광에서 내 전 재산을 모았지.〉

〈뉴질랜드에 가신 적이 있습니다.〉

〈그것도 맞네.〉

〈일본도 가셨군요.〉

〈사실이네.〉

〈이니셜이 J.A라는 사람과 아주 친하게 지냈는데 나중에는 완전히 잊어버리려고 애쓰셨습니다.〉

트레버 씨는 천천히 일어나더니, 커다랗고 푸른 눈으로 미친 사람처럼 이상하게 나를 쳐다보았네. 그리고는 테이블보에 흩어져있는 견과류 껍질 위로 얼굴을 처박고 쓰러져 정신을 잃고 말았다네.

왓슨, 나와 내 친구가 얼마나 놀랐는지 상상할 수 있을 거야. 하지만 옷깃을 풀고 핑거 글라스[04]에 있는 물을 얼굴에 뿌리니, 그리 오래지 않아 정신을 차렸네. 한두 번 숨을 몰아쉬더니 몸을 일으켜 앉았지.

〈아, 이런!〉

그는 이렇게 말하며 짐짓 웃어보였네.

〈놀라게 한 것이 아니라면 좋겠군. 내가 보기엔 튼튼해 보여도 심장은 약한 편이어서 쓰러지는 건 흔히 있는 일이야. 홈즈 군, 자네가 어떻게 알아냈는지 모르겠지만, 실제 탐정이든 소설 속에 꾸며낸 탐

---

04 finger glass : 손가락을 씻는 유리 그릇.

정이든 간에 자네에 비한다면 어린아이에 불과하겠어. 자네가 앞으로 해야 할 일은 바로 이거야. 세상 이치를 알고 있는 사람의 말이니 새겨듣게나.〉

왓슨, 그가 내 능력을 과장되게 평가해주고 추천을 해주었기 때문에, 그 당시에는 단지 취미에 지나지 않았던 것을 직업으로 삼을 수도 있겠다는 생각이 처음으로 내 마음 속에 들어온 것이네. 하지만 그 순간에는 집주인 트레버 씨가 갑작스레 아팠기에 다른 일은 신경 쓸 겨를이 없었지.

〈제가 마음을 아프게 해드린 것이 아니면 좋겠습니다.〉

내가 말했네.

〈음, 자네가 예민한 부분을 건드린 것은 사실이야. 그걸 어떻게 알았고, 얼마나 아는지 말해줄 수 있겠나?〉

트레버 씨는 반쯤 농담하듯이 말했지만 그의 눈 뒤에는 여전히 두려움이 숨어있었네.

〈간단합니다.〉

내가 말했지.

〈물고기를 보트 위로 건져 올리려고 소매를 걷으셨을 때, J.A라는 글자가 팔꿈치 굽히는 부분에 문신으로 새겨져 있던 걸 보았습니다. 글자는 여전히 읽을 수 있었지만 희미해진 모양이나 근처의 피부가 얼룩진 것을 보아 그걸 지우려고 애쓴 것이 틀림없었습니다. 그렇다면, 그 머리글자를 쓰는 사람과 한 때 매우 친밀하게 지냈으며, 나중에는 그 사람을 잊으려 했다는 것이 명백하지요.〉

〈대단한 관찰력일세!〉

116

그는 안도의 한숨을 내쉬며 소리쳤네.

〈자네가 말한 그대로라네. 하지만 더 이상 얘기하지 않는 게 좋겠군. 세상 모든 유령 중에서 예전 애인 유령이 가장 나쁜 법이지. 당구실에 가서 조용히 시가나 피우기로 하지.〉

그 날 이후로 트레버 씨는 나를 친절하게 대하긴 했지만, 그의 모습에는 언제나 의심스럽게 바라보는 기색이 있었네. 내 친구마저도 이렇게 말할 정도였지.

〈아버지한테 큰 충격을 준 모양이야. 자네가 아는 게 무엇이고, 모르는 게 무엇인지 몰라서 마음이 놓이지 않으시나봐.〉

내가 보기엔, 트레버 씨는 그런 기색을 보이지 않으려고 했지만 그 마음이 너무도 강하게 자리 잡고 있어서 하는 행동 하나하나에도 다 나타나는 것 같더군. 결국 내가 그를 불편하게 하는 원인이 되었으니, 이제 그만 돌아가기로 마음먹었네. 그런데 내가 떠나기 바로 전날 사건이 하나 벌어졌는데, 그것이 나중에 중대한 결말을 초래하게 되었지.

우리 셋은 잔디밭에 있는 정원의자에 앉아 햇볕을 쬐며 브로즈의 전망을 보고 있었네. 그때 하녀가 오더니 누군가가 트레버 씨를 만나길 원한다며 현관에 와있다고 말을 하더군.

〈이름이 뭔데?〉

집주인이 물었네.

〈그건 말하지 않았어요.〉

〈그럼 무엇 때문에 왔다더냐?〉

〈주인님이 아는 사람인데, 잠시만 얘기를 나누고 싶다고 했어요.〉

〈이리로 데려와라.〉

얼마 지나지 않아 작고 몹시 마른 사내가, 잔뜩 움츠린 모습으로 발을 질질 끌며 나타났네. 소매에 타르 얼룩이 있는 재킷과 붉은 색과 검은 색으로 된 체크 셔츠, 작업복 바지를 입고 있었고 낡아빠진 무거운 부츠를 신고 있었어. 야윈 얼굴은 갈색이었고 교활해보였는데 계속 웃고 있어서 불규칙하게 늘어선 노란 치아가 눈에 띄었네. 그의 손은 주름투성이였고, 뱃사람들이 그러듯이 주먹을 반쯤 쥐고 있더군. 그가 잔디밭을 가로질러 구부정한 모습으로 들어올 때, 트레버 씨의 목에서 딸꾹질하는 듯한 소리가 들려왔네. 그러더니 의자를 박차고 일어나 집안으로 들어갔어. 잠시 뒤에 돌아왔는데, 트레버 씨가 내 앞을 지나갈 때 독한 브랜디 냄새를 맡을 수 있었네.

〈음, 이보게.〉

그가 말했어.

〈무슨 일로 왔는가?〉

그 뱃사람은 눈살을 잔뜩 찌푸리고 트레버 씨를 바라봤네. 입가에는 여전히 미소를 흘리면서 말이야.

〈나를 모르시오?〉

그 뱃사람이 말했네.

〈그럴 리가 있는가, 허드슨이잖나!〉

트레버 씨는 놀란 목소리로 말했어.

〈바로 허드슨이오.〉

뱃사람이 말했네.

〈당신을 마지막 본 게 벌써 30년이 넘었군요. 당신은 이렇게 당신

집에서 잘 살고 있는데, 나는 아직도 죽어라 일하면서 겨우 입에 풀칠하는 신세라오.〉

〈쯧쯧, 내가 예전 일을 잊었겠는가.〉

트레버 씨는 큰 목소리로 말하며 그 뱃사람 앞으로 걸어가더니 목소리를 낮춰 무언가 이야기했네.

〈주방으로 가게.〉

그는 다시 큰 목소리로 말했어.

〈가서 좀 먹고 마시게나. 자네 일자리는 내가 알아봐주겠네.〉

〈고맙소.〉

그 뱃사람은 굽실거리며 말했네.

〈나는 일손이 부족한 8노트짜리 화물선에서 2년을 보내고 이제 막 내린 참이오. 그러니 좀 쉬어야겠소. 당신이나 비도즈 씨를 찾아가면 편안하게 쉴 수 있으리라 생각했지.〉

〈아!〉

트레버 씨가 소리쳤네.

〈비도즈 씨가 어디 사는지 아는가?〉

〈감사하게도, 옛 친구들이 어디 사는지는 다 알고 있소.〉

그 사내는 사악한 미소를 띠며 이렇게 말하고는, 구부정한 걸음걸이로 하녀를 따라 주방으로 갔네. 트레버 씨는 광산으로 가는 길에 배에서 같이 지냈던 동료라고 우물거리며 말한 뒤에, 우리를 잔디밭에 남겨두고 안으로 들어갔지. 한 시간 쯤 뒤에 집으로 들어가 보니 그 남자는 술에 완전히 취해 응접실 소파에 쓰러져 있더군. 그 모든 일이 아주 추악하게만 느껴졌기 때문에 다음날 도니소프를 떠날 때 아무런 아쉬움이 없었네. 더 머물러 있으면 내 친구가 거북할 것 같았거든.

이 모든 일이 긴 방학 기간의 첫 번째 달에 생긴 일이네. 나는 런던의 내 방으로 돌아왔고, 거기서 7주 동안 유기 화학 실험을 하며 보냈네. 그러던 어느 날, 가을이 성큼 다가오고 방학이 거의 끝나갈 무렵이었어. 내 친구로부터 도니소프로 와주기를 간청하는 전보가 도착했네. 내 조언과 도움이 절실히 필요하다는 내용이었지. 물론 나는 모든 일을 제쳐놓고 또 다시 북쪽 지방을 향해 떠났네.

내 친구는 이륜마차를 타고 역에 마중 나왔는데, 한 눈에 봐도 지난 두 달 동안 매우 힘들게 지냈다는 걸 알 수 있었지. 근심 걱정으로 수척해진데다 그의 특징이라 할 수 있는 떠들썩하고 활기찬 모습은 찾아볼 수 없었네.

〈아버지가 돌아가실 것 같아.〉

그가 처음으로 한 말은 이 것이었지.

〈그럴리가!〉

내가 소리쳤네.

〈대체 무슨 일이야?〉

〈뇌졸중이야. 정신적 충격이지. 하루 종일 생사를 헤매고 계신다네. 우리가 갈 때까지 살아계실지 모르겠어.〉

왓슨, 자네도 짐작하겠지만 나는 갑작스런 소식에 소름이 끼쳤네.

〈원인이 뭔가?〉

내가 말했어.

〈아, 그게 바로 중요한 점이야. 마차에 타게. 가는 동안 얘기할 수

120

있을 거야. 자네가 떠나기 전날 저녁에 왔던 사람을 기억하겠지?〉

〈물론이지.〉

〈그날 집안으로 들어온 그 자가 누군지 알겠나?〉

〈모르겠네.〉

〈홈즈, 그 자는 악마였네!〉

그는 소리쳤지. 나는 놀라서 그를 빤히 쳐다보기만 했어.

〈그래, 그 자는 악의 화신이야. 그 이후로는 평화로운 시간이 없었다네. 단 한 시간도 말이야. 아버지는 그날 저녁부터 고개를 들고 다닌 적이 없었어. 이제 마음도 생명도 다 짓이겨지고 부서져 버렸네. 이게 모두 그 저주스런 허드슨 때문이야.〉

〈그 자가 도대체 어떤 힘이 있단 말인가?〉

〈아, 그게 바로 내가 알고 싶은 거야. 친절하고 관대하며 착한 심성을 가진 아버지 아니신가! 어쩌다 그런 악당의 손아귀에 붙잡힌 것인지 알 수가 없네. 그래도 홈즈, 자네가 와줘서 기쁘군. 자네의 판단력과 신중함을 잘 알고 있으니, 내가 어떻게 해야 좋을 지 조언을 좀 해주게.〉

우리는 평탄하고 하얀 시골길을 달려갔지. 우리 앞에 길게 뻗은 브론즈의 늪지대를 붉은 석양빛이 어렴풋이 비추고 있었네. 왼쪽 숲 너머로는 벌써 지주의 저택을 알리는 높은 굴뚝과 깃대가 보였지.

〈아버지는 그 녀석을 정원사로 고용했네.〉

내 친구가 말했어.

〈그리고는 그 자가 마음에 들어 하지 않자 집사로 승진시켜 줬네. 온 집안을 그 자가 쥐고 흔들었고, 여기저기 다니면서 하고 싶은 건 뭐든지 했어. 하녀들이 그의 술주정과 천박한 말투에 불평을 털어놓았네. 아버지는 그 괴롭힘에 대한 보상으로 모두 봉급을 올려주었어. 그 자는 아버지가 가장 좋아하는 총을 들고 나가 보트를 타고 사냥을 즐기기도 했지. 남을 깔보는 표정에 심술궂은 눈초리를 하고, 게다가 뻔뻔한 얼굴로 말일세. 그 자가 내 나이 또래만 됐어도 벌써 스무 번은 넘게 때려 눕혔을 거야. 홈즈, 나는 그동안 항상 참고만 있었는데, 지금 다시 생각해보니 내가 강하게 나갔으면 어땠을까 하는 생각이 들어. 내가 현명하지 못했던 것 같네.

어쨌든, 일은 점점 나쁜 방향으로 흘러갔네. 허드슨, 그 짐승 같은 작자는 갈수록 주제넘게 나서기 시작했어. 그러던 어느 날, 내 앞에서 아버지한테 거만하게 말대꾸하는 것을 보고는 그 자의 어깨를 붙잡고 방 바깥으로 쫓아 버렸네. 그는 얼굴이 흙빛이 되어 슬며시 도망쳤지만, 독기를 품은 두 눈은 입으로 말하는 것보다 더 위협적이었어. 그 후에 가엾은 아버지와 그 자 사이에서 무슨 얘기가 있었는지 모르지만, 다음날 아버지가 내게 오더니 허드슨에게 사과를 할 수 없겠냐고 부탁하시더군. 자네도 짐작하겠지만 나는 거절했네. 그리고 어째서 저런 비열한 놈이 아버지와 집안 식구들에게 마음대로 하도록 내버려 두냐고 물었지.

'아, 아들아'

아버지는 이렇게 말했네.

'네가 그렇게 말하는 것이 당연하다마는 너는 내가 어떤 처지인지 모른다. 하지만 빅터야, 알게 될 거다. 무슨 일이 있어도 알려 주겠다. 이 늙고 불쌍한 아버지의 악행을 믿기 어려울 게다.'

아버지는 큰 충격을 받았는지 하루 종일 서재에 들어가 나오지 않았어. 창문을 통해서 보니 열심히 무언가를 쓰고 계시더군.

그날 저녁은 큰 짐에서 해방된 기분이 들었네. 허드슨이 떠나겠다고 얘기를 했기 때문이야. 아버지와 내가 저녁 식사를 마치고 식탁 앞에 앉아 있을 때 그가 식당으로 들어오더니 반쯤 취한 탁한 목소리로 자기 의도를 말했네.

'노력에는 있을 만큼 있었소.'

그가 말했네.

'햄프셔에 있는 비도즈 씨한테 가봐야겠군. 그 사람도 당신만큼 나를 반겨줄 것이 틀림없으니까.'

'허드슨, 기분이 나빠서 가는 건 아니겠지?'

아버지가 이런 비굴한 말을 하는 걸 보고 나는 피가 끓었네.

'아직 나는 사과를 받지 못했소.'

그 자는 심술이 난 듯 내 쪽을 보며 말했어.

'빅터야, 이 훌륭한 분에게 버릇없이 굴었던 것 인정하느냐?'

아버지는 나를 보며 말했네.

'그 반대로, 우리가 저 사람한테 엄청난 인내심을 보여줬다고 생각하는 데요.'

내가 대답했지.

'오, 그래? 그렇단 말이지?'

그 자는 버럭 소리를 질렀네.

'아주 좋아, 친구. 어디 한 번 두고 보자고!'

이렇게 말하고 그 자는 구부정한 걸음걸이로 방을 빠져나갔네.

그리고 반시간 뒤에는 불안에 빠져있는 불쌍한 아버지를 남겨두고 집을 떠나갔어. 매일 밤마다 나는 아버지가 방 안에서 서성대는 소리를 들었네. 그러다가 기력을 회복할 때쯤 마침내 강한 일격을 맞고 말았어.〉

〈어떤 일인데?〉

나는 조바심을 내며 물었네.

〈그건 정말 이상한 일이었어. 어제 저녁 아버지는 포딩브리지[05] 소인이 찍힌 편지를 받았지. 아버지는 그걸 읽더니 두 손으로 머리를 탁탁 치며, 미친 사람처럼 방 안에서 원을 그리며 맴돌기 시작했어. 결국 내가 아버지를 붙잡아 소파에 뉘었는데 입과 눈꺼풀이 모두 한 쪽으로 돌아갔네. 나는 아버지가 중풍을 맞았다는 걸 알 수 있었지. 포드햄 의사가 곧장 달려왔고, 우리는 아버지를 침대에 눕혔네. 하지만 마비는 전신으로 퍼졌고 의식이 돌아올 기미가 보이지 않았어. 아마 아버지가 살아계신 동안 도착하긴 힘들 것 같네.〉

〈트레버! 정말 무서운 일이군.〉

나는 소리쳤네.

〈그럼, 그렇다면 끔찍한 결과를 가져온 그 편지 내용은 뭐지?〉

〈아무 것도 없어. 그게 정말 납득이 안가는 부분이네. 그 편지는 터무니없고 하찮은 내용이었어. 아, 이런. 내가 걱정했던 그대로군.〉

내 친구가 얘기하는 동안 마차는 가로수길의 모퉁이를 돌아갔네. 집 안의 모든 블라인드가 내려져 있었고 그 사이로 어렴풋이 빛이 비치

---

05 Fordingbridge : 햄프셔에 있는 도시

고 있었지. 우리는 함께 현관 앞으로 달려갔는데, 내 친구의 얼굴엔 슬픔이 가득 차 있었어. 검은 옷을 입은 신사 한 명이 문에서 나오더군.

〈의사 선생님, 언제 이렇게 되신 겁니까?〉

트레버가 물었네.

〈자네가 떠나고 곧 돌아가셨네.〉

〈의식을 찾으셨나요?〉

〈돌아가시기 전에 잠깐이었어.〉

〈저한테 남긴 말씀이 있었습니까?〉

〈일본 옷장의 뒤편 서랍에 문서가 있다는 말씀뿐이었네.〉

내 친구는 의사와 함께 부친이 돌아가신 방으로 올라갔고, 나는 서재에 남아 이 모든 일들을 생각하고 또 생각해보았지. 내 생애에 그만큼 우울한 기분을 느껴본 적은 없었네. 권투 선수이자 여행가이고 광산업자였던 트레버 씨의 과거란 대체 무엇인지, 어째서 그 심술궂은 뱃사람의 손아귀에 잡힌 것인지. 또한, 팔에 있는 반쯤 지워진 머리글자를 언급했을 때 기절한 이유는 무엇이고 포딩브리지에서 편지를 받고 죽도록 겁에 질린 까닭은 무엇일까? 그때 나는 포딩브리지가 햄프셔에 있다는 것과 그 뱃사람이 협박할 목적으로 찾아간다던 비도즈 씨도 햄프셔에 살고 있다고 한 것이 기억났어. 그렇다면 편지를 보낸 사람은 둘 중 하나야. 뱃사람 허드슨이 예전에 있었던 비밀스런 죄악을 폭로하겠다며 보낸 것이거나, 아니면 비도즈 씨가 허드슨이 폭로하려는 것을 눈치 채고 옛 동료에게 경고의 의미로 보낸 것이지. 거기까지는 분명했네. 하지만 내 친구는 왜 그 편지가 별 내용도 없는 괴상한 편지라고 한 것일까? 틀림없이 해석을 못했던 것이지. 그렇게 가정해본다면, 편지는 분명 보이는 것과는 다른 의미가 숨겨진, 교묘한 비밀 암호로 썼다는 뜻이야. 내가 그 편지를 봐야했네. 거기에 숨겨진 메시지가 있다면 분명히 찾아낼 수 있으리란 자신이 있었지. 나는 한 시간 동안 어둠 속에 앉아서 깊은 생각을 하고 있었는데, 울먹이는 하녀가 램프를 들고 왔네. 그 뒤에 내 친구 트레버가 창백하지만 침착한 얼굴로 나타났지. 지금 내 무릎 위에 있는 바로 이 문서를 들고 말이야. 그는 내 앞에 앉아 램프를 탁자 끝으로 옮겨놓은 뒤, 손으로 흘려 쓴 그 편지를 내게 건넸지. 자네도 보았듯이 회색 종이 한 장이었네. 〈The supply of game for London is going steadily up. Head-keeper Hudson, we believe, has been now told to receive all orders for fly-paper, and for preservation of your hen pheasant's life. (런던행 사냥감 공급은 점차로 증가하고 있다. 우리가 아는 바로는, 파수꾼 허드슨은 현재 파리잡이 끈끈이 주문을 모두 받았으며, 당신 까투리의 목숨을 보존하기 위한 명령을 전달 받았다고 여겨진다.)〉

자네가 이 편지를 처음 읽었을 때와 마찬가지로 나 역시 당황스런 표정을 지었네. 나는 신중하게 다시 읽어보았지. 분명 내가 생각했던 대로, 이상한 단어의 조합 속에 어떤 다른 의미가 숨겨져 있는 것이 틀림없었어. 그게 아니면 〈fly-paper(파리잡이 끈끈이)〉나 〈hen pheasant(까투리)〉 같은 단어에 미리 약속된 의미가 있을 수도 있겠지. 임의로 그런 의미를 정한 거라면 어떤 방법으로 추리할 수 없을걸세. 하지만 아직은 그런 경우라고 믿고 싶지 않았네. 〈허드슨〉이라는 단어가 있는 걸 보니 이 편지의 주제는 내가 추측한 대로였고, 그 뱃사람이라기 보단 비도즈가 보낸 것이라 할 수 있지. 나는 거꾸로 읽어보았지만 〈life pheasant's hen (목숨 꿩의 암컷)〉 조합은 그리 탐탁하지 않았네. 그래서 단어를 하나씩 건너서 읽어보았는데, 〈The of for〉 라든가 〈supply game London〉 등도 역시 아무런 의미가 되지 않았지. 그런데 갑자기 수수께끼의 열쇠가 떠오르더군. 맨 처음 단어부터 세 번째 단어마다 읽어보았더니 트레버 노인을 절망에 빠뜨린 내용이 나타난 거야.

그건 짧고 간결한 경고였네. 내 친구에게 그걸 읽어주었지. 〈The game is up. Hudson has told all. Fly for your life. (모든 일이 끝났다. 허드슨이 모두 폭로했다. 목숨을 보존하려면 도망가라.)〉

빅터 트레버는 고개를 숙이고 떨리는 두 손으로 얼굴을 감쌌네.

〈틀림없어. 그런 뜻일 거야.〉

그가 말했지.

〈이건 죽음보다 나쁜 일이군. 불명예스러운 일이니까 말이야. 그런데 '파수꾼'이나 '까투리'같은 건 무슨 뜻일까?〉

〈아무 의미가 없어. 하지만 우리가 보낸 사람을 알아낼 다른 방법이 없었다면, 그걸 찾아낼 아주 훌륭한 재료가 되겠지. 이 글을 쓴 사람은 'The . . . game . . . is.', 이런 식으로 먼저 썼을 거야. 그런 다음, 미리 약속된 암호방식에 따라 단어 두 개를 각각의 빈 칸에 채워넣은 거지. 당연히 마음속에 처음 떠오르는 단어를 쓰게 되는데, 사냥에 관한 단어가 많이 있는 것을 보니 글을 쓴 사람은 사냥을 아주좋아하거나 동물 사육에 관심이 많다는 걸 알 수 있네. 비도즈라는 사람에 대해 아는 것이 있나?〉

〈있지. 자네가 그 얘길 하니 생각나는데.〉

내 친구가 말했네.

〈아버지는 매년 가을마다 그 사람에게서 자신의 영지에서 사냥을 하자는 초대장을 받곤 했어.〉

〈그렇다면 이 편지를 보낸 이는 그 사람이라는 게 확실하군.〉

내가 말했지.

〈이제 남은 한 가지는 그 뱃사람 허드슨이 부유하고 존경 받던 두 사람을 마음대로 휘두를 수 있던 비밀이 무엇인가 밝히는 일이네.〉

〈아, 홈즈. 그건 죄악과 치욕스런 일에 관련된 일일 것 같아.〉

내 친구는 소리쳤네.

〈하지만 자네한테 숨기지는 않겠네. 여기 이 문서는 아버지가 허드슨 때문에 과거가 탄로 날 위험에 처한 것을 알고 쓴 글이야. 아버지가 의사에게 말한 대로 일본 옷장에 들어있더군. 자네가 들고, 내게 읽어주게. 나는 이걸 읽을 기력도, 용기도 없다네.〉

왓슨, 이게 내 친구가 건네주었던 바로 그 문서일세. 그날 밤 오래된 서재에서 내 친구에게 읽어줬던 것처럼 이제 자네에게 읽어주겠네. 자네도 보다시피 겉봉에는 이렇게 쓰여 있네. 〈글로리아 스콧 호의 상세한 항해기록. 1855년 10월 8일 팰머스[06]를 출항하여 11월 6일, 북위 15도 29분, 서경 25도 14분에서 침몰하다.〉

편지 형식으로 되어 있는데, 내용은 다음과 같네.

---

06 Falmouth : 잉글랜드 콘월 카운티에 있는 항구

나의 사랑하는 아들에게

내 생애의 말년이 불명예스러운 일로 암흑에 빠지려하는 지금, 진실 되고 정직한 마음을 다해 이 글을 쓴다. 내 마음을 에이는 고통은 법이 무서운 까닭이 아니요, 이 지방에서 내가 쌓아올린 지위를 잃게 돼서도 아니요, 내가 몰락하는 모습을 나를 아는 모든 사람들에게 보여주게 되어서도 아니다. 단지 아버지를 사랑하고 존경하는 것 밖에 몰랐던 네게 부끄러움을 남겨주었기 때문이다. 하지만 내 머리 위에서 항상 따라다니던 과거가 드러나게 된다면, 내가 지은 죄악이 어떤 것인지 네게 직접 알려주고 싶구나. 그러나 만약 모든 일이 잘 해결된다면(전지전능하신 신께서 허락해주시기를!), 그때 이 편지가 파기되지 않고 우연히 네 손에 들어가게 된다면, 네가 지닌 모든 성스러운 것들을 걸고, 세상을 떠난 네 엄마와의 추억을 걸고, 우리 사이의 정을 걸고, 이 편지를 불 속에 던져 넣은 뒤 다시는 이에 관한 생각을 하지 않기를 간절히 부탁한다.

그런데, 네가 지금 이 줄을 읽고 있다면 나는 아마도 죄악이 탄로나 집에서 끌려 나갔거나, 아니면 죽음에 이르러 아무 말도 못하는 상태이겠지. 너도 알듯이 나는 심장이 튼튼하지 못하니 이편이 더 맞을 것 같구나. 그 어느 쪽이라도 이제 은폐의 시간은 지나갔다. 자비로운 신께 맹세하노니, 내가 하는 얘기는 모두 한 치의 꾸밈도 없는 사실이다.

사랑하는 아들아, 나의 이름은 트레버가 아니다. 젊은 시절에 내 이름은 제임스 아미티지였다. 몇 주 전에 네 대학 친구가 내 비밀을 알아챈 듯한 말을 했을 때 내가 받은 충격을 이제 이해할 수 있을 거다. 아미티지일 때 나는 런던 은행에 들어갔고, 아미티지라는 이름으로 나는 나라의 법을 어겨 유형에 처해지는 선고를 받았다. 아들아, 나를 너무 나쁘게 생각하지는 말아라. 노름빚을 갚아야했기 때문에 은행돈을 쓰게 된 것이다. 나는 그 돈이 없어졌다는 걸 눈치 채기 전에 채워놓을 확신이 있었다. 하지만 끔찍한 불운이 나를 덮치고 말았지. 내가 받아야할 돈이 손에 들어오지 않았고, 때 아닌 회계감사로 인해 은행 돈이 부족하다는 것이 발각되었던 거다. 그 사건은 관대하게 넘어갈 수도 있었지만, 30년 전에는 지금보다 법집행이 훨씬 가혹했지. 23번째 생일이 되던 날, 나는 37명의 다른 죄수들과 함께 중범죄를 저지른 범인이 되어 사슬에 묶인 채 오스트레일리아행 글로리아 스콧 호의 중간 갑판에 오르는 신세가 되고 말았다.

그때는 크림 전쟁[07]이 한창이던 1855년이어서 원래 죄수호송선이었던 배가 흑해에서 수송선으로 널리 쓰였다. 그래서 정부는 죄수를 호송하기엔 부적당한 소형배를 쓸 수밖에 없었다. 글로리아 스콧 호는 중국산 차를 나르던 무역선으로, 구식인데다 뱃머리가 무겁고 배의 폭이 넓어 신형 쾌속선이라면 쉽게 따라잡을 수 있었지. 500톤급의 그 배에는 38명의 죄수뿐 아니라 승무원 26명, 군인 18명, 선장 1명, 항해사 3명, 의사 1명, 목사 1명, 교도관 4명이 타고 있었다. 거의 백 명이 되는 사람이 그 배를 타고 팰머스로 항해를 시작한 것이지.

죄수를 가둔 방 사이의 벽은, 일반적으로 호송선에 쓰이는 두꺼운 참나무 대신에 아주 얇고 부서지기 쉬운 재질로 만들어져 있었다. 선미(船尾) 쪽 내 옆방에 간힌 죄수는 부두에 끌려왔을 때 특히 눈길을 끌었던 사람이었다. 그는 깨끗이 면도를 한 얼굴에 길고 가는 코, 호두까기 같은 턱을 지닌 청년이었단다. 의기양양하게 고개를 들고 으스대는 듯 걸었는데, 가장 눈에 띤 것은 그의 큰 키였다. 우리 중 누구도 그의 어깨까지 밖엔 닿지 않았지. 틀림없이 6피트 반[08]은 넘었을 거다. 슬프고 피로에 지친 수많은 얼굴

---

07 Crimean War : 1853-1856년 동안 러시아와 영국, 프랑스, 오스만 제국이 맞서 싸운 전쟁으로 크림 반도와 흑해를 중심으로 벌어졌다.

08 약 198cm.

들 속에서 기운이 넘치고 또렷한 정신을 가진 사람을 보니 낯설었다. 그 광경은 마치 눈보라 속에서 불꽃을 발견한 느낌이랄까. 나는 그가 내 옆방에 있다는 것이 기뻤다. 그리고 더 기쁜 일이 벌어졌다. 깊은 밤중에 속삭이는 소리가 들려서 보았더니 그가 방 사이에 있는 칸막이를 잘라 구멍을 낸 것이다.

〈안녕, 친구!〉

그가 말했다.

〈네 이름이 뭐야? 뭣 때문에 오게 되었어?〉

나는 대답했고, 이번엔 내가 물어봤다.

〈나는 잭 프렌더개스트다.〉

그가 말했지.

〈신의 이름을 걸고 얘기하는데, 너는 나를 알게 된 것을 고마워하게 될 거야.〉

나는 그가 관련된 사건을 들어본 적이 있었다. 내가 체포되기 얼마 전, 전국적으로 큰 파문을 일으켰던 사건이었지. 그는 좋은 가문에 태어났고 재능도 많았지만 도저히 구제할 수 없는 악습 때문에, 교묘한 사기수법으로 런던의 유명한 상인에게서 거액의 돈을 빼앗은 자였다.

〈아하! 너도 그 사건을 기억해?〉

그는 자랑스럽게 말했지.

〈아주 잘 알고 있어.〉

〈그럼 그 사건엔 뭔가 이상한 점이 있다는 걸 알겠지?〉

〈그게 뭔데?〉

〈내가 빼앗은 돈은 거의 25만 파운드야. 알지?〉

〈그렇다고 하더군.〉

〈하지만 찾은 돈은 없지?〉

〈없지.〉

〈자, 그럼 돈은 어떻게 된 거지?〉

그가 물었다.

〈모르겠는 걸.〉

내가 말했지.

〈바로 여기 내 손 안에 있어.〉

그가 소리쳤다.

〈맹세코, 내가 가진 돈이 네 머리털 보다 많을 걸. 이봐, 돈이 있고, 그걸 어떻게 다루고 어떻게 쓰는지 안다면 뭐든지 할 수 있는 거야! 자 그럼, 뭐든지 할 수 있는 사람이 쥐똥냄새가 코를 찌르고 바퀴벌레가 기어 다니는, 중국 연안의 곰팡내 나는 낡은 관 같은 곳에 바지가 닳도록 앉아 있겠어? 아니지. 그런 사람은 제 앞가림을 할 줄 알고, 또 동료를 챙길 줄도 알지. 그쪽에 붙어! 그 사람을 꽉 붙들면 널 구원해 줄 거야. 성경에 입 맞추고 맹세해도 좋아.〉

그는 이런 식으로 말했다. 처음에 나는 별 것 아닌 얘기라 생각했는데, 한참 동안 그는 모든 방법을 동원해 나를 시험해보고, 맹세시키더니 배를 탈취하려는 계획이 있다는 걸 알려줬지. 승선하기 전에 이미 12명의 죄수가 음모를 꾸민 것이다. 프렌더개스트가 우두머리였고, 그의 돈이 원동력이 되었다.

〈내게 동료가 있는데,〉

그가 말했다.

〈진짜 좋은 녀석이지. 총열과 개머리판처럼 믿을 수가 있어. 그가 돈을 갖고 있지. 지금 그 녀석이 어디에 있는 줄 알아? 이 배의 목사로 있어. 바로 목사로 말이야! 검은색 코트를 입고 제대로 된 증명서를 들고 승선했는데, 이 배의 용골[09]에서 주돛대까지 살 수 있는 돈이 그가 가진 상자 안에 들어 있어. 승무원은 그의 손발이나 다름없지. 그들이 계약서에 서명하기도 전에 현금을 먹여서 매수를 했거든. 교도관 두 명과 2등 항해사 머셔도 우리 편이지. 필요하다는 생각이 들면 그는 선장도 매수할 거야.〉

〈그래서 무슨 일을 하려고?〉

내가 물었다.

〈뭘 할 것 같아?〉

그가 말했다.

〈재봉사들이 한 번도 못 본 새빨간 색으로 군인들 옷을 물들여 줄 거야.〉

〈하지만 군인들은 무장하고 있잖아.〉

내가 말했다.

〈이봐, 그러니까 우리도 무장해야지. 우리 모두 권총 두 정씩 갖게 될 거야. 게다가 승무원이 우리 편인데도 이 배를 점령하지 못한다면, 차라리 계집애들 기숙학교에 가는 게 나을 걸. 오늘밤 자네 왼쪽 방에 있는 녀석하고 얘기해봐서 믿을 만한 놈인지 알아봐.〉

나는 시키는 대로 했다. 옆방에 있던 젊은 녀석은 문서 위조범으로, 나와 비슷한 처지였다. 그의 이름은 에반스였는데 나중에는 나처럼 이름을 바꾸고, 현재 잉글랜드 남부에서 부자가 되어 잘 살고 있다. 그는 우리가 사는 방법은 그 길 뿐이라며 음모에 가담했다. 배가 만[10]을 지날 때쯤에는, 우리의 비밀스런 일에 참여하지 않은 죄수는 단 두 명뿐이었지. 한 명은 마음

---

09 용골 : 배 바닥의 중앙을 받치는 긴 목재. keel.
10 프랑스 서해안에 있는 비스케이 만.

이 약한 사내라서 믿을 수가 없었고, 다른 한 명은 황달을 앓고 있어서 우리에겐 아무런 쓸모가 없었다.

우리가 배를 탈취하는 데 방해할 것은 처음부터 하나도 없었다. 승무원은 이 일을 위해 특별히 선발된 폭력배들로 구성되어 있었지. 가짜 목사는 종교관련 소책차로 가득 찬 것처럼 위장한 검은 가방을 들고 죄수들의 방을 열심히 왔다 갔다 했다. 그 결과 사흘 째 되는 날에는 각자 침대 발치에 쇠줄 하나, 권총 두 정, 화약 1파운드, 탄알 20발을 숨겨 놓을 수 있었다. 교도관 중 두 명은 프렌더개스트의 심복이었고, 이등 항해사는 그의 오른팔이었지. 우리가 상대해야할 적은 선장, 항해사 2명, 교도관 2명, 마틴 대위, 군인 18명과 의사뿐이었다. 상황은 유리했지만, 우리는 최대한 조심하기 위해서 밤중에 기습을 하기로 결정했다. 그런데 예정했던 것보다 빠르게 상황은 전개 되었다. 그 이유는 이렇다.

출항한 이후 3주가 지날 무렵의 어느 날 저녁이었다. 죄수 중 하나가 아파서 진찰하려고 내려온 의사가 침상 끝 아래쪽에 손을 넣었다가 권총처럼 느껴지는 물건을 발견했지. 그가 아무 소리도 내지 않았더라면 모든 일이 발각되었겠지만, 가슴이 콩알만 한 녀석이어서 깜짝 놀라 소리를 질렀고, 얼굴은 창백하게 변하고 말았다. 죄수는 즉각 무슨 일인지 눈치를 채고 의사를 붙잡았지. 그리고 아무에게도 알리지 못하도록 의사에게 재갈을 물린 뒤 침대 밑에 묶었다. 의사가 갑판으로 통하는 문을 열어났기 때문에 우리는 그곳을 통해서 습격을 가했다. 보초 두 명이 총을 맞고 쓰러졌고, 무슨 일인지 알아보려고 달려온 하사도 그대로 쓰러졌다. 특등실 문 앞에도 군인이 두 명 더 있었는데, 소총을 장전해 놓지 않았는지 한 방도 발사하지 못하고, 총검을 끼우려고 하다 사살되었지. 그리고 우리는 선장실로 돌진했는데, 문을 밀고 들어갈 때 안에서 총성이 들렸다. 선장은 탁자에 핀으로 고

정된 대서양 지도 위에 머리를 박고 쓰러져 있었고, 그 바로 곁에 목사가 연기가 피어오르는 권총을 손에 든 채 팔꿈치에 걸치고 서있었다. 두 명의 항해사는 우리 패거리에게 잡혔고, 이제 모든 일이 끝난 것 같았지.

특등실 옆에는 선실이 있어서 우리는 그리로 몰려갔다. 우리 모두는 긴 의자에 풀썩 앉아 자유를 되찾았다는 느낌에 미친 듯이 떠들어댔다. 사방에는 벽장이 있었는데, 가짜 목사 윌슨이 그 중 하나를 부수고 갈색 셰리주를 한 상자 꺼냈지. 그 병의 목을 깨뜨리고 술을 컵에 따라 단숨에 들이키려던 순간, 아무런 예고도 없이 소총 소리가 귓가에 울려 퍼졌다. 선실 안은 연기로 가득차서 탁자 건너도 보이지 않았다. 연기가 사라지고 보니 그곳은 도살장이었다. 윌슨과 여덟 명의 동료들이 바닥에 쓰러져 뒤엉킨 채 꿈틀거리고 있었고 탁자 위에는 피와 갈색 셰리주가 낭자했다. 지금도 그 생각을 하면 속이 메스꺼워진다. 우리는 그 광경에 주눅이 들었지. 만약 프렌더개스트가 거기 없었다면 아마도 우리는 포기했을 게다. 그는 황소처럼 소리 지르며 살아남은 나머지를 모두 데리고 문으로 뛰쳐나갔다. 나가보니, 대위와 그의 부하 열 명이 선미 갑판에 있었다. 선실 탁자 위 창이 약간 열려 있어서, 그 틈으로 우리를 향해 사격한 것이었지. 그들이 장전을 하기도 전에 우리는 덤벼들었고, 사내 답게 저항하긴 했지만 우리 쪽이 우세했기 때문에 5분도 지나지 않아 싸움은 끝이 났다. 세상에! 그렇게 도살장 같은 배가 또 있을까? 프렌더개스트는 미쳐 날뛰는 악마가 되어 군인들을 마치 어린아이처럼 번쩍 들어 바다 속으로 던져버렸다. 죽었건 살았건 상관이 없었어. 심각한 부상을 입은 하사 한 명이 놀랄 만큼 오랫동안 살아서 헤엄치고 있었는데, 누군가가 자비를 베풀어 그의 머리를 날려버렸지. 싸움이 끝나자 살아남은 적은 교도관 둘, 항해사, 그리고 의사뿐이었다.

그들을 둘러싸고 심각한 말다툼이 일어났다. 자유를 되찾은 걸로 만족하고 더 이상 살인이 벌어지는 걸 바라지 않은 사람이 많았다. 소총을 손에 든 군인을 쓰러뜨리는 것과 사람이 살해당하는 걸 냉정하게 바라보고 있는 것은 다른 문제였다. 우리 중 여덟 명, 그러니까 죄수 다섯과 선원 세 명은 그런 일이 벌어지는 걸 원치 않았지. 하지만 프렌더개스트와 그를 따르는 사람들은 조금도 물러나질 않았다. 그는 우리가 안전해지려면 모두 깨끗이 처리해야한다고 말했지. 증언대에 서서 혀를 놀릴 수 있는 사람은 남겨두지 말아야한다고 말이야. 우리의 운명도 붙잡힌 사람들과 똑같아질 뻔했지만, 결국 프렌더개스트는 원한다면 보트를 타고 떠나도 좋다고 말했다. 우리는 이미 유혈이 낭자한 살육에 넌더리가 난 상태였고 앞으로 유혈극이 더 있을 거란 걸 알았기 때문에 그 제안을 받아들였다. 우리들은 각자 입을 선원복과 물 한 통, 소금에 절인 쇠고기와 비스킷 한 통씩, 그리고 나침반 하나를 지급 받았다. 프렌더개스트는 해도를 던져주며 너희들은 북위 15도, 서경 25도에서 난파당한 배의 선원인 거라고 말했다. 그리고는 보트를 묶었던 밧줄을 자르고 우리들을 보내주었다.

내 사랑하는 아들아, 이제 내 이야기의 가장 놀라운 부분에 도달했구나. 반란이 일어나는 동안에 선원들은 앞 돛대의 활대를 당겨 반대로 돌려놨었는데, 우리가 떠난 후 다시 제대로 고쳤지. 북동풍이 가볍게 불어왔기 때문에 그 배는 천천히 우리에게서 멀어져 갔다. 우리가 탄 보트는 물결에 따라 넘실거리며 길고 부드러운 파도를 타고 흘러갔지. 그 중에서 가장 교육을 많이 받은 사람은 에반스와 나였기에, 우리는 해도를 펴고 앉아 현재 위치와 어느 해안으로 가야할 지를 살펴보았다. 북쪽으로 약 500마일 떨어져 있는 카보베르데[11]로 갈 것인가, 아니면 동쪽으로 약 700마일 떨어진 아

11 Cape of Verde : 중부 대서양에 있는 섬나라. 세네갈 서해안에서 약 620km 떨어져 있다. Cabo Verde.

프리카 연안으로 가야할 지가 문제였다. 전체적으로 볼 때, 바람이 북쪽으로 불고 있었으므로 우리는 시에라리온[12]이 가장 적합하다고 생각하고 뱃머리를 그쪽으로 돌렸다. 그때 글로리아 스콧 호는 보트의 우현 방향으로 사라져 돛대만 보이고 있었다. 우리가 그쪽을 보고 있는데 갑자가 짙은 검은색 연기가 배에서 피어오르더니 마치 거대한 나무처럼 하늘로 솟구쳤다. 그리고 몇 초도 지나지 않아 천둥이 치는 듯한 큰 소리가 귀를 때렸지. 연기가 엷어져 갈 즈음에는 글로리아 스콧 호의 흔적이 보이지 않았다. 우리는 즉시 보트의 방향을 다시 돌려, 있는 힘을 다해 노를 저어갔다. 여전히 시야가 뿌옇고, 수면 위에는 연기가 흘러 다니는 파국의 현장으로 말이다.

도착하기까지 오랜 시간이 걸렸기 때문에, 너무 늦어서 아무도 구할 수 없을 것 같다는 걱정이 먼저 들었다. 부서진 배의 잔해와 수많은 나무상자, 돛대 조각들이 물결에 따라 올라갔다 내려갔다 하고 있어서 배가 침몰한 지점을 찾을 수 있었다. 하지만 살아있는 사람은 보이지 않아서 포기를 하고 돌아가려는데 살려달라는 외침이 들렸지. 저만큼 떨어진 곳에서 한 사람이 난파선의 잔해에 몸을 싣고 매달려 있었다. 보트 위로 건져내고 보니 허드슨이라는 이름의 젊은 선원이었는데, 화상을 입은 데다 몹시 지쳐있어서 다음 날 아침이 되어서야 무슨 일이 일어난 것인지 얘기를 들을 수 있었다.

우리가 떠난 후에, 프렌더개스트와 그 일당은 사로잡은 다섯 명을 살해하기 시작한 것 같다. 교도관 두 명은 총을 쏴서 죽인 후 바다에 던져 버렸고, 3등 항해사도 그렇게 처치했다. 그다음에 프랜더개스트는 중간 갑판으로 내려가 직접 자기 손으로 불운한 의사의 목을 베어버렸지. 단 한 명 남

---

12 Sierra Leone : 서아프리카에 있는 나라. 이 당시는 영국령으로 1961년에 독립함.

은 일등 항해사는 담력이 있고 힘이 넘치는 사람이었다. 프랜더개스트가 피 묻은 칼을 손에 들고 다가오는 것을 보자, 그는 용케 결박을 풀어내고 갑판을 뛰어 내려가 창고로 들어갔다.

권총을 손에 든 열댓 명의 죄수가 따라 내려갔더니, 그는 배에 실려 있던 백 개의 화약통 중 하나를 열어놓고 성냥을 든 채 옆에 앉아 있었다. 어떤 식으로든 자신을 해치려 든다면 모두 날려버리겠다고 그는 소리쳤지. 잠시 뒤에 폭발이 일어났는데, 허드슨 생각으로는 항해사의 성냥 때문이 아니라 죄수 중 하나가 실수로 오발을 했기 때문이라고 하더구나. 이유야 어찌 되었든, 글로리아 스콧 호와 그 배를 탈취한 폭도들의 최후는 이렇게 끝을 맺었다.

내 사랑하는 아들아, 간단히 말하자면, 이것이 내가 연관된 끔찍한 사건의 줄거리다. 다음 날 우리는 오스트레일리아를 향해 가던 범선 핫스퍼 호에 구조 되었지. 우리가 난파된 여객선의 생존자라는 걸 선장은 그대로 믿었다. 해군 본부는 수송선 글로리아 스콧 호가 항해 중에 실종된 것으로 단정했고, 그 배의 운명에 대한 진실은 한 마디도 흘러나오지 않았다. 핫스퍼 호는 참으로 멋진 항해 끝에 시드니에 도착했다. 그곳에서 에반스와 나는 이름을 바꾸고 금광으로 들어갔다. 수많은 민족이 모여 사는 틈에 끼어, 우리는 별 어려움 없이 예전 신분을 지우고 살 수 있었다.

나머지는 이야기할 필요가 없겠다. 우리는 성공했고, 이곳저곳을 다니다가 부유한 식민지 주민으로서 영국에 돌아와 시골에 큰 영지를 구입했다. 20년이 넘는 기간 동안 우리는 평화롭고 보람 있는 삶을 살아왔지. 지난 과거가 영원히 묻혀있기를 바라면서 말이야. 그러니 나를 찾아왔던 뱃사람을 보자마자 난파된 배에서 건져준 바로 그 사람이란 걸 깨달았을 때 내가 느꼈던 감정을 짐작하겠지. 그는 모든 방법을 동원해 우리가 사는 곳을 찾아냈고, 우리가 가진 두려움을 이용해 살아가려 했던 것이다. 내가 왜 그와 잘 지내려고 애썼는지 이제 이해할 게다. 그리고 이제 그가 또 다른 희생자를 찾아 협박하러 떠난 지금, 내가 얼마나 두려움에 휩싸여 있는지 조금이나마 헤아릴 수 있겠지.

아래쪽에는 떨리는 손으로 써서 읽기 힘든 글이 있었는데, 〈비도즈가 암호로 쓴 편지를 보냈다. 허드슨이 모두 발설했다고 하는구나. 신이시여, 저희에게 자비를 베푸소서!〉 라고 적혀 있더군.

여기까지가 그날 밤 내가 아들 트레버에게 읽어줬던 내용일세. 왓슨, 그 상황에서는 아주 극적인 일이었지. 그 사건으로 친구는 큰 충격을 받고 테라이[13]에 있는 차농장으로 갔지. 내가 듣기로는 잘 지내는 모양이야. 그 뱃사람과 비도즈에 대해서는, 경고하는 편지가 온 날 이후로 다시는 소식을 들을 수가 없었네. 둘 다 아주 완전히 사라져 버렸어. 경찰에 어떤 신고도 없었던 것으로 볼 때, 비도즈는 협박을 진짜로 받아들인 것 같네. 허드슨이 그 근방에 숨어 있는 걸 본 사람이 있어서 경찰은 그가 비도즈를 해치우고 도망간 것이라 믿고 있지. 내가 보기에, 진실은 그와 반대일 거라 생각하네. 모든 일이 탄로 났다고 믿은 비도즈가 절망에 빠져 허드슨에게 복수한 뒤, 당장 모을 수 있는 돈을 최대한 긁어모아 나라 밖으로 도망갔다는 쪽이 더 가능성이 높지. 이게 사건의 진상일세. 의사 선생, 자네 사건 모음집에 도움이 된다면 마음대로 써도 좋네."

---

13 Terai : 네팔 남동부에 있는 지방.

머스그레이브 가(家)의 제례문(祭禮文)

내 친구 셜록 홈즈의 이상한 성격은 가끔씩 나를 당황하게 했다. 물론 그의 사고방식은 누구보다도 질서정연하고 체계적이었으며 복장은 항상 단정하게 차려입었지만, 개인적 습관으로 보자면 같이 사는 사람을 미치게 만드는 지저분한 동료일 뿐이었다. 그런 면에 있어서 나는 진부하게 따지는 사람은 아니다. 천성적으로 보헤미안 기질인데다 아프가니스탄에서 산전수전 다 겪으며 지낸 까닭에, 의사로서는 좀 깔끔하지 못한 편에 속한다. 하지만 그것도 한계가 있다. 석탄 그릇에 시가를 넣어두고, 페르시아 슬리퍼의 앞 쪽엔 담배를 넣고, 답장하지 않은 편지는 벽난로 선반 한 가운데에 잭나이프로 꽂아둔 사람을 보면 나 자신이 오히려 더없이 깔끔한 사람이 아닐까하는 생각이 든다. 또한, 나는 사격 연습이란 당연히 야외에서 하는 일이라고 생각하고 있다. 그런데 별스런 성격을 지닌 홈즈가 안락의자에 앉아, 예민한 방아쇠가 달린 권총과 실탄 백 발을 가져다 놓고 맞은 편 벽에 탄환자국으로 애국적인 V.R.[01] 사인을 만드는 걸 보면, 방의 분위기든 외관이든 좋아지기는 완전히 틀렸다는 생각이 든다.

---

01 V.R. : Victoria Regina (Queen Victoria), 빅토리아 여왕을 뜻함.

우리 방 안에는 항상 화학 약품과 범죄 관련 물품이 가득 차 있는데, 그것들은 적절치 않은 장소로 굴러들어갔다가 버터접시라든가, 절대 있어선 안 될 곳에서 튀어나오기도 한다. 하지만 가장 큰 문제는 홈즈의 서류였다. 그는 문서를 파기하는 걸 끔찍이 싫어했는데 특히 과거의 사건과 관련된 거라면 더욱 그랬다. 그래서 홈즈가 기운을 내서 일람표를 만들고 정리하는 일은 1, 2년에 한 번 밖에 없었다. 왜냐하면, 내가 이 두서없는 회상록의 어디에선가 언급했던 바와 같이, 홈즈가 열정적인 에너지를 폭발시켜 눈부신 성과를 이룬 뒤에는 뒤따라오는 반작용으로 무기력에 빠져, 얼마 동안은 바이올린을 켜거나 책을 읽으며 겨우 소파와 식탁을 오가는 것 외엔 거의 움직이지 않기 때문이다. 이렇게 해서 다달이 지날 때마다 문서는 늘어갔고, 방의 네 귀퉁이에는 태워버릴 수도 없고 주인이 아니면 치울 수도 없는 서류뭉치가 쌓여만 갔다.

어느 겨울 밤, 우리가 난롯가에 앉아 있을 때였다. 홈즈가 비망록에 초록(抄錄)을 붙이는 걸 끝내자, 나는 앞으로 두 시간은 이 방을 좀 더 살 수 있을 만한 곳으로 만드는 데 쓰자고 제안했다. 내 제안의 타당성을 부인할 수 없었기에 그는 슬픈 듯한 표정으로 침실로 들어가더니 커다란 양철 상자를 끌고 나왔다. 그것을 바닥 한 가운데에 가져다 놓고 등받이 없는 의자에 쭈그리고 앉아 뚜껑을 열어젖혔다. 상자는 종이 꾸러미로 3분의 1정도가 차 있었는데 각각 붉은 띠로 묶여 분류되어 있었다.

"왓슨, 이 안에 꽤 많은 사건이 들어있다네."

그는 장난기가 서린 눈으로 나를 보며 말했다.

"이 상자 안에 든 것이 뭔지 안다면, 다른 걸로 더 채우기 보다는 안에 있는 걸 꺼내달라고 할 걸."

"그러면, 그 안에 자네 예전 사건 기록이 들어 있나?"

내가 물었다.

"자네 초기 사건 기록을 보고 싶다는 생각을 가끔 했네."

"그렇지. 이 사건들은 내 전기 작가가 나를 빛내주기 훨씬 전의 기록들이지."

그는 부드럽고 조심스럽게 꾸러미를 하나씩 들어올렸다.

"모두 성공한 사건은 아니네, 왓슨."

그가 말했다.

"하지만 그 중에는 꽤 멋진 사건도 있어. 여기에는 탈레턴 살인 사건과 와인 판매상 밤베리 사건, 러시아 노파 사건, 알루미늄 목발의 특이한 사건, 다리가 굽은 사내 리콜레티와 그의 가증스런 아내에 관한 사건 전모가 들어 있지. 그리고 이건, 아 그렇군! 이거야 말로 가장 멋진 사건일세."

홈즈는 상자 밑으로 손을 넣어 작은 목제함을 꺼냈는데, 아이들 장난감을 넣어두는 보관함처럼 미닫이 뚜껑이 달려 있었다. 그 안에는 구겨진 종이 한 장과 구식 청동 열쇠, 실뭉치가 달려있는 나무 못한 개, 그리고 오래되고 녹이 슨 원반형 금속 조각 세 개가 있었다.

"이보게, 친구. 이게 뭐라고 생각하나?"

그는 내 표정을 보고 웃으며 물었다.

"신기한 수집품인 걸."

"신기하지. 이것에 얽힌 이야기를 들으면 더욱 신기하다는 생각이

들 걸세."

"그럼, 이 유물에 역사가 담겨 있다는 건가?"

"이게 바로 역사인 걸세."

"그게 무슨 뜻인가?"

셜록 홈즈는 그 물건을 하나하나 집어 들어 탁자 끝에 쭉 늘어놓았다. 그리고는 다시 의자에 앉아 만족스러운 눈빛으로 그걸 바라보았다.

"이건,"

그가 말했다.

"머스그레이브 가(家) 제례문 사건을 기억하기 위해 남겨둔 물건이네."

나는 그가 이 사건에 대해 한두 번 얘기한 것을 들은 적이 있지만 상세한 내용은 알 지 못했다.

"어떤 이야기인지,"

내가 말했다.

"자세히 알려주면 좋겠군."

"저 쓰레기들은 그냥 놔두고?"

홈즈는 장난스럽게 말했다.

"왓슨, 자네 깔끔한 성격으로는 그리 오래 견디지 못할 텐데 말이야. 하지만 자네가 이 사건을 연대기에 포함시켜줬으면 좋겠네. 범죄 기록 중에서 이 만큼 독특한 면을 가지고 있는 사건은 이 나라에서, 아니 다른 나라를 포함한다 해도 그리 찾기 쉽지 않을 걸세. 이와 같은 특이한 사건이 들어가지 않는다면 내 성과를 모은 기록도 불완전한 것이 될 테니까.

전에 이야기한 글로리아 스콧 호 사건과 내게 처음으로 이 일을 평생의 직업으로 삼으라고 일깨워준 불행한 노인과의 대화를 기억하고 있을 걸세. 지금은 내 이름이 꽤 널리 알려져, 일반인이든 경찰이든 나를 어려운 사건의 최종심으로 생각하고 있네. 자네가 나를 처음 만났을 때, 자네가 〈주홍색 연구〉라고 이름 붙인 사건이 일어났을 때도 나는 이미 꽤 많은 의뢰인이 있었지. 물론 그리 돈은 되지 않았어. 자네는 내가 처음에 얼마나 힘들었는지, 이만큼 발전하기까지 얼마나 시간이 걸렸는지 알 수 없을 거야.

처음 런던에 올라왔을 때 나는 몬태규 가에 방을 얻었는데, 대영박물관에서 모퉁이 하나를 돌면 있는 곳이었지. 그곳에서 나는 사건을 기다리며, 넘치게 남는 시간을 유용하게 쓰기 위해 과학의 전 분야를 공부하는 걸로 때웠네. 이따금 사건이 들어오긴 했는데 대부분 예전 학교친구들의 소개를 받고 온 것이었어. 대학교 끝날 때 즈음에는 나와 내 방식에 대한 얘기가 많이 회자되었기 때문이지. 그때 의뢰받은 사건 중 세 번째가 〈머스그레이브 가의 제례문〉이라네. 이 특이한 일련의 사건이 사람들의 관심거리로 떠올랐고, 중대한 일이라는 것이 알려져 커다란 논쟁거리가 되었기 때문에, 이 사건으로 인해 나는 현재의 위치에 성큼 다가설 수 있었지.

레지널드 머스그레이브는 나와 같은 대학을 다녔기 때문에 조금은 알고 지내는 사이였네. 그는 재학생들 사이에 별로 인기는 없었지. 하지만 내가 보기에 그의 오만한 태도는 천성적으로 수줍음을 많이 탔던 그의 성격을 감추려했던 것으로 보이네. 외견상으로 볼 때 그는 아주 귀족적인 타입이었어. 마른 체형에 높은 콧대, 커다란 눈을 가졌는데 우울해보였지만 그의 태도에는 품위가 있었지. 그의 집안은 영국에서 가장 오래된 가문의 자손이지만 16세기 어느 땐가 북부 머스그레이브 가에서 분가되어 나와 서부 서섹스 지방에 정착했네. 그곳에 있는 헐스톤 장원저택은 사람이 사는 집으로서는 아마도 그 지방에서 가장 오래된 건물일 걸세. 태어난 곳의 어떤 기운이 그에게 붙어있는 것처럼, 그의 창백하고 날카로운 얼굴, 균형 잡힌 머리를 볼 때마다 회색 아치, 방사형 창살이 있는 창문, 봉건 시대 성의 유서 깊은 잔해가 떠올랐다네. 이따금 우리는 이야기를 나눴는데 몇 번은 내 조사 방법과 추리에 대해서 깊은 관심을 보이던 것이 기억나는군.

그 후 4년 동안 그를 만난 적이 없었는데, 어느 날 아침 몬태규가의 내 방으로 그가 걸어 들어왔네. 별로 변한 데도 없고 언제나처럼 멋진 모습으로, 젊은 청년 같은 스타일의 옷을 입고 있었지. 그의 특징이었던 조용하고 온화한 태도도 변함이 없었어.

〈어떻게 지냈는가, 머스그레이브?〉

정중하게 악수를 나눈 다음 내가 물었지.

〈아버지께서 돌아가신 건 자네도 들었을 걸세.〉

그가 말했네.

〈2년 전에 세상을 떠나셨지. 당연하겠지만, 그 이후부터 내가 헐스톤 영지를 관리하게 되었고, 지역구 의원직도 맡게 되어 바쁘게 보내고 있다네. 그런데 홈즈, 예전에 사람들을 놀라게 했던 능력을 이제 직업으로 삼고 있다고 들었네.〉

〈맞아.〉

내가 말했지.

〈내 머리로 먹고 살고 있지.〉

〈그렇다면 정말 기쁜 일이군. 자네 도움이 지금 절실히 필요하니까 말일세. 헐스톤에 아주 이상한 일이 생겼는데, 경찰도 이 사건에 아무런 단서를 잡지 못하고 있다네. 정말 괴상하고 이해할 수 없는 사건이야.〉

왓슨, 그 얘기를 듣자마자 내가 얼마나 흥분했는지 자넨 짐작할걸세. 몇 달 동안을 아무 일도 못하고 그토록 기다렸던 기회가 바로 앞에 다가왔으니 말이야. 내 마음 속에는 다른 사람이 실패한 일을 내가 해결할 수 있을 거란 믿음이 있었는데, 이제 나 자신을 시험해볼 기회가 온 것일세.

〈상세한 이야기를 해주게.〉

나는 큰 소리로 말했지.

레지널드 머스그레이브는 나를 마주보고 앉아서 내가 앞으로 밀어준 담배에 불을 붙였네.

〈자네도 알겠지만,〉

그가 말했네.

〈나는 아직 독신이긴 해도 헐스톤 저택에서 많은 하인을 데리고 있다네. 집이 오래되고 넓은 터라 유지하는데 꽤 많은 일손이 필요하지. 또한, 꿩 사냥철에는 손님들이 와서 묵으며 파티를 하는 까닭에 일손이 모자라서는 안 되기 때문이네. 모두 합치면 하녀가 여덟 명 있고, 요리사 한 명, 집사 한 명, 하인이 두 명, 급사 아이가 한 명이지. 물론 정원사와 말을 돌보는 사람은 따로 있네.

하인들 중에서 가장 오래 지낸 사람은 집사 브런튼이지. 젊은 시절 교사로 일하다가 실직한 그를 아버지가 처음으로 채용했다네. 그는 정열이 넘치고 성격도 좋아서 곧 집안에서 없어선 안 될 사람이 되었어. 건장한 체격에 잘 생긴 남자이고 이마가 훤하지. 함께 지낸지 20년이 되었는데 아직 마흔 살은 넘지 않았네. 몇 개 국어를 할 줄 아는데다 거의 모든 악기를 연주할 수 있는 그의 비범한 재능과 재주를 보면 그런 직업에 오랜 동안 만족하며 지낸다는 것이 놀라울 정도야. 아마도 현재 생활이 편안하고, 변화를 꾀할 정열이 부족하기 때문이겠지. 헐스톤 저택의 집사는 방문하는 사람이라면 누구나 기억하는 명물이라네.

하지만 이 완벽한 인물에게도 결점이 하나 있네. 바로 돈 후안[02] 같은 면이 있다는 걸세. 조용한 시골 마을에서 그와 같은 사내가 바람피우기란 별로 어려운 일이 아니란 걸 짐작하겠지.

그가 결혼했을 때는 괜찮았네. 하지만 홀아비가 된 후로는 말썽이 끊이질 않았어. 몇 달 전에는 하녀 레이첼 하웰즈와 약혼을 해서 다시 정착을 하나보다 기대했었는데, 그녀를 차버리더니 사냥터지기의 딸 쟈넷 트리겔리스와 사귀더군. 레이첼은 아주 착한 아가씨이지만, 불같은 성격의 웨일즈 기질이 있어 심한 뇌막염을 앓게 되었지. 그리고 이제는, 그러니까 어제까지는 검은 눈의 유령처럼 집안을 돌아다니곤 했다네. 여기까지가 헐스톤 저택의 첫 번째 드라마일세. 하지만 두 번째 사건이 터져서 이 일은 내 마음 속에서 사라져 버렸네. 두

---

02 Don Juan : 14세기 스페인의 전설적인 바람둥이. 그를 주인공으로 한 모차르트의 오페라 〈돈 조반니(Don Giovanni)〉가 있다.

번째 드라마는 집사 브런튼이 불명예스럽게 해고되는 데서부터 시작하지.

이 사건의 발단은 이렇다네. 얘기했듯이 집사는 지식이 많은 사람인데 바로 그 때문에 몰락하게 된 것이지. 그 지적인 면이 자신과는 조금도 관련이 없는 것에 대해 끊임없는 호기심을 갖게 했기 때문이야. 우연히 내 눈으로 보기 전까지, 얼마나 오래 그런 일을 해왔는지는 알 수가 없군.

앞서 말했듯이 저택은 넓고 복잡하네. 지난 주 어느 날 밤, 그러니까 자세히 말하자면 목요일이었는데, 미련하게도 저녁 식사 후에 커피를 진한 블랙으로 마셨더니 잠이 오질 않더군. 새벽 두 시가 되도록 잠을 자려고 애쓰다가, 포기하고 일어나 읽던 소설책이나 계속 보려고 양초에 불을 붙였네. 그런데 책을 당구실에 두고 왔기 때문에 나는 실내복을 입고 책을 가지러 갔지.

당구실에 가려면 계단을 내려가 서재와 총기실이 있는 복도를 가로질러 가게 되네. 통로를 내려다보니 서재의 열린 문틈 사이로 희미한 빛이 새어나오고 있더군. 내가 얼마나 놀랐는지 짐작할 수 없을 걸세. 침실로 가기 전에 내가 직접 불을 끄고 문을 닫았기 때문이야. 강도가 들었다는 생각이 당연히 첫 번째로 떠올랐네. 헐스톤 저택의 통로벽은 전승 기념품인 구식 무기로 장식되어 있지. 나는 그 중 하나인 전투용 도끼를 꺼내 들고 촛불을 등 뒤에 놓아둔 채, 발끝으로 복도를 걸어가 열린 문틈으로 안을 슬쩍 들여다보았네.

브런튼, 바로 그 집사가 서재에 있더군. 그는 정장을 입은 채로 편안한 의자에 앉아, 지도처럼 보이는 종이 한 장을 무릎 위에 놓아두고는 한 손을 이마에 얹고 깊은 생각에 빠져 있었네. 나는 놀라서 멍한 상태로 어둠 속에 서서 그를 바라보고 있었지. 탁자 끝에 놓인 작은 초가 희미한 빛을 비추고 있어서 그가 정장을 하고 있는 것은 충분히 볼 수 있었네. 그런데 갑자기 의자에서 일어나더니, 한 쪽 편에 있는 책상으로 걸어가 열쇠로 서랍 하나를 열었네. 집사는 그 안에서 종이 하나를 집어 들고 다시 의자로 돌아와, 탁자 끝의 초 옆에 펼쳐놓고는 자세히 살펴보았어. 이토록 뻔뻔스럽게 우리 가문의 문서를 조사하는 걸 보자, 분노가 치밀어 올라 나는 앞으로 나섰네. 브런튼은 고개를 들고 내가 문 앞에 서있는 것을 보았지. 그는 튀어오르듯 의자에서 일어났네. 두려움으로 얼굴이 창백해졌고, 처음에 보던 지도처럼 생긴 문서는 가슴 속으로 밀어 넣더군.

'그래!'

내가 말했네.

'이게 자넬 신뢰했던 것에 대한 보답인가! 내일 당장 그만 두고 떠나게.'

그는 완전히 짓이겨진 표정으로 고개를 숙여 인사를 하고는, 아무 말 없이 나를 지나 슬며시 도망쳐 버렸어. 탁자 위에는 작은 초가 여전히 놓여있었기에 그 빛에 의지해 나는 브런튼이 서랍에서 꺼낸 종이를 볼 수 있었네. 놀랍게도 그건 전혀 중요한 물건이 아니었어. 머스그레이브 제례라 불리는 독특하고 오래된 행사가 있는데, 그 제례에서 쓰이는 문답서를 필사해놓은 종이일 뿐이었지. 그건 수백 년 간 대대로 내려오는 특이한 의식의 일종인데 머스그레이브 가(家) 사람이 성년이 되면 이 의식을 치르게 된다네. 집안의 문장이나 의장 같은 것처럼 고고학자에겐 어느 정도 중요성이 있겠고, 개인적으로 흥미를 가질 수도 있겠지만, 실제적으로 쓸모가 있는 건 아니지.〉

〈그 문서에 대해서 나중에 다시 얘기해야겠군.〉

내가 말했네.

〈자네가 꼭 필요하다면야.〉

그는 좀 망설이며 대답했네.

〈어쨌든 얘기를 계속하기로 하지. 나는 브런튼이 두고 간 열쇠로 서랍을 다시 잠갔네. 그리고 나서 돌아서는데 집사가 돌아와 내 앞에 서있는 바람에 놀라고 말았어.

'머스그레이브 주인님.'

브런튼은 감정에 복받쳐 목이 멘 소리로 말했네.

'저는 이런 불명예를 견딜 수가 없습니다. 저는 항상 제 지위에 대해 긍지를 가지고 있었는데, 이런 불명예는 저를 죽이는 것이나 다름없습니다. 제게 불명예를 씌우신다면 주인님께도 분명히 누를 끼칠 것입니다. 이 일로 해서 저를 집안에 둘 수 없다하시면, 부디 부탁드리건대 제 의지로 나간 것처럼 할 수 있게 한 달의 말미를 주십시오. 그렇게 하면 나가겠습니다. 머스그레이브 주인님, 저를 아는 모든 사람들 앞에서 저를 쫓아내지 말아 주십시오.'

'자넨 그럴 만한 자격이 없네, 브런튼.'

내가 대답했지.

'자네 행동은 부끄럽기 짝이 없는 것이야. 그렇지만, 오랜 동안 가족으로 지내왔으니 공개적으로 망신을 주고 싶진 않네. 하지만 한 달은 너무 길군. 일주일을 줄 테니 아무 이유든 자네가 원하는 대로 하

150

고 이곳을 떠나도록 하게.'

'일주일이라고요?'

그는 절망적인 목소리로 소리쳤네.

'이 주, 적어도 이 주는 주셔야 합니다.'

'일주일이야.'

내가 대답했지.

'자네가 한 일을 생각하면 그 정도만 해도 관대한 처분이네.'

브런튼은 완전히 낙담해서, 고개를 푹 숙이고 발을 끌며 방을 나
갔지. 그 다음에 나는 불을 끄고 내 방으로 돌아갔네.

그후 이틀 동안 브런튼은 열심히 자기 직무에 충실했네. 나는 지
난 일에 대해서는 아무 말도 하지 않고, 그가 어떤 식으로 자신의 불
명예를 감출 지 호기심을 가지고 지켜보았어. 그런데 셋째 날 아침이
었네. 아침 식사 후에 늘 하던 대로 그날의 지시 사항을 받기위해 와
야 하는데, 나타나지 않더군. 나는 식당을 나오다 우연히 하녀 레이
첼 하웰즈와 마주쳤지. 아까 얘기했듯이 그녀는 최근에 병을 앓고 막
회복된 상태라네. 수척하고 창백한 얼굴인데다 기운이 없어 보여 나
는 일을 하러 나온 것에 대해 질책을 했지.

'침대에 누워 쉬어야지.'

내가 말했네.

'몸이 건강해진 다음에 일을 하도록 해라.'

그녀는 나를 이상한 표정으로 쳐다보더군. 나는 병 때문에 정신
이 이상해진 것이 아닌가하는 생각이 들었네.

'주인님, 저는 건강해요.'

그녀가 말했네.

'의사를 불러서 물어봐야겠구나.'

내가 대답했지.

'이제 일을 그만두고, 아래층으로 내려가 브런튼한테 내게 오라고 전해라.'

'집사님은 갔어요.'

그녀가 말했네.

'갔다고! 가긴 어딜 가?'

'가버렸어요. 아무도 집사님을 못 봤어요. 방에도 없구요. 오, 맞아요. 갔어요. 가버렸다구요!'

그녀는 깔깔대면서 소리지르다 벽에 몸을 기대고 쓰러졌네. 갑작스런 히스테리성 발작에 놀란 나는 서둘러 달려가 벨을 당겨 도움을 청했지. 하녀는 자신의 방으로 옮겨졌지만 여전히 비명을 지르고 흐느껴 울었네. 나는 브런튼이 어디 있는지 찾아봤어. 그가 사라졌다는 건 의심의 여지가 없었네. 그의 침대에는 잠을 잔 흔적이 없었지. 지난 밤 브런튼이 방으로 자러간 후에는 아무도 본 사람이 없었네. 하지만 아침에 보았을 때 창문이나 현관문 모두 잠겨 있었기에 그가 어떻게 집을 나간 건지 도무지 알 수가 없었지. 그의 옷이나, 시계, 돈까지도 방에 그대로 있었네. 다만 평상시 입고 다니던 검은색 정장만이 없어졌을 뿐이야. 슬리퍼도 역시 사라졌는데, 구두는 남아 있더군. 집사 브런튼은 밤중에 어디로 간 것이며, 지금은 어떻게 된 것일까?

물론 지하실부터 다락방까지 모두 찾아봤지만, 그의 흔적을 찾을 수 없었네. 내가 말했듯이 저택은 미궁처럼 복잡하고 오래된 집인데,

특히 현재는 사실상 비어있는 원래의 날개 건물이 더욱 그렇지. 하지만 모든 방과 다락까지 샅샅이 뒤져봤지만 사라진 집사의 흔적은 조금도 찾아볼 수 없었어. 모든 재산을 놔두고 가버렸다는 건 도저히 믿을 수 없는 일이라네. 대체 어디로 갔단 말인가? 지방 경찰을 불렀지만 찾지 못하더군. 집 둘레의 잔디밭과 작은 길을 조사해봤지만 전날 밤부터 비가 내린 까닭에 아무 소득이 없었네. 상황이 이러한 때에, 새로운 사건이 일어나 우리의 관심은 이 수수께끼 같은 일에서 그쪽으로 쏠리게 되었지.

레이첼 하웰즈는 이틀 동안 앓아누웠는데 어떤 때는 정신착란 증세를 보이다가 또 어떤 때는 히스테리 발작을 보였기 때문에 간호사를 고용해 밤에 간호하도록 했네. 브런튼이 실종된 후 사흘 째 되던 날 밤, 간호사는 레이첼이 잘 자는 걸 확인하고서 안락의자에 앉아 잠깐 눈을 붙였어. 그런데 새벽에 눈을 떠보니 침대는 텅 비어 있고, 창문은 열려 있고, 환자는 보이지 않았지. 나는 즉시 침대에서 일어나 하인 두 명을 데리고 사라진 레이첼을 찾아 수색에 나섰네. 그녀가 간 방향을 찾는 건 어렵지 않았어. 그녀의 발자국이 창문 아래에서부터 시작해서 잔디밭을 건너 연못가까지 이어져 있었기 때문이지. 발자국은 연못 가장자리, 영지 바깥으로 나가는 자갈길 근처에서 사라졌네. 연못은 깊이가 8피트라네. 정신이 나간 여자의 발자국이 연못가에서 끝난 것을 보고 우리의 기분이 어떠했을지 상상할 수 있을 걸세.

물론 우리는 당장 큰 써레를 가져다가 시신을 찾아내려고 연못 바닥을 훑었지. 하지만 시신은 나오지 않았네. 그 대신 전혀 예상치 못했던 물건이 수면 위에 떠올랐어. 리넨 천으로 만든 자루인데, 오래되어 녹슬고 변색된 쇳조각과 칙칙한 빛깔의 돌이나 유리 조각이 잔뜩 들어있더군. 연못에서 건져낸 것은 이 이상한 물건 외엔 없었네. 어제도 역시 모든 방법을 동원해 수색하고 조사해보았지만 레이첼 하웰즈와 리차드 브런트의 행방은 도무지 알 수가 없었지. 지방 경찰도 어찌할 바를 모르고 있는 터라, 마지막 수단으로 자네를 찾아오게 된 것이라네.〉

왓슨, 이 연속된 특이한 사건에 대해 내가 얼마나 열심히 집중하며 들었는지 상상할 수 있을 걸세. 나는 그 단편들을 한데 모아서 하나로 연결할 수 있는지 궁리해 보았네.

집사가 사라졌다. 하녀도 사라졌다. 하녀는 집사를 사랑했는데, 나중에는 그를 증오하게 될 만한 이유가 있다. 그녀는 웨일즈 출신으로 다혈질에 불같은 성격이었다. 집사가 실종된 후에 곧 심각한 흥분상태에 빠졌다. 그녀는 연못에 기묘한 물건이 담긴 자루를 던져 넣었다. 이 사실들 모두가 고려해야할 대상이지만, 그 중 어느 것도 사건의 핵심과는 거리가 있었네. 이 연속된 사건들의 출발점은 어디일까? 그곳이 바로 복잡하게 얽힌 궤도의 종착점이 될 걸세.

〈머스그레이브, 그 문서를 봐야겠네.〉

내가 말했지.

〈집사가 자신의 자리를 잃게 될 위험을 무릅쓰고도 봐야할 가치가 있는 그 문서 말이야.〉

〈우리 집안의 제례문은 좀 우스꽝스러운 것이라네.〉

그가 대답했지.

154

〈그래도 고전의 우아함은 지니고 있어. 자네가 직접 보고 싶어 할 것 같아서 여기 문답서를 베껴 가지고 왔네.〉

왓슨, 그가 건네준 문서가 바로 지금 내가 가지고 있는 이 걸세. 머스그레이브 집안 남자라면 누구나 성인식에서 이 이상한 문답서를 외워야 하지. 여기 쓰여 있는 대로 질문과 답을 읽어보겠네.

그건 누구의 것인가?

가신 분의 것입니다.

그건 누가 받을 것인가?

앞으로 오실 분입니다.

그 달은 언제인가?

처음부터 여섯 번째 달입니다.

해는 어디에 있는가?

떡갈나무 위에 있습니다.

그림자는 어디에 있는가?

느릅나무 밑에 있습니다.

얼마나 걸었는가?

북으로 열 그리고 열, 동으로 다섯 그리고 다섯, 남으로 둘 그리고 둘, 서로 하나 그리고 하나, 그리고 아래입니다.

우리는 무엇을 바쳐야 하는가?

우리가 가진 모든 것입니다.

무슨 이유로 바쳐야 하는가?

신의를 지키기 위해서입니다.

〈원본 문서에 날짜는 없지만, 철자로 보아 17세기 중엽에 쓴 글이라네.〉

머스그레이브가 말했지.

〈어쨌거나 이게 수수께끼 같은 사건을 푸는데 조금이나마 도움이 될지 모르겠군.〉

〈적어도,〉

내가 말했네.

〈또 하나의 수수께끼를 제공하긴 하는군. 처음 것보다 훨씬 더 흥미로운 걸로 말이야. 하나를 풀면 다른 하나도 따라서 풀릴 걸세. 이런 말해도 될지 모르겠지만, 머스그레이브, 내가 보기에 집사는 매우 머리가 좋은 사람이야. 자네 집안의 열 대에 걸친 조상보다 더 명석한 통찰력을 지닌 것 같군.〉

〈나는 무슨 얘긴지 모르겠네.〉

머스그레이브가 말했지.

〈내가 보기엔 이 문서는 실질적으로 아무 소용이 없는 것 같은데.〉

〈하지만 나한테는 실질적으로 큰 의미가 있는 것 같군. 브런튼도 나와 같은 생각을 한 것 같네. 그날 밤 자네에게 들키기 전에도 그 문서를 봤을 거야.〉

〈그럴 가능성이 있네. 숨기려고 애쓰지는 않았으니까.〉

〈내 생각에는 그가 기억을 되살리려고 수시로 봐왔던 것 같네. 지도나 도표 같은 것을 들고 이 문서와 대조해서 보고 있다가, 자네가 나타나자 주머니에 넣었다고 했지?〉

〈맞네. 그런데 어째서 우리 집안의 오랜 관습에 대해 그리도 신경을 썼단 말인가? 게다가 이 도무지 알 수 없는 글의 뜻은 뭔가?〉

〈그걸 알아내는 데 그리 큰 어려움은 없을 것 같네.〉

내가 말했지.

〈괜찮다면 서섹스행 첫 차를 타고 내려가기로 하세. 현장에서 사건에 대해 좀 더 깊이 있게 조사해보고 싶군.〉

그날 오후 우리 둘은 헐스톤에 도착했지. 그 유명하고 오래된 건물에 대해선 사진이나 설명을 통해서 잘 알고 있을 테니 간단하게 얘기하겠네. L자 형으로 생긴 건물이고 긴 쪽이 근래에 지은 것이며 짧은 쪽은 예전 것으로, 이 부분을 중심으로 해서 새 건물을 붙여 지은 것이지. 오래된 건물의 중앙에는 육중한 상인방돌을 얹은 문이 있고, 그 위에 끌로 파서 1607이란 연도를 새겨 넣었는데, 전문가들은 대들보와 돌 세공법을 볼 때 그보다 훨씬 오래 전에 지은 건물이라는 의견에 모두 동의하고 있다네. 이 오래된 건물의 엄청나게 두꺼운 벽과 작은 창문 때문에 지난 세기의 사람들은 새로 지은 건물로 거처를 옮겼고, 지금은 그저 창고나 지하저장고로만 쓰이고 있지. 저택의 둘레에는 훌륭한 정원과 오래되고 멋진 수목이 있고, 내 친구가 언급한 연못은 큰 도로 가까이에 있는데 건물에서 약 이백 야드 정도 떨어져 있네.

왓슨, 나는 이미 이 사건에는 별개의 세 가지 수수께끼가 있는 것이 아니라 단 한 가지만이 있을 뿐이라고 확신하고 있었어. 머스그레이브 제례문을 정확히 해석할 수 있다면 집사 브런튼과 하녀 하웰즈가 관련된 진실로 이끌어줄 열쇠를 내 손에 넣을 수 있겠지. 그래서 나는 그 곳에 내 모든 힘을 집중하기로 했네. 어째서 집사는 이 오래된 제례문을 해독하려고 그리도 애를 썼을까? 틀림없이 그는, 오랜 세월 동안 지방의 대지주들이 찾지 못했던 무언가를 알아냈고, 그로부터 개인적인 이익을 취할 수 있으리라 기대한 것이지. 그렇다면 그것은 무엇이며, 집사의 운명에 어떤 영향을 끼친 것일까?

제례문을 읽어보니, 그 안에서 말하는 숫자는 그 문서의 나머지 부분이 언급하고 있는 어떤 장소를 가기 위한 측량법이라는 걸 분명하게 알 수 있었네. 그 장소를 찾는다면, 머스그레이브 가의 조상들이 그토록 이상한 방법으로 숨겨야만 했던 비밀에 접근하게 되는 것이지. 거기엔 출발점이 되는 길잡이가 둘 있는데, 떡갈나무와 느릅나무이네. 떡갈나무로 말하자면, 알아볼 필요도 없었네. 저택의 바로 정면에, 진입로의 왼쪽 편으로 떡갈나무의 조상이라고 부를만한 나무가 지금껏 본 중에서 가장 당당한 모습으로 서 있기 때문이지.

〈저 나무는 제례문이 씌어 졌을 때에도 저기 있었겠지?〉

그곳을 지날 때 내가 물었네.

〈아마도 노르만 정복[03] 때에도 있었을 걸세.〉

머스그레이브가 대답했어.

〈둘레가 23피트[04]나 되네.〉

그것으로 기준점 중의 하나를 확보하게 되었지.

〈오래된 느릅나무는 없나?〉

내가 물었지.

---

03 1066년, 영국의 왕위계승권을 주장한 노르망디공(公)이 영국에 침입, 윌리엄1세로 즉위한 사건. 이로써 영국의 왕조는 앵글로색슨계에서 노르만계로 옮겨졌다.

04 약 7m

〈저쪽에 아주 오래된 나무가 있었네. 하지만 10년 전에 벼락을 맞아서 베어버렸어.〉

〈어디에 있었는지 알 수 있겠는가?〉

〈오, 물론이지.〉

〈다른 느릅나무는 없나?〉

〈오래된 느릅나무는 없네. 너도밤나무는 많지만.〉

〈그 나무가 있던 자리를 보고 싶네.〉

우리는 2륜마차를 타고 있었는데, 저택에 들어가지 않고 곧장 느릅나무가 있었던 잔디밭으로 향했지. 그곳은 떡갈나무와 저택의 중간쯤에 있었어. 조사는 착착 진행되고 있었네.

〈느릅나무 높이가 얼마나 되었는지 알 수 없겠지?〉

내가 물었네.

〈그건 당장 말해줄 수 있네. 64피트[05]였어.〉

〈어떻게 그걸 아는가?〉

나는 놀라서 물었네.

〈예전 가정교사가 삼각법을 연습시키면서 항상 구체적인 형태의 높이를 측량하도록 했지. 어렸을 적에는 영지 내의 모든 나무와 건물의 높이를 계산했다네.〉

그건 정말 생각지도 못했던 행운이었지. 자료는 내가 원했던 것보다 빠르게 모아졌네.

〈혹시,〉

---

05 약 19.5m, 1 ft는 약 30.4cm

내가 물었지.

〈집사가 그와 같은 질문을 한 적이 없나?〉

레지널드 머스그레이브는 깜짝 놀라며 나를 쳐다보았네.

〈그러고 보니 생각이 나는군.〉

그가 대답했네.

〈브런튼이 몇 달 전에 그 나무의 높이를 물어보았네. 마부와 언쟁을 좀 했다면서 말이야.〉

왓슨, 그건 내가 올바른 길로 가고 있다는 걸 보여주는 훌륭한 정보였네. 나는 태양을 올려다보았지. 낮게 떠있는 것을 보고 계산해보니, 한 시간 이내에 오래된 떡갈나무의 가장 높은 가지 끝에 다다를 것 같더군. 제례문에 언급된 조건 하나가 충족되는 셈이지. 그리고 떡갈나무 그림자라는 건, 그림자의 제일 끝 쪽을 의미하는 게 틀림없었네. 그게 아니라면 나무 몸통을 기준으로 삼았을 테니까. 그래서 나는 태양이 떡갈나무 바로 위에 있을 때 느릅나무 그림자의 끝이 어디로 떨어지는지 알아내야만 했네."

"그건 어려웠을 것 같군. 홈즈, 느릅나무는 거기 없으니까 말일세."

"음, 나는 적어도 브런튼이 했다면 나도 할 수 있다고 생각했지. 게다가, 그리 어렵지도 않았네. 머스그레이브와 같이 서재로 가서 직접 나무를 깎아 막대를 만들고, 긴 끈으로 묶은 다음 각 1야드[06]마다 매듭을 달았지. 그리고는 6피트짜리 낚싯대 두 개를 가지고 내 의뢰

---

06 1 yd는 약 91cm

160

인과 함께 느릅나무가 있던 자리로 돌아갔네. 태양은 떡갈나무의 맨 꼭대기를 막 지나가고 있었어. 나는 서둘러 장대를 세워, 그림자가 나아간 곳에 표시를 한 뒤 계산을 했네. 길이는 9피트였어.

물론, 이제 계산은 간단해졌지. 6피트 장대가 9피트 그림자를 드리운다면, 64피트 나무는 96피트 그림자를 드리우겠지. 장대의 그림자는 물론, 나무 그림자와 방향이 같네. 거리를 계산해보니 거의 저택의 벽에 다다르더군. 나는 그 장소에 나무못을 하나 꽂았네. 왓슨, 그곳에서 2인치도 안되는 자리에 원추형으로 눌린 자국을 발견하고서 얼마나 기뻤는지 상상할 수 있겠지. 그건 브런튼이 측량한 뒤 표시해둔 자리였지. 나는 그의 흔적을 따라 제대로 가고 있던 것이네.

이곳을 출발점으로 삼고, 먼저 휴대용 나침반을 꺼내 기본이 되는 방위를 알아낸 다음 걸음을 재기 시작했지. 열 걸음 씩 가는 길은 저택의 벽과 나란히 가게 되더군. 그곳에도 역시 나무못으로 표시를 했어. 그리고 신중하게 동쪽으로 다섯 걸음씩, 남쪽으로 두 걸음씩 걸었네. 그랬더니 바로 낡은 건물의 현관문 앞에 이르게 되었지. 이제 서쪽으로 두 걸음 간다는 것은 석판이 깔린 통로를 두 발자국 간다는 의미였네. 바로 그곳이 제례문에서 가리키는 곳이었어.

왓슨, 너무 실망한 나머지 오싹한 기분을 느껴본 적은 그때가 처음이었네. 잠시 동안 내 계산에 근본적인 실수가 있는 건 아닐까 하는 생각이 들더군. 지는 해가 통로 바닥을 환하게 비추고 있는 까닭에, 사람들의 발길에 닳아버린 회색 석판이 서로 꼭 맞게 붙어 있다는 걸 알 수 있었지. 오랜 세월 동안 움직이지 않은 것이 분명했어. 브런튼은 여기에 손을 대지 않았네. 바닥을 두드려 보았지만 어디나 같은 소리가 났고, 어디에도 깨지거나 갈라진 흔적이 없었지. 하지만 다행히도, 내 조사 작업의 의미를 파악하고 나만큼이나 열성을 갖게 된 머스그레이브가 문서를 보며 내 계산을 확인해 줬네.

〈그리고 아래.〉

그가 소리쳤네.

〈'그리고 아래입니다' 부분을 빼먹었어.〉

나는 그 의미를 밑을 파는 것이라 생각했었는데, 그 즉시 내가 잘못 생각했다는 걸 깨달았네.

〈그렇다면 이 아래 지하실이 있나?〉

내가 큰 소리로 말했네.

〈있지. 이 저택만큼이나 오래된 거야. 이 문을 통해서 내려가 보세.〉

우리는 나선형 돌계단을 따라 내려갔네. 내 친구는 성냥을 켜서 커다란 등불에 불을 붙이고, 한쪽 구석에 있는 통 위에 올려놓았지. 그러자 우리는 분명히 알 수 있었네. 마침내 우리가 제대로 찾아왔다는 것을, 그리고 최근 그 곳에 온 사람은 우리만이 아니라는 것을 말이야. 그곳은 목재를 보관하는 곳이었는데, 바닥에 깔려 있어야할 장작들이 벽 쪽으로 치워져 가운데에 빈 공간이 나타나 있더군. 빈 공간에는 크고 무거운 석판이 있었고, 그 한 가운데 녹슨 쇠고리가 달려 있었는데, 고리에는 체크무늬 머플러가 묶여 있었네.

〈세상에!〉

내 의뢰인이 소리쳤지.

〈브런튼의 머플러야. 그가 두르고 있는 걸 본 적이 있어. 맹세할 수 있네. 그 악당 녀석이 여기서 무얼 하고 있던 거지?〉

내 요청으로 지방 경찰 두 명을 현장에 부른 다음, 나는 목도리를 잡고 그 석판을 들어 올리려고 애를 써보았네. 내 힘만으로는 조금 밖에 움직이질 않아서 경관 한 명이 합세한 후에야 석판을 옆으로 치우는 데 성공할 수 있었지. 그 밑에는 검은 구멍이 입을 벌리고 있더군. 머스그레이브가 한쪽에서 무릎을 꿇고 등불을 밑으로 내려뜨렸기에, 우리 모두는 그 안을 들여다보았네.

깊이는 약 7피트, 사방이 4피트 정도인 정사각형의 작은 방이 우리 앞에 나타났지. 방 한쪽에는 황동으로 띠를 두른 납작한 나무 상자가 있었는데, 뚜껑은 위로 열려져 있고 기묘하게 생긴 구식 열쇠가 자물쇠에 꽂힌 채 튀어나와 있었네. 상자 바깥쪽은 먼지가 두껍게 쌓여 있었고, 습기와 벌레가 나무를 먹어 들어가 안쪽에는 버섯이 한 무리를 이루어 피어 있었어. 그리고 지금 내가 가지고 있는 것인데, 언뜻 보기에 옛날 동전처럼 보이는 둥글고 납작한 쇳조각이 상자 바닥에 흩어져 있었지. 그 외엔 아무 것도 없었네.

하지만 그때는 낡은 상자에 대해선 생각할 틈이 없었어. 우리들의 시선은 그 옆에 웅크린 것에 집중되었네. 그건 사람의 형태였어. 검은 정장을 입었고, 이마를 상자 가장자리에 대고 두 팔을 양쪽으로 벌린 채 웅크리고 앉아 있는 모습이었지. 그 자세 때문에 모든 피가 얼굴에 몰렸고, 그 일그러지고 적갈색으로 변해버린 얼굴을 보고 누군지 알아보는 사람은 없었네. 하지만 그 시신을 끌어올린 뒤 키, 입은 옷, 머리 모양을 보자 내 의뢰인은 그가 실종된 집사라는 걸 알아낼 수 있었지. 죽고 나서 며칠을 그 안에 있었지만 끔찍한 최후를 맞이할 만한 부상도 상처도 보이질 않았네. 그 시신은 지하실 밖으로 내갔지만, 우리는 처음 사건조사를 시작할 때와 별 다름이 없이, 여전히 엄청난 문제에 직면하고 있다는 걸 깨달았지.

고백하건대, 왓슨, 그때 나는 내 조사에 대해서 실망하고 있었네. 나는 제례문에 언급된 장소를 찾기만 하면 사건을 해결할 수 있으리라 생각했었네. 그런데 지금 그 장소에 와있지만 머스그레이브 가문이 그토록 정성을 들여 숨긴 것이 무엇인지 도무지 알 수가 없었어. 내가 브런튼의 죽음을 찾아낸 것은 사실이지만, 그가 어떻게 최후를 맞게 되었는지, 사라진 그 여인은 이 사건에서 어떤 역할을 담당하고 있는지 알아내야 했네. 나는 구석에 있는 작은 나무통 위에 앉아 사건 전체를 신중하게 생각해 보았지.

왓슨, 자네는 그런 사건에서 내가 쓰는 방식을 알고 있을 걸세. 나 자신을 그 집사의 입장에 놓고, 먼저 그의 지적 능력을 가늠해본 다음, 나라면 그와 똑 같은 상황에서 어떻게 할 것인가를 상상해 봤지. 이 사건에서는 브런튼의 지적 능력이 일급이었기에 일이 간단했네. 천문학자들이 개인오차라고 부르는 것을 고려할 필요가 없었어. 그는 무언가 귀중한 것이 감춰져 있다는 걸 알아냈지. 장소도 찾아냈네. 그는 그곳을 덮고 있는 석판의 무게가 아무런 도움 없이 남자 혼자서 들기엔 너무 무겁다는 걸 알게 되었어. 그 다음엔 무엇을 했을까? 외부에 도움을 청할 수는 없었네. 믿을 만한 사람이 있다고 해도, 문을 열고 들어오다 보면 발각될 염려가 있었지. 할 수만 있다면 집안에서 조력자를 찾는 편이 나았어. 하지만 누구한테 도움을 청할 것인가? 사라진 여인은 그를 헌신적으로 사랑했었지. 남자란, 자신이 심하게 대했으면서도 그 여인의 사랑이 결국은 떠난다는 것을 좀체 깨닫지 못하는 법이라네. 집사는 그녀, 하웰즈와 화해하기 위해서 몇 가지 친절을 베풀었고, 공범으로 끌어들였어. 밤에 함께 지하실로 내려가서 힘을 합친다면 그 석판을 들어 올릴 수 있으리란 생각이었지. 여기까지는 내가 실제로 본 것과 같이 그들의 행동을 따라갈 수 있었네.

하지만 그 중 한 사람은 여자였어. 그 돌을 들어 올리는 건 힘든 일이었지. 건장한 서섹스 경관과 나에게도 쉬운 일이 아니었거든. 도움이 될 만한 무엇인가를 찾았을 거야. 나라면 아마도 그랬을 걸세. 나는 일어나 바닥에 흩어져 있는 여러 가지 다른 모양의 장작들을 신중하게 살펴보았네. 금방 내가 찾는 것이 눈에 들어오더군. 길이가 3피트 정도 되는 장작의 끝부분에 움푹 들어간 자국이 있었고, 몇 개는 상당한 무게에 눌린 듯 납작해져 있었네. 분명 두 사람은 석판을 끌어올리고, 그 벌어진 틈 사이에 나무토막을 계속해서 끼워 넣었을 거야. 마침내 입구가 사람이 기어들어갈 정도가 되자, 장작을 세로로 세워 고정시켰어. 석판의 전체 무게가 짓누르고 있었으니 장작 끝이 움푹 들어간 건 당연한 일이었지. 여기까지는 확실했네.

자, 이제 한 밤중에 일어난 이 드라마를 어떻게 재구성할 수 있을까? 단 한 사람만이 구멍 안으로 들어갈 수 있던 건 확실했고, 그 사람은 브런튼이었을 거야. 그 여인은 위에서 기다리고 있었겠지. 브런튼은 상자를 열었고, 그 안에 들어있었겠지만 우리는 아직 찾아내지 못한 무언가를 위로 건네주었어. 그리고 그 다음엔, 그 다음엔 무슨 일이 일어났을까?

자기에게 모욕을 준 남자의 생사가 - 아마도 집사는 우리가 생각하는 것 이상으로 모질게 대했을 거야 - 자신의 손 안에 있다는 걸 깨닫자, 열정적인 켈트족 여인의 영혼에서 억압되었던 복수의 불길이 갑자기 불꽃을 일으키며 나타나지 않았을까? 장작이 미끄러져 석판이 닫혀버렸고, 그대로 브런튼의 무덤이 된 것은 우연이었을까? 그녀의 유일한 죄는 집사의 운명에 대해 침묵을 지켰다는 것뿐일까? 아니면 그녀가 직접 장작을 세게 쳐서 석판이 커다란 소리를 내며 닫혀버린 것일까. 아마 그럴 가능성이 높을 걸세. 나는 그녀의 모습이 보이는 듯하네. 찾아낸 보물을 움켜쥔 채 나선형 계단을 거칠게 뛰어올라가는 그녀. 등 뒤에서 들리는 나지막한 비명 소리, 그리고 신의 없는 애인이 자신의 숨통을 조이는 석판을 분노에 겨워 두들기는 소리가 그녀의 귓전에 울리고 있지.

다음 날 아침, 그녀가 창백한 얼굴을 하고 신경 쇠약 증세를 보이며 히스테리성 웃음을 터트린 것에는 바로 이런 비밀이 있었네. 그런데 상자에는 무엇이 있었던 걸까? 그걸 가지고 무엇을 한 걸까? 물론, 내 친구가 연못에서 끌어올린 낡은 쇳조각과 돌이 그것임은 틀림없어. 그녀가 저지른 범죄의 마지막 흔적을 없애버릴 기회가 오자, 연못에 던져 버린 것이지.

20분 동안 나는 움직이지 않고 앉아서 그 사건에 대해 생각해봤네. 머스그레이브는 여전히 핼쑥한 얼굴로 등불을 흔들며 구멍 안을 들여다보고 있었지.

〈이건 찰스1세[07] 때의 동전이군.〉

07 Charles I : 1625년에서 1649년까지 재위에 있었던 스튜어트왕조의 영국왕. 재위 중 악정으로 비난을 받았고 의회의 권리청원도 받았으나 의회를 해산하고 11년 동안 의회를 소집하지 않았다. 이후 청교도 혁명이 일어났고, 1649년에 처형당했다.

상자에 남아있는 몇 개를 꺼내들며 머스그레이브가 말했지.

〈우리가 추정했던 제례문의 연대가 맞았네.〉

〈찰스1세에 대한 다른 것도 생각해 볼 수 있겠어.〉

나는 소리쳤지. 제례문에 있는 처음 두 가지 질문의 의미가 갑자기 떠올랐어.

〈연못에서 꺼낸 자루의 내용물을 보여주게.〉

우리는 서재로 올라갔고, 머스그레이브는 내 앞에 그 파편들을 펼쳐놓았네. 그걸 보자, 별 중요한 것이 아니라고 했던 그의 말이 이해가 갔지. 쇳조각은 거의 검은 색이었고, 작은 돌들은 광택도 없었고 칙칙한 색이었어. 그런데, 그 중 하나를 내 소맷자락에 문지른 다음 손바닥 안에 놓아보니 광채가 나더군. 쇳조각은 이중으로 된 고리 모양이었는데 구부러지고 비틀어져서 원래 모양은 찾기 힘들었네.

〈자네도 기억하겠지만.〉

내가 말했지.

〈왕이 처형당한 이후에도 왕당파[08]의 활동은 계속되었어. 마침내 도망가야 할 때가 오자, 많은 귀중한 보물을 묻어두어야 했을 걸세. 평화로운 시대가 오면 되찾으러 올 작정이었지.〉

〈우리 조상인 랄프 머스그레이브 경은 유명한 왕당파로 찰스2세[09]가 망명 중일 때 그의 오른팔이었네.〉

내 친구가 말했지.

〈아, 그거야!〉

---

08 청교도 혁명 당시 찰스1세를 지지한 국왕파를 말함.

09 찰스 1세의 아들. 왕당파의 패배로 프랑스로 망명했다가 나중에 돌아와 왕정복고를 실현하였다. 재위 기간은 1660-1685.

내가 대답했네.

〈그것으로 우리가 찾고자 했던 마지막 연결 고리를 알게 되었어. 자, 비극적인 방식이었긴 해도, 위대한 미적 가치를 지녔을 뿐 아니라, 역사적으로도 엄청난 중요성을 지닌 유물을 갖게 된 걸 축하하네.〉

〈그렇다면 그게 뭔가?〉

머스그레이브는 놀라서 숨을 몰아쉬며 물었지.

〈이것은 다름 아닌 선조 영국왕의 왕관이라네.〉

〈왕관!〉

〈바로 그렇지. 제례문의 글귀를 생각해 보게. 뭐라고 적혀 있었지? '그건 누구의 것인가?' '가신 분의 것입니다.' 그때는 찰스1세의 처형 뒤였던 거야. 그 다음에, '그건 누가 받을 것인가?' '앞으로 오실 분입니다.' 그건 돌아올 것이 예견되었던 찰스2세를 말하지. 내 생각에는, 이 찌그러지고 볼품없는 왕관이 한 때는 스튜어트 왕가의 머리를 둘러싸고 있던 것이라는 데 의심의 여지가 없네.〉

〈그게 어째서 연못에 있던 건가?〉

〈아, 그 질문에 대답을 하려면 시간이 좀 걸릴 것 같군.〉

그러고 나서, 내가 세운 추리와 증명의 긴 과정 모두를 간략하게 설명해주었네. 땅거미가 지고 하늘에서 달이 환하게 빛날 때에서야 이야기를 끝낼 수 있었지.

〈그러면, 어째서 찰스2세가 돌아왔을 때 왕관을 가져가지 않은 건가?〉

머스그레이브가 유물을 리넨 자루에 다시 밀어 넣으며 물었네.

〈아, 그건 아마도 결코 알아낼 수 없는 문제 하나로 남을 것 같군.

찰스2세가 돌아오기 전에 비밀을 간직하던 머스그레이브 가의 조상이 죽었고, 실수로 인해 이 제례문의 의미를 설명하지 않은 채 후손에게 전해진 것 같네. 그 이후에 이 문서는 아버지에게 아들로 대를 이어 내려왔고, 마침내 한 남자의 손에 들어갔지. 그 남자는 비밀을 파악해냈지만 유물을 찾는 모험 중에 목숨을 잃고 말았네.〉

왓슨, 이것이 머스그레이브 가의 제례문에 관련된 이야기일세. 그 왕관은 헐스톤 저택에서 보관하고 있네. 법적인 문제가 좀 있었고, 그걸 보유하기 위해서 상당량의 금액을 지불해야 했지만 말이야. 내 이름을 대기만하면 그곳 사람들은 기꺼이 자네에게 왕관을 보여줄 걸세. 그 여인에 대해서는 아무 소식도 들리지 않았네. 아마도 그녀가 저지른 죄를 기억 속에 넣어둔 채, 영국을 빠져나가 바다 건너 어느 나라로 갔을 테지."

라이게이트의 대지주

1887년 봄, 내 친구 셜록 홈즈가 엄청난 활동으로 인한 과로로 건강이 나빠진 후 아직 회복되지 않았을 무렵이었다. 네덜란드-수마트라 회사와 모페르튀 남작의 거대한 음모에 관한 모든 문제는 일반 사람들의 이목을 끌었던 최근의 사건이고, 정치 경제와 너무도 밀접한 관련이 있기 때문에 이 단편 시리즈의 주제로는 적합하지 않다. 하지만 이 사건으로 인해 홈즈는 간접적인 방식으로 특이하고 복잡한 사건으로 인도되는데, 그 곳에서 내 친구는 평생을 범죄와 맞서 싸우는 동안 사용한 많은 무기 중에, 새로운 무기의 가치를 보여줄 수 있는 기회가 있었다.

노트를 살펴보니, 홈즈가 리용[01]에 있는 딀롱호텔에서 병으로 누워있다는 내용의 전보를 받은 것은 4월 14일이었다. 나는 24시간이 되기도 전에 그가 있는 병실에 도착했는데 그의 증세가 심각한 것은 아니라는 걸 알고 마음이 놓였다. 하지만 그의 강철 같은 체력도 두 달 이상 계속된 수사로 인한 긴장으로 고갈되어 있었다. 그동안 하루에 열다섯 시간 이상 일에 몰두했고, 그의 말에 의하면 닷새를 내리

---

01 프랑스 남동부에 있는 도시. 교통의 중심지이다.

수사에 집중한 적도 두어 번 있었다고 했다. 노력의 결과로 얻은 승리도 그토록 진력을 다한 후에 오는 반작용에서 그를 구해줄 수 없었다. 온 유럽에 그의 이름이 울려 퍼졌고, 방에는 문자 그대로 발목이 빠질 정도로 축하전문이 쌓일 때였지만, 홈즈는 깊은 우울증에 빠져있었다. 3개국의 경찰이 실패했던 사건을 해결해냈고, 유럽에서 가장 능숙한 사기꾼을 모든 면에서 앞질러 승리를 거뒀다는 사실조차 그를 신경쇠약에서 벗어나게 할 수 없었다.

사흘 후에 우리는 함께 베이커 가로 돌아왔다. 하지만 내 친구에게 변화가 필요하다는 것은 분명했고, 나에게도 역시 봄날의 일주일을 시골에서 지낸다는 건 무척이나 마음에 끌리는 생각이었다. 아프가니스탄에 있을 때 내 치료를 받았던 오랜 친구 헤이터 대령은 서리 주의 라이게이트 근방에 저택을 가지고 있는데, 나에게 놀러오라며 몇 번씩 초대하곤 했다. 지난번에는 내 친구와 함께 온다면 극진한 대접을 하겠다는 얘기도 했다. 약간의 요령이 필요하긴 했지만, 홈즈는 그 저택에서 대령이 독신으로 살고 있다는 것과, 완전히 자유롭게 지낼 수 있다는 걸 알자, 내 계획에 동의했다. 그래서 우리는 리용에서 돌아온 지 일주일 만에 대령의 저택으로 가게 되었다. 대령은 훌륭한 퇴역 군인으로, 세상일에 해박했기 때문에 내가 예상했던 대로 홈즈와 공통점이 많이 있었다.

도착한 날 저녁, 우리는 저녁 식사를 마치고 대령의 총기실에 앉아 있었다. 홈즈는 소파에서 길게 펴고 앉아 있었고, 헤이터 대령과 나는 그의 소화기 무기고를 살펴보고 있었다.

"그나저나,"

대령이 느닷없이 말을 꺼냈다.

"여기 권총 중 한 자루를 이층에 가져가야겠네. 만약을 대비해서 말이야."

"만약을 대비해서요?"

내가 말했다.

"응. 최근 이 지역에서 소동이 하나 있었네. 액튼이라고 이 지방 유지가 있는데 지난 월요일에 집이 털렸지. 대단한 피해를 입은 건 아니지만 범인이 아직 잡히지 않았다네."

"단서는 없습니까?"

홈즈가 눈을 치켜뜨며 대령을 바라보았다.

"전혀 없소. 그런데 작은 지방에서 벌어진 하찮은 사건인지라. 국제적이고 큰 사건을 해결한 홈즈 씨가 관심을 갖기엔 너무 사소한 일이라오."

홈즈는 칭찬을 듣자 손을 저어 보였지만, 기분이 좋은 듯 미소를 지었다.

"관심을 끌만한 다른 점은 없었나요?"

"없던 것 같소. 도둑들은 서재를 샅샅이 뒤졌는데, 그런 수고에 비해서는 가져간 게 별로 없어요. 온 방 안을 뒤집고 서랍은 모두 열어 젖히고 책들도 뒤졌는데, 없어진 것은 포프[02]의 호메로스[03] 중 한 권, 도금한 촛대 두 개, 상아 서진(書鎭)[04], 참나무로 만든 작은 기압계,

---

02 Pope : Alexander Pope(1688-1744), 영국의 시인.

03 Homer : 호메로스. 그리스의 서사시인 호메로스가 쓴 일리아드를 알렉산더 포프가 영어로 번역한 책.

04 종이를 누를 때 쓰는 도구. 문방구의 하나.

그리고 실 뭉치 한 개가 전부였소."

"정말 독특한 물건들이군요!"

내가 큰 소리로 외쳤다.

"오, 그 녀석들은 분명 손에 잡히는 대로 가져갔을 걸세."

홈즈는 소파에 앉아 투덜대며 말했다.

"지방 경찰이 그에 대해 뭔가 조치를 취해야 합니다."

그가 말을 이었다.

"그건 분명히……."

나는 경고의 표시로 손가락을 들어올렸다.

"이 친구야, 자넨 여기 쉬러 온 걸세. 자네 신경이 모두 조각난 상태인데, 제발 새로운 사건을 시작하지 말게나."

홈즈는 어깨를 움츠리며 대령을 향해 익살스럽게 포기한다는 시선을 보냈고, 이야기는 덜 위험스런 방향으로 흘러갔다.

하지만 내 의사로서의 경고는 소용이 없게 될 운명이었다. 다음 날 아침, 사건은 그냥 무시해버릴 수 없는 방식으로 우리 앞에 불쑥 머리를 내밀었다. 그리고 우리의 시골 요양 계획은 예기치 못한 방향으로 전환되었다. 우리가 아침 식사를 하는 도중, 대령의 집사가 모든 예의범절은 다 잊어버린 듯 급하게 뛰어 들어온 것이다.

"소식을 들으셨습니까?"

그는 숨을 헐떡이며 말했다.

"커닝엄 씨 댁에서."

"도둑이 들었나?"

대령은 커피잔을 허공에 든 채로 소리쳤다.

"살인사건입니다!"

대령의 입에서 탄식의 소리가 새어 나왔다.

"이런, 세상에!"

그가 말했다.

"누가 죽었나? 치안 판사인가, 그 아들인가?"

"둘 다 아닙니다. 마부, 윌리엄입니다. 가슴에 총을 맞고 그대로 즉사했다는군요."

"그럼 누가 쐈다는 건가?"

"강도입니다. 총알처럼 빠르게 달아나 버렸어요. 윌리엄과 맞닥뜨렸을 때 식료품 저장실 창문으로 침입하던 중이었다더군요. 윌리엄은 주인집 재산을 지키려다 목숨을 잃고 말았습니다."

"언제 그랬지?"

"지난 밤, 12시 정도였답니다."

"아, 그러면 곧 가봐야겠군."

대령은 이렇게 말하고, 차분하게 아침식사를 다시 시작했다.

"이건 별로 좋지 않은 일이군."

집사가 나간 후 대령이 말했다.

"커닝엄은 이곳에서 영향력 있는 대지주인데, 아주 훌륭한 친구라오. 그도 이번 일로 마음이 많이 아플 것이오. 마부는 오랫동안 그의 집에서 일을 해온 데다, 성실한 하인이었소. 틀림없이 액튼 저택에 침입했던 그 악당들일 거요."

"특이한 물건을 훔쳐갔었지요?"

홈즈가 생각에 잠겨서 말했다.

174

"맞소."

"흠! 이건 세상에서 가장 간단한 사건인 것 같습니다만, 첫인상은 그래도 약간 흥미롭군요. 그렇지 않습니까? 시골에서 활동하는 강도 패거리라면 장소를 바꾸어가며 다니지, 며칠 사이에 한 지역에서 두 번 일을 저지르지는 않을 겁니다. 지난밤에 대령께서 대비를 한다는 말씀을 했을 때 내 마음 속엔 이런 생각이 들었던 기억이 나는군요. 그 도둑이든 도둑떼든 간에 이 지역에 다시 관심을 둘 리는 없으리란 생각이었습니다. 그건 내가 아직 배울 게 많다는 뜻이기도 하지요."

"이 지역 전문털이범일 수도 있소."

대령이 말했다.

"물론, 그런 경우라면 액튼가와 커닝엄가가 놈들이 노리기에 딱 좋은 곳이라오. 이 근방에선 가장 큰 저택이니까."

"가장 부자이기도 하지요?"

"음, 그렇기는 한데, 몇 년에 걸친 소송으로 양쪽 집안 다 출혈이 심할 것이라 생각하고 있소. 액튼이 커닝엄가의 영지 절반을 자기 것이라며 소송을 냈고, 변호사들은 양손을 걷어 붙이고 그 일에 전력을 다하고 있지요."

"이 지방에 사는 악당이라면, 검거하는 데 큰 어려움이 없겠군요."

홈즈는 이렇게 말하고 하품을 했다.

"좋아, 왓슨. 나는 참견할 생각이 없다네."

"포레스터 경감님이 오셨습니다."

집사가 문을 열며 말했다.

방 안으로 들어온 경찰은 눈치 빠르고 예리해 보이는 얼굴의 젊은 친구였다.

"대령님, 안녕하십니까."

그가 말했다.

"제가 방해를 한 것이 아니면 좋겠군요. 베이커 가의 홈즈 씨가 이곳에 계시다는 말을 들었습니다."

대령이 내 친구를 향해 손짓을 하자, 경감이 인사를 했다.

"홈즈 씨, 혹시 도와주실 수 있나 해서 찾아왔습니다."

"운명은 자네 편이 아닌 걸, 왓슨."

홈즈는 웃으며 말했다.

"경감, 지금 그 사건에 대해서 이야기하고 있었습니다. 상세한 내용을 말해주실 수 있겠지요?"

언제나처럼 익숙한 자세로 의자 등받이에 몸을 기대는 홈즈를 보자, 나는 말리는 것은 이미 틀렸다는 걸 알았다.

"액튼 사건에는 아무런 단서가 없었습니다만 이번엔 많이 있습니다. 두 사건 모두 동일범이 저지른 것이 확실합니다. 목격자도 있습니다."

"아!"

"네. 그런데 범인은 윌리엄 커원을 쏴서 죽인 후 사슴처럼 빠르게 달아났습니다. 커닝엄 씨는 침실 창문으로 범인을 보았고, 알렉 커닝엄 씨는 뒤편 통로에서 보았지요. 사건이 터진 것은 12시 15분 전이었습니다. 커닝엄 씨는 막 침실로 들어갔고, 알렉 씨는 실내복을 입고 파이프 담배를 피우던 중이었지요. 두 사람 모두 마부 윌리엄이 도와달라고 외치는 소리를 들었습니다. 알렉 씨는 무슨 일이 생겼나 확인하러 내려갔지요. 계단 밑에 내려와 보니 뒷문이 열려 있었고 밖에선 두 명이 뒤엉켜 싸우고 있었습니다. 한 명이 총을 발사했고, 다른 한 명은 쓰러졌는데, 살인범은 정원을 가로질러 뛰어가 울타리를 넘어 갔습니다. 커닝엄 씨가 침실 창문 너머로 그 녀석이 도로로 뛰어 가는 것을 보았지만, 금방 시야에서 사라지고 말았지요. 알렉 씨는 그 죽은 남자를 돕기 위해서 살펴보러 갔고, 그러는 사이 악당은 완전히 도망간 겁니다. 중간 체구에 어두운 색의 옷을 입었다는 사실 외엔 범인에 대한 단서는 없습니다. 하지만 열성적으로 조사하는 중이니 외지인이라면 곧 찾아낼 수 있을 겁니다."

"윌리엄은 거기서 무엇을 하고 있었습니까? 죽기 전에 아무 말이 없었나요?"

"한 마디도 없었습니다. 그는 어머니와 함께 문지기 오두막에서 살고 있었는데, 매우 충실한 사람이었기에 집에 아무 이상이 없는지 보려고 온 것이라 생각하고 있습니다. 물론 액튼 저택 사건 때문에 모든 사람들이 조심하고 있으니까요. 강도가 막 문을 열고 침입할 때 윌리엄을 만난 것이 틀림없습니다. 자물쇠를 강제로 연 흔적이 있더 군요."

"윌리엄이 집에서 나오기 전에 그의 어머니에게 아무 말도 하지 않았나요?"

"그의 어머니는 나이도 많고 귀가 먹어서 아무런 얘기를 들을 수 없었습니다. 충격으로 인해 반쯤은 얼이 빠져 있습니다만 평소에도 그리 밝은 정신은 아니었던 것 같습니다. 하지만 여기 아주 중요한 단서가 있습니다. 보십시오!"

그는 수첩에서 찢어진 작은 종이조각을 꺼내 무릎 위에 올려놓았다.

"이건 죽은 사람의 엄지와 검지 사이에서 발견했습니다. 큰 종이에서 찢어진 한 조각인 것 같습니다. 보시면 아시겠지만, 여기 적힌 시간이 이 불쌍한 친구가 죽은 시각과 똑 같습니다. 살인범이 마부의 손에 있던 종이를 찢어갔거나, 아니면 살인범이 가지고 있던 종이에서 마부가 이 조각을 찢어낸 것일 수도 있지요. 이건 아마도 약속을 의미하는 것 같습니다."

홈즈는 그 종이조각을 집어 들었다. 이것이 그 종이의 복사본이다

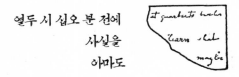

열두 시 십오 분 전에
사실을
아마도

"그것이 약속을 의미하는 거라면,"

경감은 말을 이었다.

"윌리엄 커원이 정직한 사람이라는 평판을 듣고 있긴 했지만, 범인과 한패라는 가설을 생각해볼 수 있습니다. 그곳에서 범인과 만났거나, 문을 열고 들어가는 걸 도와줬을 수도 있어요. 그러다 둘 사이에서 싸움이 벌어졌을 겁니다."

"이건 정말 대단히 흥미로운 글이군요."

온 신경을 집중해서 종이조각을 살펴보던 홈즈가 말했다.

"내가 생각했던 것보다 훨씬 복잡한 사건인걸."

그는 두 손으로 머리를 감쌌다. 경감은 자신이 맡은 사건으로 유

명한 런던의 전문가가 고민하는 것을 보고 미소를 지었다.

"당신이 얘기한 대로,"

홈즈가 이내 말을 이었다.

"강도와 그 하인 사이에 협약이 있었고, 약속의 편지를 주고받았다는 것은 아주 창의적인 생각일 뿐 아니라, 전혀 가능성이 없는 일도 아니지요. 하지만 이 글의 시작은……."

그는 다시 두 손으로 머리를 감싸고 몇 분 동안 깊은 생각에 빠져 있었다. 그가 얼굴을 들자, 뺨에는 혈색이 돌고 눈은 아프기 전과 같이 빛나고 있는 것을 보고 나는 깜짝 놀랐다. 홈즈는 예전과 같은 활기찬 모습으로 자리에서 일어났다.

"자, 이렇게 합시다."

그가 말했다.

"이 사건의 세부적인 면을 조용히 한 번 살펴보고 싶습니다. 이 사건에는 강력하게 마음을 끄는 무언가가 있군요. 대령님, 괜찮으시다면 내 친구 왓슨과 함께 여기 계시기를 부탁드립니다. 저는 경감과 같이 나가서, 제 마음 속에 떠오른 한두 가지 일을 확인해보려고 합니다. 반시간 내로 돌아오지요."

경감이 혼자서 돌아온 것은 한 시간 반이 지난 후였다.

"홈즈 씨는 바깥 들판을 왔다 갔다 하고 있습니다."

그가 말했다.

"우리 네 명 모두 그 집으로 가자고 하더군요."

"커닝엄 씨 댁으로?"

"네. 그렇습니다."

"무엇 때문에?"

경감은 어깨를 움츠려 보였다.

"저는 잘 모르겠습니다. 안계시니까 하는 말입니다만, 제 생각에 홈즈 씨는 아직 병이 다 낫지 않은 것 같습니다. 행동이 아주 이상한 데다가 굉장히 흥분하고 있더군요."

"그렇게 놀랄 필요는 없습니다."

내가 말했다.

"그의 광기 있는 행동 속에는 질서정연한 체계가 있다는 걸 늘 봐왔으니까요."

"질서정연한 체계 속에 광기가 있다고 하는 사람도 있을 걸요."

경감은 투덜거렸다.

"그나저나 홈즈 씨가 급하게 기다리고 있습니다. 대령님, 준비가 되셨다면 떠나는 게 좋을 것 같군요."

홈즈는 고개를 푹 숙이고 두 손은 바지 주머니에 넣은 채로 들판을 왔다 갔다 하고 있었다.

"사건이 점점 흥미진진해지고 있네."

그가 말했다.

"왓슨, 자네가 계획한 시골 여행은 대성공이야. 나는 아침을 즐겁게 보내고 있네."

"사건 현장에 갔었다고 들었는데, 맞소?"

대령이 말했다.

"그렇습니다. 경감과 함께 잠시 답사해 보았습니다."

"결과는 어떻소?"

"글쎄요. 몇 가지 흥미로운 점은 발견했습니다. 걸으면서 말씀드리도록 하지요. 무엇보다도 먼저, 그 죽은 사내의 시신을 확인했습니다. 들은 대로 권총으로 살해당한 것이 확실하더군요."

"그럼, 그것도 의심했단 말이오?"

"아, 모든 걸 확인하는 게 좋으니까요. 조사한 것은 헛수고가 아니었습니다. 그리고 커닝엄 씨와 그 아들을 만나 얘기를 해보았는데, 살인범이 도망갈 때 정원 울타리를 뛰어넘은 장소를 정확히 지적해주었습니다. 그 점은 아주 흥미롭더군요."

"그야 당연하지요."

"그 다음은 그 불쌍한 친구의 어머니를 만나봤습니다. 하지만 너무 늙고 기력이 없는지라 아무런 정보도 얻을 수 없었습니다."

"그렇다면 조사 결과는 무엇이오?"

"이 범죄사건에는 대단히 독특한 점이 있다는 걸 확신하게 되었습니다. 이번 방문으로 모호한 점이 좀 해소될 지도 모르겠군요. 경감, 죽은 남자가 쥐고 있던 종이조각에 자신의 정확한 사망시각이 적혀 있었지요. 그것이 아주 중요한 일이라는 데에 우리 둘 다 의견이 일치하는 거지요?"

"그게 단서가 될 듯합니다, 홈즈 씨."

"단서가 분명합니다. 그 편지를 쓴 사람이 누구이건 간에 윌리엄 커원을 그 시간에 잠자리에서 나오게 한 것이지요. 그런데 그 종이의 나머지 부분은 어디 있을까요?"

"그걸 찾을 수 있을까 해서 땅바닥을 신중하게 찾아봤습니다."

경감이 말했다.

"그건 죽은 사람의 손에서 찢어낸 겁니다. 어째서 그걸 뺏으려고 애를 썼을까요? 죄가 드러나기 때문입니다. 그러면 그 편지를 어떻게 했을까요? 한쪽 귀퉁이가 시신의 손 안에 남아있다는 걸 눈치 채지 못하고 주머니에 넣었을 것입니다. 그 종이의 나머지 부분을 찾을 수 있다면, 이 문제를 해결하는 데 큰 진전이 될 것이 분명하지요."

"네, 하지만 그 범인을 잡기 전에 어떻게 범인의 주머니에 든 것을 찾을 수 있겠습니까?"

"흠, 그것도 생각해볼 가치가 있군요. 그런데 또 하나 명백한 점이 있습니다. 그 편지는 윌리엄에게 보낸 것이지요. 그 편지를 쓴 사람이 직접 전해준 것은 아닐 겁니다. 그럴 거라면 차라리 말로 했으면 되는 일이니까요. 그럼 누가 편지를 전했을까요? 아니면 편지로 부쳤을까요?"

"제가 조사를 했습니다."

경감이 말했다.

"어제 오후 윌리엄은 우편으로 편지를 하나 받았습니다. 봉투는 직접 없애버렸더군요."

"훌륭하군!"

홈즈가 경감의 등을 두들기며 소리쳤다.

"우편배달부를 만나봤군요. 당신과 함께 일하는 것이 즐거운데요. 자, 여기가 문지기 오두막입니다. 대령님, 같이 가시면 범죄 현장을 보여드리지요."

살해된 남자가 살았던 작은 오두막을 지나 떡갈나무가 줄지어 서

있는 길을 걸어가니 앤 여왕 시대[05]의 멋지고 고풍스런 건물이 나타났다.

현관문 위 상인방 돌에는 말플라케[06] 년도가 새겨져 있었다. 홈즈와 경감은 저택을 빙 돌아서 우리를 옆문으로 안내했는데, 그 문과 도로 쪽에 이어진 울타리 사이에는 넓은 정원이 자리 잡고 있었다. 주방 출입문 앞에는 경관 한 명이 서있었다.

"경관, 문을 열게."

홈즈가 말했다.

"커닝엄 씨의 아들은 저 계단에 서있었는데, 바로 우리가 있는 곳에서 두 남자가 싸우는 것을 보았습니다. 커닝엄 씨는 저기 왼쪽에서 두 번째로 보이는 창가에서, 범인이 덤불 왼쪽으로 달아나는 걸 봤다는군요. 아들도 역시 그걸 보았답니다. 두 사람 모두 범인이 저 덤불로 달아난 것을 확신하고 있습니다. 그 다음에 알렉 씨는 총에 맞은 사람 곁으로 달려가 무릎 꿇고 앉았지요. 보시다시피, 땅이 아주 단단했기 때문에 남아있는 자국은 하나도 없습니다."

홈즈가 얘기하고 있을 때 두 사람이 집 모퉁이를 돌아 정원 길을 따라 다가왔다. 한 사람은 나이가 들었는데 강렬한 인상에 깊은 주름이 패였고 눈은 게슴츠레했다. 또 한 사람은 기세 좋은 젊은 청년으로, 밝고 미소 띤 얼굴과 화려한 옷은 우리를 그곳으로 부른 살인 사건과 묘한 대조를 이루고 있었다.

---

05 Queen Anne : 1707-1714년 동안 영국을 통치한 국왕. 이 시기에는 팔라디오(이탈리아의 건축가) 양식이 유행했다.

06 Malplaquet : 프랑스 북부에 있는 지명. 1709년 에스파니아 왕위계승전쟁 때 영국군이 프랑스군을 대파한 장소

"여전히 조사하는 중입니까?"

젊은 청년이 홈즈에게 말했다.

"당신 같은 런던 사람들은 실패하는 법이 없다고 생각했습니다. 그런데 알고 보니, 별로 시원치 않군요."

"아! 시간을 좀 더 주셔야지요."

홈즈는 기분좋게 대답했다.

"그럴 겁니다."

알렉 커닝엄이 말했다.

"하긴, 단서라고는 하나도 없으니까 말이죠."

"딱 하나 있긴 합니다."

경감이 대답했다.

"만일 우리가 그걸……. 세상에! 홈즈 씨, 어떻게 된 겁니까?"

내 친구의 얼굴은 갑자기 끔찍한 표정으로 일그러졌다. 눈동자는 위로 올라갔고, 고통으로 온몸을 뒤틀다가, 나지막한 신음 소리를 터트리며 앞으로 쓰러지고 말았다. 갑작스럽고 엄청난 발작에 무서울 정도로 놀란 우리는 그를 주방으로 데려갔다. 홈즈는 넓은 의자에 누운 채로 한참 동안 깊은 숨을 몰아쉬었다. 마침내, 부끄럽다는 얼굴로 일어나 자신의 허약함을 사과했다.

"왓슨이 말씀드리겠지만, 저는 중병에서 회복된 지 얼마 안되었지요."

그가 말했다.

"그래서 갑작스런 신경성 발작이 일어나곤 합니다."

"제 이륜마차로 댁까지 모셔다드릴까요?"

커닝엄 씨가 물었다.

"음, 여기까지 왔으니 확인하고 싶은 점이 하나 있군요. 간단하게 확인해볼 수 있을 겁니다."

"그게 뭡니까?"

"가엾은 친구 윌리엄이 도착한 것은 강도가 집 안에 침입하기 전이 아니라, 침입한 후일 수도 있으리라 생각합니다. 문에 강제로 연 흔적이 있는데도 강도가 절대 들어가지 않았다고 보고 계시는군요."

"그건 명백한 일인 것 같소."

커닝엄 씨가 진지한 목소리로 말했다.

"그때 내 아들 알렉이 아직 자러 가지 않았소. 누군가 돌아다녔다면 분명 소리를 들었을 것이오."

"아드님은 어디에 앉아 계셨습니까?"

"저는 옷 갈아입는 방에 앉아서 담배를 피우고 있었습니다."

"그 방이 어디 있지요?"

"왼 쪽 끝 입니다, 아버지 방 옆이지요."

"물론, 두 방 모두 등불을 켰겠지요?"

"확실합니다."

"여기에 매우 특이한 점이 있습니다."

홈즈가 웃으며 말했다.

"불빛을 보고 식구 중 두 명이 아직 잠들지 않았다는 것을 알면서도, 일부러 그 시간에 침입하는 강도가 있다니, 그것도 전에 경험이 있는 강도라니 이게 놀랄만한 일이 아닐까요?"

"대담한 녀석이겠죠. 물론, 이 사건이 괴상한 것이 아니었다면 굳이 당신께 조사를 해달라고 부탁하지도 않았을 겁니다."

알렉 씨가 말했다.

"하지만 그 자가 윌리엄과 맞붙어 싸우기 전에 집에 들어와 도둑질을 했다는 당신의 의견은 터무니없는 것 같군요. 도둑질을 했다면 집 안이 엉망으로 어질러져 있고 잃어버린 물건이 있어야 하지 않을까요?"

"어떤 물건이냐에 따라 다르지요."

홈즈가 말했다.

"우리가 상대하는 강도는 자기 자신 만의 방식이 있는, 아주 독특한 녀석이라는 걸 잊으면 안됩니다. 예를 들어볼까요. 액튼 댁에서 훔쳐간 이상한 물건들이 있습니다. 뭐였죠? 실뭉치 한 개, 서진 하나, 그리고 다른 잡동사니 같은 이상한 것들은 기억도 안나는군요."

"홈즈 씨, 우리는 당신께 모든 일을 맡겼소이다."

아버지 커닝엄이 말했다.

"당신이나 경감이 요청한다면, 어떤 일이든 기꺼이 하겠소."

"그렇다면 먼저,"

홈즈가 말했다.

"당신이 직접 보상금을 걸어주신다면 좋겠군요. 경찰은 금액을 합의하는데 시간이 좀 걸리기 마련이고, 이런 일은 신속하게 해야 하니까요. 여기 대략적인 내용을 적어왔으니 살펴보고 사인해 주십시오. 제 생각엔 50파운드면 충분할 겁니다."

"500파운드라도 낼 것이오."

치안판사는 이렇게 말하고 홈즈가 건넨 종이와 연필을 받아 들었다.

"그런데, 이건 정확하지 않구려."

그는 문서를 살펴보며 덧붙였다.

"좀 급하게 썼습니다."

"여기 시작하는 부분을 보면, 〈그런 까닭에, 화요일 새벽 한 시 십오 분 전에 사건 발생……〉 등등이라고 썼군요. 실제로는, 열두 시 십오 분 전이었소."

나는 홈즈가 그런 실수에 관해 예민하다는 걸 알고 있었기에 마음이 아팠다. 사실에 대해서는 빈틈이 없는 것이 그의 특기인데, 최근의 병치레가 그를 뒤흔든 모양이었다. 이런 사소한 실수만 봐도 그가 아직 건강을 회복하려면 멀었다는 걸 나는 알 수 있었다. 그는 한순간 꽤나 당황한 모습이었다. 경감은 눈썹을 위로 치켜 올렸고, 알렉 커닝엄은 웃음을 터뜨렸다. 하지만 나이든 신사, 커닝엄 씨는 잘못된 것을 고친 후 홈즈에게 종이를 돌려주었다.

"될 수 있는 대로 빨리 인쇄하시오."

그가 말했다.

"내 생각엔 훌륭한 착상인 것 같소."

홈즈는 그 종이를 조심스럽게 수첩 안에 넣었다.

"자, 이제."

홈즈가 말했다.

"모두 함께 집 안을 둘러보면 좋을 것 같군요. 그 괴짜 강도가 결국은 아무 것도 가져가지 않았다는 걸 확인해보도록 합시다."

안으로 들어가기 전에, 홈즈는 문에 강제로 침입한 흔적이 있는지 조사했다. 끌이나 단단한 칼을 밀어 넣고 강제로 문을 연 흔적이 역력했다. 나무 부분에 도구를 밀어 넣은 자국이 있었다.

"빗장을 사용하지 않았군요?"

홈즈가 물었다.

"지금까지 그럴 필요가 없었소."

"개는 키우지 않습니까?"

"키우긴 하지만, 집 옆쪽에 묶어놓았소."

"하인들은 언제 자러 갑니까?"

"열 시쯤이오."

"윌리엄도 보통 그 시간이면 자러 갔겠군요?"

"그렇소."

"특이하게도 그 날 밤은 깨어있었군요. 자, 커닝엄 씨. 집 안을 보여주시면 정말 감사하겠습니다."

판석이 깔린 통로를 따라 주방에서부터 이어지는 길을 지나니, 곧장 이층으로 올라가는 나무 계단이 나타났다. 이 계단을 따라가면 두 번째 계단과 마주하는 층계참에 이르게 되는데, 그건 정면 현관에서 올라오는 것으로 화려한 장식이 되어 있는 계단이었다. 이 층계참을 통해서 응접실과 침실, 그러니까 커닝엄 씨나 아들의 침실 등으로 갈 수가 있었다. 홈즈는 천천히 걸으며 집 안의 구조를 예리한 눈으로 살펴보았다. 나는 그의 표정을 보고서 확실한 단서를 잡고 있다는 걸 알았지만, 그의 추리가 이끄는 방향이 어디인지는 전혀 짐작할 수 없었다.

"이보시오."

커닝엄 씨가 약간 초조한 듯 이야기했다.

"이건 확실히 불필요한 일이오. 저 계단 끝에 있는 게 내 방이고 그 다음이 아들 방이오. 도둑이 우리한테 들키지 않고 어떻게 여기까지 올라올 수 있는지 판단을 해보면 알거요."

"내 생각엔 돌아다니면서 새로운 단서를 찾아보는 게 좋을 것 같은데요."

그 아들이 심술궂게 웃으며 말했다.

"아직은, 조금만 더 참아달라고 부탁드려야겠군요. 예를 들자면, 침실 창문에서 보면 얼마나 멀리까지 보이는지, 등을 알아봐야겠습니다. 여기가 아드님 방이겠군요."

그는 방문을 열었다.

"그리고, 여기가 사건이 벌어졌을 때 담배를 피우고 있던 옷방이군요. 창문 밖으로는 어디가 보입니까?"

홈즈는 침실을 가로질러 가, 문을 밀고서 또 다른 방을 둘러보았다.

"이제 만족하시겠소?"

커닝엄 씨가 퉁명스럽게 말했다.

"고맙습니다. 보고 싶던 곳은 모두 본 것 같군요."

"그럼, 꼭 필요하다면 내 방으로 갑시다."

"지나친 결례가 아니었으면 좋겠습니다."

치안판사는 어깨를 움츠려 보이며 우리를 자신의 방으로 안내했다. 소박하게 꾸민 평범한 방이었다. 모두가 창문 쪽으로 걸어가는 동안 홈즈는 뒤처졌다. 그래서 홈즈와 나는 맨 뒤에 서게 되었다. 침대 끝 쪽에는 작은 정사각형 탁자가 있었고, 그 위에는 오렌지가 담긴 접시와 유리 물병이 있었다. 그 곳을 지나가는 순간, 홈즈가 내 앞으로 몸을 기울이며 일부러 탁자를 쳐서 넘어뜨리고 말았다. 나는 이 알 수 없는 상황에 당혹스러웠다. 유리병은 깨져서 수많은 파편으로 흩어졌고, 과일은 방 안 이쪽저쪽으로 굴러다녔다.

"왓슨, 자네가 일을 저질렀군."

홈즈가 천연덕스럽게 말했다.

"카펫을 온통 엉망으로 만들고 말았어."

나는 잠시 혼란에 빠져 있었지만, 내 동료가 나에게 죄를 뒤집어씌울 때에는 그만한 이유가 있으리라 생각했기 때문에 몸을 숙여 과일을 줍기 시작했다. 다른 사람들도 같이 과일을 집어 들었고, 탁자도 원래대로 세워 놓았다.

"어라!"

경감이 소리쳤다.

"어디로 가셨지?"

홈즈가 사라졌다.

"여기서 잠시 기다리십시오."

알렉 커닝엄이 말했다.

"내 생각에는 그 사람 머리가 제정신이 아닌 것 같아요. 아버지랑 같이 어디로 갔는지 찾아보겠습니다!"

두 사람은 방에서 뛰쳐나갔고, 남겨진 경감과 대령, 그리고 나는 서로를 물끄러미 쳐다보기만 했다.

"분명히 말하는데, 저는 알렉 씨와 같은 의견입니다."

경감이 말했다.

"병 때문에 그런 것 같습니다만, 제가 보기에는……."

그의 말은 갑작스레 터져 나온 비명으로 중단되었다.

"사람 살려! 사람 살려! 살인이야!"

내 친구의 목소리라는 걸 깨닫자 나는 온몸에 소름이 끼쳤다. 미친 듯이 방을 빠져나와 층계참으로 달려갔다. 비명 소리는 처음에 들어갔던 방에서 나오고 있었는데, 점점 탁하고 알아듣기 힘든 외침으로 잦아들어갔다. 나는 단숨에 들어가 안쪽의 옷방으로 내달았다. 홈즈는 쓰러져 있었는데 커닝엄 부자가 그를 제압하고 있었다. 아들은 두 손으로 그의 목을 조르고 있었고 아버지는 그의 손목을 비트는 것 같았다. 우리 세 사람은 즉시 그들을 홈즈에게서 떼어냈다. 홈즈는 비틀거리며 일어섰는데 창백한 얼굴에, 몹시 지친 표정이 역력했다.

"경감, 이들을 체포하시오!"

숨을 헐떡이며 홈즈가 말했다.

"무슨 혐의로 말입니까?"

"이 집의 마부, 윌리엄 커원을 살해한 혐의입니다."

경감은 당황스런 눈으로 그를 쳐다보았다.

"아, 이런. 홈즈 씨."

경감이 말했다.

"진심으로 하시는 말씀인지는 모르겠으나……."

"쯧쯧. 이 사람아. 저 사람들의 얼굴을 보시오."

홈즈는 퉁명스럽게 소리쳤다.

나는 그런 표정을 결코 본 적이 없었다. 그리도 분명하게 죄악이 드러나 있는 표정을. 아버지 커닝엄은 마비된 듯 멍하니 서있었는데, 깊은 주름이 팬 얼굴에는 무겁고 침울한 표정이 나타나 있었다. 그런 반면 아들 커닝엄은 그의 특징이었던 의기양양하고 위세 좋던 모습을 모두 잃어버렸고, 검은 눈에는 야생 동물의 사나운 광포함이 번득였으며, 잘 생긴 얼굴도 일그러져 있었다. 경감은 아무 말 없이 문 밖으로 걸어 나가 호각을 불었다. 두 명의 경관이 부름을 받고 올라왔다.

"달리 방도가 없군요. 커닝엄 씨."

그가 말했다.

"저는 이 일이 터무니없는 실수로 판명나리라 믿습니다만, 지금 보시는 바와 같이……. 어, 뭡니까? 내려 놔!"

아들 커닝엄이 권총을 꺼내 공이치기를 당기는 찰나였다. 경감이 손을 뻗어 쳐내자 총은 바닥에 떨어졌다.

"이걸 보관하시오."

홈즈가 재빠르게 발로 총을 밟으며 말했다.

"재판에서 유용하게 쓰일 겁니다. 그런데 우리가 진짜로 찾던 건 여기 있지요."

그는 구겨진 종이 한 장을 꺼내보였다.

"그 종이조각의 나머지입니까?"

경감이 소리쳤다.

"맞습니다."

"그걸 어디서 찾으셨습니까?"

"있다고 생각했던 곳이지요. 곧 모든 문제를 명백하게 밝혀드리겠습니다. 대령님은 이제 왓슨과 함께 돌아가는 것이 좋을 것 같군요. 늦어도 한 시간 내에는 그리 가겠습니다. 경감과 나는 이 죄인들과 몇 마디 나눠야겠군요. 그래도 점심시간에는 돌아갈 수 있을 겁니다."

셜록 홈즈는 그의 말대로 한 시쯤에 돌아왔고, 우리는 대령의 흡연실에서 다시 모였다. 그는 키가 작고 나이가 지긋한 신사분과 함께 왔는데, 강도들이 처음으로 침입했던 집의 주인, 액튼이었다.

"제가 이 사건에 대해서 설명하는 자리에 참석해달라고 부탁했습니다."

홈즈가 말했다.

"액튼 씨도 이 사건에 많은 관심을 가지고 계시는 건 당연한 일이니까요. 대령님, 저 같이 소란을 일으키는 사람을 초대한 걸 후회하실 지도 모르겠습니다."

"그럴 리가 있소."

대령이 다정한 말투로 대답했다.

"나는 홈즈 씨의 수사 방법을 연구해볼 수 있는 크디 큰 특권을 얻었다고 생각하고 있다오. 고백하건데, 내가 예상했던 바와는 전혀 다른 터라 어떻게 그런 결과를 이끌어냈는지 도무지 알 수가 없소. 아직까지도 단서 하나 찾을 수 없구려."

"제 설명을 들으시면 가지고 계신 환상이 깨질 것 같아 걱정이 되는군요. 하지만 제 친구인 왓슨이나, 제 방식에 지적인 관심을 가지고 있는 사람들에겐 언제나 숨김없이 알려드리고 있습니다. 그런데 대령님, 아까 옷방에서 당한 일 때문에 정신이 없는 터라, 먼저 브랜디를 한 모금 마셔야겠습니다. 최근에 제 체력을 많이 소진했지요."

"신경 발작은 더 이상 없길 바라오."

셜록 홈즈는 크게 웃었다.

"그 이야기는 이따 하지요."

홈즈가 말했다.

"사건을 순서대로 설명하면서, 결론에 이르기까지의 여러 가지 사항들을 알려드리겠습니다. 확실하게 이해가 가지 않는 추론이 있다면 언제든지 말씀해주십시오.

수사의 기술에 있어서 가장 중요한 것은 수많은 사실 중에서 무엇이 부차적인 것이고 무엇이 핵심적인 것인지 파악하는 능력입니다. 그것이 없다면, 에너지와 주의력이 낭비되기만 할 뿐, 집중을 할 수 없을 테니까요. 이 사건에서는, 처음부터 죽은 남자의 손에 있는 종이조각이 모든 문제를 푸는 열쇠라는 것에 대해 조금도 의심하지 않았습니다.

이 얘기를 좀 더 하기 전에, 먼저 알아두셔야 할 사실이 있지요. 알렉 커닝엄의 진술이 사실이라면, 그러니까 범인이 윌리엄 커원을 쏘고 즉시 달아났다면 죽은 남자의 손에서 종이를 찢어낸 사람은 그 범인이 아니라는 게 명백합니다. 그렇다면 알렉 커닝엄 그 자신이 한 일이 틀림없습니다. 왜냐하면 아버지 커닝엄이 내려왔을 시각에는 하인 몇 명도 현장에 왔으니까요. 이건 단순한 사실입니다만, 경감은 지역의 유지가 사건과 관계가 없을 거란 가정에서 출발했기 때문에 간과하고 말았지요. 저는 반드시 어떤 편견도 갖지 않고 사실이 인도하는 방향만을 따라가는 것을 원칙으로 삼고 있습니다. 그래서 처음 조사를 시작할 때부터, 이 사건에서 알렉 커닝엄 씨의 역할이 무엇인지 의혹이 생겼습니다.

그리고 경감이 우리에게 보여준 종이조각을 신중하게 조사해보았지요. 그것이 아주 중요한 문서의 일부라는 것은 금방 알 수 있었습니다.

여길 보십시오. 이걸 살펴보면 무언가 떠오르는 점이 있지 않습니까?"

"글씨체가 꽤나 불규칙하군요."

대령이 말했다.

"맞습니다."

홈즈가 큰소리로 말했다.

"조금도 의심할 여지없이, 두 명이 한 단어씩 번갈아 쓴 것이 틀림없습니다. 〈at〉과 〈to〉에서의 힘 있는 〈t〉자를 보시고 〈quarter〉와 〈twelve〉의 기운 없는 〈t〉자와 비교해보면 금방 아실 수 있을 겁니다. 이 네 단어를 간단히 분석해 봐도 〈learn〉과 〈maybe〉는 힘 있는 필체로, 〈what〉은 약한 필체로 썼다는 걸 파악할 수 있지요."

"세상에, 불을 보듯이 훤히 보이는구려!"

대령이 소리쳤다.

"두 사람이 이런 식으로 편지를 쓴 까닭이 대체 뭐란 말이오?"

"분명, 나쁜 일을 저지르는데 있어 한 쪽이 다른 한 쪽을 믿지 못했기 때문이지요. 이렇게 해 놓으면, 각자 동등한 책임을 지게 되니까요. 그리고, 두 사람 중에 〈at〉과 〈to〉를 쓴 사람이 주모자인 것이 확실합니다."

"그건 어떻게 알았소?"

"단순히 두 필적을 대조해 보는 것만으로도 추론할 수 있습니다. 하지만 추정하는 것보다 더 확실한 근거가 있지요. 이 종이를 주의 깊게 잘 살펴보면 힘 있는 필체를 쓰는 사람이 먼저 자기 것을 쓰고 다음 사람이 채워 넣도록 빈 칸을 남겨 둔 걸 알 수 있습니다. 이 빈 칸들은 모두가 알맞게 띄어놓은 것이 아니라서, 두 번째 사람은 〈at〉

과 〈to〉 사이에 〈quarter〉을 겨우 끼워 넣었지요. 단어를 먼저 쓴 사람이 분명히 이 사건을 계획한 사람입니다."

"훌륭하군요!"

액튼 씨가 외쳤다.

"하지만 이제 시작일 뿐입니다."

홈즈가 말했다.

"이제 중요한 항목에 접근해봅시다. 잘 모르시겠습니다만, 전문가들은 필체를 통해서 그 사람의 나이를 꽤 정확하게 추론하고 있습니다. 정상적인 경우라면 어느 정도 나이인지 상당한 확신을 가지고 알아낼 수 있지요. 제가 정상적인 경우라고 말을 했는데, 건강이 나쁘거나 육체적으로 약해진 상태라면 젊은 사람이라 할지라도 나이든 사람의 징후를 나타내기 때문입니다. 이 경우를 보면 한 쪽은 굵고 힘 있는 필체이고, 다른 한 쪽은 허리가 부러진 듯한 모양이지요. 〈t〉자에 가로줄이 없지만 그래도 여전히 읽을 수는 있습니다. 한 쪽은 젊은 사람이고, 다른 한 쪽은 완전히 노쇠한 건 아닌 초로의 노인이라는 걸 알 수 있지요."

"훌륭하군요!"

액튼 씨가 또다시 외쳤다.

"그런데 포착하기 힘든 아주 흥미로운 부분이 남아있습니다. 이 두 필체 사이에는 서로 닮은 점이 있지요. 이들은 혈연관계가 있는 사람들입니다. 가장 확실한 부분으로 〈e〉자를 그리스문자로 쓴 것[07]

---

07 e를 ε로 씀.

을 볼 수 있는데요, 제가 보기엔 그 밖에 작고 수많은 특징들이 많이 있습니다. 이 두 종류의 필체에서 한 집안의 공통된 습관을 찾아낼 수 있다는 걸 확신합니다. 물론 저는 그 편지를 조사한 결과만을 말씀드리는 겁니다. 여러분보다는 전문가가 더 흥미로워할 추론이 스물세 가지가 더 있지요. 그것은 모두 제 마음 속에 강한 인상을 심어주었습니다. 이 편지를 쓴 사람은 커닝엄가의 부자라고 말입니다.

여기에 이르자, 다음 단계는 물론 이 범죄 사건을 상세히 조사하고 무슨 결론을 얻을 수 있는지 살펴보는 것이었지요. 경감과 함께 그 저택으로 가, 확인할 것은 모두 확인했습니다. 시신의 상처를 보자 4야드 이상 거리에서 쏜 것이라는 확신이 생겼지요. 화약에 그을린 자국이 옷에 남아있지 않았기 때문입니다. 그러므로, 두 사람이 싸우고 있다가 총을 발사했다는 알렉 커닝엄의 진술은 분명 거짓말이었습니다. 그리고 범인이 길 쪽으로 달아났다는 진술은 부자의 말이 일치하고 있습니다. 하지만 그곳에는 우연히도 넓은 도랑이 있었고, 바닥은 질퍽했지요. 거기엔 발자국이 전혀 없었습니다. 저는 커닝엄 부자가 거짓말을 하고 있을 뿐 아니라, 애당초 현장에는 낯선 사람은 없었다는 것을 확인할 수 있었습니다.

그리고 이제 이 특이한 사건의 동기에 대해 생각해봐야겠군요. 그러기 위해선 무엇보다도 먼저 액튼 씨 댁에서 일어난 첫 번째 사건의 동기를 알아봐야했지요. 대령으로부터 액튼 씨와 커닝엄가 사이에 소송이 진행중이란 이야기를 들었습니다. 물론, 서재에 침입한 의도는 소송에 중요한 영향을 미칠 어떤 서류를 찾기 위해서란 생각이 즉시 들더군요."

"바로 그렇소."

액튼 씨가 말했다.

"그들의 의도에 대해서는 의심할 여지가 없소. 내게는 그들 영지 절반에 대한 확실한 권리가 있는데, 만약 그들이 서류 한 장을 찾아 냈더라면, 소송을 완전히 망치게 되었을 거요. 다행히도 그 서류는 내 변호사 사무실의 금고에 들어 있소."

"그렇습니다."

홈즈는 미소를 지으며 말했다.

"위험하고 무모한 시도였지요. 거기서 젊은 알렉의 기운이 느껴 지는군요. 아무 것도 찾아내지 못하자, 평범한 도둑의 짓으로 시선을 돌리기 위해 손에 잡히는 대로 아무 거나 집어간 것입니다. 여기까지 는 모두 명백합니다만, 여전히 모호한 부분이 많이 있었지요. 무엇보 다도 제가 원했던 건 그 편지의 사라진 부분을 찾는 것이었습니다. 저는 알렉이 죽은 사람의 손에서 그걸 찢어냈다고 확신하고 있었고, 그리고는 실내복 주머니에 넣어버렸으리라 짐작했습니다. 그 외 어디 에 넣을 수 있겠습니까? 단 하나의 문제는 그것이 아직 거기에 있냐 하는 것이지요. 한 번 찾아볼만한 가치가 있었고, 그 이유로 우리 모 두가 그 저택으로 간 것입니다.

여러분이 잘 아시다시피, 커닝엄 부자는 주방문 밖에서 우리와 합류했습니다. 물론, 가장 중요한 것은 이 편지를 떠올리게 하지 말아 야한다는 것이었습니다. 그렇지 않으면 지체 없이 그걸 없애버릴 테니 까요. 경감이 그 중요한 일을 말하려할 때, 다행스럽게도 제가 발작을 일으켜 뒹구는 바람에 화제를 바꿀 수 있었지요."

"세상에!"

대령이 웃으며 말했다.

"그 발작은 가짜였고, 우리가 걱정했던 건 쓸데없는 일이었다는 거요?"

"전문가의 입장에서 봐도, 그건 정말 대단한 연기였네."

나는 항상 새로운 모습으로 나를 혼란에 빠뜨리는 그를 깜짝 놀라서 바라보며 말했다.

"가끔 유용하게 사용하는 기술일세."

그가 말했다.

"정신을 차린 후에 저는 또 다른 방법으로, 아마도 독창적인 방법이라 생각하는데, 아버지 커닝엄이 열두 시(twelve)라는 단어를 쓰도록 했습니다. 종이조각에 있는 열두 시와 비교하기 위해서이지요."

"오, 나는 바보 천치였군!"

나는 큰소리로 외쳤다.

"내 실수를 보고 자네가 걱정한 것을 알고 있네."

홈즈는 웃으며 말했다.

"그 때문에 자네 마음을 아프게 해서 미안하게 생각한다네. 그러고 나서 다함께 이층으로 올라가, 방 안에 들어가니 문 뒤에 실내복이 걸려있는 게 보이더군요. 저는 일부러 탁자를 엎어 잠시 동안 주의를 돌린 다음 빠져나와, 그 실내복 주머니를 살펴보았습니다. 그 편지를 막 손에 넣자, 예상했던 일이긴 하지만, 커닝엄 부자가 나타나 저를 덮쳤습니다. 여러분들이 곧장 도와주러 오지 않았다면, 정말이지 저는 살해당하고 말았을 겁니다. 아직도 목에서 그 손길이 느껴질 만

큰 청년은 내 목을 세게 졸랐고, 그 아버지는 내 손에든 편지를 빼앗으려고 손목을 비틀었지요. 내가 모든 일을 알고 있다는 걸 깨닫자, 그들은 절대적으로 안전하다고 생각했던 상황에서 완전한 절망으로 떨어지게 되었고, 순식간에 필사적인 모습으로 변한 것입니다.

그 후에 저는 범죄의 동기에 대해서 아버지 커닝엄과 잠시 대화를 나누었지요. 그는 온순한 편이었지만, 그의 아들은 완벽한 악마였습니다. 만약 권총을 손에 넣기만 한다면 자기 자신의 머리든 다른 누군가의 머리든 쏴서 날려버릴 것 같더군요. 커닝엄은 상황이 자신에게 불리하다는 것을 알고 낙담하여 모든 것을 털어놓았습니다. 그날 밤, 두 부자가 액튼 씨 댁을 침입할 때 윌리엄이 몰래 뒤를 밟았던 모양입니다. 그걸 기회로 폭로하겠다며 그들을 협박을 했습니다. 하지만 알렉 청년은 그런 종류의 게임을 하기엔 위험한 상대였지요. 이 지역에 큰 소동을 일으킨 강도 사건을 이용해서, 자신에게 위협이 되는 인물을 제거한다는 생각은 정말 천재적인 발상이었습니다. 윌리엄은 미끼에 걸려 권총으로 살해당했던 것이지요. 그들이 편지 전체를 손에 넣고, 부수적인 면에서 좀 더 세심한 주의를 기울였다면 의심을 받는 일은 없었을 지도 모릅니다."

"그럼 그 편지는?"

내가 물었다.

셜록 홈즈는 두 조각을 한 데 붙인 편지를 우리 앞에 펼쳐 놓았다.

If you will only come round [at quarter to twelve]
to the east gate you will learn that will very much surprise you and maybe
be of the greatest service to you and also
to Anne Morrison. But say nothing to anyone
upon the matter

〈열두 시 십오 분 전에 동문으로 오기만 하면
놀랄만한 사실을 알려주겠다.
자네와 앤 모리슨에게 아주 유익한 일일 것이다.
하지만 이 일에 대해서 누구에게도 말해선 안 된다.〉

"내가 예상했던 것과 거의 같은 내용이었네."

그가 말했다.

물론, 알렉 커닝엄과 윌리엄 커원, 그리고 앤 모리슨이 어떤 관계였는지 아직 모릅니다. 결과적으로 볼 때, 아주 교묘한 미끼를 쓴 덫이었던 것이지요. 〈p〉와 〈g〉의 꼬리에 나타난 유전적인 영향을 찾아보는 것도 재미있으리라 봅니다. 아버지 커닝엄이 쓴 글에서 〈i〉자에 점이 없는 것도 특징적인 부분이지요. 왓슨, 시골에서 요양한 것은 정말 성공적이었네. 내일이면 훨씬 더 활기찬 모습으로 돌아갈 수 있을 걸세. 베이커 가로 말이야."

꼽추 남자

결혼한 지 몇 달이 지난 어느 여름 날 밤이었다. 나는 난롯가에 앉아 마지막 파이프 담배를 피우며, 소설책을 펴놓은 채로 졸고 있었다. 하루 일과에 몸이 녹초가 된 까닭이었다. 아내는 벌써 이층으로 올라갔고, 얼마 전에 현관문을 잠그는 소리가 들린 걸로 봐서 하인들도 자러간 모양이었다. 나는 의자에서 일어나 파이프를 두들겨 재를 털었다. 그때 갑자기 벨소리가 울렸다.

나는 시계를 보았다. 12시 15분 전이었다. 이렇게 늦은 시간에 방문객일 리는 없었다. 틀림없이 환자일 테고, 아마도 밤을 새워야할 것 같았다. 얼굴을 찡그리며 나는 현관으로 나가 문을 열었다. 놀랍게도, 문 앞에 서있는 사람은 셜록 홈즈였다.

"아, 왓슨."

그가 말했다.

"내가 너무 늦은 시간에 찾아온 것이 아니면 좋겠네."

"이보게, 친구. 어서 들어오게."

"놀란 것 같군. 당연한 일이지! 안심한 것도 같은데! 흠. 자넨 여전히 총각 때 피웠던 아카디아 혼합 담배를 피우는군! 자네 상의에 솜털 같은 재가 붙은 걸 보면 틀림없어. 왓슨, 자네가 군인 출신이라는 것도 쉽게 알 수 있어. 손수건을 소맷자락에 넣는 버릇을 가지고 있는 한 완전한 민간인이 되긴 어려울 걸세. 오늘밤 묵어가도 되겠나?"

"물론이지."

"독신자용 객실이 있다고 들었는데, 지금은 남자 손님이 없는 것 같군. 모자걸이를 보니 알겠네."

"자네가 묵는다면 나야 좋지."

"고맙네. 그렇다면 비어있는 모자걸이를 써야겠군. 딱하게도, 영국인 일꾼이 집 안에 들어왔던 모양일세. 영국인 일꾼은 악마의 상징이야. 물이 새는 건 아니겠지?"

"아냐. 가스 문제일세."

"이런! 불빛이 바로 비추는 리놀륨 바닥에 구두로 두 군데나 흠집을 내놨군. 아니, 고맙지만 워털루에서 간단하게 저녁을 먹었네. 자네와 같이 기분좋게 파이프 담배나 한 대 피우고 싶군."

나는 담배 주머니를 건넸고, 그는 내 앞에 앉아 한동안 아무 말 없이 담배를 피웠다. 이런 시간에 나를 찾아올 이유는 중요한 사건 외에는 없다는 걸 잘 알고 있었기에, 그가 이야기를 꺼낼 때까지 나는 참을성 있게 기다렸다.

"요즘 자네 일이 꽤 바쁜 것 같군."

그는 이렇게 말하며, 날카로운 눈매로 나를 흘긋 쳐다보았다.

"맞아. 바쁜 하루를 보냈네."

내가 대답했다.

"자네한테는 아주 어리석어 보이겠지만,"

나는 덧붙여 말했다.

"어떻게 추론한 건지 정말 모르겠어."

홈즈는 혼자서 껄껄 웃고 나서 말했다.

"나에겐 자네의 습관을 안다는 유리한 점이 있네, 왓슨. 자네는 왕진 거리가 짧을 때는 걸어가고, 거리가 멀면 이륜마차를 이용하지. 자네 구두를 보아하니, 신기는 했어도 전혀 더러워지지 않았네. 요즘은 항상 이륜마차를 타야할 만큼 바쁘다는 걸 확실히 알 수 있지."

"대단하군!"

내가 소리쳤다.

"초보적인 거야."

그가 말했다.

"이건 추리가가 주변 사람들에게 놀랍게 보이는 효과를 낼 수 있는 실례 중의 하나인데, 그 이유는 주변 사람이 추리의 기초가 되는 작은 주안점 하나를 놓치고 있기 때문이지. 자네가 쓴 사건 기록 중 몇 편에 쓰인 효과는 이와 같다고 말할 수 있네. 사건에 관련된 몇 가지 요소를 자네 손에만 쥐고 있고, 독자와는 공유하지 않는 거지. 그건 아주 성실하지 못한 일이야. 그런데 지금 나는 그와 같은 독자의 입장에 서 있네. 내 손에는 한 사건의 실마리가 몇 개 들어 있어. 그 사건은 인간의 두뇌를 혼란시키는 가장 기이한 사건들 중의 하나라고 할 수 있네. 현재, 가설을 완성하기엔 실마리 한 두 개가 부족한 상황이지. 하지만 나는 찾아낼 거야, 왓슨. 꼭 찾아낼 걸세!"

그의 두 눈엔 불꽃이 일었고, 야윈 뺨은 살짝 붉어졌다. 잠깐 동안 베일에 감춰져 있던 그의 예리하고 강렬한 본성이 나타났지만, 그건 순간일 뿐이었다. 그의 얼굴을 다시 보았을 땐 아메리카 인디언처럼 냉정한 표정으로 돌아와 있었다. 그 때문에 많은 사람들은 그를 인간이라기 보단 기계라고 생각하는 것이다.

"이 사건은 흥미로운 면이 있어."

그가 말했다.

"아주 유별난 특징이 있다고 할 수 있지. 이미 사건을 조사했는데, 내 생각에는 해결의 전망이 보이네. 마지막 단계에서 자네가 함께 해준다면 큰 도움이 될 것 같아."

"그렇다면 기쁜 마음으로 함께 하겠네."

"내일 올더숏[01]까지 갈 수 있겠나?"

"잭슨이 나 대신 일을 맡아줄 걸세."

"잘됐군. 워털루에서 11시 10분차를 타고 떠나세."

"시간은 넉넉하군."

"그럼, 자네가 졸리지 않다면 무슨 일이 일어났는지, 어떤 일을 해야 하는지 간략히 알려주겠네."

"자네가 오기 전까진 졸렸다네. 지금은 잠이 완전히 달아났어."

"중요한 사건의 요소를 빠뜨리지 않는 한도에서 최대한 압축해서 얘기하겠네. 자네도 이 사건에 대해서 읽어봤을 수도 있겠군. 내가 조사하는 건 올더숏에 있는 로열 맬로우즈 연대의 바클레이 대령 살인 사건일세."

"나는 처음 들어보네."

"그 지방 외에는 아직 많이 알려져 있지 않아. 사건이 일어난 지

---

01 Aldershot : 영국 햄프셔주에 있는 도시. 육군 훈련기지가 있다.

이틀 밖에 안 되었거든. 간단히 말해보겠네.

자네도 알겠지만 로열 맬로우즈 연대는 영국 육군 가운데 가장 유명한 아일랜드 연대이지. 크림전쟁[02]과 인도 반란[03]에서 눈부신 성과를 거두었고, 그 이후에도 여러 전쟁에서 혁혁한 무공을 세워왔네. 월요일 밤까지 그 연대를 이끌던 사람은 용맹한 베테랑 군인, 바클레이 대령이었어. 그는 일개 사병으로 시작했는데, 인도 반란 때 용맹스러움을 인정받아 장교로 승진을 했고, 마침내 자신이 한때 소총을 들었던 연대에서 지휘관으로 올라서게 된 것이지.

바클레이 대령은 병장 시절 낸시 드보이라는 이름의 처녀와 결혼을 했는데, 그녀는 같은 부대의 전(前) 군기 호위 하사관의 딸이었네. 짐작하는 바와 같이, 젊은 부부는(두 사람은 아직 젊었기 때문에) 새로운 환경에 들어갔을 때 사교적인 부분에서 약간의 마찰이 있었어. 하지만 빠르게 적응을 했지. 내가 알기론, 바클레이 부인은 연대 안의 부인들 사이에서 인기가 높았네. 그녀의 남편이 동료 장교들에게 인기 있었던 것처럼 말이야. 덧붙여 말하자면 부인은 매우 아름다운 여성이었고, 결혼한 지 30년이 넘은 지금도 여전히 놀라운 미모를 자랑하고 있지.

바클레이 대령 부부는 한결같이 행복한 생활을 해왔던 것 같네. 내게 많은 얘기를 해준 머피 소령은 그 부부 사이에선 어떤 불화도 없었다고 확신하더군. 대체로, 아내에 대한 바클레이 대령의 애정이,

---

02 〈글로리아 스콧 호〉 주석 참조.
03 인도 세포이 항쟁을 말함. 1857년 영국동인도회사의 학정에 대항하여 인도인용병(세포이)이 일으킨 항쟁으로 인도인용병과 하층 농민이 주축이 되었고, 한 때 델리까지 점령하였으나 영국군의 반격으로 1859년에 실패로 끝났다.

바클레이를 향한 부인의 애정보다 훨씬 컸다고 소령은 생각하고 있네. 바클레이 대령은 아내를 두고 하루만 떠나있어도 안절부절 했었지. 그런 반면에 부인은 헌신적이고 충실하기는 했지만 눈에 띄게 다정하지는 않았네. 하지만 그들은 연대에서 중년 부부의 본보기로 주목을 받았어. 서로 간의 관계에서 비극으로 이어질 만한 문제는 전혀 없었네.

바클레이 대령의 성격에는 약간 특이한 점이 있었어. 보통 때는 씩씩하고 쾌활한 노병(老兵)이었지만 때로는 대단히 난폭하고 악랄한 면을 보이기도 했다네. 하지만 그런 악한 본성을 그의 부인에게 보여준 적은 전혀 없었어. 내가 이야기해 본 머피 소령, 그리고 다른 다섯 명의 장교 중 세 명은 또 다른 사실을 말해줬는데, 그가 가끔씩 특이한 종류의 우울증에 빠지곤 했다더군. 소령의 표현을 빌리자면, 바클레이 대령은 회식 자리에서 유쾌하게 떠들고 농담하며 놀다가도, 갑자기 입가에서 웃음이 사라지는 때가 이따금 있다고 했어. 마치 보이지 않는 손이 웃음을 지운 것처럼 말이야. 그런 기분에 한 번 빠지면 며칠 동안 계속해서 깊은 우울증에서 벗어나질 못했다고 했네. 동료 장교들이 알고 있는 그의 성격 중 이상한 점은 이러한 면 외에는, 미신에 약간 빠져있다는 것뿐이었지. 미신을 믿는 버릇 때문에 그는 혼자 있는 것을 싫어했는데 특히 어두워진 후에는 더했네. 남자다운 그의 성격 속에 어린애 같은 모습이 있다는 것을 두고 억측과 소문이 떠돌기도 했어.

로열 맬로우즈 연대 제 1대대(구117대대)는 몇 년 째 올더숏에 주둔하고 있지. 결혼한 장교는 부대 밖에서 사는데, 대령은 북쪽 병영으로부터 반 마일 정도 떨어진 라신이라는 교외주택에서 살고 있었네. 그 집은 마당이 있지만 서쪽 면은 큰 길과 30야드 정도 밖에 떨어지지 않았어. 일하는 사람으로는 마부 한 명과 하녀 두 명이 있네. 바클레이 부부는 자녀가 없었고 기거하는 손님도 평상시엔 없었기 때문에, 라신에서 사는 사람은 이들과 주인 부부 뿐이었지.

자, 이제 지난 월요일 밤 아홉 시에서 열 시 사이에 라신에서 일어난 사건일세.

바클레이 부인은 로마 가톨릭교회 신자인 것 같은데, 세인트 조지 조합 설립에 많은 관심을 가지고 있었네. 가난한 사람들에게 헌옷을 나눠주는 목적으로 와트 가(街) 예배당과 연합하여 조직한 단체이지. 조합의 모임이 저녁 8시에 열리기 때문에 바클레이 부인은 그곳에 참석하기 위해 저녁식사를 서둘러 마쳤네. 집을 나설 때 즈음, 그녀와 남편이 대화를 나누는 걸 마부가 들었는데 일상적인 내용이었고, 늦기 전에 들어오겠다고 하는 이야기였다더군. 그리고 부인은 옆집 사는 젊은 아가씨 모리슨 양을 불러, 함께 모임에 나갔지. 모임은 40분 만에 끝났어. 바클레이 부인이 모리슨 양의 문 앞에서 그녀와 헤어지고 집에 돌아온 시각은 9시 15분이었네.

라신 저택에는 낮에만 쓰는 거실이 있네. 그 거실은 길 쪽을 향해 있고, 잔디밭으로 나갈 수 있는 커다란 접이식 유리문이 있지. 잔디밭은 30야드 정도 길이로, 큰 길과 잔디밭 사이에는 철제 가로대가 설치된 낮은 담장이 있네. 바클레이 부인은 집에 돌아오자 바로 이 방으로 들어갔어. 그 거실은 저녁 때 사용하는 일이 거의 없었기 때문에 블라인드가 내려져 있지 않았지. 그런데 바클레이 부인은 직접 램프에 불을 켜고 나서 벨을 울려, 하녀 제인 스튜어트에게 차를 한 잔 내오라고 시켰어. 평소의 행동과는 전혀 다른 모습이었지. 대령은 식당에 앉아 있다가 부인이 들어오는 소리를 듣고서 그녀가 있는 거실로 들어갔네. 대령이 홀을 가로질러 거실에 들어가는 것을 마부가 보았지. 그 후로는 살아있는 모습을 다신 보지 못했네.

10분 정도 지나서 하녀는 부인이 시킨 대로 차를 가져갔어. 그런데 문 앞에 다가서자 주인 부부가 격렬하게 언쟁하는 소리가 들려 놀라고 말았네. 하녀가 문을 두드렸지만 아무 응답이 없었지. 문손잡이를 돌려보기도 했는데 안에서 잠겨 있었네. 당연히 하녀는 요리사에게 달려가 얘기를 했지. 이번에는 두 여자와 마부가 홀에 가서 귀를 기울였는데, 여전히 격렬하게 말다툼하는 소리가 들렸네. 그들 모두는 두 사람의 목소리, 그러니까 바클레이 대령과 부인 목소리만 들렸다고 똑같이 말하더군. 바클레이는 나지막한 목소리로 가끔씩 말했기 때문에 한 마디도 알아들을 수 없었네. 그런데 부인은 아주 신랄한 말투여서 언성을 높일 때면 똑똑히 들을 수 있었지. 〈당신은 비겁해요!〉 그녀는 이 말을 계속해서 되풀이 했네. 〈이제 어떻게 할 거죠? 내 인생을 되돌려 줘요. 다시는 당신과 같은 공기를 마시지 않을 거예요! 당신은 비겁한 사람이에요. 비겁해요!〉 이렇게 단편적으로 들리던 대화가 멈추더니, 갑작스레 대령의 겁에 질려 외치는 고함소리, 무언가 쿵하며 부딪치는 소리, 부인의 귀를 찢는 듯한 비명이 들려왔네. 무언가 무서운 일이 벌어지고 있다고 확신한 마부는 힘껏 달려가 몸을 부딪쳐 강제로 열어보려고 했어. 그러는 동안에도 안에서는 계속해서 비명이 들려왔지. 하지만 문은 열리지 않았고, 하녀 둘은 공포에 질려 혼란에 빠져 있을 뿐 아무런 도움이 되지 않았어. 그런데 마부가 번득 방법을 떠올렸네. 그는 곧장 현관문 밖으로 뛰어나가 잔디밭을 돌아 프랑스식 긴 창문으로 향했지. 창문 한쪽이 열려있어서 마부는 별 어려움 없이 방으로 들어갔어. 여름철이니 대개는 창문을 열어두었겠지. 부인은 비명을 지르다 인사불성이 되어 소파에 쓰러져 있었고, 대령은 안락의자 한쪽에 다리를 걸치고 머리는 난로 앞의 가로막이 근처 바닥에 머리를 두고, 자신의 피로 웅덩이를 이룬 채 누워서 싸늘한 시체가 되어 있었네.

당연히 마부는 먼저 문을 열어야겠다는 생각을 했지. 이미 대령은 손을 쓸 수가 없었으니까 말이야. 하지만 예상하지 못한 특이한 일이 일어났네. 문 안쪽 손잡이에 열쇠가 끼워져 있지 않았을 뿐 아니라, 방 안 어디에서도 찾을 수가 없었지. 그래서 다시 창문을 통해 밖으로 나가 경찰과 의사를 부른 다음 방으로 돌아왔네. 부인은 그녀의 방으로 옮겨졌는데, 아직도 인사불성인 상태이네. 물론, 강력한 용의자로 지목을 받고 있지. 대령의 시신을 소파 위에 옮긴 후, 비극의 현장에 대한 신중한 조사가 이루어졌네.

불운한 노병의 상처는 머리 뒤편에서 발견 되었는데, 2인치 정도 거칠게 찢어져 있었어. 둔기로 강한 일격을 당한 것이 분명했네. 그 무기가 무엇인지 짐작하는 것도 어렵지 않았어. 뼈로 만든 손잡이가 달려 있고, 조각이 새겨진 특이하고 단단한 나무 곤봉이 시신 옆에 있었으니까. 대령은 전쟁 중에 여러 나라를 다니며 많은 무기를 수집했는데, 경찰은 그 곤봉이 그의 전리품 중 하나라고 짐작하고 있네. 하인들은 그걸 본 적이 없다고 했지만 그 집에는 수많은 골동품이 있었기 때문에 못 보았을 가능성도 있지. 경찰 조사에 의하면 방 안에서는 그 외의 중요한 것은 발견되지 않았네. 단지 납득이 안가는 일이 하나 있는데, 바클레이 부인에게서도, 죽은 대령의 몸에서도, 방 안 어디에서도 사라진 열쇠가 나타나지 않았어. 결국 문은 올더숏에서 열쇠 수리공을 불러 열어야 했지.

왓슨, 여기까지가 화요일 아침 머피 소령의 요청으로 경찰의 조사를 돕기 위해 올더숏에 내려갔을 때의 상황일세. 사건이 흥미롭다는 것은 자네도 벌써 알았을 거야. 그런데 조사를 시작하자, 처음 보았던 것보다 훨씬 더 놀라운 사건이라는 걸 곧 깨달았다네.

방을 조사하기 전에 나는 하인들에게 반대심문을 해보았는데, 내가 이미 자네에게 얘기한 것 이외의 사실은 끌어낼 수가 없었어. 그런데 하녀 제인 스튜어트가 기억하고 있는 흥미로운 사실이 하나 있었네. 그녀가 주인 부부의 말다툼 소리를 듣자, 내려가서 다른 하인을 불러온 것을 기억할 걸세. 처음에 제인이 혼자서 문 앞에 있을 때에는, 대령과 부인의 목소리가 너무 낮아서 아무 것도 듣지 못했다고 했네. 두 사람의 대화 내용보다는 어조를 듣고 싸우는 것이라 판단했다더군. 어쨌건 그녀를 좀 더 압박하니까, 부인이 〈데이비드〉라는 단어를 두 번 말한 것을 기억해냈네. 그건 갑작스런 언쟁의 이유를 알아내는 데 아주 중요한 역할을 하지. 대령의 이름은 제임스니까 말이야.

이 사건에는 하인들이나 경찰 모두에게 강한 인상을 남긴 것이 하나 있어. 바로 대령의 일그러진 얼굴일세. 그 사람들의 설명에 따르면, 인간의 얼굴이 만들어낼 수 있는 가장 끔찍한 공포와 두려움이 새겨진 표정으로 경직되어 있었다네. 그 모습을 보기만 했는데도 정신을 잃고 쓰러진 사람이 한 둘이 아닐 만큼 소름끼치는 표정이었어. 대령은 자신의 운명이 어찌될지를 알고 극심한 공포에 시달렸던 것이 틀림없네. 물론, 경찰의 주장과도 잘 맞아떨어지지. 대령이 자신을 죽이려 공격하는 부인을 봤다면 말이야. 피하려고 몸을 돌렸을 수 있으니까, 치명적인 무기로 머리 뒷부분을 맞았다는 사실도 문제는 아니지. 부인에게서는 아무런 얘기도 들을 수 없었어. 극심한 뇌막염의 발병으로 일시적인 정신착란을 겪고 있다네.

경찰로부터 들었는데, 그날 저녁 바클레이 부인과 같이 외출했던 모리슨 양은 부인이 돌아와서 기분이 안 좋았던 이유에 대해선 전혀 아는 바가 없다고 주장했지.

왓슨, 나는 이 사실들을 취합한 후에 파이프 담배를 몇 대 피우며, 중요한 것과 부차적인 것을 구분해 보았네. 이 사건에서 가장 독특하고 암시하는 바가 많은 부분은 문 열쇠가 특이하게도 사라져 버렸다는 거야. 더없이 신중하게 방 안을 조사했지만 찾을 수가 없었지. 그렇다면 누군가 가져간 것이 분명하네. 하지만 대령도 그의 부인도 열쇠를 가져갈 순 없지. 그건 명백한 일이야. 그러므로 제삼자가 방에 들어온 것이 틀림없네. 그리고 그 제삼자는 오직 창문을 통해서만 들어올 수 있어. 방과 잔디밭을 세밀히 조사하면 이 수수께끼 같은 인물의 흔적을 찾을 수 있을 것 같더군. 왓슨, 자네는 내 방식을 알잖나. 내가 가진 조사 방법을 모두 동원했지. 그리고 결국 흔적을 찾아냈는데, 내가 생각했던 것과는 아주 다른 것이었어. 방 안에는 남자가 한 명 있었네. 그 남자는 길 쪽에서 잔디밭을 가로질러 들어왔지. 매우 선명한 발자국 다섯 개를 발견했는데, 그 중 하나는 도로에 있는 것으로 낮은 담을 넘을 때 찍힌 것이네. 그리고 두 개는 잔디밭에 있었고, 아주 희미한 발자국 두 개는 방으로 들어올 때 생긴 것으로 창가 근처 더러운 판자 위에 찍혀 있었지. 발끝 부분이 뒤꿈치보다 깊은 자국을 남긴 것으로 볼 때 잔디밭을 가로질러 뛰어간 것이 확실하네. 그런데 나를 놀라게 한 건 그 남자가 아니었어. 그의 동료였지."

"동료라고!"

홈즈는 주머니에서 커다랗고 얇은 종이를 꺼내, 무릎 위에 조심스럽게 펼쳐보았다.

"이게 뭐라고 생각하나?"

그가 물었다.

그 종이에는 어떤 작은 동물의 발자국으로 가득 차 있었다. 다섯 개의 발자국이 뚜렷이 보였고, 발톱은 길었다. 전체적인 발바닥의 크기는 거의 디저트 스푼만 했다.

"개로군."

내가 말했다.

"개가 커튼을 기어 올라간다는 얘길 들은 적이 있나? 이 동물이 커튼에 올라간 흔적이 분명하게 남아있더군."

"그럼 원숭이인가?"

"이건 원숭이 발자국이 아니야."

"그러면 대체 뭔가?"

"개도 아니고, 고양이도 아니고, 원숭이도 아니야. 우리가 잘 아는 동물 중에는 없어. 측정법을 통해서 이 동물을 재구성해보았네. 이건 움직이지 않고 서있을 때의 발자국 네 개일세. 앞발에서 뒷발까지의 거리가 15인치도 안되네. 목과 머리의 길이를 더하면 이 동물의 크기는 2피트 쯤 되겠지. 꼬리가 있다면 그보다 더 길어질 거야. 여기 다른 치수를 보세. 이 동물이 움직였는데, 여기서 보폭을 알 수 있지. 각각의 보폭을 보면 약 3인치 밖에 되지 않아. 이건 긴 몸통에 짧은 다리가 붙어있다는 걸 의미하지. 인색하게도 털은 하나도 남겨놓지 않았더군. 하지만 대체적으로 모양은 내가 말한 대로일거야. 그리고 커튼을 기어 올라갈 수 있는 육식 동물이네."

"그건 어떻게 추리한 건가?"

"커튼을 기어 올라갔으니까. 카나리아 새장이 창문에 걸려있었는데, 새를 잡으려는 목적으로 올라간 것 같네."

"그렇다면 그 짐승은 대체 뭐지?"

"아, 자네에게 그 이름을 말해줄 수 있다면 사건을 해결하는 것도 그리 어렵지 않을 텐데 말이야. 아마도 족제비나 담비 종류일 것 같지만, 그런 종으로는 이렇게 큰 걸 본 적이 없어."

"그런데 이 범죄사건과 무슨 관계가 있는 건가?"

"그건 아직 확실하지 않네. 하지만 꽤 많은 것을 알게 되었지. 어떤 남자가 길 위에 서서 바클레이 부부가 다투는 걸 보고 있었어. 블라인드는 올려져있고 방에는 불이 켜져 있었으니까. 그 남자는 잔디밭을 가로질러 뛰어갔고, 이 괴상한 동물과 함께 방으로 들어갔지. 그 남자가 대령을 때렸을 수도 있고, 아니면 그를 보고 엄청난 공포에 질린 대령이 쓰러지며 난로 가로막이 한 쪽에 머리를 부딪쳤을 수도 있네. 그리고 마지막으로, 이상한 사실이 하나 있는데 침입자가 떠날 때 열쇠를 가지고 갔다는 것이지."

"자네가 발견한 사실이 사건을 처음보다 더 모호하게 만드는군."

내가 말했다.

"맞아. 처음에 추측한 것보다 훨씬 더 복잡한 사건이라는 걸 보여주고 있지. 이 사건에 대해서 생각을 거듭한 끝에 나는 다른 시각으로 사건에 접근해야한다는 결론에 도달했네. 그런데, 왓슨, 자넬 너무 오래 붙잡아 두는 것 같군. 이야기는 내일 올더숏으로 가는 길에 해도 좋을 것 같네."

"걱정은 고맙지만, 여기까지 들었는데 중단하긴 좀 그렇군."

"바클레이 부인이 일곱 시 반에 집을 나설 때는 남편과 사이가 좋았다는 건 틀림없네. 내가 말했듯이, 그녀는 결코 애정을 드러내 보이는 사람은 아니었어. 대령과 다정하게 이야기하는 것을 마부가 들었던 거지. 그런데 부인은 돌아오자마자 남편과 마주치지 않을 만한 방으로 곧장 들어갔고, 마음이 혼란스러운 여인이 으레 그러듯 서둘러 차를 시켰으며, 마침내 남편이 들어오자 격렬한 비난을 퍼부은 것도 틀림없는 일이네. 그러니까 일곱 시 반에서 아홉 시 사이에, 남편에 대한 감정을 뒤바꿔놓을 무언가가 일어났다는 거지. 모리슨 양은 그 한 시간 반 동안 내내 부인과 같이 있었어. 즉, 그녀가 아무리 부인한다 해도 무언가 알고 있다는 건 분명한 사실이야.

처음에는 이 젊은 아가씨와 노병 사이에 어떤 관계가 있었고, 그때 부인에게 고백을 한 것이 아닐까 추측을 해보았어. 그렇다면 부인이 화가 나서 돌아온 것과 젊은 아가씨가 아무 일도 없었다고 잡아뗀 것도 설명이 되지. 지금까지 들었던 상황과 그다지 어긋나는 것도 아니고 말이야. 그런데 데이비드란 이름을 언급한 것과, 아내를 향한 대령의 애정이 널리 알려져 있다는 걸 생각하면 이 가설에 무게를 두 긴 어려워지지. 비극적인 제삼자의 침입은 제외한다고 해도 말일세. 물론, 그 남자는 그때까지 일과는 아무런 관련이 없을 거야. 어느 쪽 으로 방향을 정할 지는 쉽지 않았네. 단지, 대령과 모리슨 양과의 사 이에 어떤 관계가 있었다는 추측은 버리는 쪽으로 기울었지. 그렇지 만 바클레이 부인이 남편을 미워하게 된 원인에 대해서는, 그 젊은 아 가씨가 해답을 갖고 있다는 생각이 더욱 더 확고해졌네. 그래서 나는 가장 명확한 방법을 택했지. 모리슨 양을 찾아가, 그녀가 사건의 진실 을 갖고 있다는 걸 잘 알고 있으며, 사건이 명백히 밝혀지지 않으면 친구인 바클레이 부인이 살인 혐의로 피고석에 앉게 될 거라는 걸 설 명해 주었네.

모리슨 양은 키가 작고, 불면 날아갈 듯 마른 아가씨인데, 겁이 많은 눈에 금발이었지. 하지만 머리도 잘 돌아가고 상식도 갖추고 있 었네. 내 얘기를 듣고 잠시 동안 앉아서 생각하더니, 결심한 듯한 확 고한 표정으로 나를 바라보았어. 그리고 놀랄만한 이야기를 해주었 지. 자네를 위해서 간결하게 얘기하겠네.

〈그 일에 대해서는 아무 말도 하지 않겠다고 부인과 약속했어요. 그리고 약속은 약속이니까요.〉

그녀가 말했지.

〈하지만 그분이 그리도 심각한 혐의를 받고 있고, 가엾게도 병 때문 에 아무 말도 할 수 없다니, 제가 약속을 어겨도 용서를 받으리라 생각 합니다. 월요일 저녁에 무슨 일이 있었는지 정확하게 말씀 드리지요.

아홉 시 십오 분전 우리는 와트 가(街) 모임을 마치고 돌아오는 길이었어요. 도중에 허드슨 가(街)를 지나야만 하는데, 그곳은 아주 조용한 거리이지요. 그 거리에는 왼편에 가로등이 하나 밖에 없었어요. 그곳을 지나가는데 등이 꽤 굽은 남자가 상자 같은 것을 한 쪽 어깨에 짊어지고 우리 쪽을 향해 오더군요. 그는 불구자인 것 같았고, 머리를 아래로 숙이고 무릎은 구부린 채 걷고 있었어요. 그 남자를 지나쳐 가려는 데 얼굴을 들고 쳐다보더군요. 우리는 가로등이 환하게 내리비치는 불빛 속을 지나고 있었어요. 그는 멈춰서더니 끔찍한 목소리로 비명을 질러댔어요.

'세상에. 낸시로군!'

바클레이 부인은 송장처럼 하얗게 질리더군요. 그 끔찍하게 생긴 사람이 붙잡지 않았다면 그대로 쓰러졌을 거예요. 저는 경찰을 부르러 가려 했지만, 부인은 놀랍게도 그 사람에게 아주 정중한 말투로 얘기했어요.

'지난 삼십 년 동안 당신이 죽었다고 생각했어요, 헨리.'

부인은 떨리는 목소리로 말했지요.

'그랬었소.'

그 남자는 듣기에도 무시무시한 말투로 얘기했어요. 그 시커멓고 무서운 얼굴, 번득이는 눈빛이 꿈에도 나타날 정도에요. 머리와 턱수염은 회색빛으로 물들어 있었고, 시들어버린 사과처럼 얼굴에는 주름살투성이였지요.

'잠시 저쪽에 가서 있어줘.'

바클레이 부인이 말했어요.

'이 사람과 할 얘기가 있거든. 걱정할 건 하나도 없어.'

부인은 침착하게 말하려고 했지만 여전히 얼굴은 죽은 사람처럼 창백했고, 입술이 떨려 말을 잘 하지 못했지요.

저는 시키는 대로 했습니다. 그들은 몇 분 동안 이야기를 나누더 군요. 그리고나서 부인은 격노한 눈빛으로 제게로 다가왔어요. 그 불 쌍한 불구자는 가로등 옆에 서서 주먹을 쥐고 허공에 흔들고 있었지 요. 마치 화가 나서 미친 사람 같았어요. 부인은 돌아오는 길에 한 마 디도 하지 않다가, 문 앞에 와서는 제 손을 잡고서 그 일에 대해 아 무에게도 말하지 말아달라고 간청했습니다.

'내가 오래 전에 알던 사람인데, 완전히 몰락하고 말았구나.'

부인은 이렇게 말했습니다. 제가 아무 말도 하지 않겠다고 약속하 자 부인은 작별 키스를 했어요. 그 후로는 부인을 만나지 못했습니다. 이제 모든 진실을 말씀 드렸어요. 경찰에게 이 사실을 알리지 않은 건 제 소중한 친구인 바클레이 부인이 위험한 상황에 처했다는 걸 몰라서였어요. 지금은 모든 걸 밝혀야만 그 분께 도움이 된다는 걸 알게 되었지요.〉

왓슨, 이것이 그녀가 진술한 내용일세. 자네도 짐작하겠지만, 이 건 어두운 밤에 횃불을 발견한 것과 같았네. 그전까지 맥락을 알 수 없던 모든 일들이 즉시 제 자리를 찾아갔고, 전체적인 사건의 윤곽도 어렴풋이나마 짐작이 가기 시작했지. 다음 단계는 당연히 바클레이 부인에게 엄청난 충격을 준 그 남자를 찾는 거였어. 만약 그가 아직 올더숏에 있다면 그리 어렵지 않은 일이지. 그곳은 민간인이 그리 많 지 않은 지역이기 때문에, 불구자는 사람들의 관심을 끌기 마련이니까. 하루 종일 그를 찾는데 시간을 보내고 저녁 때 쯤에, 그러니까 오늘 저녁일세, 왔슨, 그를 찾아냈네. 그의 이름은 헨리 우드이고, 그 여인들과 마주쳤던 바로 그 거리에서 셋방을 얻어 살고 있지. 그곳에서 지낸지는 닷새 밖에 되지 않았어. 나는 등기소 직원으로 가장하고 주인여자에게서 흥미로운 이야기를 많이 얻어 들을 수 있었네. 그 남자는 마술이나 연주를 업으로 삼고 있고, 밤이 되면 영내 식당을 돌아다니며 간단한 공연을 보여준다더군. 어떤 동물을 상자에 넣고 데리고 다니는데, 주인여자는 그렇게 생긴 동물은 한 번도 본적이 없다며 꽤 무서워하는 것 같아. 그녀의 말에 따르면, 그 남자는 마술을 하는데 그 동물을 쓴다고 했네. 그 밖에 여러 가지 이야기를 해주었는데, 그렇게 비틀어진 몸을 가지고 어떻게 살아가는지 신기하다고 했고, 그 남자가 가끔씩 이상한 외국어로 말한다고도 했지. 그리고 지난 이틀 밤 동안은 침대에서 고통스럽게 신음하며 우는 소리가 들렸다고 했네. 그는 집세는 잘 냈지만, 보증금으로 맡긴 돈 중에 하나가 가짜 플로린[04] 같다고 하더군. 내게 보여주었는데, 왓슨, 그건 인도 루피[05] 였어.

자, 이제 우리가 어떤 상황인지, 자네를 왜 필요로 하는지 확실하게 알았을 걸세. 그 여성들과 헤어진 뒤 이 남자는 거리를 두고 뒤쫓아 갔고, 창문 너머로 부인과 남편이 싸우는 것을 보고는 뛰어 들어 갔지. 그때 가지고 있던 상자에서 동물이 빠져나온 걸세. 이건 분명한 사실이야. 그 방에서 무슨 일이 일어났는지 정확하게 말해줄 수 있는

---

04 florin : 1344년, 에드워드 2세 때 발행된 금화. 액면가보다 금의 가치가 컸기 때문에 발행 중단 되었다가, 빅토리아 여왕 시대에 은화로 다시 발행되었다.

05 rupee : 인도, 네팔, 스리랑카, 네팔 등에서 쓰이는 화폐 단위.

사람은 이 세상에서 바로 그 한 사람 뿐이지."

"그래서 그 사람에게 직접 물어보려고 하는 건가?"

"그렇지. 하지만 증인이 함께 참석해야 하네."

"그럼 내가 증인이 되겠군?"

"자네가 있어준다면야 좋지. 그 사람이 진상을 털어놓는다면 그것도 좋은 일이고. 그가 거부한다면 영장을 청구하는 수밖에 없겠지."

"하지만 우리가 갔을 때 그가 있으리란 걸 어떻게 알겠나?"

"미리 예방책을 마련해두었으니까 걱정하지 않아도 되네. 베이커가 소년단 중 한 명을 시켜 그가 어디를 가든 그림자처럼 바짝 붙어 다니라고 했으니까. 내일 허드슨 가에서 그를 만날 수 있을 걸세. 왓슨, 그나저나 더 이상 자네를 못 자게 붙들어놓으면 내가 범죄자가 될 것 같네."

비극의 현장에 도착했을 때는 한 낮이었다. 내 친구가 안내하는 대로 곧장 허드슨 가로 향했다. 감정을 감추는 데 탁월한 재능이 있는 홈즈였음에도 불구하고, 나는 그가 흥분을 억누르고 있다는 걸 쉽게 알 수 있었다. 홈즈의 조사에 참여할 때면 항상 느끼는 것이지만, 나는 반은 모험을 기대하며, 반은 지적인 만족을 바라며 마음이 설레어왔다.

"여기가 그 거리일세."

평범한 이층 벽돌 건물이 늘어선 짧은 거리에 들어서며 홈즈가 말했다.

"아! 심슨이 보고하러 왔군."

"홈즈 씨, 그 사람은 별일 없이 안에 있어요."

키가 작은 부랑아 소년이 달려오며 우리에게 소리쳤다.

"잘했어, 심슨!"

이렇게 말하고 홈즈는 그 아이의 머리를 쓰다듬었다.

"가세, 왓슨. 여기가 그 집이야."

홈즈는 중요한 일로 왔다는 말과 함께 명함을 올려 보냈고, 잠시 후 우리는 만나려 했던 그 사람과 직접 대면할 수 있었다. 따뜻한 날씨임에도 그는 난로 앞에 웅크리고 앉아있었고, 작은 방은 흡사 오븐과 같았다. 비틀어지고 뒤틀린 모습으로 의자에 앉아있는 그 사람은 말로 형언할 수 없을 정도로 장애가 심했다. 하지만 우리 쪽을 돌아보는 그 얼굴은, 비록 초췌하고 거무스레하긴 했어도, 한때는 눈에 띄는 미남이었음이 틀림없었다. 그는 황달기가 비치는 눈으로 우리를 의심스럽게 바라보더니, 일어나지도 않은 채 아무 말 없이 손을 흔들어 의자 두 개를 가리켰다.

"헨리 우드 씨. 최근에 인도에 계셨지요?"

친절한 말투로 홈즈가 말했다.

"바클레이 대령의 사망 사건 때문에 이곳에 오게 되었습니다."

"그 사건과 내가 무슨 관계가 있소?"

"그게 바로 내가 확인하고 싶은 겁니다. 아시겠지만, 진상이 명백하게 밝혀지지 않는다면 당신의 오랜 친구인 바클레이 부인이 살인 혐의로 재판을 받게 될 확률이 아주 높습니다."

그 남자는 깜짝 놀랐다.

"당신이 누구인지,"

그는 소리쳤다.

"당신이 어떻게 그 일을 아는지 모르겠지만, 그 말이 사실이라고 맹세할 수 있소?"

"물론입니다. 경찰은 부인을 체포하려고, 그녀가 정신을 되찾기만 기다리고 있습니다."

"세상에! 당신은 경찰이오?"

"아닙니다."

"그럼 당신과 무슨 관련이 있단 말이오?"

"정의를 밝히는 것은 모든 사람의 일이니까요."

"그녀가 결백하다는 것은 내가 보증하오."

"그렇다면 당신이 범인입니까?"

"아니오. 나는 아니오."

"그럼 누가 제임스 바클레이 대령을 죽였습니까?"

"그를 죽인 것은 바로 하늘의 섭리요. 하지만 이걸 명심하시오. 내 마음 속에 하고자 했던 대로 내 손으로 그의 머리를 부쉈다 해도, 그가 치러야 할 빚에 비하면 모자란 것이오. 그가 자신의 양심 때문에 쓰러지지 않았다면, 맹세코 내 손에 그의 피를 묻혔을 거요. 그 이야기를 듣고 싶소? 못할 것도 없소이다. 나로서는 부끄러워할 이유가 없으니까 말이오.

이야기는 이렇소. 당신도 보다시피 지금 내 등은 낙타와 같고 갈비뼈는 모두 뒤틀렸지만, 한때는 헨리 우드 상병이 117보병대대에서 가장 멋진 남자였던 시절이 있었소. 그때 우리는 인도의 한 고장에 주둔하고 있었는데, 그곳을 버르티라고 부르기로 하지요. 얼마 전 죽은 바클레이는 나와 같은 부대에서 병장이었소. 그리고 연대의 꽃이었으며, 살아있는 모든 여인들 중에서 가장 아름다웠던 여인이 바로 군기 호위 하사관의 딸 낸시 드보이였다오. 그녀를 사랑하는 남자가 두 명 있었는데, 그녀는 그 중 하나를 사랑했지요. 이렇게 난로 앞에 웅크리고 앉아 있는 불쌍한 내가, 그녀가 나를 사랑한 까닭은 내 잘 생긴 외모 때문이었다고 말한다면 당신들은 비웃을 거요.

그녀의 마음은 내가 사로잡고 있었지만 그녀의 아버지는 바클레이와 결혼시키려고 마음 먹고 있었소. 나는 경솔하고 무모한 청년이었고, 바클레이는 교육도 받았고 이미 승진도 예정되어 있었소. 하지만 그녀는 나를 진심으로 사랑했기에 반란이 일어나 온 나라가 지옥처럼 들끓기 전에는 그녀와 결혼할 수 있을 것 같았다오.

우리 연대는 포병 중대 절반, 시크교도 보병 중대, 수많은 민간인과 부녀자들과 함께 포위되어 버르티 안에 갇혀 있었소. 반란군 만 명이 우리를 둘러싸고 있어서, 덫 안에 갇힌 쥐를 테리어 사냥개 무리가 노리는 것처럼 위험한 상황이었소. 이 주 정도가 지나자 식수는 동이 났고, 이동 중인 닐 장군 부대와 연락할 수 있느냐 아니냐가 현안으로 남았다오. 여자들과 아이들을 데리고는 우리 힘으로 싸워 빠져나갈 희망이 없었기 때문에 그것만이 단 하나의 기회였소. 그래서 나는 밖으로 나가 닐 장군에게 우리가 처한 위험을 알리겠다고 자원했지요. 내 제안은 받아들여졌고, 다른 누구보다도 지리에 밝다고 생각되는 바클레이 병장과 의논을 했소. 그는 반란군의 포위망을 뚫고 빠져나갈 길을 알려주었소. 그날 밤 열 시에 나는 출발 했지요. 천 명의 목숨이 걸린 일이었지만 그날 밤 벽을 넘어갈 때 내 마음 속에는 단 한 사람만이 있었다오.

탈출 경로는 물이 말라버린 수로를 따라 가는 것이었소. 적군의 감시를 피해서 갈 수 있으리라 생각했지요. 그런데 기어서 모퉁이를 돌아가니, 어둠 속에서 몸을 웅크리고 나를 기다리던 적군 여섯의 수중으로 들어가고 말았소. 한 순간에 일격을 맞아 나는 정신을 잃었고, 손발을 묶이고 말았다오. 하지만 정말 큰 충격을 받은 곳은 내 머리가 아니라 내 마음이었소. 정신을 차리고 그들이 하는 말에 귀 기울여 들어보니, 내 동료이자 내게 길을 가르쳐준 바로 그 사람이 배신을 하고 토착민 하인을 시켜 나를 적의 손에 넘겨주었다는 걸 알게 된 거요.

이 부분에 대해서는 더 이상 길게 얘기할 필요도 없겠지요. 이제 제임스 바클레이가 어떤 인간인지 알았을 거요. 다음 날 버르티에 있던 사람들은 닐 장군에 의해 구출되었지만 나는 퇴각하는 반란군 손에 끌려갔고, 오랜 세월 동안 다시는 백인을 볼 수 없었소. 나는 고문을 당했고, 탈출을 시도하다 잡혀서 또 다시 고문을 당했소. 지금 내 꼴을 보면 그 상황을 알 것이오. 반란군 중 일부가 네팔로 도망가면서 나를 데려갔고 나중에는 다르질링[06]까지 올라갔소. 고산지대 부족은 나를 끌고 다니던 반란군을 모두 죽이고, 나를 노예로 삼았다오. 결국 탈출을 했지만 남쪽이 아닌 북쪽으로 가야 했기에, 아프간 지역까지 가게 되었소. 그곳에서 오랜 세월 방랑하다가 마침내 펀자브[07]로 가게 되었고, 토착민들과 함께 살며 예전에 배웠던 마술로 생계를 이어나갔다오. 비참한 불구자로 영국에 돌아간들, 옛 동료들에

---

06 Darjeeling : 인도 서벵골주에 있는 도시. 네팔, 부탄, 티베트 등으로 통하는 교통의 요지.
07 Punjab : 인도 북부와 파키스탄 중북부에 걸친 광대한 지역.

게 내 모습을 보여준들 무슨 소용이 있겠소? 복수의 마음이야 있었지만 그렇게 할 순 없었소. 낸시와 옛 친구들에게 지팡이를 짚고 침팬지처럼 기어 다니며 사는 모습을 보이느니, 차라리 헨리 우드는 꼿꼿한 등을 지닌 채 죽었다고 생각하게 하는 편이 나았소이다. 그들은 내가 죽었다는 사실을 조금도 의심하지 않았고 나 역시 그렇게 생각하길 바랐소. 바클레이가 낸시와 결혼했다는 소식, 연대에서 빠르게 진급했다는 얘기도 들었지만, 사실을 밝혀야겠다는 생각은 하지 않았다오.

하지만 사람이 나이가 들면 고향을 그리워하는 법이지요. 오랫동안 나는 영국의 연푸른 들판이며 산울타리를 꿈꿔왔소. 마침내, 죽기 전에 한 번 봐야겠다는 결심을 하게 된 거요. 돈을 아껴서 경비를 마련하고 군인들이 있는 이곳으로 오게 된 것이오. 군인들의 생활도 잘 알고, 재미있게 웃기는 방법도 알기에 내 한 몸 밥벌이는 할 수 있었기 때문이오."

"정말 흥미로운 이야기군요."

셜록 홈즈가 말했다.

"저는 당신이 바클레이 부인을 만났고 서로 알아봤다는 말을 들었습니다. 그리고 나서 부인을 뒤쫓아 집으로 갔고, 창문 너머로 그녀와 남편이 언쟁을 하는 것을 보았군요. 그때 부인은 틀림없이 남편의 행동을 모질게 비난했을 겁니다. 그것을 보던 당신은 감정을 주체 못하고, 잔디밭을 가로질러 뛰어가 그들이 있는 방으로 들어갔지요."

"그랬소. 바클레이는 나를 보자, 도저히 인간의 표정이라 할 수 없는 얼굴을 하더니 쓰러지면서 벽난로 가로막이에 머리를 부딪치고 말았소. 하지만 그는 쓰러지기 전에 이미 죽어있었지요. 벽난로 위에 쓴 글귀를 읽듯이 그의 얼굴에서 분명히 죽음을 읽을 수 있었소. 내 이 모습 그대로가 탄환이 되어 그의 죄악에 물든 심장을 관통한 것이오."

"그리고 그 다음에는?"

"그러자 낸시는 기절을 했고, 나는 그녀의 손에 있던 문 열쇠를 집어 들고, 도움을 청하고자 문을 열려고 했소. 하지만, 그렇게 하려던 순간 그냥 놔두고 가는 것이 나을 것 같다는 생각이 들었소. 모든 상황이 나에게 불리했고, 어쨌든 간에 내가 붙잡힌다면 비밀이 모두 밝혀질 테니 말이오. 서두르다가 나는 열쇠를 내 주머니에 넣었고, 커튼 위로 올라간 테디를 잡으려다가 지팡이를 떨어뜨린 것이오. 그 놈을 잡아서 빠져나왔던 상자에 넣고 최대한 빠르게 뛰어나왔소."

"테디가 누구죠?"

홈즈가 물었다.

그 남자는 몸을 굽혀 구석에 있는 짐승우리처럼 생긴 상자의 앞 덮개를 당겨 열었다. 그러자 단번에 예쁘게 생긴 불그레한 갈색 생물이 뛰어나왔는데, 날렵하고 유연한 몸에 담비처럼 생긴 다리가 있었고, 코는 길고 가늘었으며, 지금까지 어떤 동물의 얼굴에서도 보지 못했던 아름다운 빨간 눈을 가지고 있었다.

"몽구스[08]로군!"

내가 소리쳤다.

---

08 mongoose : 사향고양이과에 속하는 육식 동물로 아프리카, 인도, 동남아시아에 분포한다. 대표적으로 인도 몽구스가 있으며, 뱀이나 작은 포유류 등을 잡아먹는다.

"어떤 사람은 그렇게 부르기도 하고, 또 어떤 사람은 이크뉴몬[09]이라고 부르지요."

그 남자가 말했다.

"나는 뱀사냥꾼이라고 부르는데, 테디는 놀라울 정도로 빠르게 코브라를 잡소. 여기 독이빨을 뺀 코브라가 한 마리 있는데, 밤마다 영내 식당에서 테디가 이 놈을 붙잡아서 병사들을 즐겁게 하지요. 알고 싶은 것이 더 있소?"

"바클레이 부인이 심각한 혐의를 받는다면 당신을 다시 찾아올 수도 있을 겁니다."

"그런 경우라면 물론, 내가 직접 나서겠소."

"하지만 그게 아니라면, 과거에 했던 부정한 일로 죽은 사람을 다시 추문에 휩싸이게 필요는 없겠지요. 적어도 지난 삼십 년 동안 대령은 자신이 저지른 사악한 행위에 쓰라린 양심의 가책을 느껴왔다는 사실을 안 것만으로 만족해야겠군요. 아, 저기 길 반대편에 머피 소령이 가고 있습니다. 그럼 안녕히 계십시오, 우드 씨. 어제 이후로 무슨 일이 생겼는지 물어봐야겠습니다."

우리는 소령이 길 모퉁이에 다다르기 전에 따라잡을 수 있었다.

"아, 홈즈 씨."

소령이 말했다.

"이 모든 소동이 별일 아닌 걸로 밝혀졌다는 얘기를 들으셨겠지요?"

"그래요? 그렇다면?"

---

09 ichneumon : 몽구스의 일종. 이집트 몽구스.

"방금 검시가 끝났습니다. 의학적 증거로 볼 때 사망 원인은 뇌졸중으로 밝혀졌어요. 결국은 아주 간단한 사건이었지요."

"오, 정말 별 일 아니었군요."

홈즈는 웃으며 말했다.

"자, 왓슨. 올더숏에는 더 이상 있을 필요가 없을 것 같네."

"한 가지 이상한 점이 있군."

역으로 걸어 내려가며 내가 말했다.

"남편의 이름은 제임스이고, 또 다른 사람은 헨리였는데, 데이비드라고 말한 건 대체 뭐지?"

"그 이름은 말일세, 왓슨. 자네가 자주 묘사하는 대로 내가 최고의 추리가였다면, 그 이름만으로 이 사건 전체를 파악했을 거야. 그건 틀림없이 비난의 말이었네."

"비난이라고?"

"그렇지. 자네도 아다시피 데이비드[10]는 가끔씩 길을 잃고 탈선을 저지르기도 했지. 그리고 한 번은 제임스 바클레이 병장이 저질렀던 행위와 똑 같은 일도 있었네. 우리아와 밧세바[11]의 이야기를 기억하겠지? 성경에 관한 지식이 얼마 안되는 데다 녹이 슬어서 잘 모르겠지만, 아마도 사무엘 전서나 후서[12]에서 찾아볼 수 있을 걸세."

---

10 david : 우리말로는 다윗. 기독교 성경에 나오는 이스라엘 다윗왕을 말한다.

11 다윗왕은 유부녀 밧세바에 반해서 그녀를 불러 정을 통한다. 밧세바가 임신을 하자 이를 무마하려다가 결국 그녀의 남편이자 자신의 부하인 우리아를 위험한 적진으로 보내 죽게 만든다. 이후 다윗왕은 밧세바를 아내로 맞이한다.

12 이 내용은 사무엘 후서 11장에 나온다.

장기 입원환자

내 친구 셜록 홈즈의 특별한 지적능력을 표현하고자 애쓴, 두서없는 회상록 시리즈를 대강 훑어보고 나니, 모든 면에서 내 의도와 맞는 실례를 찾아내기가 얼마나 어려운지를 깨닫게 되었다. 홈즈가 분석적 추리의 대결작을 보여준 사건들, 그리고 그만의 독특한 조사방식의 가치를 증명한 사건들일지라도 사건 자체가 너무 사소하거나 평범한 경우가 많아 대중 앞에 내놓기에는 마땅치 않을 때가 있었다. 그와 반대로, 독특하고 극적인 사건 조사에 참여했지만, 사건을 해결하는 데 기여한 바가 전기 작가로서의 내가 바라는 정도에 미치지 못하는 경우도 많았다. 〈주홍색 연구〉라는 제목으로 내가 기록했던 사건, 그리고 〈글로리아 스콧 호〉의 실종에 관련된 최근 사건 등이 스킬라와 카리브디스[01]처럼 훗날 역사가들을 끊임없이 괴롭힐 예가 될 것이다. 내가 지금 쓰려고 하는 이 사건도 내 친구의 역할은 두드러지지 않았지만, 사건 전체의 전개 상황이 매우 독특해서 이 시리즈에서 빼놓을 수가 없었다.

---

01 Scylla and Charybdis : 그리스 신화에 등장하는 괴물의 이름. 스킬라는 머리 6개, 다리 12개가 달린 여자 괴물. 카리브디스는 바다의 소용돌이를 의인화한 괴물. 이 둘은 시칠리아의 좁은 해협 양쪽에 자리를 잡고, 지나가는 배를 공격했다. 일반적으로 〈진퇴양난에 빠졌다〉라는 표현에 주로 쓰인다.

무덥고, 비가 내리던 8월의 어느 날이었다. 블라인드는 반쯤 내려져 있었고, 홈즈는 소파에 몸을 웅크리고 누워 아침에 배달 온 편지를 읽고 또 읽고 있었다. 나로 말하자면, 인도에서 복무한 경험으로 추위보다는 더위에 잘 단련이 되어있는 터라 화씨 90도[02] 정도는 별 문제가 아니었다. 그렇지만 신문은 재미없었다. 의회는 열렸었다. 모두가 다 도시를 떠났고, 나는 뉴포리스트[03]의 오솔길과 남태평양의 조약돌을 그리고 있었다. 바닥이 난 은행잔고 때문에 나는 휴가를 미룰 수밖에 없었지만 내 동료는 시골이든 바다든 아무런 관심이 없다. 그는 오백만의 사람들 한 가운데에 자리를 잡고, 그들 사이에 촉수를 뻗어 온갖 사소한 소문이나 풀리지 않은 범죄에 대한 의혹 등을 찾아내는 걸 좋아했다. 그의 수많은 재능 중에서 자연을 음미하는 재능은 없었고, 단 한 가지 기분전환을 위해 하는 일이 있다면 도시의 악당에서 눈을 돌려 시골의 악당을 쫓는 것뿐이었다.

이야기를 나누기엔 홈즈가 너무 열중하고 있기에 나는 별 볼일 없는 신문을 한쪽으로 던지고 의자에 기대 앉아 몽상에 잠겨 있었다. 그런데, 갑자기 내 동료의 목소리가 생각을 방해하며 끼어들었다.

"자네가 옳아, 왓슨."

그가 말했다.

"분쟁을 해결하는 방법으로는 아주 불합리한 일이지."

"정말 불합리한 일이야!"

나는 큰소리로 말했다. 그런데 불현듯 그가 내 마음 속에 있던 생

---

02 섭씨로는 약 32도.

03 1080년 윌리엄1세가 사냥을 하던 숲. 1080년에 왕실전용으로 만들었다. 햄프셔에 위치하고 있음.

각에 응답했다는 사실을 깨닫고, 자세를 고쳐 앉으며 놀란 얼굴로 멍하니 그를 쳐다보았다.

"홈즈, 어떻게 된 건가?"

내가 소리쳤다.

"나는 도대체 상상조차 할 수가 없군."

홈즈는 내가 당황하는 걸 보고 호탕하게 웃었다.

"자네도 기억하겠지."

그가 말했다.

"얼마 전 내가 포의 단편 중에서 한 구절[04]을 읽어준 걸 말이야. 명석한 추리가 동료의 말하지도 않은 생각을 알아낸 것을 자네는 그저 저자의 창작일 뿐이라고 말했지. 나 역시 자네가 믿지 못하는 그와 같은 일을 자주 하는 데도 말일세."

"오, 그렇지 않네!"

"이보게, 왓슨. 자네 입으로는 말하지 않았다 해도, 자네 눈썹이 확실히 말해주었다네. 그래서 나는 자네가 신문을 던지고 생각에 빠져드는 것을 보자, 그것이 자네 생각을 읽어낼 기회라는 걸 깨닫고 아주 기분이 좋더군. 그리고 마침내 자네 생각에 끼어들어 보았더니, 내가 제대로 따라가고 있었다는 것을 확실하게 알 수 있었네."

하지만 나는 그 대답으로는 만족할 수가 없었다.

"자네가 읽어준 구절에서는,"

내가 말했다.

---

04 포의 〈모르그 가의 살인사건〉 중에서. 부북스 출판사 《포 단편 선집》 177-178쪽 참조.

"추리가가 그 남자의 행동을 관찰한 후에 결론을 이끌어냈네. 내가 제대로 기억하고 있다면, 그 남자는 돌더미에 걸려 넘어진다던가, 별을 쳐다본다던가 하는 등의 행동을 했지. 그런데 나는 의자에 조용히 앉아있었을 뿐이니, 자네한테 무슨 단서를 제공했겠나?"

"자네는 자신을 낮게 평가하는 걸세. 사람의 얼굴은 감정을 표현하는 수단이지. 자네 얼굴에 그대로 드러나더군."

"얼굴 표정을 보고 내 생각을 읽었다는 건가?"

"자네 얼굴. 특히 눈을 보았지. 자넨 어떻게 몽상이 시작되었는지 기억하지 못하는 모양이군?"

"음. 모르겠네."

"그럼 내가 말해주지. 내 주의를 끈 것은 자네가 신문을 내던지는 것이었는데, 그 후로 30초 정도 멍한 표정으로 앉아 있더군. 그리고는 최근 액자에 넣은 고든 장군[05]의 초상화에 시선을 고정했다네. 그때 자네 얼굴의 변화를 보고 생각에 빠져드는 걸 알았지. 하지만 그리 오래 가지는 않았네. 자네 눈동자는 액자에 넣지 않고 책 위에 세워 놓은 헨리 워드 비처[06]의 초상화로 옮겨갔어. 그리고는 벽을 보더군. 그 의미는 명백했네. 그 초상화를 액자에 넣어 벽에 건다면 빈 공간을 채울 수 있고, 고든 장군의 초상화와도 잘 어울릴 거라 생각한 걸세."

"내 생각을 그대로 따라왔다니 정말 놀랍군!"

---

05 Charles George Gordon : 영국의 장군(1833-1885). 영불 연합군으로 중국 태평천국의 난을 진압하는데 활약했으며, 아프리카 수단의 총독을 지냈다.
06 henry ward beecher : 19세기 중반 미국의 저명한 목사. 사회 운동가이며 노예 폐지론자였다. (1813-1887)

내가 소리쳤다.

"거기까지는 따라가기가 어렵지 않았지. 그런데 여기서 자네의 생각이 비처에게 돌아갔네. 마치 용모를 가지고 성격을 연구하는 사람처럼 뚫어져라 쳐다보더군. 그러다가 눈을 찌푸렸던 건 풀었는데 시선을 돌리진 않았네. 자네 얼굴은 생각하는 표정이 되었지. 비처와 관련된 사건들을 떠올린 거야. 나는 자네가 남북전쟁 당시 비처가 북군을 위해 맡았던 임무를 생각하리란 걸 잘 알고 있었네. 왜냐하면, 그에 대해 영국 사람들이 거센 비난을 할 때 자네가 불같이 화를 냈던 걸 나는 기억하고 있거든. 그때 격렬하게 화를 낸 터라, 비처에 대해 생각할 때면 그 일을 떠올리지 않을 수 없겠지. 잠시 후에 초상화에서 시선이 떠나는 걸 보고 나는 자네가 남북전쟁에 대해 생각할 거라는 가정을 해보았네. 입은 굳게 다물고, 눈에선 불꽃을 일으키고, 주먹을 꽉 쥐는 것을 보니, 양측이 목숨을 걸고 싸우며 보여줬던 용맹스런 일들을 생각하는 것이 틀림없었지. 그런데 자네 얼굴은 점점 슬픈 표정이 되더니 고개를 가로 젓더군. 전쟁의 슬픔과 공포, 헛되이 버려진 목숨 등을 생각하게 된 거야. 자네 손은 슬며시 예전 상처를 어루만졌고, 입술에는 쓴 웃음이 떠올랐네. 그것을 보고, 국가 간의 분쟁을 해결하는 방식으로서의 전쟁은 터무니없는 일이라는 생각이 자네 마음속에 꽉 차 있다는 걸 알게 되었지. 바로 그때, 내가 그건 불합리한 일이라며 공감하는 말을 한 걸세. 그리고 기쁘게도, 내 추리가 모두 옳다는 걸 알게 되었지."

"완벽하네!"

내가 말했다.

"솔직히 말하자면 자네가 설명해준 지금도 아까와 마찬가지로 놀랍기만 하다네."

"이건 아주 기초적인 걸세, 왓슨. 지난번에 자네가 의심하는 태도를 보이지 않았다면, 자네 생각을 방해하며 끼어들진 않았을 거야. 그런데 저녁이 되니 바람이 좀 부는 것 같군. 런던 거리를 거닐어보는건 어떨까?"

나는 비좁은 거실이 지겨웠기에, 반갑게 그 제안을 받아들였다. 우리는 세 시간 동안 함께 산책하며, 프리트 가와 스트랜드 가를 따라 밀물과 썰물처럼 변화하는 삶의 만화경을 관찰했다. 세세한 것까지 뚫어보는 예리한 관찰력과 명석한 추리력에서 나오는 홈즈 특유의 이야기에 매혹되어 나는 즐거운 시간을 보냈다.

베이커 가로 다시 돌아온 것은 10시쯤이었다. 브루엄 마차 한 대가 현관 앞에 서있었다.

"흠! 의사로군. 내가 보기엔 일반의일세."

홈즈가 말했다.

"개업한지 오래되진 않았지만 꽤 잘 나가는 것 같네. 우리한테 상담하러 왔군. 제 시간에 잘 돌아왔네!"

나는 홈즈의 추리를 따라갈 수 있을 만큼 그의 방식에 대해 잘 알고 있었다. 브루엄 마차 안의 램프에는 고리버들 바구니가 걸려있었고, 그 안에 든 각종 의료기구의 상태와 모양을 보고 홈즈는 빠르게 추론을 해낸 것이다. 우리 방 창문에 불이 켜진 것을 보면 늦은 시간에 방문한 목적도 알 수 있었다. 같은 의료 직종에 있는 사람이 이런 시간에 무슨 이유로 찾아왔을까 하는 호기심을 품고, 나는 홈즈를 따라 우리의 보금자리로 올라갔다.

우리가 들어가자, 연한 갈색 구레나룻에 창백하고 홀쭉한 얼굴을 한 남자가 난롯가에 앉아 있다가 일어났다. 서른 서넛 이상은 넘지 않을 나이 같았지만, 수척한 모습과 건강하지 못한 안색은 젊음을 빼앗기고 체력을 해치는 삶을 살고 있음을 말해주었다. 예민한 성격의 신사인 듯 불안하고 소심한 태도를 보였는데, 일어설 때 벽난로 선반을 짚은 가늘고 하얀 손을 보니 외과 의사라기보다는 차라리 예술가처럼 느껴졌다. 옷차림은 수수하고 어두운 편으로, 검은색 프록코트에 검은 색 바지를 입었고 색깔이 있는 건 넥타이 뿐이었다.

"안녕하십니까. 의사선생님."

홈즈가 밝은 목소리로 말했다.

"몇 분밖에 기다리지 않으셨으니 다행이군요."

"제 마부와 얘기하셨습니까?"

"아닙니다. 보조탁자에 있는 양초를 보고 알았습니다. 자리에 다시 앉으시고, 제가 어떻게 도와드려야할지 말씀해 주시지요."

"제 이름은 퍼시 트레벨리언입니다."

방문객이 말했다.

"브룩 가(街) 403번지에 살고 있습니다."

"원인불명 신경장애에 관한 논문을 쓰신 분이 아닙니까?"

내가 물었다.

그 얘기를 듣자, 내가 자신의 논문에 대해 알고 있다는 기쁨에 그의 창백한 뺨이 붉어졌다.

"그 논문에 관한 평을 거의 들어본 적이 없어서, 사장되었다 생각하고 있었습니다."

그가 말했다.

"출판사 측에서는 판매량이 아주 저조했다고 하더군요. 아마도 의사시겠지요?"

"퇴역한 군의관입니다."

"제가 관심을 둔 분야는 언제나 신경 질환이었습니다. 그쪽을 전공으로 하고 싶었습니다만, 사람이란 먼저 해야 할 일이 있는 법이니까요. 그런데 이건 주제에서 벗어난 것 같군요. 셜록 홈즈 씨, 저는 당신의 시간이 얼마나 귀중한지 잘 알고 있습니다. 실은, 브룩 가에 있는 제 집에서 최근에 매우 특이한 사건이 연달아 일어났는데, 오늘밤에는 그 일이 최고조에 달해 당신의 조언과 도움을 청하는 걸 한 시도 지체할 수 없다는 생각이 들었습니다."

셜록 홈즈는 앉아서 파이프에 불을 붙였다.

"잘 오셨습니다."

그가 말했다.

"어떤 일로 곤란을 겪고 있는 상황인지 상세하게 말씀해 주시지요."

"그중 한두 가지는 아주 사소한 것이어서,"

트레벨리언이 말했다.

"말씀드리기도 부끄럽군요. 하지만 워낙 납득이 가지 않는 사건이고 최근 것은 아주 복잡하기 때문에, 일단 모두 말씀 드릴 테니 무엇이 중요한 건지 아닌 건지 판단해주시길 부탁드립니다.

먼저 대학 시절 경력부터 이야기해야겠군요. 저는 런던 대학 출신으로, 학생 시절에 교수님으로부터 장래가 촉망받는 학생이란 이야기를 들었습니다. 제 자랑을 하고 있다고 생각하시진 않으시겠지요. 졸업한 후에 저는 킹스 대학 병원에서 낮은 직급을 맡아 연구를 계속했습니다. 그리고 다행스럽게 강직증 병리학에 관한 연구로 상당한 주목을 끌게 되었고, 마침내 친구 분께서 방금 언급하신 신경 장애에 관한 논문으로 브루스 핑커튼 상을 받았습니다. 그 당시 많은 사람들이 제 앞길이 전도유망하리라 생각했다 해도, 지나친 말은 아닐 겁니다.

하지만 자금이 부족하다는 한 가지 커다란 장벽이 있었습니다. 이미 잘 알고 계시겠지만, 성공을 바라는 전문의라면 캐번디시 광장에 있는 거리 중 하나에서 개업을 해야만 하는데, 그곳은 임대료가 엄청날 뿐 아니라 시설비도 많이 듭니다. 게다가, 몇 년간 쓸 예비자금도 준비하고 제대로 된 마차와 말도 갖춰야 합니다. 이것은 제 능력 밖의 일이라, 그저 십년 동안 돈을 모아서 제 이름으로 된 간판을 걸 정도의 자금을 마련하는 것이 유일한 희망이었습니다. 그런데 갑자기 생각지도 못했던 새로운 가능성이 제 앞에 펼쳐진 것입니다.

그때까지 전혀 알지 못했던 블레싱턴이라는 이름의 신사 분이 방문하면서 일이 시작되었습니다. 어느 날 아침 제 방으로 찾아온 그는 단도직입적으로 사업 얘기를 꺼냈습니다.

〈당신이 훌륭한 경력을 지닌 데다, 최근 유명한 상을 탄 바로 그 퍼시 트레벨리언이오?〉

저는 머리를 숙여 대답했습니다.

〈솔직하게 대답해주시오.〉

그가 말을 이었습니다.

〈그렇게 하는 것이 이익일 테니 말이오. 성공할 만큼 재능이 있다는 것은 알고 있소. 그런데 요령은 있으시오?〉

갑작스런 질문에 저는 웃을 수밖에 없었습니다.

〈제 몫은 한다고 생각합니다.〉

제가 말했습니다.

〈나쁜 습관은? 술을 마시진 않겠지요?〉

〈전혀 없습니다.〉

저는 큰 소리로 말했습니다.

〈됐소! 아주 잘 됐소! 하지만 이걸 물어보지 않을 수 없구려. 이런 재능이 있는데도 왜 개업을 하지 않은 거요?〉

저는 어깨를 으쓱해보였습니다.

〈그래, 그렇지!〉

그는 호들갑스럽게 말했지요.

〈뻔한 이야기지. 주머니에 든 것보다 머리속에 든 것이 많다, 이거 아니겠소? 내가 브룩 가에서 개업을 하게 해주면 어떻겠소?〉

저는 깜짝 놀라 그를 쳐다봤습니다.

〈오, 당신을 위해서가 아니라 날 위해서요.〉

그가 외쳤습니다.

〈아주 솔직히 말하자면, 당신이 좋다면 내게도 아주 좋은 일이오. 내게 재산이 몇 천 있는데 당신한테 투자하려고 하오.〉

〈하지만 뭣 때문에?〉

제가 숨을 몰아쉬며 물었습니다.

〈다른 투자나 다를 것이 없소. 그보다 안전할 거요.〉

〈그러면, 제가 할 일은 뭡니까?〉

〈말해드리리다. 내가 집을 사고, 시설을 하고, 하인을 고용하는 등 전체를 관리하겠소. 당신이 할 일은 오직 진찰실에 앉아 있는 거요. 용돈이나 다른 모든 것도 내가 주겠소. 그리고 당신이 번 돈 중에서 4분의 3을 내게 주고, 나머지는 당신이 가지면 되오.〉

홈즈 씨, 이것이 블레싱턴이라는 사람이 와서 얘기한 이상스런 제안이었습니다. 계약이나 협상에 관한 이야기로 지루하게 하지는 않겠습니다. 결국 성모영보 대축일[07]에 이사를 하고, 그가 제시했던 것과 거의 같은 조건으로 개업을 했습니다. 그는 장기입원 환자 자격으로 같이 살게 되었지요. 그는 심장이 약했는데 지속적인 의사의 진료가 필요한 것 같았습니다. 이층의 제일 좋은 방 두 개를 자신의 응접실과 침실로 꾸몄습니다. 그는 특이한 습관을 가진 사람이었는데, 사람 만나기를 꺼렸고 외출은 거의 하지 않았지요. 불규칙한 생활이었지만, 한 가지만은 규칙적으로 하는 일이 있었습니다. 매일 저녁 같은 시간에 진찰실로 들어와 장부를 살펴보고, 1기니 당 5실링 3펜스를 저에게 준 다음 나머지를 자신의 방에 있는 금고에 가져다 넣었지요.

그가 자신의 투자를 결코 후회하지 않았다고 저는 확신을 가지고 말할 수 있습니다. 처음부터 성공적이었지요. 몇 명의 환자를 잘 치료한 사례와 지난 번 병원에서 얻었던 명성으로 빠르게 유명해져서, 지난 한두 해 동안 그를 부자로 만들어주었습니다.

홈즈 씨, 저의 지난 경력과 블레싱턴 씨와의 관계는 이만하면 충

---

07 Lady Day : 대천사 가브리엘이 성모 마리아에게 예수를 잉태하였음을 알린(수태고지) 날. 3월 25일.

분하리라 생각합니다. 이제부터 이야기할 것이 저를 오늘 밤 이곳에 오게 한 이유입니다.

몇 주 전, 블레싱턴 씨가 내려와 제 방으로 들어왔는데, 제가 보기에 굉장히 흥분한 모습이었습니다. 그가 말하기를, 웨스트 엔드[08]에서 강도가 나타났다고 하더군요. 제가 기억하기로는, 필요 이상으로 흥분을 하며 당장 문과 창문에 튼튼한 빗장을 달아야 한다고 주장했습니다. 일주일 동안 계속해서 그는 이상할 정도로 안절부절 못하고, 계속해서 창밖을 살폈으며 저녁 식사 전에 항상 해오던 가벼운 산책도 그만뒀습니다. 그의 이런 태도는 무언 가에게, 또는 누군가에게 목숨을 위협받는 것이 아닐까 하는 생각이 들게 했습니다만, 이에 관해서 물어보면 화를 냈기 때문에 저는 더 이상 물어볼 수 없었습니다. 시간이 지나감에 따라 그의 두려움은 차츰 누그러지더니 다시 예전 습관으로 돌아갔지요. 그런데 새로운 사건이 일어났고, 현재는 공포에 질려 어찌할 바를 모르는 비참한 상황이 되고 말았습니다.

사건은 이렇습니다. 이것은 이틀 전 받은 편지인데, 제가 읽어드리겠습니다. 주소도 날짜도 적혀 있지 않았지요.

〈현재 영국에 머물고 있는 러시아 귀족이,〉

편지는 이렇게 시작합니다.

〈퍼시 트레벨리언 선생의 치료를 받기를 원합니다. 몇 년간을 강직증 발작으로 고생하고 있는 환자입니다만, 이 분야에 선생이 권위자라는 말을 들었습니다. 내일 저녁 여섯 시 십오 분 경에 방문할 예

---

08 West End : 런던에서 가장 번화한 상업 지역으로 큰 상점과 극장 등이 많다.

정이니 트레벨리언 선생께서는 시간을 내주시길 바랍니다.〉

저는 이 편지에 대해 큰 관심을 가졌습니다. 왜냐하면 강직증 연구에 있어서 가장 어려운 점은 이 질병이 희귀하다는 것입니다. 그렇기 때문에 약속된 시간에 사환이 그 환자를 안내해 데려왔을 때, 당연히 저는 진찰실에 있었지요.

그는 러시아 귀족 같은 모습은 한 군데도 없는, 마른 체격에 예의 바르고 평범한 노인이었습니다. 인상 깊었던 건 같이 온 일행의 생김새였지요. 그는 키가 큰 청년인데 눈에 띄게 미남이었고, 어두운 피부에 사납게 보이는 얼굴을 지녔습니다. 팔 다리와 가슴은 헤라클레스 같았지요. 생김새와는 다르게, 그는 노인의 팔을 잡고 부축하며 들어와 공손히 의자에 앉히더군요.

〈갑작스레 방문하게 되어 죄송합니다.〉

그는 약간 서툰 발음으로 얘기했습니다.

〈이 분이 제 아버지이십니다. 제게는 아버지의 건강이 너무도 중요한 문제이지요.〉

저는 그의 지극한 효성에 감동을 받았습니다.

〈그럼, 진찰하는 동안 같이 계시겠습니까?〉

제가 말했습니다.

〈절대 안 됩니다.〉

그는 질색하며 소리쳤지요.

〈그건 제게 이루 말할 수 없는 엄청난 고통입니다. 아버지가 그 끔찍한 발작을 하는 모습을 보게 된다면 저는 결코 살아나지 못할 겁니다. 제 신경도 아주 예민하기 때문이지요. 허락하신다면, 아버지

를 진찰하시는 동안 대기실에서 기다리겠습니다.〉

물론 저는 그렇게 하라고 했고, 그는 진찰실을 나갔습니다. 저는 환자와 병의 증세에 대해 이야기를 나눴고, 그걸 열심히 기록했습니다. 환자는 머리가 좋아 보이지 않았으며 가끔씩 알 수 없는 대답을 했는데, 우리말에 익숙하지 않은 탓이라 생각했지요. 그런데 갑자기, 제가 기록하면서 질문을 하는데도 아무런 대답을 하지 않는 것입니다. 고개를 들어 그를 보고 저는 소스라치게 놀랐지요. 의자에 똑바로 앉은 채, 굳은 얼굴로 멍하니 저를 쳐다보고 있는 것이 아니겠습니까. 또다시 원인 불명의 병에 사로잡힌 것이지요.

첫 번째로 제가 느낀 감정은 동정과 공포였습니다. 두 번째는 의사로서의 직업적인 만족감이라 해야겠군요. 저는 환자의 맥박과 체온을 기록하고, 근육의 경직도를 검사한 뒤 반응을 살펴봤습니다. 특별히 이상한 점은 없었고, 이전의 경험과도 일치했습니다. 그런 경우에 아밀 질산염을 흡입하는 것이 효과가 있었기에, 이번에도 효능이 있을지 실험해볼 절호의 기회였지요. 약병은 아래층의 제 실험실에 있기 때문에 환자를 의자에 앉혀둔 채로 뛰어 내려갔습니다. 약간 지체되었기 때문에, 그걸 찾아서 돌아오기까지는 약 오 분 정도의 시간이 걸렸습니다. 그런데 돌아와 보니, 놀랍게도 방은 비어있고 환자는 사라진 것입니다!

물론, 제일 먼저 달려간 곳은 대기실이었습니다. 아들도 역시 사라졌더군요. 현관문은 닫혀 있었지만 잠겨있진 않았습니다. 환자를 안내한 사환은 새로 온 소년인데, 눈치 빠른 애는 아닙니다. 아래층에서 대기하고 있다가 제가 진찰실에서 벨을 울리면 환자를 밖으로 데리고 나가지요. 그 아이는 아무 소리도 듣지 못했다고 하더군요. 그래서 그 일은 완벽한 수수께끼로 남게 되었습니다. 얼마 지나지 않아 블레싱턴 씨가 산책을 마치고 돌아왔지만 저는 그 일에 대해선 아무 말도 하지 않았지요. 솔직히 말씀 드리자면, 최근에는 되도록 대화를 피하려고 했기 때문입니다.

저는 그 러시아인과 아들을 다시 보리라고는 전혀 생각하지 못했습니다. 그러니 오늘 저녁 같은 시간에 그 두 사람이 이전과 똑같은 모습으로 진찰실로 걸어 들어왔을 때, 제가 얼마나 놀랐을지 상상하시겠지요.

〈의사 선생님, 어제 갑작스럽게 떠나서 정말 죄송한 말씀을 드리고 싶군요.〉

환자가 말했습니다.

〈사실, 무척 놀랐습니다.〉

제가 말했지요.

〈에, 어떻게 된 일인가 하면,〉

그가 말했습니다.

〈발작에서 깨어나면 항상 정신이 흐려져서 모든 걸 잊어버리고 맙니다. 선생님이 나가신 동안 정신이 들어 깨어나 보니, 내 자신이 낯선 방에 있다는 걸 알고는 멍한 상태에서 거리로 나가버린 것이지요.〉

〈그리고 저는,〉

아들이 말했습니다.

〈대기실 문 밖으로 아버지가 지나가시는 걸 보고, 당연히 진찰이 끝났다고 생각했습니다. 집에 도착하고서야 사실이 어떻게 된 것인지

알게 된 겁니다.〉

〈그렇군요.〉

저는 웃으며 말했습니다.

〈제가 무척 놀랐던 것 외에는 문제가 될 일이 없지요. 자, 그러면 대기실에 들어가 계시겠습니까? 끝내지 못한 진찰을 계속하고 싶군요.〉

반시간 정도 저는 그 노인분과 증상에 대해 얘기를 나눴습니다. 그러고 나서 처방을 내렸고, 아들의 팔에 이끌려 나가는 것을 보았지요.

말씀드렸듯이, 블레싱턴 씨는 보통 하루 중 그 시간에 운동을 나갑니다. 잠시 후 그가 들어와서 위층으로 올라가더군요. 얼마 지나지 않아 그가 내려오는 소리가 들리더니, 겁을 먹고 미쳐버린 사람마냥 진찰실로 뛰어 들어왔습니다.

〈누가 내 방에 들어왔었소?〉

그가 소리쳤습니다.

〈아무도 들어가지 않았습니다.〉

제가 대답했지요.

〈거짓말!〉

그는 고함을 질렀습니다.

〈올라가 보시오!〉

겁을 먹어서 반은 정신이 나간 것 같았기에, 그의 무례한 말투는 그냥 흘려버렸지요. 그와 함께 이층으로 올라가자 그는 밝은 색깔 카페트 위의 발자국 몇 개를 가리켰습니다.

〈저게 내 것 같소?〉

그가 소리쳤습니다.

그 발자국은 확실히 그의 것이라고 하기엔 너무 컸고, 분명 새로 찍힌 것이었지요. 아시겠지만, 오늘 오후엔 비가 세차게 내렸기 때문에 찾아온 사람이라곤 제 환자들뿐이었습니다. 그렇다면, 제가 환자를 진찰하는 동안 대기실에 있던 그 청년이 무슨 이유인지는 몰라도 장기입원 환자의 방으로 올라갔다는 뜻이 됩니다. 아무 것도 만지거나 가져간 것은 없지만 발자국으로 보아 들어왔던 것은 의심할 수 없는 사실입니다.

물론, 이 일은 누구라도 꺼림칙하게 생각할 일이긴 합니다만, 제가 보기에 블레싱턴 씨는 지나치게 흥분하는 것 같았습니다. 안락의자에 앉아 울음을 터뜨리기까지 해서 제대로 얘기조차 할 수가 없었지요. 홈즈 씨를 만나러 온 것은 그의 제안이었고, 저는 그게 타당한 일이라는 생각이 즉각 들더군요. 그가 과민 반응하는 것 같긴 하지만 이 사건이 매우 특이한 것은 분명하니까요. 홈즈 씨께서 저와 함께 마차를 타고 가주실 수 있는지요. 이 이상한 사건을 밝혀주시길 감히 바랄 수는 없습니다만, 적어도 블레싱턴 씨를 안심시킬 순 있을 겁니다."

셜록 홈즈는 이 긴 이야기를 집중해서 듣고 있었다. 나는 그가 큰 흥미를 느끼고 있음을 알 수 있었다. 그의 표정은 변함이 없었지만 눈꺼풀은 더욱 깊게 내려앉았고, 의사의 이야기가 호기심을 일으킬 때마다 파이프 연기는 그걸 강조하듯이 짙게 피어올랐다. 방문객의 이야기가 끝나자 홈즈는 아무 말 없이 벌떡 일어나, 내 모자를 나에게 건네고 탁자에서 자신의 것을 집어든 다음, 트레벨리언을 앞장 세워 방을 나섰다. 십오 분 만에 우리는 브룩가에 있는 의사의 집 앞에 당도할 수 있었다. 웨스트 엔드 병원지역이라면 연상되는 어둡고 건물 앞면이 평평한 형태의 건물이었다. 몸집이 작은 사환이 문을 열어 주었고, 우리는 곧장 카펫이 깔린 넓은 계단을 올라갔다.

그런데 특이한 일이 앞을 가로막아 우리는 멈춰 섰다. 위층 불이 갑작스레 확 꺼지더니 어둠 속에서 날카롭고 떨리는 목소리가 들려 왔다.

"총을 가지고 있다."

그 목소리는 크게 울렸다.

"조금이라도 가까이 오면 쏴버릴 테다."

"블레싱턴 씨, 이게 무슨 터무니없는 일입니까!"

트레벨리언이 소리쳤다.

"오, 의사선생, 당신이오?"

그 목소리는 안도의 한숨을 내쉬며 말했다.

"그런데 거기 있는 신사 분들은 진짜 그 사람들이 맞겠지요?"

어둠 속에서 한참 동안 우리를 살펴보는 것이 느껴졌다.

"그렇군, 그래, 됐소."

마침내 그 목소리가 말했다.

"올라오시오. 심하게 경계를 하느라 괴롭혀드린 걸 사죄드리겠소."

그는 이렇게 말하며 계단에 있는 가스등에 다시 불을 붙였다. 우리 앞에는 기이하게 보이는 남자가 있었다. 그의 목소리뿐만 아니라 외모에도 신경과민이 나타나 있었다. 꽤 뚱뚱했는데, 이 전에는 더 살이 쪘던 모양인지 얼굴 살가죽이 헐렁한 주머니처럼 늘어져 있어서 마치 블러드하운드[09]의 뺨 같았다. 얼굴빛은 병자 같았고, 연한 갈색의 가는 머리카락은 긴장으로 인해 곤두서 있었다. 손에는 권총을 들고 있었지만, 우리가 다가가자 주머니 안에 쑤셔 넣었다.

"안녕하시오. 홈즈 씨."

그가 말했다.

"이렇게 와주셔서 정말 감사드리오. 나보다 당신의 조언을 필요로 하는 사람은 없을 게요. 트레벨리언 선생한테서 제 방에 불법 침입한 자가 있다는 걸 들으셨겠지요?"

"그렇습니다."

홈즈가 말했다.

"블레싱턴 씨. 그 두 사람은 누구고, 왜 당신을 괴롭히는 겁니까?"

"이런, 이런."

장기입원 환자는 신경질적으로 말했다.

"물론, 그건 알 수 없는 일이오. 홈즈 씨, 거기에 대해서 내가 어떻게 대답을 할 수 있단 말이오."

"모르신단 말입니까?"

"괜찮다면, 이리 들어오시오. 부탁이니 이리 들어오시오."

그는 침실로 우리를 안내했다. 넓은 방으로 편안하게 꾸며진 곳이었다.

"저게 보이시오?"

그는 침대 끝에 있는 커다란 검은 상자를 가리켰다.

---

09 영국산 초대형 견종으로 경찰견으로 많이 쓰인다.

"홈즈 씨. 나는 부자로 산 적이 한 번도 없소. 트레벨리언 선생이 말했을 테지만, 투자를 한 것도 내 생애에 단 한 번뿐이오. 나는 은행은 결코 신뢰하지 않소. 홈즈 씨, 우리끼리 얘기지만, 얼마 안되는 내 전 재산이 저 상자 안에 들어 있소. 그러니 모르는 사람이 내 방에 침입했다면 내가 어떤 심정일지 이해가 갈 거요."

홈즈는 의문어린 시선으로 블레싱턴을 바라보더니 고개를 저었다.

"저를 속이려한다면 도와드릴 수가 없지요."

그가 말했다.

"하지만 난 모든 걸 다 얘기했소."

홈즈는 혐오스럽다는 듯 돌아섰다.

"안녕히 계십시오, 트레벨리언 선생."

홈즈가 말했다.

"아무런 조언도 해주지 않는 거요?"

블레싱턴이 다급한 목소리로 외쳤다.

"내 조언은 이겁니다. 진실을 얘기하십시오."

잠시 후에 우리는 집으로 향해 걷고 있었다. 옥스퍼드 가(街)를 지나, 할리 가(街)를 반쯤 내려갈 때까지 내 친구는 아무 말도 하지 않았다.

"헛수고를 하게 해서 미안하네, 왓슨."

마침내, 그가 입을 열었다.

"본질적으로는 재미있는 사건이긴 하지."

"나는 잘 모르겠는걸."

나는 솔직히 말했다.

"음, 어떤 이유인지 몰라도, 이 블레싱턴이란 사람을 해치려하는 자가 두 명 있다는 건 확실하네. 그보다 많을 수도 있지만 적어도 두 명이지. 그 젊은 청년이 첫 번째 왔을 때와 두 번째 왔을 때 모두 블레싱턴의 방에 침입했음이 틀림없네. 그의 동료가 천재적인 방법으로 의사를 잡아두고 있던 동안에 말이야."

"그러면 강직증은!"

"가짜로 꾸민 것이네, 왓슨. 전문의인 트레벨리언에게는 알려주기가 좀 쉽지 않겠군. 그런 병은 흉내 내기가 아주 간단하지. 나도 해본 적이 있네."

"그렇다면?"

"그 시간마다 블레싱턴이 없었던 건 순전히 우연이었어. 그들이 진찰 받기에는 이상한 시간을 고른 이유는 대기실에 다른 환자가 없을 시간이기 때문이지. 그런데 우연히도 그 시간이 블레싱턴의 산책 시간과 일치했던 것이네. 그들은 블레싱턴의 하루 일과를 잘 몰랐던 모양이야. 만약 단순한 도둑질이라면 적어도 무언가 찾으려는 시도는 했겠지. 게다가, 사람이 무언가를 두려워하고 있다면 눈을 통해 드러나는 법이거든. 원한을 품은 사람이 둘이나 있는데, 그걸 블레싱턴이 알지 못한다는 건 도저히 믿을 수 없는 일이야. 그렇기 때문에 나는 그가 두 사람을 알고 있으며, 또 그걸 감춰야할 사연이 있다고 생각하네. 내일이면 아마도 좀 더 털어놓고 싶은 마음이 들 수도 있겠군."

"다른 생각도 해볼 수 있지 않을까."

내가 말했다.

"전혀 있을 것 같지도 않고, 의심의 여지도 없지만 그래도 생각해

볼 수는 있겠지? 혹시 강직증에 걸린 러시아인과 그의 아들 이야기 모두가 트레벨리언이 꾸며낸 이야기이고, 그 자신이 어떤 목적을 가지고 블레싱턴의 방에 들어갔던 것 아닐까?"

나의 재치 있는 발상을 듣자, 홈즈가 기분 좋게 웃는 모습이 가스등 불빛에 비쳐 보였다.

"이보게, 친구."

그가 말했다.

"그건 내가 처음으로 생각했던 해결방법 중 하나라네. 하지만 곧 그 의사의 얘기를 확인해볼 수 있었지. 그 청년은 계단 카펫 위에 발자국을 남겼기 때문에, 방안에 있는 발자국을 보자고 요청할 필요도 없었네. 그의 구두는 앞부분이 블레싱턴처럼 뾰족하지 않고 사각형이었으며, 의사 선생에 비하면 1과 3분의 1인치 정도 길었지. 그러니 그 청년이 실재 인물이라는 걸 인정해야할 걸세. 그런데 이제 잠을 자는 게 좋겠네. 내일 아침이면 브룩 가에서 연락이 올 게 틀림없으니까 말이야."

셜록 홈즈의 예언은 이내 실현되었다. 그것도 극적인 방식으로. 다음 날 일곱 시 반, 아침햇살이 어렴풋이 비치기 시작할 때였다. 내 침대 옆에 홈즈가 실내복을 입고 서있었다.

"브루엄 마차가 우리를 기다리고 있네, 왓슨."

그가 말했다.

"무슨 일인가?"

"브룩 가에 관련된 일일세."

"새로운 일이 생겼나?"

"비극이지. 아직 확실하진 않네."

홈즈는 블라인드를 당겨 올리며 말했다.

"공책에서 찢어낸 이 종이를 보게. 〈제발, 즉시 와주십시오 - P. T.〉라고 연필로 휘갈겨 썼네. 우리의 친구, 의사 선생은 이걸 쓰는 것도 쉽지 않았던 모양이야. 가세, 친구. 급한 호출이네."

십오 분 정도 후에 우리는 그 의사의 집으로 다시 갈 수 있었다. 트레벨리언이 끔찍한 일을 겪은 표정으로 뛰어나왔다.

"오, 세상에 이런 일이!"

그는 두 손으로 양쪽 관자놀이를 붙든 채 소리쳤다.

"무슨 일입니까?"

"블레싱턴이 자살을 했습니다!"

홈즈는 휘파람을 불었다.

"지난밤에 스스로 목을 매달았어요!"

우리는 집 안으로 들어갔다. 그 의사는 우리를 환자 대기실인 듯한 곳으로 안내했다.

"제가 무엇을 해야 할지 정말 모르겠습니다."

그가 외쳤다.

"경찰이 이미 위층에 와있습니다. 이건 정말 끔찍한 일입니다."

"언제 발견한 겁니까?"

"그는 매일 아침 일찍 차 한 잔을 마십니다. 일곱 시쯤에 하녀가 들어갔을 때, 그가 방 한 가운데 매달려 있었다는군요. 무거운 램프를 매달 때 쓰는 고리에 밧줄을 매고, 어제께 보여줬던 바로 그 상자 위에서 뛰어내린 겁니다."

홈즈는 그 자리에 서서 잠시 동안 깊은 생각에 빠져 있었다.

"허락하신다면,"

마침내 그가 말했다.

"위층으로 올라가 이 사건을 살펴보고 싶군요."

우리는 위층으로 올라갔고, 의사도 뒤따라 왔다. 침실 문 안으로 들어가자 끔찍한 광경이 우리 앞에 펼쳐졌다. 이 블레싱턴이란 남자가 주는 축 늘어진 느낌에 대해서 이미 얘기한 적이 있다. 갈고리에 매달려 있는 모습을 보니 그 느낌이 더욱 과장되고 강렬하게 다가와, 사람 같이 보이지도 않았다. 털 뽑힌 닭처럼 목이 길게 늘어져 있어, 나머지 부분이 대조적으로 더욱 비대하고 부자연스러워 보였다. 그는 긴 잠옷만을 입고 있었는데, 그 아래로 부어오른 발목과 보기 흉한 발이 뻣뻣하게 굳어진 채로 삐져나와 있었다. 그 옆에는 날렵해 보이는 경감이 수첩에 무언가를 적고 있었다.

"아, 홈즈 씨."

내 친구가 들어가자 경감이 말했다.

"만나 뵙게 되어 반갑습니다."

"안녕하십니까, 래너 씨."

홈즈가 대답했다.

"나를 훼방꾼으로 생각하지 않으리라 믿습니다. 일이 이렇게 되기까지 일어난 상황을 들었겠지요?"

"네. 조금 들었습니다."

"어떤 의견을 가지고 계신지?"

"제가 보기엔, 두려움 때문에 이성을 잃어버린 것 같습니다. 보시다시피 침대에서 잠을 잤습니다. 사람이 잔 흔적이 분명히 남아 있지요. 아시겠지만, 자살이 가장 많이 일어나는 시각은 새벽 다섯 시경입니다. 이 남자가 스스로 매달린 시각도 그 정도일거구요. 신중하게 생각한 후에 일을 저지른 것 같습니다."

"근육의 경직도로 볼 때 죽은 지 세 시간 정도 된 것 같네."

내가 말했다.

"방에서 이상한 건 발견하지 못했나요?"

홈즈가 물었다.

"드라이버 한 개와 나사못 몇 개가 세면대 위에 있었습니다. 그리고 지난밤에 담배를 꽤나 많이 피운 모양이더군요. 이건 벽난로에서 찾아낸 담배꽁초 네 개입니다."

"흠!"

홈즈가 말했다.

"물부리는 있나요?"

"아뇨, 그건 못 봤습니다."

"그럼 시가 케이스는?"

"네, 그건 코트 주머니에 있더군요."

홈즈는 시가 케이스를 열고, 하나 남은 시가를 꺼내 냄새를 맡았다.

"오, 이건 아바나[10]로군. 그런데 이 꽁초는 네덜란드가 동인도 식민지에서 수입한 독특한 종류의 시가이지요. 아시다시피 이 시가는 밀집으로 말아서 만드는데, 다른 제품들보다 길이에 비해 굵기가 가

---

10 Havana : 쿠바의 수도. 아바나산 시가를 말함.

는 편이지요."

그는 꽁초 네 개를 들고, 휴대용 확대경을 꺼내 살펴보았다.

"이 중 두 개는 물부리를 끼워 피웠고, 다른 두 개는 그냥 피웠군요."

그가 말했다.

"두 개는 아주 날카로운 칼로 잘랐고, 다른 두 개는 튼튼한 이로 끝을 물어뜯었습니다. 래너 씨, 이건 자살이 아닙니다. 매우 철저하게 계획된, 냉혹한 살인입니다."

"그럴 리가요!"

경감이 소리쳤다.

"어째서 그런 일을? 누가 목을 매다는 귀찮은 방법으로 사람을 죽이겠습니까?"

"그걸 우리가 밝혀내야지요."

"어떻게 들어온 겁니까?"

"정문으로 들어왔지요."

"아침에는 잠겨있었습니다."

"범인들이 나간 다음에 잠근 겁니다."

"그걸 어떻게 알지요?"

"그들이 남긴 발자국을 봤지요. 잠시만 기다려주시면 좀 더 자세한 얘기를 해드릴 수 있을 것 같군요."

홈즈는 문으로 가서, 손잡이를 돌려보며 면밀한 조사를 시작했다. 그리고는 안에 꽂혀 있던 열쇠를 빼내 그것 역시 조사했다. 침대와 카펫, 의자, 벽난로 선반, 사체, 밧줄 등도 차례로 살펴본 후에야 홈즈는 이제 되었다고 말했고, 나는 경감을 거들어 비참한 모습의 사체에 묶인 밧줄을 잘라내 끌어내린 다음, 시트로 공손하게 덮어주었다.

"이 밧줄은 어디서 난거죠?"

"여기 있는 걸 잘라낸 겁니다."

트레벨리언이 이렇게 말하며 침대 밑에서 커다란 밧줄 묶음을 꺼냈다.

"그는 병적으로 불을 두려워했기 때문에 항상 이걸 곁에 두었습니다. 계단이 불에 휩싸일 경우 창문으로 탈출하기 위해서이지요."

"범인들을 도와준 셈이군요."

홈즈는 생각에 잠긴 채 말했다.

"사건의 실상은 아주 간단합니다. 범행 동기도 오후에는 분명히 알려드릴 수 있을 겁니다. 벽난로 선반에 있는 블레싱턴의 사진을 가져가겠습니다. 조사에 도움이 될 것 같군요."

"하지만 아무 것도 말씀해주지 않으셨는데요."

의사가 소리쳤다.

"오, 사건의 전말에 대해서는 의심의 여지가 없지요."

홈즈가 말했다.

"범인은 세 명입니다. 그 젊은 청년, 노인, 그리고 아직 누구인지 단서가 없는 세 번째 인물이지요. 앞에 두 명은 굳이 말할 것도 없이 러시아 백작 부자로 가장했던 인물로, 이미 잘 알고 있습니다. 집안에 공범이 있어서 들어올 수 있었지요. 경감, 조언을 한 마디 한다면 사환을 체포해야할 겁니다. 의사선생, 그 사환이 이곳에 취직한지 얼마 안되었지요?"

"그 꼬마도깨비 같은 녀석을 찾을 수가 없습니다."

트레벨리언이 말했다.

"하녀와 요리사가 찾고 있는 중입니다."

홈즈는 어깨를 으쓱해보였다.

"그 아이는 이 사건에서 적지 않은 역할을 했습니다."

그가 말했다.

"그 세 명은 발끝으로 계단을 올라갔는데, 노인이 첫 번째로, 청년이 두 번째로, 정체를 알 수 없는 나머지 한명이 맨 뒤에……."

"홈즈! 대체 그걸 어떻게?"

내가 소리쳤다.

"오, 발자국이 겹친 것을 보고 확실히 알 수 있었다네. 지난밤에 어느 것이 누구의 발자국인지 봐두었으니까 이점이 있지. 그들은 블레싱턴 씨의 방으로 올라갔는데, 문이 잠겨있던 겁니다. 하지만 철사를 가지고 문을 열었습니다. 확대경을 쓰지 않아도 열쇠구멍의 긁힌 자국을 보면, 철사로 압력을 가한 것을 알 수 있지요.

방에 들어가자 그들은 제일 먼저 블레싱턴 씨에게 재갈을 물렸을 겁니다. 블레싱턴 씨는 자고 있었거나 공포에 몸이 마비되어 소리를 지르지도 못한 거지요. 비명을 질러도 들리지 않을 만큼 벽이 두껍기 때문에, 설사 소리를 냈다 해도 들리지 않았을 겁니다.

그를 붙잡아 둔 다음, 어떤 의논이 오간 것이 확실합니다. 아마도 재판 같은 것이었겠지요. 시가를 피운 걸로 볼 때, 꽤 시간이 걸렸습니다. 노인은 고리버들 의자에 앉아 있었는데, 담배 물부리를 쓴 건 바로 그 노인이지요. 청년은 저쪽에 앉아 있었고, 담뱃재를 장롱 서랍에 털었습니다. 세 번째 인물은 왔다 갔다 했지요. 제 생각에, 블레싱턴은 침대에 앉아있었는데, 확실한 건 아닙니다.

의논이 끝나자 그들은 블레싱턴을 끌어내 매달았습니다. 계획된 일이었기 때문에 그들은 교수형에 쓸 수 있는 도르래나 활차 같은 걸 가져왔지요. 저 드라이버나 나사못은 도르래를 고정시키려고 했던 겁니다. 그런데 저 고리를 발견하자, 애써서 그렇게 할 필요가 없었지요. 일을 끝내고 그들은 떠났고, 그 뒤에 공범이 문을 잠근 것입니다."

우리는 지난밤에 일어난 사건에 대해 홈즈가 해주는 설명을 흥미진진하게 들었다. 그토록 미묘하고 하찮은 단서로부터 추리해낸 증거를 우리 앞에 하나하나 짚어주었지만, 그의 추리를 따라가기란 쉽지 않았다. 경감은 사환에 대해 조사하려고 서둘러 떠났고, 홈즈와 나는 아침식사를 하기 위해 베이커 가로 돌아왔다.

"세 시까지 돌아오겠네."

식사를 마치자 홈즈가 말했다.

"경감과 의사도 그 시간에 여기서 만나게 될 걸세. 그 시간까지는 아직 이 사건에 남아있는 불명확한 점을 모두 알아낼 수 있겠지."

손님들은 제 시간에 도착했지만, 내 친구가 모습을 나타낸 것은 네 시 십오 분 전이었다. 들어올 때 그의 표정을 보니, 모든 일이 잘 풀렸다는 걸 알 수 있었다.

"경감님, 새로운 소식이 있습니까?"

"그 아이를 찾았습니다."

"훌륭하군요. 나도 그 범인들을 찾았습니다."

"범인들을 찾았다구요?"

우리 세 명이 동시에 소리쳤다.

"음, 적어도 그들의 신원은 알아냈지요. 블레싱턴이라 불리던 자는 예상했던 대로 경찰청에서 잘 알려진 자였고, 그를 공격했던 자들도 마찬가지입니다. 그들의 이름은 비들, 헤이워드, 모팻이지요."

"워딩턴 은행 강도!"

경감이 외쳤다.

"그렇습니다."

홈즈가 말했다.

"그럼 블레싱턴은 서튼이겠지요?"

"맞습니다."

홈즈가 말했다.

"아, 그러면 모든 일이 수정처럼 명확해지는군요."

경감이 말했다.

하지만 트레벨리언과 나는 어리둥절해서 서로 쳐다보기만 했다.

"여러분은 워딩턴 은행에서 일어난 대사건을 기억하고 있을 겁니다."

홈즈가 말했다.

"다섯 명이 있었는데, 이들 네 명과 카트라이트라는 자가 일당이지요. 이 강도들은 경비였던 토빈을 살해하고 칠천 파운드를 강탈해 도망쳤습니다. 이때가 1875년입니다. 다섯 명 모두 체포했지만 결정적인 증거를 찾을 수 없었지요. 이 블레싱턴이란 자가, 아니 서튼이 그들 중 가장 악질이었는데 변절해서 밀고자가 되었습니다. 그의 증언에 따라 카트라이트는 교수형에 처해졌고, 나머지 세 명은 각각 15년형을 선고 받았지요. 그들은 얼마전 형기를 몇 년 앞두고 출소를 했

258

는데, 여러분이 짐작하시듯이 배신자를 찾아내 죽은 동료의 복수를 하기로 결정한 겁니다. 블레싱턴을 잡으려고 두 번 시도했으나 실패했고, 세 번째는 성공했지요. 트레벨리언 선생, 제가 설명해야할 부분이 더 있을까요?"

"모든 것을 확실하게 설명해 주셨습니다."

의사가 말했다.

"블레싱턴이 그토록 허둥지둥하며 혼란에 빠졌던 날은 바로 신문에서 그들이 석방되었다는 기사를 읽은 날이었군요."

"바로 그렇습니다. 강도에 관해서 얘기한 것은 단순한 눈속임이었지요."

"하지만 왜 당신께 이런 일을 얘기하지 않았을까요?"

"음, 그는 옛 동료들이 얼마나 원한을 품고 있는지 잘 알았기 때문에 될 수 있는 한 오래도록 자신의 정체를 숨기려고 했던 겁니다. 숨겨둔 과거 역시 부끄러운 일이었기에 스스로 고백하기는 쉽지가 않았지요. 하지만, 그가 아무리 비열한 인간이라 할지라도 영국법의 보호를 받고 있었습니다. 경감, 제가 분명히 말하는데, 영국법이 그를 보호하는데 실패했다 하더라도, 정의의 칼은 여전히 남아 그들을 처벌하게 될 것입니다."

이것이 브룩 가 의사와 장기입원 환자 사이에 얽힌 특이한 사건의 진상이다. 그날밤 이후 경찰은 세 살인범에 대해서 아무 것도 찾아내질 못했다. 런던 경찰청은 몇 년 전 포르투갈 해안, 오포르토[11]

---

11 Oporto : 포르투갈 서북부에 있는 도시.

북쪽으로 몇 리그[12] 떨어진 곳에서 승객들과 함께 행방불명이 된 불운한 증기선, 노라 크레이나호에 그들이 타고 있었을 거라 추측하고 있다. 사환에 대한 재판은 증거부족으로 파기되었고, 〈브룩 가 수수께끼〉라고 불렸던 이 사건은 아직까지 어떤 신문을 통해서도 자세한 내막이 밝혀진 적이 없다.

---

12 league : 거리의 단위. 1리그는 약 3마일.

그리스어 통역사

셜록 홈즈와 친하게 지내온 오랜 시간 동안, 그는 가족에 관해서 이야기한 적이 전혀 없었고, 어린 시절에 대해서도 거의 말하지 않았다. 자신에 대해 침묵을 지키는 그의 태도 때문에 나는 그를 비인간적이라고 생각하게 되었는데, 가끔씩은 그를 고립된 존재, 심장이 없는 두뇌, 지적으로 탁월한 만큼 인간적인 동정심이 결여된 사람이라고까지 간주하게 되었다. 여성에 대한 혐오와 새로운 친구 관계를 형성하길 싫어하는 것, 이 두 가지가 감정에 치우치지 않는 그의 특징적인 성격을 말해주지만, 자신의 가족에 대해 절대 언급하지 않는 비정한 면도 그에 못지않은 특징이었다. 나는 그가 아무런 친척도 없이 고아로 자랐다고 믿게 되었다. 그러던 어느 날, 나는 정말 크게 놀랄 수밖에 없었다. 그가 자신의 형에 관한 이야기를 꺼낸 것이다.

어느 여름날 저녁에 차를 마시고 난 후였다. 우리의 대화는 골프 클럽에서 황도[01]경사 변화 원인에까지 이리저리 산만하게 옮겨 다니다가 결국은 격세유전[02]과 유전적 소질에 관한 문제로 이어지게 되었

---

01 황도(黃道)란 태양의 궤도인데, 하늘에서 태양이 일 년 동안 지나가는 길로서 지구의 공전으로 인해서 생긴다. 황도경사란 행성의 궤도면이 황도면과 이루는 각을 말한다. 이 황도경사는 다른 행성의 영향으로 근소하게 변화하게 된다.
02 격세유전(隔世遺傳)이란 생물의 형질, 체질이 유전되는데 있어, 자신의 윗대가 아닌 그 전대, 선조의 형질이 나타나는 것을 말한다.

다. 토론의 주제는, 개인의 어떤 특이한 재능이 어느 정도까지 자신의 조상으로부터 물려받은 것이며, 또 어느 정도까지 어린 시절의 훈련을 통해 얻을 수 있냐 하는 것이었다.

"자네의 경우를 보면,"

내가 말했다.

"지금까지 자네가 한 이야기로 볼 때, 자네의 관찰 능력과 독특한 추리 능력은 스스로 체계적인 훈련을 했기 때문이겠군."

"어느 정도 그렇지."

홈즈는 생각에 잠겨서 대답했다.

"내 선조는 지방의 지주였는데, 그 계층의 사람들과 별다름이 없는 삶을 살아온 것 같네. 그렇긴 해도, 내 혈관 속에는 프랑스 화가 베르네[03]의 동생이었던 할머니의 피가 흐르고 있지. 예술가의 혈통은 가장 기묘한 형태로 나타나는 경향이 있네."

"하지만 그것이 유전인 것을 어떻게 알지?"

"왜냐하면 내 형제인 마이크로프트가 나보다 더 나은 재능을 가지고 있기 때문이네."

그것은 정말 새로운 사실이었다. 그와 같은 특이한 능력을 지닌 사람이 영국에 또 있다면, 경찰이나 일반 대중이 어떻게 한 번도 들어보지 않을 수 있단 말인가? 나는 홈즈에게, 자신보다 형이 더 낫다고 얘기한 것은 겸손이 아니냐며 넌지시 물었다. 홈즈는 내 말을 듣고는 웃었다.

---

03 Vernet : 화가로 유명한 프랑스의 베르네 집안에는 Antoine Vernet (1689-1753), Claude Joseph Vernet (1714-1789), Emile Jean Horace Vernet (1789-1863) 등이 있다.

"이보게, 왓슨."

그가 말했다.

"나는 겸손을 미덕이라고 생각하는 사람들의 의견에 동의하지 않는다네. 이론가들은 사물을 있는 그대로 파악하지. 누군가를 과소평가하는 것은, 그의 능력을 과대평가하는 것처럼 진실과는 동떨어진 일일세. 그러니까, 마이크로프트가 나보다 관찰력이 뛰어나다는 내 말을 문자 그대로 정확한 진실이라 받아들여도 좋다네."

"자네보다 어린가?"

"나보다 일곱 살 많은 형일세."

"어떻게 사람들에게 알려지지 않은 거지?"

"오, 아는 사람들 사이에서는 꽤 유명하다네."

"그럼, 어떤 사람들인데?"

"음, 예를 들면 디오게네스[04] 클럽 같은 곳이지."

나는 그런 이름의 모임은 전혀 들어본 적이 없었다. 내 얼굴 표정에도 그런 생각이 나타나 있는 것을 보자, 셜록 홈즈는 시계를 꺼냈다.

"디오게네스는 런던에서 가장 괴상한 클럽이고, 내 형인 마이크로프트는 가장 괴상한 사람 중의 하나이지. 형은 다섯 시 십오 분 전부터 여덟 시 이십 분 전까지 그곳에 있어. 지금이 여섯시니까, 자네가 이 아름다운 저녁에 산책을 할 생각이 있다면 그 신기한 인물과 클럽을 소개해주고 싶군."

오 분 후에 우리는 리젠트 광장을 향해 걷고 있었다.

---

04 고대 그리스의 철학자. 견유학파. 알렉산드로스(알렉산더) 대왕이 찾아와 소원을 물었을 때, 태양을 가리지 말고 비키라고 했던 일화가 유명하다.

"자네는 아마,"

내 동료가 말했다.

"어째서 마이크로프트 형이 자신의 능력을 탐정 일에 쓰지 않는지 궁금할 걸세. 형에겐 그런 능력이 없다네."

"하지만 자네가 말하기를……"

"내가 말한 건 관찰과 추론에 있어서 형이 나보다 뛰어나다는 거였지. 만약 탐정 일이 처음부터 끝까지 안락의자에 앉아서 할 수 있는 거라면, 내 형이 세상 누구보다 뛰어난 범죄 전문가가 되었을 거야. 하지만 형은 야망도 없고 열정도 없거든. 자신의 해답이 맞았는지 확인하는 것조차 싫어하고, 자신이 맞는 걸 증명하려 애쓰느니 차라리 틀렸다고 인정해버리지. 나는 여러 번 형에게 문제를 들고 가서 해답을 얻어왔는데, 나중에 확인해보면 모두가 정확하다는 걸 알 수 있었네. 하지만 사건을 배심원이나 판사에게 가져가기 위해, 실제적으로 꼭 필요한 증거들을 모으는 능력이 전혀 없지."

"그럼, 직업은 그 분야가 아니겠군?"

"전혀 아니야. 나에게는 생계수단인 것이 형에게는 애호가의 취미일 뿐이지. 형은 숫자에 대단한 재능이 있어서, 몇 군데 정부 부처의 장부를 회계 감사하는 일을 하고 있네. 펠멜[05]에서 사는데, 매일 같이 걸어서 모퉁이 하나를 돌아 화이트홀[06]에 갔다가 저녁에 돌아오지. 일 년 내내 다른 운동이라곤 하지 않고, 다른 곳에 가지도 않아. 오직 가는 곳이라곤 디오게네스 클럽인데, 그것도 형이 사는 집 바로

---

05 Pall Mall : 런던 웨스트민스터에 있는 거리.

06 Whitehall : 런던 웨스트민스터의 트라팔가 광장과 팔러먼트 사이의 거리. 런던 중심가이며, 관청이 밀집해 있다.

앞에 있다네."

"그 클럽은 들어본 적이 없군."

"아마 그럴 거야. 자네도 알다시피 런던에는 소심하거나 ,인간을 혐오하는 까닭에 타인과 교제하길 바라지 않는 사람들이 많이 있잖나. 하지만 편안한 의자나 최신호 잡지를 싫어하는 건 아니거든. 디오게네스 클럽은 이런 사람들의 편의를 위해서 시작되었고, 지금은 런던에서 가장 내성적이고 비사교적인 사람들이 모여 있다네. 다른 회원에 조금이라도 관심을 두는 것은 금지되어 있지. 객실 외의 장소에서는 어떤 일이 있어도 대화를 해서는 안 되고, 세 번 이상 어긴 것이 위원회에 알려지면 제명될 수도 있어. 내 형은 그 클럽 창립자 중의 한 명인데, 나도 그곳에 가면 마음이 아주 편안해지는 것을 느낀다네."

이야기하는 동안 우리는 펠멜 가(街)에 도착했고, 세인트 제임스 가(街) 끝에서부터 죽 걸어 내려갔다. 셜록 홈즈는 칼튼 클럽[07]에서 조금 떨어진 문 앞에 멈춰 서서, 나에게 말하지 말라는 주의를 준 다음, 앞장서서 현관으로 들어갔다. 유리창 너머로 커다랗고 호화스러운 방이 얼핏 보였고, 꽤 많은 사람들이 각자의 작은 은신처에 앉아 신문을 읽고 있는 모습도 볼 수 있었다. 홈즈는 나를 펠멜이 내다보이는 작은 방으로 데려갔다. 그리고 잠시 나갔다가 한 사람과 같이 돌아왔는데, 한 눈에 그의 형이란 걸 알 수 있었다.

마이크로프트는 셜록보다 훨씬 큰 키에 체격이 좋았다. 살이 꽤

---

07   the Carlton : 대표적인 보수당의 클럽으로 1832년 설립되었다.

쩐데다 얼굴도 컸지만, 동생의 특징이라 할 수 있는 예리함이 얼굴에 나타나 있었다. 그의 눈동자는 독특하게 밝고 옅은 회색이었는데, 꿈꾸는 듯, 자기성찰을 하는 듯 보이는 눈이었다. 그것은 셜록 홈즈가 자신의 힘을 최대한으로 발휘할 때만 볼 수 있는 것이었다.

"만나서 반갑소."

그는 바다표범의 물갈퀴 같은 넓고 편평한 손을 내밀며 말했다.

"선생께서 셜록의 사건을 기록해주신 이후로 어디서나 동생의 얘기를 들을 수 있게 되었소. 그나저나, 셜록, 지난주에 네가 장원저택 사건을 상담하러 찾아올 줄 알았다. 너한테는 좀 벅찬 일이라 생각했지."

"아니, 내가 해결했는걸."

내 친구는 웃으며 말했다

"애덤이었지, 물론?"

"맞아. 애덤이었어."

"처음부터 그렇게 확신했었지."

두 사람은 클럽의 내닫이창에 함께 걸터앉았다.

"사람에 대해 연구하기엔 여기가 최적의 장소야."

마이크로프트가 말했다.

"저기 훌륭한 표본들을 보라구! 이쪽을 향해서 오고 있는 저 두 사람을 예로 들어볼까."

"당구 점수 계수인과 그 옆에 있는 사람?"

"그렇지. 옆에 있는 사람은 누구라 생각하나?"

그 두 사람은 창문의 맞은편에 멈춰 섰다. 그들 중 한사람을 당구와 관련해서 생각할 수 있는 표시는 오직 조끼 주머니 위에 묻은 초크 자국뿐이었다. 또 다른 사람은 아주 키가 작고 까무잡잡한 남자였는데, 모자는 뒤로 젖혀 썼고 옆구리에는 물건 몇 개를 끼고 있었다.

"내가 보기엔 고참 군인인걸."

셜록 홈즈가 말했다.

"그리고 최근에 제대했지."

형이 덧붙였다.

"인도에서 복무했어."

"하사관이지."

"포병출신이야."

셜록 홈즈가 말했다.

"그리고 홀아비로군."

"아이가 하나 있어."

"하나가 아니지, 아이 하나는 아니야."

"이런."

내가 웃으며 말했다.

"좀 지나치신 것 같습니다."

"확실하다네."

홈즈가 대답했다.

"저 남자의 행동, 권위적인 태도, 햇볕에 그을린 피부를 보면 군인이라는 것과 사병 이상의 계급이며 인도에서 돌아온 지 얼마 되지 않았다는 걸 쉽게 알 수 있지."

"군화를 아직도 신고 있는 걸 보니 제대한지 얼마 안됐다는 것을 알 수 있소."

마이크로프트가 말했다.

"기병의 걸음걸이가 아닌데다, 모자를 한쪽으로 쓰고 있었기 때문에 이마가 한쪽은 타고 한쪽은 타지 않았소. 체중으로 볼 때 공병은 아니오. 포병에 있었지요.

그리고 비탄에 잠긴 표정을 보니 최근에 아주 소중한 사람을 잃었소. 스스로 장을 보고 있으니 아마도 그의 부인일거요. 보시다시피 아이들 장난감을 샀소. 딸랑이인 걸 보니 아이 중 하나는 아주 어리다는 거요. 부인은 아이를 낳다가 세상을 떠난 것이 틀림없소. 옆구리에 그림책을 끼고 있다는 사실은 또 다른 아이가 있다는 걸 짐작케 하지요."

나는 형이 자신보다 예리한 능력을 가지고 있다는 내 친구의 말이 이해되기 시작했다. 홈즈는 나를 슬쩍 보며 웃어보였다. 마이크로프트는 거북 껍질로 만든 상자에서 코담배를 꺼내 냄새를 맡고는, 붉은 색의 넓은 실크 손수건으로 옷에 떨어진 담배 가루를 털어냈다.

"그나저나 말이야, 셜록."

마이크로프트가 말했다.

"내 판단으로 생각해볼 때, 네가 좋아할 만한 아주 독특한 사건이 하나 있어. 나는 그 사건을 파헤칠 열정이 당체 없기 때문에, 아직 미완인 상태로 남아있지. 그래도 아주 재미있는 추리의 재료가 되긴 했어. 네가 그 사건 얘기를 듣고 싶다면……"

"마이크로프트 형, 그야 물론 좋지."

홈즈의 형은 수첩에서 종이를 찢어내 휘갈겨 쓴 다음 벨을 울려 사환을 불렀고, 그 메모를 건넸다.

"멜라스 씨를 이리로 건너오라고 했다."

그가 말했다.

"그는 내 위층에 사는 사람으로, 조금 알고 지내는 사이야. 그런데 걱정거리를 들고 나를 찾아왔더구나. 멜라스 씨는 내가 알기로는 그리스 혈통인데, 외국어에 아주 능통하지. 법정에서 통역을 하는 것과 노섬버랜드 애비뉴 호텔에 방문하는 동양 부자들의 가이드 노릇을 하는 것으로 살아가고 있어. 그 사람이 겪은 놀라운 경험은 직접 듣는 것이 나을 것 같구나."

몇 분 후에 키가 작고 뚱뚱한 남자가 나타났다. 올리브 색 얼굴과 숯처럼 까만 머리가 남쪽 혈통이라는 걸 분명히 말해주었지만, 말투는 교육 받은 영국 사람이었다. 그는 셜록 홈즈와 반갑게 악수를 나눴는데, 범죄 전문가가 그의 이야기를 기다리고 있다는 걸 알고 검은 눈동자가 기쁨으로 반짝였다.

"경찰은 내 말을 믿으리라 생각하지 않습니다. 정말입니다."

그는 탄식하며 말했다.

"이전엔 전혀 들어보지 못한 이야기이기 때문에, 그런 일은 있을 수가 없다고 생각하니까요. 하지만 저는 절대 마음 편하게 있을 수가 없습니다. 얼굴에 반창고를 붙이고 있는 그 불쌍한 사람이 어떻게 되었는지 알기 전에는 말입니다."

"귀 기울여 듣고 있습니다."

셜록 홈즈가 말했다.

"오늘은 수요일 저녁입니다."

멜라스 씨가 말했다.

"사건이 일어난 지 이틀 밖에 되지 않았으니, 그 날은 월요일 밤이었지요. 제 이웃께서 말씀하셨겠지만 저는 통역사입니다. 모든 언어를, 그러니까 거의 모든 언어를 통역합니다만, 제가 그리스에서 태어났고, 이름도 그리스식 이름이기 때문에 주로 하는 일은 그리스어 관련 일이지요. 오랫동안 런던에서 최고의 통역가로 일해 왔고, 호텔 쪽에서도 제 이름이 많이 알려져 있습니다.

가끔은, 드물지 않은 일입니다만, 어려움에 처한 외국인이나 밤늦게 도착해 내 도움이 필요한 여행객을 위해 곤란한 시간에 호출을 받고 나가기도 합니다. 그렇기 때문에 월요일 밤, 최신 유행의 옷으로 멋지게 차려입은 래티머 씨라는 청년이 제 방으로 와서, 영업용 마차가 기다리고 있다며 같이 가자고 했을 때 저는 놀라지 않았습니다. 그 청년이 말하기를, 그리스인 친구가 사업차 자신을 만나러 왔는데 그 친구가 자기 나라 말 외에는 전혀 할 줄 몰라서 통역사가 꼭 필요하다는 겁니다. 그 청년은 집이 켄싱턴에 있는데 좀 멀리 떨어진 곳이라며 매우 서둘렀습니다. 거리로 내려서자마자 급하게 저를 마차 안에 밀어 넣더군요.

영업용 마차라고 했습니다만, 저는 곧 제가 탄 것이 자가용 마차가 아닐까하는 의심이 들었습니다. 런던의 수치라고 할 수 있는 평범한 사륜마차보다는 훨씬 넓고 안락했으며, 낡기는 했지만 호화스러웠지요. 래티머 씨는 제 맞은편에 앉았고, 마차는 출발해 채링크로스를 지나 샤프츠버리 로(路) 쪽으로 올라갔습니다. 우리가 탄 마차가 옥스퍼드 가에 이르자, 저는 켄싱턴으로 가려면 이 길은 돌아가는 거라고 의견을 말해보았지요. 그러자 청년은 괴상한 행동을 하며 제 말을 가로막았습니다.

그는 주머니에서 납을 채운 무시무시해 보이는 곤봉을 꺼내더니, 무게와 강도를 실험하듯이 앞뒤로 몇 번을 휘두르더군요. 그리고는 아무 말 없이 그의 옆자리에 놓아두었습니다. 이런 행동을 한 뒤에 그 청년은 양쪽 창문을 올려서 닫았는데, 놀랍게도 종이를 붙여서 바깥이 안보이도록 해놓은 것이었습니다.

〈멜라스 씨, 바깥을 볼 수 없게 해서 미안합니다.〉

그가 말했습니다.

〈실은, 우리가 가는 곳을 당신에게 보여주고 싶지 않습니다. 당신이 길을 알아서 다시 찾아온다면 나로서는 불편한 일이 될 테니까요.〉

짐작하시겠지만, 그런 말을 듣자 저는 깜짝 놀랐습니다. 그는 어깨가 떡 벌어지고 강인해 보이는 젊은 청년이라, 설령 무기가 없다 해도 대항해 싸울 수가 없었을 겁니다.

〈래티머 씨, 이건 정말 이해가 안 됩니다.〉

저는 말을 더듬으며 얘기했습니다.

〈이런 행동은 불법이란 걸 아셔야합니다.〉

〈제가 좀 지나친 건 맞습니다만.〉

그가 말했습니다.

〈그만큼 보상을 해드리겠습니다. 하지만 멜라스 씨, 경고를 해두어야겠군요. 오늘밤 언제라도 사람들에게 알리려고 한다거나, 좋지 않은 행동을 한다면 아주 심각한 결과를 초래하게 될 겁니다. 당신이 어디에 있는지 아무도 모른다는 것을 명심하십시오. 그리고 이 마차

안에 있건 내 집 안에 있건, 언제나 내 손 안에 있다는 것도 역시 기억해두면 좋겠군요.〉

그는 차분하게 얘기했지만, 신경을 자극하는 그의 목소리에 저는 위협을 느꼈습니다. 저는 조용히 앉아서 대체 이런 이상한 방법으로 저를 납치해가는 이유가 뭘까 생각해봤습니다. 그것이 무엇이든 간에 저항한다는 것은 불가능했기에, 그저 어떤 일이 일어나는지 지켜볼 수밖에 없었지요.

두 시간 가까이를 달려가는 동안, 어디를 향해 가고 있는지 아무런 단서를 잡을 수가 없었습니다. 어쩌다가 마차가 덜거덕 소리를 내며 달리면 돌이 깔린 포장도로라는 것을, 조용히 달려가면 아스팔트가 깔린 도로라는 것을 알 수 있을 뿐, 이 소리의 변화 외에는 어디를 가고 있는지 짐작할 방법이 조금도 없었지요. 종이로 덮인 창문으로는 불빛도 통과하지 못했으며 전방의 유리창에는 푸른 커튼을 쳐놓았더군요. 펠멜을 떠난 시간은 일곱 시 십오 분이었는데 마침내 마차가 정지했을 때 시계를 보니 아홉 시 십 분 전이었습니다. 그 청년이 창문을 내리자 등불이 켜져 있는 아치형의 낮은 출입구가 얼핏 보였지요. 서둘러 마차에서 내려서니 그 문이 열렸습니다. 곧장 안으로 들어갔기 때문에 내 인상에 어렴풋이 남은 것은 양쪽에 잔디밭과 나무가 있다는 것뿐입니다. 그게 정원이었는지, 아니면 그냥 시골 풍경이었는지 확실하게 얘기할 수 없군요.

안에는 색깔 있는 가스등이 있었는데, 불을 낮게 조절해서 제가 볼 수 있는 건 현관이 꽤 크다는 것과 그림이 걸려있다는 것 밖에 없었습니다. 흐릿한 불빛에 의지해 문을 열어준 사람을 살펴보니, 키가 작고 천박해 보이는 얼굴에, 어깨가 앞으로 굽은 중년의 남자였습니다. 이쪽을 향해서 몸을 돌릴 때 빛이 반짝인 걸로 봐서 안경을 쓰고 있었지요.

〈해롤드, 이 분이 멜라스 씨냐?〉

그가 말했습니다.

〈네.〉

〈잘했다! 잘했어! 나쁜 의도는 없었소, 멜라스 씨. 당신이 꼭 필요하기 때문에 그랬소이다. 일을 제대로 하기만 하면 후회할 일은 없을 거요. 하지만 무슨 잔꾀라도 부리려 한다면, 신의 가호를 빌어야 될 거요.〉

그는 신경질적이고 조급한 말투로 킥킥거리는 웃음을 섞어가며 이야기했는데, 청년보다 더 무서운 상대라는 인상을 받았습니다.

〈제게 원하는 건 뭡니까?〉

제가 물었지요.

〈우리 집에 찾아온 그리스 신사에게 몇 마디 질문을 하고 그 대답을 들려주기만 하면 되오. 하지만 그 외의 다른 말을 한다면,〉

여기서 그는 또다시 신경질적으로 킥킥 웃었습니다.

〈태어나지 않는 편이 나았다고 생각하게 될 거요.〉

이렇게 말하며 그는 방문을 하나 열더니 그 안으로 저를 안내했습니다. 아주 호화롭게 꾸며진 방이었는데, 이곳도 역시 빛이라고는 불빛을 반으로 줄여놓은 등 하나 뿐이었지요. 방은 분명 넓었고, 걸어갈 때 발이 푹신하게 빠지는 카펫이 그곳의 호사스러움을 말해주는 것 같았습니다. 벨벳 의자와 하얀 대리석으로 만든 높은 벽난로 선반이 어렴풋이 보였고, 일본 갑옷 같은 것이 한쪽에 있었습니다.

등불 밑에는 의자가 하나 있었는데, 나이 든 남자가 그곳에 앉으라고 손짓했지요. 청년은 밖으로 나갔다가, 느닷없이 다른 문으로 나타났습니다. 그는 헐렁한 실내복 같은 것을 입은 신사 한 명을 이끌고 천천히 우리 앞으로 다가왔습니다. 흐릿한 불빛 아래 그를 좀 더 자세히 볼 수 있게 되었을 때, 저는 그 모습에 경악하며 몸서리치지 않을 수가 없었지요. 그는 시체처럼 창백했고 끔찍하게 말랐는데, 튀어나온 두 눈은 빛나고 있어 정신력이 강한 사람이란 걸 보여주고 있었습니다. 하지만 쇠약한 그 모습보다도 충격이었던 건 그의 얼굴에 십자 형태로 기괴하게 붙어있는 반창고였습니다. 입에도 커다란 반창고가 단단하게 붙어있었지요.

〈해롤드, 석판은 가져왔어?〉

그 이상한 남자가 쓰러지듯 의자에 앉자, 나이 든 남자가 소리쳤습니다.

〈손은 풀어줬지? 자 그럼, 석필을 줘라. 멜라스 씨, 당신이 질문을 하면 저 사람이 대답을 적을 거요. 무엇보다 먼저, 서류에 서명할 준비가 되었는지 물어보시오.〉

그 남자의 눈은 불꽃처럼 타올랐습니다.

〈절대 아니다.〉

그는 석판에 그리스어로 썼습니다.

〈어떠한 일이 있어도?〉

저는 폭군의 명령에 따라 물었습니다.

〈내가 아는 그리스 사제를 모시고, 내가 있는 앞에서 결혼해야만 한다.〉

중년의 남자는 사악하게 킬킬대며 웃었지요.

〈그럼, 네가 어떻게 될지는 알고 있나?〉

〈나는 어떻게 되어도 상관 않는다.〉

이렇게 반은 말로 하고, 반은 글로 쓰는 기묘한 대화가 이어졌습니다. 계속해서 저는 그에게 포기하고 서류에 서명할 생각이 있는지 물어봐야만 했습니다. 그리고 계속해서 저는 성난 대답을 똑같이 들어야만 했지요. 그런데 갑자기 좋은 생각이 떠올랐습니다. 각 질문마다 제 말을 짧게 붙이는 것이지요. 그들이 눈치를 채는지 알아보려고 처음에는 단순한 말을 했습니다. 그런데 아무런 눈치를 채지 못하더군요. 그래서 좀 더 위험스런 승부를 시작했습니다. 우리의 대화는 이런 식이었습니다.

〈이렇게 고집 피워야 좋을 게 없다. 당신은 누굽니까?〉

〈상관없다. 나는 런던에 처음 왔습니다.〉

〈네 운명은 네가 마음먹기에 달려있다. 여기 온지 얼마나 됐습니까?〉

〈마음대로 해라. 3주 전.〉

〈이 재산은 절대 네 것이 되지 않을 거다. 어디가 아픕니까?〉

〈악당들의 것도 되지 않을 거다. 저들이 굶기고 있습니다.〉

〈서명하면 놓아주겠다. 여긴 어딥니까?〉

〈절대 서명하지 않는다. 모릅니다.〉

〈이건 그녀를 위하는 길이 아니다. 당신 이름은?〉

〈그렇게 말하는 걸 직접 들려 달라. 크라티데스.〉

〈서명하면 만나게 해주마. 어디서 왔습니까?〉

〈그렇다면 만나지 않겠다. 아테네.〉

홈즈 씨, 오 분만 더 있었더라면 사건의 전모를 그들의 면전에서 캐낼 수 있었을 겁니다. 사건을 밝혀낼 다음 질문을 하려던 바로 그 순간, 문이 열리고 한 여자가 방 안으로 들어왔습니다. 확실히 보지는 못했지만, 그녀는 큰 키에 우아한 모습이었고, 머리카락은 검었으며, 헐렁한 흰색 가운 같은 것을 입고 있었지요.

〈해롤드!〉

그녀는 서툰 영어로 말했습니다.

〈더 이상 혼자 있기 싫어요. 이층에 있으니 외롭고……. 오, 세상에, 파울이군요!〉

마지막 말은 그리스어로 했지요. 그와 동시에 남자는 필사적인 노력으로 입술에 붙은 반창고를 잡아떼더니 〈소피! 소피!〉라고 소리지르며 그 여자에게 달려가 껴안았습니다. 하지만 그 포옹은 잠깐이었습니다. 청년이 그 여자를 붙들어 방 밖으로 밀어내버렸고, 나이든 쪽은 쇠약한 포로를 가볍게 제압해서 다른 방으로 끌고 갔기 때문입니다. 잠시 동안 저는 혼자 남아있었지요. 제가 있는 집이 어떤 곳인지 단서라도 잡을 수 있지 않을까 하는 막연한 생각에 저는 의자에서 벌떡 일어났습니다. 그런데 다행스럽게도, 집 안을 살피려고 한 발자국을 떼기도 전에 나이든 남자가 문 앞에 서서 나를 지켜보고 있는 걸 알아차렸습니다.

〈그만하면 됐소, 멜라스 씨.〉

그가 말했습니다.

〈이제 당신은 지극히 사적인 사업에 관련된 비밀을 알게 된 거요. 그리스 말을 할 줄 아는 우리 친구가 이 협상을 시작했는데 동쪽으

276

로 가야만 할 일이 생겨서 당신을 끌어들이게 되었소. 그 일을 대신 해줄 누군가가 꼭 필요했는데, 운 좋게도 당신이 뛰어나다는 걸 듣게 된 거요.〉

저는 고개를 끄덕였습니다.

〈여기 금화 오 파운드가 있소.〉

그는 저에게 다가오며 말을 했습니다.

〈이 정도면 충분하리라 보오. 하지만 명심하시오.〉

그는 제 가슴을 툭 치고 낄낄대더니 덧붙여 말했습니다.

〈다른 사람에게 이 일을 말한다면, 단 한 사람이라도 말이오. 그 때는 목숨을 부지하지 못할 것이오!〉

그 천박한 남자에게서 받은 혐오스럽고 무시무시한 느낌은 이루 말할 수가 없군요. 등불이 비추는 곳으로 그가 들어왔기 때문에 좀 더 자세히 볼 수 있었습니다. 그의 얼굴은 마르고 창백했으며, 듬성듬 성하고 뾰족한 턱수염은 가늘고 푸석했습니다. 말할 때 얼굴을 앞으로 내밀었는데 그의 입술과 눈꺼풀은 무도병[08]에 걸린 사람처럼 계속 해서 경련을 일으켰지요. 그의 기괴하고 드문드문 이어지는 웃음은 어떤 신경질환의 증상이라고 생각할 수밖에 없었습니다. 하지만, 그 얼굴이 내뿜는 공포는 강철 같은 회색으로 차갑게 반짝이는 눈에 있 었습니다. 그의 눈 깊숙한 곳에는 사악하고 냉혹한 잔인함이 담겨있 었지요.

〈당신이 발설한다면 우리가 알게 될 것이오.〉

08 〈증권회사 직원〉편 주석 참조.

그가 말했습니다.

〈우리에겐 정보망이 있으니까. 자, 마차가 기다리고 있소. 내 친구가 당신을 데려다줄 거요.〉

저는 서둘러 현관을 지나 마차에 올랐고, 나무와 정원 풍경도 또다시 얼핏 지나갔습니다. 래티머 씨는 내 뒤를 바짝 따라와 아무 말 없이 내 맞은 편 의자에 앉았지요. 창문을 올린 채, 마차는 침묵 속에서 한없이 달려갔습니다. 마침내 마차가 멈춘 것은 자정이 막 지나고 나서였습니다.

〈여기서 내리시죠, 멜라스 씨.〉

그 청년이 말했습니다.

〈집에서 먼 곳에 내리게 해서 죄송합니다만, 다른 방법이 없군요. 마차를 따라온다던가 하는 시도를 해봐야 당신만 다칠 겁입니다.〉

그는 이렇게 말하며 문을 열었지요. 제가 내리자마자 마부는 채찍을 휘둘렀고, 마차는 덜컹거리며 떠나갔습니다. 저는 멍하니 놀란 상태로 주위를 둘러보았습니다. 제가 서있는 곳은 히스[09]로 뒤덮힌 공유지 같은 곳인데, 바늘금작화 관목이 군데군데 덤불을 이루고 있었지요. 저 멀리에는 집들이 줄지어 있었고, 이층 창문에 불이 켜진 집도 간간히 보였습니다. 그리고 반대편에는 철도의 빨간 신호등이 보이더군요.

저를 내려놓고 간 마차는 이미 시야에서 사라졌습니다. 그 자리에 서서 주변을 살펴보며, 대체 여기가 어딘지 고민하고 있었는데, 어

---

09 철쭉과의 관목.

둠 속에서 누군가가 저를 향해 오는 것이 보였습니다. 그가 가까이 오자 철도 관리인이라는 걸 알 수 있었지요.

〈여기가 어딥니까?〉

제가 물었습니다.

〈완즈워스 공유지입니다.〉

그가 말했습니다.

〈런던으로 가는 기차를 탈 수 있을까요?〉

〈일 마일 정도 걸어가면 클래펌 환승역이 나오는데,〉

그가 말했지요.

〈빅토리아로 가는 막차를 탈 수 있을 겁니다.〉

홈즈 씨, 제 모험은 여기서 끝이 났습니다. 저는 그곳이 어디인지, 제가 얘기했던 그 사람이 누구인지, 어떻게 하면 그 사람을 구할 수 있는지 정말 모르겠습니다. 하지만 거기서 좋지 않은 일이 벌어지고 있다는 것은 압니다. 그래서 할 수 있다면 그 불쌍한 사람을 도와주고 싶습니다. 그 다음 날, 마이크로프트 홈즈 씨께 모든 내용을 말씀드렸고, 그 후에는 경찰에도 갔습니다."

그 기묘한 이야기를 듣고 나서, 우리는 잠시 동안 침묵 속에 앉아 있었다. 그러다 셜록 홈즈가 그의 형을 쳐다보았다.

"그래서 어떻게 했지?"

홈즈가 물었다.

마이크로프트는 보조탁자에 있던 〈데일리 뉴스〉를 집어 들었다.

"〈아테네에서 온 그리스인 신사, 이름은 파울 크라티데스, 영어를 전혀 못함. 이 사람의 행방을 알려주시는 분께 사례하겠음. 그리스 여인, 이름은 소피. 이 사람에 대해 알려주시는 분께도 같은 사례를 하겠음. X 2473〉 모든 신문에 이 내용을 실었지. 응답은 없어."

"그리스 공사관에는?"

"문의해봤어. 아무 것도 모르더군."

"그럼, 아테네 경찰국에 전보를 쳐야지."

"우리 집안의 모든 활동력을 셜록이 가지고 있다오."

마이크로프트가 나를 돌아보며 말했다.

"자, 그러면 네가 꼭 이 사건을 맡도록 해라. 좋은 결과가 나오면 내게도 알려주고."

"물론이지."

내 친구는 이렇게 대답하며 의자에서 일어났다.

"형한테도 알려주고, 멜라스 씨에게도 알려드리지요. 그나저나, 멜라스 씨. 특별히 몸조심을 해야 합니다. 이 광고를 보고 그들은 당신이 배신했다는 걸 알고 있을 테니까요."

걸어서 돌아오는 길에, 홈즈는 전신국에 들러 전보를 몇 통 보냈다.

"왓슨,"

그가 말했다.

"저녁 시간을 헛되게 보낸 건 결코 아니었군. 내가 다뤘던 흥미로운 사건 중 몇 가지는 이런 식으로 마이크로프트 형을 통해서 온 거네. 방금 들은 사건은 단 하나의 설명 밖에 없긴 하지만, 그래도 여전히 독특한 면이 있지."

"사건을 해결할 희망이 있나?"

"음, 우리가 이만큼이나 알고 있는데, 나머지를 밝혀내지 못한다면 그야말로 특이한 일이 되겠지. 자네도 우리가 들은 사건을 설명할 수 있는 가설을 가지고 있을 걸세."

"확실하진 않지만 있긴 하지."

"자네 생각은 뭔가?"

"해롤드 래티머라는 이름의 영국 청년에게 그리스 아가씨가 납치 당한 것은 확실한 것 같네."

"어디서 납치된 거지?"

"아마, 아테네겠지."

셜록 홈즈는 고개를 저었다.

"그 청년은 그리스어를 한 마디도 못해. 그 여자는 영어를 꽤 잘 하고. 그걸로 추리해본다면, 그 여자는 영국에 얼마동안 머물러 있었 고 그 청년은 그리스에 가 본 적이 없지."

"음, 그렇다면 그 아가씨가 영국을 방문했는데, 해롤드가 그녀를 꼬드겨 같이 도망가자고 한 것이겠군."

"그쪽이 더 그럴듯하지."

"그리고 오빠가, 내 생각엔 혈연관계가 틀림없다고 생각하는데, 그걸 말릴 생각으로 그리스에서 건너온 걸세. 경솔하게도 그는 청년 과 나이든 남자의 손아귀에 들어가게 된 거지. 그들은 오빠를 잡아두 고 아가씨의 재산을 자신에게 넘길 서류에 서명하라고 폭력을 휘두 른 거야. 아마도 오빠가 동생 재산을 관리했겠지. 그가 서명을 거부한 거고. 협상을 하기 위해선 통역사가 필요했을 걸세. 이전에 누군가를 쓰고 있었는데, 그를 대신해서 멜라스 씨를 데려간 거지. 그 아가씨 는 오빠가 온 것을 몰랐는데 아주 우연하게도 그를 만나게 된 거야."

"훌륭하네, 왓슨."

홈즈가 큰소리로 말했다.

"자네 얘기가 실제와 거의 들어맞을 걸세. 자네도 알겠지만 모든 카드는 우리 손에 쥐어져 있네. 단 한 가지 걱정은, 우리가 모르는 사이에 그들이 폭력적인 행동에 나서지 않을까 하는 것이지. 그들이 시간을 좀 준다면 잡을 수 있을 텐데 말이야."

"하지만 그 집이 어디에 있는지 어떻게 알겠는가?"

"글세, 우리의 추측이 맞는다면 그 여자의 이름은 소피 크라티데스일 걸세. 결혼을 했다면 예전 이름이겠지만. 어쨌든 그녀를 추적하는데 어려움은 없을 거야. 그게 우리의 가장 큰 희망이지. 그녀의 오빠는 이방인이니 아는 사람이 아무도 없을 테니까. 해롤드라는 자가 그 여자와 이런 관계를 맺은 지 꽤 시간이 지났을 걸세. 아마 적어도 몇 주는 되겠지. 오빠가 그리스에서 소식을 듣고 건너올 만한 시간이 있어야하니 말이야. 만약 그들이 그 동안에 한 장소에 살고 있었다면, 마이크로프트 형의 광고를 보고 누군가 응답을 할 가능성이 크네."

이야기를 하는 동안 우리는 베이커 가의 집에 도달했다. 먼저 계단을 올라가 우리 방의 문을 연 홈즈는 깜짝 놀라고 말았다. 그의 어깨너머로 들여다본 나 역시 똑 같이 놀랄 수밖에 없었다. 홈즈의 형, 마이크로프트가 안락의자에 앉아 담배를 피우고 있던 것이다.

"셜록, 들어와! 선생, 들어오시오!"

우리의 놀란 얼굴을 보고 웃으며, 그는 덤덤한 말투로 얘기했다.

"나에게 이런 열의가 있으리라 생각 못했겠지, 셜록? 이 사건에는 어쩐지 마음을 끄는 데가 있어서 말이야."

"어떻게 여기까지 왔어?"

"마차를 타고 널 앞질렀지."

"새로운 일이라도 생긴 건가?"

"광고를 보고 응답이 왔다."

"아!"

"네가 떠나고 몇 분 지나서 왔지."

"그래서 내용은?"

마이크로프트 홈즈는 종이를 한 장 꺼냈다.

"이거야."

그가 말했다.

"병약한 체질의 중년 남자가 크림색 종이에 제이 펜[10]으로 썼더군. 내용은 이렇지.

〈오늘 날짜 신문에 난 당신의 광고를 보고 편지 드립니다. 말씀하신 그 젊은 여인을 잘 알고 있습니다. 저를 찾아와 주신다면 그 여인의 가슴 아픈 이야기에 대해 상세히 말씀 드리지요. 그녀는 지금 베컨햄에 있는 머틀즈 저택에 살고 있습니다. – J. 데이븐포트〉

로우어 브릭스턴에서 보낸 거야."

마이크로프트 홈즈가 말했다.

"셜록, 지금 이 사람한테 달려가서 상세한 이야기를 들어야할 것 같지 않아?"

"마이크로프트 형, 그 여동생의 사연을 듣는 것보단 오빠의 목숨

---

10 J pen : 짧고 넓은 펜촉이 달린 펜.

을 구하는 것이 더 중요해. 런던 경찰청으로 가서 그렉슨 경감을 데리고 곧장 베켄험으로 가야할 것 같아. 한 사람의 목숨이 위험하니, 일분일초가 급한 상황이야."

"가는 길에 멜라스 씨를 데려가는 게 나을 것 같네."

내가 말했다.

"통역사가 필요할 걸세."

"좋은 생각이야!"

셜록 홈즈가 말했다.

"사환을 보내 사륜마차를 부르게. 곧 떠나기로 하세."

그는 이렇게 말하며 탁자 서랍을 열어, 권총을 꺼내 주머니에 넣었다.

"음,"

내가 그 모습을 보는 걸 알아챈 홈즈가 말했다.

"들은 바대로라면, 우리가 상대하고 있는 일당은 아주 위험한 것 같네."

펠멜에 있는 멜라스 씨의 방에 도착한 것은 어두워질 때 즈음이었다. 어떤 신사가 방금 찾아왔고, 그리고는 같이 나갔다고 했다.

"어디로 갔는지 아시오?"

마이크로프트 홈즈가 물었다.

"모르겠습니다."

문을 열어준 여인이 대답했다.

"제가 아는 건 그 신사 분과 함께 마차를 타고 갔다는 것뿐이에요."

"그 신사가 이름을 말했소?"

"아뇨."

"키가 크고, 잘 생긴데다 피부가 검은 젊은이 아니었소?"

"오, 아니에요. 작은 키에 안경을 썼고 얼굴이 마른 신사 분이었는데, 아주 유쾌해 보이더군요. 말하는 동안 내내 웃고 있었으니까요."

"갑시다!"

셜록 홈즈가 급하게 소리쳤다.

"점점 심각해지는군!"

경찰청을 향하여 마차를 달리며 홈즈가 말했다.

"그들이 또다시 멜라스를 잡아갔어. 멜라스는 배짱이 없는 사람이고, 그들도 지난 번 밤에 겪어봤으니 잘 알고 있을 거야. 그 악당들이 나타나는 것만으로도 멜라스는 즉각 공포에 질렸을 테지. 그들이 멜라스의 통역을 필요로 하는 것은 틀림없지만, 일이 끝나게 되면 배신했다는 이유로 처벌하려들 지도 몰라."

베컨햄으로 기차를 타고 가면 마차와 같은 시간에, 혹은 더 빠르게 도착할 수 있으리란 희망이 있었다. 하지만 경찰청에 도착해서, 그 집에 들어가는 데 필요한 법률 서류를 받고, 그렉슨 경감을 데려오는 데 한 시간이 넘게 걸렸다. 런던 브리지 역에 도착한 시각은 열 시 십오 분 전이었고, 우리 네 명이 베컨햄 역에 내린 시각은 열 시 반이었다. 마차를 타고 반 마일 정도 달리자 머틀즈 저택이 나타났다. 그곳은 도로에서 떨어진 대지 위에 세워진 커다랗고 어두운 건물이었다. 거기서 마차를 돌려보내고 우리는 다함께 진입로를 걸어 올라갔다.

"창문이 모두 컴컴한데요."

경감이 말했다.

"비어있는 집 같습니다."

"새는 날아가 버리고 빈 둥지뿐이군요."

홈즈가 말했다.

"어째서 그렇다는 겁니까?"

"무거운 짐을 실은 마차가 한 시간 전쯤에 지나갔습니다."

경감은 웃었다.

"저도 문에 달린 등불 빛으로 바퀴 자국을 보았습니다만, 짐을 실었다는 표시는 어디 있답니까?"

"같은 바퀴 자국이 다른 방향으로도 나 있는 것을 보았을 테지요? 그런데 나가는 방향의 바퀴 자국이 훨씬 더 깊었습니다. 그걸 보면 마차에 꽤 무거운 짐을 실었다는 걸 분명히 알 수 있지요."

"나보다 조금 낫군요."

경감이 어깨를 으쓱해 보이며 말했다.

"이 문은 힘으로는 쉽게 열리지 않을 겁니다. 안에서 누군가 들을지도 모르니 한번 두드려 봅시다."

경감이 문에 달린 노커[11]를 마구 두드리고 벨을 잡아 당겼지만 아무 응답이 없었다. 홈즈는 어디론가 슬며시 가더니, 잠시 뒤에 돌아왔다.

"창문을 열었습니다."

그가 말했다.

"홈즈 씨, 당신이 적이 아니라 경찰 편이라는 것이 정말 다행입니다."

11　knocker : 문을 두드리는 쇠.

286

경감은 내 친구가 교묘한 방법으로 걸쇠를 밀어낸 걸 알고, 이렇게 말했다.

"상황이 이러하니, 허락 없이 그냥 들어가야겠습니다."

우리는 차례대로 커다란 방 안에 들어갔는데, 멜라스 씨가 있었던 그 방이 틀림없었다. 경감이 제등을 밝히자, 그가 묘사했던 대로 두 개의 문과 커튼, 등불, 그리고 일본 갑옷이 나타났다. 탁자 위에는 두 개의 유리잔, 빈 브랜디 병, 먹다 남은 음식이 놓여 있었다.

"저건 뭐지?"

홈즈가 느닷없이 물었다.

우리 모두는 그대로 서서 귀를 기울였다. 낮은 신음 소리가 머리 위 쪽 어딘가에서 들려오고 있었다. 홈즈는 문을 열고 현관으로 뛰어나갔다. 불길한 신음 소리는 이층에서 들려왔다. 홈즈가 뛰어올라갔고 경감과 내가 그 뒤를 바짝 따랐다. 마이크로프트는 육중한 몸을 이끌고 힘겹게 쫓아왔다.

위층으로 올라가자 우리 앞에 세 개의 문이 나타났는데, 불길한 소리는 그 중 가운데 문에서 흘러나왔다. 그 소리는 흐릿하게 들리는 중얼거림으로 잦아들었다가 다시 날카로운 신음 소리로 높아지곤 했다. 문은 잠겨 있었지만 열쇠는 밖에 꽂혀있었다. 홈즈는 문을 열어젖히며 뛰어 들어갔다가, 곧 목덜미를 움켜쥐고 다시 나왔다.

"목탄이다!"

홈즈가 소리쳤다.

"시간이 좀 지나면 사라질 겁니다."

들여다보니, 흐릿하고 푸른 불꽃 하나가 방 안에 있는 것이 눈에 띄었다. 그 깜박이는 불빛은 방 한 가운데 놓인 작은 놋쇠 삼발이에서 나오는 것이었다. 그 불꽃은 바닥에 창백하고 기괴한 원을 그리고 있었는데, 그 뒤편의 어둠 속에서 벽을 향해 웅크린 두 사람의 희미한 모습을 볼 수 있었다. 열린 문을 통해 독을 발산하는 끔찍한 연기가 흘러나와, 우리는 숨이 막혀 기침을 해댔다. 홈즈는 계단 위로 뛰어올라가 신선한 공기를 들이마신 다음 방안으로 달려 들어가, 창문을 열어젖히고 놋쇠 삼발이를 정원으로 집어던졌다.

"곧 들어갈 수 있을 거야."

그는 숨을 헐떡이며 뛰어나왔다.

"양초는 없을까? 저런 공기에선 성냥불 하나도 켜지 못할 것 같긴 하군. 마이크로프트 형, 문 앞에서 등불을 들고 있어줘. 우리가 저 사람들을 꺼내올 테니까. 갑시다!"

우리는 달려 들어가 가스에 중독된 사람들을 붙들고 충계참까지 끌고 나왔다. 두 사람 모두 인사불성이었는데, 입술은 새파랬고 얼굴은 부풀어 올라 충혈 되어 있었으며, 눈은 튀어나와 있었다. 사실, 두 사람의 얼굴이 심하게 일그러져 있었기 때문에 검은 턱수염과 뚱뚱한 체구가 아니었더라면, 그들 중 하나가 바로 몇 시간 전에 디오게네스 클럽에서 헤어졌던 그리스어 통역사라는 걸 알아보지 못했을 것이다. 그의 손과 발은 단단하게 묶여 있었고 한쪽 눈에는 심하게 맞은 자국이 있었다. 또 다른 사람 역시 묶여 있었는데, 키가 크고 극도로 여윈 상태였고, 얼굴에는 반창고가 기괴한 형태로 붙어 있었다. 우리가 바닥에 눕히자 그는 신음 소리를 그쳤다. 한 눈에 보아도 그를 구하기엔 너무 늦었다는 걸 알 수 있었다. 하지만 멜라스 씨는 아직 살아 있었다. 암모니아와 브랜디의 도움으로 그는 한 시간도 채 못되어 정신을 차렸다. 그가 눈을 뜨는 걸 기쁘게 바라보며 나는, 죽음의 어두운 계곡에서 그를 내 손으로 구해냈다는 만족감을 느꼈다.

그가 들려준 이야기는 간단했고, 우리가 한 추리를 그대로 확증해주었다. 그의 방으로 찾아온 자는 소매에서 호신용 곤봉을 꺼내들고 당장 죽이겠다고 위협하며 그를 또다시 납치했다. 사실, 멜라스 씨는 그 자에 대해 얘기할 때마다 손을 떨었고 뺨은 창백해졌기 때문에, 킥킥거리며 웃는 그 악당이 불쌍한 통역사에게 최면술이라도 걸어놓은 것만 같았다. 납치되어 곧장 베켄헴으로 끌려간 그는 두 번째로 통역을 하게 되었는데, 이번에는 처음보다 더 극적이었다. 두 영국인은 그들이 잡아가둔 포로에게 요구대로 서명을 하지 않으면 당장 죽이겠다고 협박했다. 결국, 어떤 위협도 소용없다는 것을 깨닫자 그들은 그리스인을 다시 감금했고, 이번엔 멜라스 씨에게 신문 광고를 빌미로 배신의 죄를 추궁했다. 그들의 곤봉에 일격을 당한 뒤 멜라스 씨는 정신을 잃었다. 그 이후의 기억은 아무 것도 없고, 정신을 차리고 나니 우리가 그를 내려다보고 있었다고 했다.

이것이 그리스어 통역사에게 일어난 특이한 사건인데, 아직 몇 가지 문제는 풀리지 않은 채 남아 있다. 우리는 광고를 보고 편지를 보낸 그 신사와 연락을 취했고, 그 불행한 젊은 여인은 그리스의 부유한 가문 출신이며 영국에 있는 친구를 만나러 왔다는 걸 알아냈다. 그녀는 이곳에서 해롤드 래티머라는 젊은 남자를 만났는데, 그에게 빠져 하라는 대로 하게 되었고 결국은 그의 설득에 넘어가 사랑의 도피행각을 벌이게 되었다. 그녀의 친구들은 이 사건에 충격을 받았지만 아테네에 있는 그녀의 오빠에게 알리는 것으로 만족하고, 더 이상 관여하지 않았다. 영국에 도착한 오빠는 경솔하게도 래티머와 윌슨 캠프라는 이름의 그의 동료, 악질적인 범죄를 저질러왔던 자들의 손아귀 안으로 들어갔다. 두 사람은 그가 영어를 전혀 못하기 때문에 그들의 손 안에서는 무력하다는 걸 알고, 붙잡아 감금한 채 자신과 동생의 재산을 넘기는 서류에 서명하라고 폭력을 휘두르며, 식사도 주지 않았다. 그들은 여동생 몰래 그를 집안에 가뒀고, 혹시 그를 언뜻 보더라도 알아보지 못하게 반창고를 얼굴에 붙였다. 그러나 통역사가 첫 번째 오던 날, 여인의 직감으로 그녀는 위장한 모습을 꿰뚫고 그를 한 눈에 알아보았다. 하지만 그 여인도 역시 감금된 상태였다. 그 저택에는 마부와 그의 부인 외엔 아무도 없었는데, 그 둘 역시 악당의 앞잡이에 불과했다. 두 악당은 비밀이 탄로 난데다, 감금한 포로가 마음대로 되질 않자, 몇 시간 만에 짐을 정리한 뒤 그 여인을 데리고 임대주택을 떠나 도망갔다. 떠나기 전에 그들은 자신의 말을 듣지 않고 반항했던 남자와 비밀을 발설한 남자에게 보복을 한 것이다.

몇 달이 지나, 부다페스트로부터 흥미로운 신문 기사 하나가 도착했다. 어떤 여인과 여행 중이던 영국 남자 두 명이 비극적인 결말을 맞이했다는 내용이었다. 그들은 칼로 서로를 찔렀는데, 헝가리 경찰이 발표하기를, 싸움을 하다가 서로에게 치명적인 상처를 입힌 것 같다고 했다. 하지만 홈즈의 의견은 달랐다. 만약 그 그리스 여인을 만나게 된다면 그녀 자신과 오빠에 대한 복수를 어떻게 했는지 듣게 되리라 아직도 믿고 있다.

해군 조약문

　　내가 결혼한 다음 달인 7월은 세 가지 흥미로운 사건이 일어난 것으로 기억되는데, 그로 인해 나는 홈즈와 교분을 쌓고 그의 방식을 연구할 수 있는 특권을 누릴 수 있었다. 이 사건들은 내 노트 속에 〈두 번째 얼룩〉, 〈해군 조약문〉, 〈피곤한 선장〉 등의 제목으로 기록되어 있다. 그런데 이들 중 첫 번째 사건은 중대한 이해관계가 걸려있고 영국의 수많은 귀족 가문과 관련된 일이기 때문에, 공개하는 것은 앞으로 오랫동안 불가능한 일이다. 하지만 홈즈가 맡았던 사건 중, 이것만큼 그의 분석 방법의 가치를 명백히 예증하고, 그를 아는 사람들에게 강렬한 인상을 남긴 사건은 없다. 나는 홈즈가 지엽적인 문제에 에너지를 낭비하고 있던 파리 경찰청의 뒤뷔크 씨와 단치히[01]의 유명한 전문가 프리츠 폰 발트바움에게 사건의 진실을 설명해주었던 대화 내용을 거의 그대로 적은 보고서를 아직도 가지고 있다. 어찌되었든, 아무런 걱정 없이 이 이야기를 하려면 새로운 세기가 와야만 가능할 것이다. 한편, 두 번째 사건에 대해 이야기해 보자면, 그 역시 한 때는 국가적으로 중대한 사건이 될 가능성이 있었고, 아주 독특한 성격의

01　Danzig : 그단스크의 독일명. 발트해에 면한 폴란드의 항구 도시.

사건으로 기록되어 있다.

학창 시절 나는 퍼시 펠프스라는 이름의 친구와 가깝게 지냈는데, 나이는 나와 같았지만 2학년 위인 친구였다. 그는 아주 똑똑한 소년이어서 학교에서 주는 상은 모두 가져갔고, 졸업 후엔 장학금을 받으며 케임브리지로 입학해서 눈부신 경력을 계속 이어갔다. 내 기억에 그는 집안이 아주 좋았다. 우리 모두가 꼬마였을 때조차도 그의 외삼촌이 유명한 보수당 정치가, 홀더스트 경이라는 걸 알 정도였다. 이런 화려한 친척 관계도 학교에선 큰 소용이 없었다. 오히려 그 때문에 우리는 운동장에서 그를 괴롭히고 막대기로 정강이를 때리면서 통쾌함을 느끼곤 했다. 하지만 그가 사회로 나가자 완전히 달라졌다. 나는 그가 자신의 능력과 배경 덕택에 외무부의 좋은 자리에 올라갔다는 소식을 얼핏 들었고 그 후엔 완전히 잊어버렸다. 그러다 이 편지를 받고서야 그를 다시 떠올리게 되었다.

워킹[02]의 브라이어브레이 저택에서.

친애하는 왓슨,

자네가 3학년일 때 5학년이었던 '올챙이' 펠프스를 기억하리라 믿네. 외삼촌의 영향력으로 내가 외무부의 훌륭한 자리에 임명된 것을 자네도 아마 들었을 걸세. 나는 책임 있고 영예로운 자리에 있었지만, 갑작스레 끔찍한 불행이 닥쳐와 내 경력을 날려버릴 지경에 처해있다네.

여기에 그 불쾌한 사건을 자세히 쓸 필요는 없을 것 같군. 자네가 내 부

---

02 Woking : 서리에 있는 큰 도시. 런던에서 남서쪽으로 20마일 정도 떨어져 있다.

탁을 들어준다면 그때 내가 직접 이야기하도록 하겠네. 나는 뇌염으로 9주 동안 앓다가 이제 막 회복된 터라 몹시 허약한 상태라네. 자네 친구 홈즈 씨를 데리고 나를 보러 내려올 수 있겠나? 경찰 당국은 더 이상 할 수 있는 일이 없다고 하지만, 홈즈 씨의 의견을 구하고 싶네. 될 수 있는 대로 빨리 그분을 데리고 와주게. 끔찍한 불안 속에 살고 있으니 일 분이 한 시간처럼 느껴진다네. 내가 좀 더 일찍 홈즈 씨에게 조언을 청하지 않은 것은 그의 재능을 몰라서가 아니라, 사건이 터진 이래 정신이 나가버렸기 때문이라고 그 분께 꼭 전해주게. 지금은 다 나았지만, 병이 재발할까봐 그 일에 대해서 깊이 생각하기가 두렵네. 보면 알겠지만, 몸이 허약한 까닭에 이 편지는 대필을 시켰다네. 부디 그분을 데려와 주게.

어린 시절 동창이었던, 퍼시 펠프스 보냄.

편지를 읽고 나니 무언가 가슴이 뭉클해지는 것이 느껴졌다. 홈즈를 데려와 달라고 반복해 부탁한 것을 보니 어쩐지 가엾은 느낌도 들었다. 아무리 어려운 일이었다 하더라도, 편지에 감동을 받은 나는 부탁을 들어주려고 노력했을 것이다. 그런데 홈즈는 그 자신의 일을 사랑하는 사람이었고, 도움을 청하는 의뢰인에게는 언제든 도와줄 준비가 되어있는 사람이었다. 내 아내 역시 지체하지 말고 홈즈에게 알려야한다고 동의했기에, 나는 아침 식사를 마치고 한 시간도 되기 전에, 베이커 가의 옛집으로 또 다시 찾아갔다.

홈즈는 실내복을 입은 채로 보조 탁자 앞에 앉아 열심히 화학 실험을 하던 중이었다. 분젠 버너의 푸르스름한 불꽃 속에서 구부러진 큰 증류기가 무섭게 끓고 있었고, 증류된 액체는 2리터 용기에 모아지고 있었다. 내가 들어갔는데도 전혀 쳐다보질 않기에, 중요한 실험이 틀림없다고 생각한 나는 안락의자에 앉아 기다렸다. 그는 유리 피펫[03]을 여러 가지 병에 넣어 몇 방울 씩 모았고, 마침내 결과물이 담긴 시험관을 탁자 위에 올려놓았다. 그의 오른 손에는 리트머스 종이 한 장이 들려 있었다.

"왓슨, 이제 중대한 갈림길에 도달했네."

그가 말했다.

"이 종이가 그대로 푸른색이라면 모두가 괜찮은 걸세. 그런데 만일 빨간 색으로 변한다면, 한 사람의 일생이 변하는 거지."

그는 시험관에 종이를 넣었다. 종이는 즉시 옅고 흐린 붉은 빛으로 물들었다.

"흠! 이럴 줄 알았어!"

그가 소리쳤다.

"왓슨, 잠깐만 기다려주게. 페르시안 슬리퍼 안에 담배가 있을 거야."

그는 탁자 쪽으로 몸을 돌려 전보 몇 장을 휘갈겨 쓰고, 급사에게 건네주었다. 그리고는 내 맞은 편 의자에 풀썩 앉더니, 무릎을 들어 올린 후 두 손으로 가늘고 긴 정강이를 끌어 안았다.

"아주 평범한 살인사건일세."

그가 말했다.

"자네는 좀 괜찮은 사건을 갖고 왔을 것 같군. 왓슨, 자넨 사건을 물어다주는 귀중한 바다제비일세. 어떤 사건인가?"

나는 편지를 건넸고, 홈즈는 주의 깊게 집중해서 읽었다.

---

03 pipette : 미량의 액체를 측정하거나 옮길 때 쓰이는 도구.

"상세한 내용은 없군. 안 그런가?"

그는 이렇게 말하며 편지를 내게 돌려주었다.

"별로 없지."

"그래도 필체는 흥미로운 걸."

"그건 직접 쓴 것이 아닐세."

"맞아. 여자가 썼네."

"그럴 리가! 남자일세."

내가 큰 목소리로 말했다.

"아니, 여자가 맞네. 그것도 독특한 성격의 여자일세. 조사를 시작함에 있어서, 의뢰인이 흔치 않은 성격의 인물과 가깝다는 걸 안 건 의미가 있지. 그 사람이 좋은 사람이건 나쁜 사람이건 말이야. 벌써 사건이 흥미로워졌네. 자네만 괜찮다면 당장 워킹으로 가서 불행한 사건에 빠져있는 외교관과 편지를 받아 쓴 여인을 만나보기로 하세."

우리는 다행히 워털루 역에서 이른 시간에 출발하는 기차를 탈 수 있었고, 한 시간도 채 지나지 않아 워킹의 전나무 숲과 히스 관목 사이를 걸을 수 있었다. 브라이어브레이는 광대한 대지 위에 세워진 단독 주택으로, 역에서부터 걸어서 몇 분밖에 걸리지 않았다. 명함을 들여보내자 우리는 우아하게 꾸며진 응접실로 안내되었고, 그곳에서 약간 기다리니 약간 뚱뚱한 남자가 들어와 친절하게 우리를 맞았다. 그의 나이는 30대보단 40대에 가까웠지만, 볼은 발그레하고 눈빛은 쾌활해 보여서, 아직까지도 포동포동한 얼굴에 장난기 많은 소년 같은 인상이 남아있었다.

"이곳까지 와주셔서 정말 고맙습니다."

그는 반가운 마음을 드러내며 악수를 했다.

"퍼시가 아침 내내 여러분이 오셨냐고 묻고 있습니다. 불쌍한 녀석, 지푸라기라도 잡으려고 하고 있지요. 퍼시의 부모님이 저한테 여러분을 맞이하라고 했습니다. 그 일에 대해 얘기하는 것조차 고통스러운 일이기 때문이지요."

"아직 자세한 이야기를 듣지 못했습니다."

홈즈가 말했다.

"제가 보기에 가족 분은 아니신 것 같군요."

그 남자는 놀란 듯 했는데, 아래쪽을 힐끗 내려다보고는 웃기 시작했다.

"제 로켓[04]에 〈J. H.〉라고 쓴 모노그램[05]을 보시고 아셨군요."

그가 말했다.

"잠깐 동안은 무슨 재주라도 부린 줄 알았습니다. 제 이름은 조셉 해리슨입니다. 그리고 퍼시가 제 누이동생 애니와 결혼할 예정이니, 적어도 사돈관계는 될 거 같군요. 그의 방에 제 누이동생이 있지요. 지난 두 달 동안 그의 손발이 되어 간호를 했습니다. 이제 가보는 게 좋을 것 같군요. 조바심을 내며 기다리고 있을 겁니다."

우리가 안내된 방은 응접실과 같은 층에 있었다. 반은 거실로, 반은 침실로 꾸며진 방이었고, 구석구석에는 꽃이 우아하게 장식되어 있었다. 창백하고 초췌한 청년은 열린 창가 옆 소파에 누워있었는데, 그 창을 통해 정원의 풍성한 향기와 은은한 여름 바람이 들어오고

---

04 locket : 사진, 기념품 등을 넣어 목걸이에 매다는 작은 케이스.
05 monogram : 이름의 첫 글자를 도안화해서 만든 글자.

있었다. 우리가 들어가자, 청년 옆에 앉아 있던 여인이 일어섰다.

"퍼시, 나는 갈까요?"

청년은 가지 말라는 뜻으로 그녀의 손을 붙들었다.

"잘 지냈는가, 왓슨?"

그가 진심으로 반가운 목소리로 말했다.

"콧수염을 길러서 알아보지 못하겠군. 자네도 나를 알아보기 힘들 걸세. 여기 이 분이 자네의 유명한 친구, 셜록 홈즈 씨가 맞으시겠지?"

나는 간단하게 소개를 했고, 우리 둘은 의자에 앉았다. 뚱뚱한 남자는 방을 나갔지만 그의 여동생은 병자에게 손을 잡힌 채로 남아 있었다. 그녀는 눈에 띄게 아름다운 여성이었다. 키가 좀 작고 균형에 맞지 않게 살이 약간 찌긴 했지만, 아름다운 올리브색 피부에 크고 검은 이탈리아인의 눈동자, 탐스러운 검은 머리를 가지고 있었다. 그녀의 아름다운 빛깔은 병자의 흰 얼굴과 대조가 되어 그를 더욱 야위고 초췌하게 보이게 했다.

"시간 낭비는 하지 않겠습니다."

그가 소파에서 몸을 일으키며 말했다.

"곧장 본론으로 들어가기로 하지요. 홈즈 씨, 저는 행복하고 성공적인 삶을 살아왔지만, 결혼을 앞두고 갑작스레 끔찍한 불행이 닥쳐, 제 장래를 모두 파멸시키고 말았습니다.

왓슨이 말씀드렸겠지만, 저는 외무부에 있었습니다. 제 삼촌인 홀더스트 경의 배경으로 빠르게 승진할 수 있었지요. 이번 내각에서 삼촌이 외무부 장관이 된 후, 저에게 몇 가지 책임 있는 일을 맡기셨고, 저는 언제나 성공적으로 처리했습니다. 그래서 삼촌은 저의 능력과 솜씨를 완전히 신뢰하게 되었지요.

약 10주 전, 정확히 말하자면 5월 23일, 삼촌이 저를 개인 사무실로 부르시더니, 제가 처리한 일을 칭찬하시더군요. 그리고는 제가 해야 할 새로운 중요한 일이 있는데, 믿고 맡긴다고 하셨습니다.

〈이건,〉

삼촌은 책상에서 회색 종이 두루마기를 꺼내며 말했습니다.

〈영국과 이탈리아 간 비밀 조약의 원본이다. 유감스럽지만, 이미 이에 대한 소문이 퍼져나가 신문에 실리고 말았지. 정말 중요한 일은 더 이상 내용이 새어나가지 않게 하는 것이다. 이 조약의 내용을 알기 위해서라면 프랑스와 러시아 대사관이 막대한 비용까지도 지불할 거다. 내 책상을 떠나선 안 되는 것이지만 복사본을 만들어야할 필요가 생겼다. 네 사무실에 서랍이 달린 책상이 있겠지?〉

〈네. 그렇습니다.〉

〈이 조약문을 가져가서 거기에 넣고 자물쇠로 잠가라. 너만 남고 다른 사람은 퇴근하도록 지시를 내리겠다. 그러면 다른 사람이 쳐다보는 걸 신경 쓰지 않고 편안하게 베껴 쓸 수 있을 거다. 일을 끝낸 다음에는, 원본과 사본 모두 책상에 넣고 자물쇠를 채워라. 그리고 내일 아침 내게 은밀하게 가져 오너라.〉

저는 그 문서를 받아들고……."

"잠깐만."

홈즈가 말했다.

"그 이야기를 하는 동안 다른 사람은 없었습니까?"

"물론입니다."

"큰 방이었나요?"

"사방이 30피트[06]입니다."

"방 한 가운데 있었습니까?"

"네. 거의 그렇습니다."

"낮은 목소리로 얘기했나요?"

"삼촌은 항상 아주 낮은 목소리로 얘기합니다. 저는 거의 얘기하지 않았구요."

"고맙습니다."

홈즈는 눈을 감으며 말했다.

"계속해 주시지요."

"저는 삼촌이 지시한 그대로 했습니다. 다른 직원들이 모두 떠날 때까지 기다렸지요. 제 방에 있는 직원 중 한 명인 찰스 고로가 밀린 일을 하고 있었기에, 저는 나가서 저녁을 먹었습니다. 돌아와 보니 퇴근했더군요. 저는 서둘러 일을 했습니다. 조셉, 그러니까 좀 전에 만나셨던 해리슨 씨가 시내에 와 있었는데, 11시 기차를 타고 워킹에 갈 예정이어서 가능하다면 저도 같이 가고 싶었기 때문이지요.

조약문을 살펴보자마자 저는 삼촌이 그토록 중요하다고 얘기한 것이 과장이 아니라는 걸 알았습니다. 상세하게 말씀 드릴 수는 없지만, 삼국 동맹[07]에 대한 대영제국의 입장을 규정짓고, 프랑스 함대가 지중해에서 이탈리아보다 절대적인 주도권을 쥐게 될 경우 이 나라가 취할 정책을 예시한 것이지요. 순전히 해군과 관련된 문제만 다루고

06 약 9.1미터. 1피트는 약 30.48cm

07 1882년, 독일, 오스트리아, 이탈리아 간에 체결된 비밀 동맹. 가맹국이 프랑스 등, 다른 열강 으로부터 공격을 받을 경우 군사원조를 한다는 것이 주된 내용이다.

있었습니다. 문서의 끝에는 고위 관리의 서명이 있었지요. 한 번 훑어 본 후에 저는 베끼는 작업을 시작했습니다.

조약은 프랑스어로 쓴 것으로, 조항이 26개나 되는 긴 문서였습니다. 최대한 빨리 베껴 썼습니다만, 9시가 되었는데도 9조항까지 밖에 하지 못했지요. 기차를 타는 건 가망이 없어 보였습니다. 하루 종일 일에 시달렸던 데다 저녁 식사 후의 식곤증으로 졸리고 정신이 멍해지더군요. 커피 한 잔 마시면 정신이 날 것 같았습니다. 계단 밑에 작은 수위실이 있는데 그곳에서 수위가 밤새 근무하며, 사무실에서 철야 하는 직원을 위해서 알코올램프로 커피를 끓여주곤 합니다. 그래서 저는 벨을 울려 수위를 불렀습니다.

호출을 받고 나타난 사람은 놀랍게도 여자였습니다. 몸집은 뚱뚱하고 천박한 얼굴에 나이가 꽤 들었는데 앞치마를 두르고 있더군요. 그녀가 말하기를 자신은 수위의 부인인데 잡역부로 일한다고 했습니다. 저는 커피를 부탁했지요.

두 조항을 더 쓰고 나니 더욱 졸음이 쏟아졌습니다. 저는 다리를 펴느라 자리에서 일어나 방안을 왔다 갔다 했습니다. 커피를 아직도 가져오질 않아, 늦는 이유가 무엇인지 궁금해지더군요. 이유를 알아보려고 문을 열고 복도로 나갔습니다. 제가 일하는 방에서 나오면 희미한 등이 켜져 있는 복도가 직선으로 이어져 있는데, 그곳이 유일한 출입구입니다. 복도 끝에는 곡선으로 휘어지는 계단이 있고 그 아래에는 수위실이 있지요. 계단을 반쯤 내려간 곳에는 작은 층계참이 있고, 거기엔 또 다른 통로가 오른쪽으로 있습니다. 이 두 번째 통로는 좁은 계단으로 이어지는데, 그 계단은 고용인들이 사용하는 옆문으로 통하게 되지요. 찰스 가(街)에서 오는 직원들이 지름길로 이용하기도 합니다. 여기 대략적인 약도가 있습니다."

(층계참, 수위실, 정문, 화이트홀)

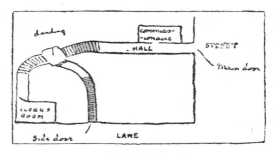

(사무실, 옆문, 길)

"감사합니다. 이해가 잘 되는군요."

셜록 홈즈가 말했다.

"이제부터 주의 깊게 들으셔야할 중요한 부분입니다. 저는 계단을 내려가 현관으로 갔습니다. 수위는 수위실 안에서 깊이 잠들어 있었고, 주전자는 알코올램프 위에서 펄펄 끓어 바닥으로 물이 넘치고 있더군요. 손을 내밀어 여전히 정신없이 자고 있는 수위를 흔들어 깨우려는 찰나, 그의 머리 위쪽에 있는 벨이 시끄럽게 울렸습니다. 수위는 깜짝 놀라 깨어났지요.

〈펠프스 씨!〉

그는 이렇게 말하며 어리둥절한 표정으로 바라봤습니다.

〈커피가 되었는지 알아보려고 내려왔다네.〉

〈주전자에 물을 끓이다가 잠이 들고 말았습니다.〉

수위는 저를 본 다음, 아직도 흔들리고 있는 벨을 올려다보더니 한층 당황한 표정이 되었지요.

〈펠프스 씨가 여기 계시는데, 누가 벨을 울리는 겁니까?〉

그가 물었습니다.

〈벨이라니?〉

제가 말했지요.

〈저게 무슨 벨인데 그러는가?〉

〈펠프스 씨가 일하는 방과 연결된 벨입니다.〉

싸늘하게 심장이 얼어붙는 것 같았습니다. 그렇다면 귀중한 조약
문이 책상 위에 놓여있는 방 안에 누군가가 있다는 말이니까요. 저는
미친 듯이 계단을 올라가 복도를 뛰어갔습니다. 홈즈 씨, 복도에는 아
무도 없었습니다. 방 안에도 아무도 없었습니다. 모든 것이 제가 나가
던 때 그대로였는데, 제가 맡은 문서만이 책상에서 사라진 것입니다.
복사본은 그대로 있었지만 원본은 없어졌습니다."

홈즈는 자리를 고쳐 앉으며 두 손을 마주 비볐다. 나는 그가 이
사건에 마음을 완전히 빼앗겼다는 걸 알 수 있었다.

"그 다음엔 어떻게 했습니까?"

홈즈가 중얼거리듯 말했다.

"저는 즉각적으로 도둑이 옆문을 통해서 들어왔다는 걸 알았습
니다. 다른 길이라면 당연히 저와 마주쳤을 테니까요."

"아까 불빛이 희미하다고 얘기했는데, 범인이 그동안 방이나 복도
에 숨어 있었다고 생각하진 않습니까?"

"그건 절대 불가능합니다. 쥐 한 마리라도 방이나 복도에 숨어 있
을 곳이 없습니다. 몸을 가릴 만한 곳이 전혀 없으니까요."

"알겠습니다. 계속 이야기 하시지요."

"제 얼굴이 창백해지는 것을 보고 무언가 안좋은 일이 생겼다는 걸 눈치 챈 수위는 저를 따라 위층으로 올라왔습니다. 우리 둘은 복도를 뛰어가 찰스 가로 향하는 가파른 계단을 내려갔습니다. 계단 끝에 있는 문은 닫혀 있었지만 잠겨 있지는 않았지요. 그 문을 밀치고 뛰어나갔습니다. 그때 근처 교회에서 종소리가 세 번 울렸던 것을 분명히 기억하고 있습니다. 열 시 십오 분 전이었지요."

"그건 아주 중요하군요."

이렇게 말하며 홈즈는 셔츠 소매에 메모를 했다.

"가늘고 미적지근한 비가 내리는, 아주 어두운 밤이었습니다. 찰스 가에는 아무도 없었지만 저쪽 끝에 있는 화이트홀에는 언제나처럼 교통이 복잡했지요. 모자도 쓰지 않은 채 우리는 포장도로를 따라 달려갔습니다. 모퉁이 끝에 이르자 경찰 한 명이 서있는 것이 보였습니다.

〈강도 사건입니다.〉

제가 숨을 헐떡이며 말했습니다.

〈외무부 사무실에서 굉장히 중요한 문서를 도난당했습니다. 누군가 이 길을 지나가지 않았나요?〉

〈십오 분 동안 여기 서있었습니다만,〉

경찰이 말했습니다.

〈그동안 지나간 사람은 딱 한 사람뿐입니다. 키가 크고 나이 든 여자인데, 페이즐리 숄을 걸쳤습니다.〉

〈아, 그 사람은 제 아내일 뿐입니다.〉

수위가 소리쳤습니다.

〈다른 사람은 지나가지 않았나요?〉

〈아무도 지나가지 않았습니다.〉

〈그러면 도둑은 틀림없이 다른 길로 갔을 겁니다.〉

수위는 제 소매를 당기며 외쳤습니다. 하지만 저는 그 말이 믿어지지 않았고, 수위가 저를 다른 길로 끌고 가려는 것이 점점 의심스러워졌습니다.

〈그 여자는 어디로 갔습니까?〉

제가 큰소리로 물었습니다.

〈모르겠습니다. 지나가는 건 봤습니다만, 특별히 신경 써서 볼 이유가 없었거든요. 급하게 가는 것 같았습니다.〉

〈얼마나 지났습니까?〉

〈오, 그리 오래 되지 않았습니다.〉

〈오 분 정도 지났나요?〉

〈글쎄요, 오 분 이상은 안됐을 겁니다.〉

〈펠프스 씨, 이건 시간 낭비입니다. 지금 일 분도 지체할 수 없어요.〉

수위가 소리쳤습니다.

〈제 말을 믿으세요. 제 아내는 이 일과 아무런 관련이 없어요. 저쪽 길로 가봅시다. 에이, 싫다면, 제가 가지요.〉

수위는 그리고는 반대 방향으로 뛰어갔습니다. 하지만 제가 곧장 그 뒤를 따라가 소매를 붙잡았습니다.

〈자네 집은 어딘가?〉

제가 물었습니다.

〈브릭스턴의 아이비 길, 16번지입니다.〉

그가 대답했습니다.

〈그렇지만 펠프스 씨, 잘못된 단서를 따라가면 안 됩니다. 저 반대편 거리로 가서 뭐라도 찾을 수 있는지 알아봅시다.〉

그의 말을 따른다고 해서 나쁠 것은 없었습니다. 우리는 경찰관과 함께 서둘러 뛰어갔지요. 그러나 거리엔 마차가 가득 했고, 오고가는 수많은 사람들로 붐비고 있었습니다. 모두가 비가 내리는 밤을 피해 편안한 곳으로 돌아가느라 정신이 없었지요. 누가 지나갔는지 말해줄 여유 있는 사람은 하나도 없었습니다.

그래서 우리는 사무실로 돌아와 계단과 통로를 살펴봤습니다만 아무 소득이 없었습니다. 사무실로 향하는 복도에는 크림색 리놀륨이 깔려 있어서 쉽게 자국이 남습니다. 그곳도 세밀하게 살펴봤지만 발자국 같은 건 하나도 나오지 않았지요."

"저녁 내내 비가 왔습니까?"

"일곱 시 정도부터 왔습니다."

"그 여인이 방에 들어온 시각이 아홉 시니까, 그녀의 신발에 진흙이 잔뜩 묻었을 텐데요. 그런데도 어떻게 발자국이 남아있지 않은 거지요?"

"그 점을 지적해 주셔서 고맙습니다. 그 당시 저도 그런 생각을 했습니다. 잡역부로 일하는 여자는 수위실에서 신발을 벗고 천으로 된 슬리퍼로 갈아 신는 것이 관습이라더군요."

"잘 알았습니다. 그러니까 비가 오는 밤이었지만 아무런 발자국은 없었다는 거지요? 정말 흥미로운 사건의 연속이군요. 다음은 어떻게 되었습니까?"

"방 안도 역시 조사했습니다. 비밀 문이 있을 리는 없고, 창문은 바닥에서 30피트나 됩니다. 두 개 있는 창문 모두 안에서 잠겨있었지요. 카펫이 깔려 있어서 바닥에 숨겨진 문이 있을 리도 없고, 천정은 평범한 회반죽 칠을 했습니다. 문서를 훔쳐간 사람이 누구든 간에 문을 통해 들어왔다는 데에 제 목숨을 걸어도 좋습니다."

"벽난로는 어떻습니까?"

"벽난로는 없습니다. 난로 하나가 있을 뿐이지요. 벨을 울리는 줄은 제 책상 바로 오른쪽에 있는 철사에 달려 있습니다. 누구든 간에 벨을 울리려고 책상 오른쪽까지 갔던 것이 틀림없습니다. 하지만 어떤 범인이 벨을 울린단 말입니까? 이게 정말 풀리지 않는 수수께끼입니다."

"그건 정말 이상한 일이군요. 그 다음엔 어떻게 했습니까? 방을 조사하면서, 침입자가 어떤 단서를 남기지 않았는지 살펴봤겠지요? 담배꽁초나, 떨어뜨리고 간 장갑, 머리핀, 그런 것들 말입니다."

"아무 것도 없었습니다."

"냄새도?"

"음, 그건 생각도 못했군요."

"아, 조사하는 데 있어 담배 냄새가 큰 도움이 되기도 합니다."

"저는 담배를 전혀 피우지 않으니까 만약 그곳에 담배 냄새가 있었다면 분명 알았을 겁니다. 거기엔 정말 단서라고는 하나도 없었습니다. 오직 하나 확실한 사실은 수위의 아내, 탠지 부인이 그곳에서 서둘러 떠났다는 것뿐입니다. 수위는 부인이 항상 그 시간에 집에 간다는 것 외엔 별다른 설명을 하지 못했지요. 경찰관과 저는 부인이 문서를 가져갔다고 추정하고, 그걸 없애기 전에 붙잡는 것이 최선책이라는 데에 의견이 일치했습니다.

그때쯤은 경찰청에도 연락이 닿았기 때문에, 형사 포브스 씨가 곧장 출동을 해서 열정적으로 이 사건에 참여했습니다. 우리는 마차를 빌려 타고 반시간을 달려, 수위가 알려준 주소에 도착했지요. 젊은 여자가 문을 열어주었는데, 나중에 알고 보니 탠지 부인의 큰 딸이었습니다. 그녀의 어머니는 아직 돌아오지 않았으므로 우리는 거실에 들어가 기다렸습니다.

약 10분 쯤 지나니 문을 두드리는 소리가 들리더군요. 그런데 여기서 후회할 만한 큰 실수 하나를 저지르고 말았습니다. 우리가 직접 문을 열지 않고 딸이 열도록 그냥 놔둔 것이지요. 그녀가 말하는 소리가 들렸습니다.

〈어머니, 두 남자가 집안에 들어와서 기다리고 있어요.〉

그리고는 곧이어 복도를 잰걸음으로 뛰어가는 소리가 났습니다. 포브스가 문을 열어젖혔고, 우리는 서둘러 뒷방인지 주방인지 하는 곳으로 뛰어갔는데 그 여자가 이미 와있더군요. 그녀는 도전적인 눈빛으로 우리를 쏘아봤습니다. 그러다 갑자기 저를 알아보고는 깜짝 놀란 표정을 지었습니다.

〈어, 관청에 계시는 펠프스 씨 아닌가요?〉

그녀가 소리쳤습니다.

〈이봐, 우리를 누구라고 생각했기에 도망 간 거지?〉

포브스 형사가 물었습니다.

〈빚쟁이인줄 알았어요.〉

그녀가 말했습니다.

〈상점 주인과 문제가 있어서요.〉

〈그런 변명은 통하지 않아.〉

포브스가 말했습니다.

〈우린 당신이 외무부 사무실에서 중요한 문서를 가져갔고, 그걸 숨기려고 여기까지 달려왔다는 걸 알고 있소. 경찰청으로 함께 가서 조사를 받아야겠소.〉

그녀는 항의하며 거부했지만 소용이 없었지요. 사륜마차를 불러 우리 세 명 모두 타고 돌아왔습니다. 그전에 주방을 조사했지요. 그녀가 혼자 있을 때 서류를 처분하지 않았을까 해서, 특히 주방에 있는 화덕을 자세히 살펴보았습니다. 하지만 작은 종이조각도, 타고 남은 재도, 아무 흔적도 찾을 수 없었습니다. 경찰청에 도착한 뒤 그녀는 즉시 여성 조사관에게 넘겨졌습니다. 저는 불안감에 휩싸인 채 조사 결과가 나오기를 기다렸지요. 문서는 나오지 않았습니다.

그러자, 제가 처한 끔찍한 상황이 처음으로 실감이 나더군요. 그때까지는 뛰어다니고 있었고, 그러다보니 머리가 마비되어 있던 겁니다. 그 조약문을 금방 다시 찾으리라 믿었기에 그걸 잃어버릴 경우 어떤 결과가 나타날지는 생각도 하지 않았습니다. 하지만 더 이상 할 수 있는 일이 없어지자, 내 상황이 어떤지 파악할 시간이 생긴 거지요. 끔찍한 일이었습니다! 왓슨이 말씀드렸겠지만, 학창시절 저는 소심하고 예민한 아이였습니다. 타고난 본성이지요. 삼촌과 내각의 관리들을 떠올려보았습니다. 그분들뿐만 아니라, 나 자신, 저와 관련된

308

모든 사람들에게 치욕을 안겨다 준 겁니다. 제가 기이한 사고의 희생자라고 해도 무슨 소용이 있겠습니까? 외교적인 이해관계가 걸려있는 일에는 사고라 할지라도 용납이 되지않는 겁니다. 저는 파멸했습니다. 치욕적인데다, 절망적인 파멸입니다. 제가 무슨 일을 했는지 모르겠습니다. 아마도 큰 소동을 벌인 것 같습니다. 경찰들이 둘러싸고 저를 안정시키려고 하던 것이 어렴풋이 기억납니다. 경찰관 한 명이 워털루 역까지 태워주었고 워킹으로 가는 기차 안까지 안내해주었지요. 이웃에 사는 의사 페리어 선생을 만나지 않았다면 그 경찰관이 함께 기차를 타고 저를 집까지 데려다 주었을 겁니다. 의사 선생은 친절하게도 저를 맡아주었습니다. 정말 잘된 일이었지요. 저는 역에서 발작을 일으켰고, 집에 도착하기도 전에 완전히 미쳐 발광하는 병자가 되었기 때문입니다.

의사 선생의 벨소리를 듣고 잠에서 깨어난 집안 식구들이 이런 상태에 빠진 저를 보고 어땠을지 짐작하실 겁니다. 옆에 있는 애니와 제 어머니는 가슴이 무너졌습니다. 페리어 선생은 역에서 경찰관으로부터 설명을 들었기 때문에 원인이 무엇인지 잘 알고 있었지요. 하지만 원인을 아는 것만으로는 소용이 없었습니다. 제가 오랫동안 앓아 누울 것은 명백했기에, 조셉이 이 쾌적한 침실에서 쫓겨났고, 이 방은 제 병실이 되었습니다. 홈즈 씨, 저는 9주가 넘는 시간 동안 뇌염으로 인해 헛소리를 해대며 인사불성인 상태로 누워 있었지요. 여기 있는 해리슨 양과 의사의 보살핌이 없었다면, 지금 이렇게 말을 할 수도 없었을 겁니다. 미쳐서 발작을 하면 무슨 짓을 저지를지 몰랐기 때문에, 낮에는 애니가 간호를 했고, 밤에는 고용된 간호사가 저를 돌보았습니다. 서서히 정신이 맑아졌습니다만, 기억이 완전히 회복된 것은 삼 일 밖에 되지 않았습니다. 가끔씩은 아예 기억이 돌아오지 않았기를 바라기도 합니다. 처음으로 제가 한 일은, 이 사건을 맡고 있는 포브스 씨게 전보를 치는 것이었지요. 그는 이곳에 와서, 모든 방법을 다 써보았지만 아무런 단서를 찾지 못했다고 얘기하더군요. 수위와 그 부인에 대해선 여러 방면으로 조사를 했는데, 혐의점을 발견하지 못했다고 했습니다. 그러자 경찰은 고로 청년에게 혐의를 두고 있는데, 기억하시겠지만, 그날 밤 사무실에서 늦게까지 남아있던 사람입니다. 그가 혐의를 받는 이유는 늦게까지 있었다는 것, 그리고 이름이 프랑스 계통이라는 것, 이 두 가지뿐이지요. 그러나 사실을 말하자면, 저는 고로가 가기 전까지 일을 시작하지 않았습니다. 그리고 그가 위그노[08] 혈통 집안이기는 해도, 저나 여러분과 동일한 정서, 동일한 전통을 지닌 토종 영국인이지요. 그가 어떤 식으로든 사건과 연관되었다는 증거가 나오지 않자, 조사는 중단되었습니다. 홈즈 씨, 당신이야말로 제 마지막 희망입니다. 당신마저 실패한다면 제 명예도 직위도 영원히 잃어버리고 말 것입니다."

긴 이야기 끝에 지쳐버린 병자는 쿠션 위로 몸을 눕혔고, 간호하는 여인은 강장제를 유리컵에 따라서 주었다. 홈즈는 머리를 뒤로 젖히고 눈을 감은 채 조용히 앉아있었다. 모르는 사람이라면 무관심한 태도라 하겠지만, 나는 그가 온 신경을 모아 집중한 상태라는 걸 알고 있었다.

---

08 프랑스 신교도. 16,17세기의 칼뱅파를 말한다.

"아주 명확하게 설명해주셨기 때문에,"

마침내 홈즈가 입을 열었다.

"질문할 것이 거의 없군요. 그런데 아주 중요한 질문이 하나 있습니다. 이 특별한 임무를 맡았다는 걸 누구에게든 이야기한 적이 있습니까?"

"없습니다."

"예를 들자면, 여기 있는 해리슨 양에게도 얘기하지 않았나요?"

"아닙니다. 임무를 맡고 일을 시작할 때까지 워킹에 온 적이 없습니다."

"그러면 가족들 중 누군가가 우연히 당신을 보려고 들른 건 아닐까요?"

"아닙니다."

"가족들 중에 어느 누구라도 사무실 구조를 아는 사람이 있나요?"

"아, 있습니다. 가족들 모두 데리고 간 적이 있지요."

"물론, 아무에게도 조약문에 대해 이야기하지 않았다면 이런 질문은 무의미한 것이겠군요."

"말하지 않았습니다."

"수위에 대해 아는 바가 있습니까?"

"군인 출신이라는 것 외에는 아는 게 없습니다."

"어느 연대인가요?"

"아, 그건 들어본 적이 있습니다. 콜드스트림 근위대입니다."

"고맙습니다. 상세한 이야기는 포브스로부터 들을 수 있겠군요. 경찰 당국은 사실 자료를 수집하는 데에 뛰어나지요. 항상 그걸 잘 이용하는 건 아닙니다만. 정말 아름다운 장미군요!"

홈즈는 소파를 지나 문이 열린 창가로 걸어가, 늘어진 장미[09]의 줄기를 집어 들고 붉은빛과 푸른빛의 미려한 조화를 내려다보았다. 그건 홈즈의 새로운 면이었다. 나는 그가 자연의 사물에 강한 관심을 가지는 걸 이제껏 본 적이 없기 때문이다.

"종교만큼 연역적 추론이 필요한 곳은 없습니다."

그는 등을 덧문에 기대며 말했다.

"논리적인 추론을 통해 종교를 정밀한 과학으로 정립할 수 있는 것이지요. 신의 섭리에 대한 지고한 증거는 바로 이 꽃 안에 있습니다. 권력욕이라든가 욕망, 식욕 등은 인간의 존재를 위해서 일차적으로 필요한 것들이지요. 하지만 이 장미는 그 범위 밖의 여분인 것입니다. 이 꽃의 향기와 색깔은 삶을 꾸미는 장식이지, 필수품은 아닙니다. 오직 신의 자애로움만이 이런 여분을 만드는 것이지요. 그러니 다시 한 번 말하건대, 우리는 이 꽃을 보고 희망을 가져야합니다."

홈즈가 이런 논리를 설명하는 동안 퍼시 펠프스와 해리슨 양은 그를 쳐다보고 있었다. 그들의 표정에는 놀라움과 깊은 실망이 나타났다. 홈즈는 손가락 사이에 장미를 낀 채로 몽상에 잠겼다. 그대로 몇 분이 지나자 해리슨 양이 끼어들었다.

"홈즈 씨, 이 수수께끼를 해결할 가능성이 있는 건가요?"

그녀의 말투에는 신랄함이 있었다.

"오, 수수께끼!"

---

09 원문에는 moss rose라고 쓰여 있다. moss rose 또는 rose moss는 이끼 장미로 번역하기도 하는데, 이는 학명 Portulaca grandiflora로 대명화, 따꽃으로도 불리는 채송화를 뜻한다. 하지만 여기서는 문맥을 고려하여 장미로 번역하였다.

312

움찔 놀라며 홈즈는 몽상에서 깨어났다.

"음, 이 사건이 매우 난해하고 복잡하다는 걸 부정한다면 올바른 일이 아니겠지요. 하지만 사건을 조사해보고 무언가 나온다면 알려드리겠습니다."

"단서를 찾으셨나요?"

"일곱 개 단서를 주셨습니다만, 물론 살펴보기 전에는 그 단서의 중요성을 말씀 드릴 수 없군요."

"누군가 의심이 가는 사람이 있습니까?"

"저는, 제 자신을 의심합니다."

"네?"

"지나치게 빠르게 결론에 도달할 것 같아서입니다."

"그러면 런던으로 가서 결론을 확인하세요."

"아주 훌륭한 충고이군요. 해리슨 양."

홈즈는 이렇게 말하며 일어났다.

"왓슨, 이제 가는 게 좋을 것 같군. 펠프스 씨, 섣부른 희망에 빠지지 마십시오. 이 사건은 복잡하게 엉켜있으니까요."

"다시 뵙기를 고대하고 있겠습니다."

그 외교관이 큰 소리로 말했다.

"음, 내일 같은 시각 기차를 타고 올 겁니다만, 그다지 좋은 결과를 알려드릴 것 같진 않군요."

"다시 오신다는 약속을 하시니 고맙습니다."

의뢰인이 말했다.

"무언가 진행되고 있다는 것만으로도 활력이 느껴지는군요. 그런데, 홀더스트 경으로부터 편지가 왔습니다."

"흠! 뭐라고 하시던가요?"

"냉정하긴 했지만 모질게 말씀하진 않으셨습니다. 제가 많이 아프기 때문에 심한 말은 하지 않으신 듯합니다. 사건의 중대성에 대해 다시 얘기하셨고, 제 건강이 회복되기 전까지는 장래에 관한 문제, 즉 해고에 대한 건 미뤄두겠다고 덧붙이셨습니다. 그러니까 저로서는 불행을 만회할 기회가 생긴 것이지요."

"합리적이고 배려있는 말씀이시군요."

홈즈가 말했다.

"자, 왓슨, 런던으로 돌아가 할 일이 많다네."

조셉 해리슨 씨가 우리를 역까지 태워다 주었고, 우리는 곧 포츠머스[10]에서 오는 기차에 몸을 싣고 돌아갈 수 있었다. 홈즈는 깊은 생각에 빠져 클래펌 환승역을 지날 때까지 전혀 입을 열지 않았다.

"이렇게 빠르게 달려가는 기차를 타고, 저 아래에 있는 집들을 내려다보면서 런던으로 들어가는 것은 아주 즐거운 일일세."

바깥 풍경은 지저분하기만 했기 때문에 나는 홈즈가 농담을 하는 줄 알았다. 하지만 곧 그가 설명을 덧붙였다.

"슬레이트 지붕 위로 떠오른 저 크고 외로이 서있는 건물들을 보게. 마치 회색빛 바다 위의 벽돌섬처럼 말이야."

"기숙학교로군."

"등대일세, 이 사람아! 미래의 횃불이야! 빛나는 작은 씨앗을 수

10　영국 남부 햄프셔에 있는 항구 도시.

백 개씩 담은 캡슐이지. 저 안에서 더 현명하고 더 나은 영국의 장래가 튀어나오는 걸세. 아마도 그 남자, 펠프스는 술을 마시지 않겠지?"

"그럴 걸세."

"그렇겠지. 하지만 모든 가능성을 계산에 넣어두는 것이 좋아. 그 불쌍한 녀석이 매우 깊은 수렁에 빠진 것은 확실하네만, 우리가 그를 꺼내줄 수 있을지는 모르겠군. 자네는 해리슨 양에 대해서 어떻게 생각하나?"

"강한 성격을 가진 여성이더군."

"맞아. 하지만 착한 쪽이지. 내가 잘못 판단한 게 아니라면 말이야. 그녀와 오빠는 노섬벌랜드 어딘가에 있는 제철업자의 둘 뿐인 자녀들이지. 펠프스는 지난 겨울에 여행을 갔다가 해리슨 양을 만나 약혼을 했네. 그녀는 펠프스의 가족들에게 인사하려고 오빠와 함께 온 것이지. 그런데 큰 사건이 터지자 애인을 간호하기 위해 남아있게 되었고, 오빠인 조셉은 살기가 꽤 편하다는 걸 알고, 그 역시 머물게 되었네. 그 동안 독립적으로 조사를 좀 했지. 그런데 오늘은 하루 종일 조사에 매달려야 하겠군."

"내 병원은,"

내가 말을 꺼냈다.

"아, 자네 일이 내 사건보다 더 흥미롭다면야,"

홈즈는 퉁명스럽게 말했다.

"병원은 하루 이틀 정도 내버려둬도 괜찮다는 얘기를 하려던 걸세. 요즘이 일 년 중 가장 한가한 때거든."

"아주 잘됐네."

홈즈는 다시 기분 좋은 목소리로 말했다.

"그럼, 이 사건을 같이 조사해 보세. 먼저 포브스를 만나는 것으로 시작해야겠군. 아마도 우리가 바라는 상세한 내용을 모두 말해줄 수 있을 거야. 그러면 이 사건을 어느 쪽에서 접근해야할 지 알게 되겠지."

"단서가 있다고 말했잖은가."

"음, 몇 가지 있기는 해도, 조사를 더 해봐야 그 단서의 가치를 파악할 수 있겠지. 추적하기 가장 어려운 범죄는 목적 없이 저지른 것이네. 이 사건은 목적이 없는 범죄가 아니야. 그럼 누가 이 일로 이득을 볼까? 프랑스 대사가 있고, 러시아도 있고, 그 어느 쪽이든 팔아넘기려는 자가 있겠지. 그리고 홀더스트 경도 있고."

"홀더스트 경이라니!"

"그런 문서가 사고로 없어져버린다 해도, 유감스럽지 않은 위치에 있는 정치가를 생각해볼 수 있네."

"홀더스트와 같은 영예로운 경력을 가진 정치가라면 그럴 리가 없겠지."

"가능성이 있다면 무시할 수 없는 거니까. 오늘 고귀하신 경을 만나볼 걸세. 무슨 얘기를 하는지 들어보면 알 수 있겠지. 그나저나, 나는 조사를 이미 시작했네."

"벌써?"

"응. 워킹 역에서 런던의 모든 신문에 전보를 쳤어. 이 광고가 신문에 나올 걸세."

그는 수첩에서 찢어낸 종이 한 장을 내게 건넸다. 연필로 휘갈겨 쓴 글씨였다.

〈보상금 10파운드 - 5월 23일 저녁 10시 15분 전, 찰스 가에 있는 외무부 건물 문 앞이나 근처에서 승객을 내려준 영업용 마차의 번호를 아는 사람은 베이커 가, 221B로 연락바람.〉

"도둑이 마차를 타고 왔다고 확신하는 건가?"

"그렇지 않더라도, 손해 볼 것은 없지. 하지만 그 사무실이나 복도에 숨을 만한 곳이 없다는 펠프스 씨의 말이 맞는다면, 범인은 분명 밖에서 왔다는 말이 되네. 비오는 밤에 밖에서 온 거라면, 그리고 리놀륨 바닥에 축축한 발자국을 남기지 않았다면, 그것도 지나간 지 몇 분 지나지 않아 조사한 것이라면, 분명 마차를 타고 왔을 가능성이 크지. 그렇게 추리해도 틀림이 없을 걸세."

"그럴 듯한 이야기군."

"그게 내가 말한 단서 중의 하나일세. 여기서 무언가를 찾을 수 있겠지. 그리고 벨에 관한 문제도 있네. 이 사건에서 가장 독특한 점이지. 왜 벨을 울렸을까? 도둑이 허세를 부리느라 울린 걸까? 아니면 누군가 도둑과 같이 있었는데 범죄를 막으려고 울린 걸까? 또는 실수로 울린 걸까? 그도 아니면……?"

홈즈는 또다시 침묵하며 깊은 생각에 빠져들었다. 그의 모든 기분 상태에 익숙한 나로서는, 무언가 새로운 가능성이 갑작스레 떠올랐다는 걸 알 수 있었다.

목적지에 도착한 시간은 세 시 이십 분이었다. 역 안에 있는 식당에서 서둘러 점심을 먹은 후에 우리는 곧장 경찰청으로 갔다. 홈즈가 이미 포브스에게 전보를 쳤기 때문에, 그는 우리를 기다리고 있었다.

키가 작고 날카로운 인상에 교활해 보이는 남자였고, 상냥한 면이라 곤 찾아볼 수가 없었다. 그는 몹시 쌀쌀한 태도로 우리를 대했다. 특히 우리가 찾아간 용건을 말하자 더욱 냉랭해졌다.

"당신의 수법에 대해선 이전에 많이 들어봤습니다. 홈즈 씨."

포브스가 신랄하게 말했다.

"경찰이 제공하는 모든 정보를 마음껏 사용하고는, 사건을 혼자서 해결하지요. 경찰에겐 치욕만 안겨주고 말입니다."

"그와는 반대로,"

홈즈가 말했다.

"최근 53건의 사건 중 내 이름이 나왔던 건 단 네 건 뿐이오. 49건은 모두 경찰의 공로로 돌아갔소. 당신은 젊고 경험이 없으니, 이런 사실을 잘 모른다고 해서 탓하지는 않겠소. 하지만 새로운 임무를 제대로 수행하고자 한다면 나를 적으로 생각하는 게 아니라, 나와 협력해서 일을 하는 게 좋을 거요."

"저야 한두 가지라도 도움을 주신다면 고맙지요."

형사는 태도를 바꾸며 말했다.

"아직까지 이 사건에선 내세울만한 성과가 없습니다."

"어떤 방식으로 수사를 했지요?"

"수위 탠지를 미행했습니다. 그는 근위대를 떠날 때 훌륭한 추천장을 받은 사람으로, 아무런 혐의점을 발견하지 못했습니다. 하지만 부인은 불량스런 여자던데요. 제 생각엔 이 사건에 대해 뭔가 아는 게 있을 겁니다."

"그 여자도 미행했소?"

"여자 경찰 한 명을 붙여뒀습니다. 탠지 부인은 술을 좋아하기 때문에, 취한 틈을 타서 여자 경찰이 접근해 같이 술을 마신 적이 두 번 있는데 아무것도 얻어내진 못했습니다."

"그 집에 빚쟁이들이 왔었다고 들었는데?"

"네. 하지만 다 갚았습니다."

"돈은 어디서 난 거요?"

"그게 문제가 없더군요. 수위가 연금을 탔습니다. 그 돈을 따로 저축해둔 것 같진 않더군요."

"펠프스 씨가 커피를 가져오라고 벨을 울렸을 때, 그녀가 호출에 응했던 것은 뭐라고 설명했소?"

"남편이 많이 피곤해 하기에 자기가 도와주고 싶었다고 하더군요."

"음, 잠시 후에 수위가 의자에서 잠들어 있는 걸 발견했으니 얘기가 일치하는군. 그러면 그 여자의 성격 외에는 다른 혐의점은 없는 셈이야. 그날 밤에 왜 그리 서둘러 갔는지 물어봤소? 급하게 갔기 때문에 경관의 주의를 끌게 되었지."

"평소보다 늦어서 집에 빨리 가려고 그랬답니다."

"당신과 펠프스 씨가 적어도 이십 분이나 늦게 쫓아갔는데, 그녀보다 먼저 도착한 점에 대해선 지적했소?"

"합승마차와 영업용 이륜마차의 차이라고 설명하더군요."

"집에 도착했을 때 뒤쪽 주방으로 달려간 이유는 뭐라고 했소?"

"빚쟁이한테 줄 돈이 거기 있었기 때문이라고 했습니다."

"모든 질문에 대답을 하긴 했군. 사무실을 떠날 때 누굴 만났거나, 찰스가에서 어슬렁대는 사람을 봤는지에 대해서도 물어봤소?"

"경관 외에는 못 봤답니다."

"음, 꽤 철저하게 심문을 한 것 같군. 그 밖에 다른 일은?"

"직원인 고로를 9주 동안 미행 했습니다만 아무런 소득이 없었습니다. 그에게선 혐의점을 찾을 수 없었지요."

"그 밖엔?"

"더 이상 할 수 있는 것이 없었습니다. 증거라곤 하나도 없었으니까요."

"벨이 울린 것에 대해선 어떻게 생각하시오?"

"솔직히 말씀드리자면, 그건 정말 모르겠습니다. 누군지는 몰라도 그렇게 경보를 울리다니 대담한 녀석입니다."

"그렇소. 정말 괴상한 일이지. 얘기해줘서 정말 고맙소. 그 자를 손에 넣으면 알려주리다. 가세, 왓슨!"

"어디로 가는 건가?"

사무실을 나오면서 내가 물었다.

"현 내각의 장관이며 장래 영국의 수상이 될 홀더스트 경을 면담하러 가네."

다행스럽게도 홀더스트 경은 아직 다우닝 가(街)[11]의 집무실에 있었다. 홈즈가 명함을 들여보내자 우리는 곧장 안으로 안내되었다. 그 정치가는 독특한 구식 관례에 따라 우리를 맞이했고, 벽난로 양쪽에 있는 호화롭고 편안한 의자에 각각 앉게 했다. 우리 둘 사이의 양탄자 위에 선 홀더스트 경은 키가 크고 말랐는데, 날카로우면서도

---

11 Downing Street : 영국의 관청이 자리 잡고 있는 런던의 거리. 외무부, 내무부 등이 있으며, 유명한 〈다우닝가 10번지〉가 총리관저이다.

사려 깊은 인상이었으며, 곱슬곱슬한 머리는 벌써 옅은 회색으로 물들어 있었다. 흔하게 볼 수 없는 진정한 귀족의 모습이 그대로 나타나있는 것 같았다.

"홈즈 씨, 그대의 이름은 익히 들어 잘 알고 있습니다."

그가 미소를 지으며 말했다.

"물론, 당신이 찾아온 목적을 모르는 척하고 있을 순 없겠지요. 이곳 외무부에서 당신의 관심을 끌만한 사건은 단 하나이니까요. 누구의 부탁으로 일하는지 물어봐도 될까요?"

"퍼시 펠프스 씨입니다."

홈즈가 대답했다.

"아, 불행한 조카로군요! 우리의 친척 관계 때문에 그 아이를 감싸주기가 더욱 힘들다는 걸 이해하시겠지요. 이 사건은 그 아이의 경력에 매우 불리한 결과를 초래할 것 같군요."

"하지만 그 조약문을 찾는다면?"

"아, 그렇다면 물론 달라지겠지요."

"홀더스트 경, 한두 가지 드리고 싶은 질문이 있습니다만."

"내가 할 수 있는 거라면 기꺼이 알려드리겠습니다."

"조약문을 복사하라고 지시한 곳이 이 방이었습니까?"

"그렇지요."

"그러면 누군가 엿들을 리는 전혀 없겠지요?"

"그야 말할 것도 없지요."

"조약문을 복사하겠다는 생각을 누군가에게 말한 적이 있습니까?"

"없습니다."

"확신하십니까."

"물론입니다."

"음, 경께서도 말씀하지 않으셨고, 펠프스 씨도 말하지 않았다면, 그 일에 대해선 아무도 모르고 있었다는 얘기가 됩니다. 그렇다면 도둑이 방에 들어온 것은 순전히 우연이었군요. 우연히 그걸 보고 가져간 겁니다."

그 정치가는 웃었다.

"그건 내 분야 밖의 일이군요."

홈즈는 잠시 동안 생각에 잠겼다.

"경께 의논드리고 싶은 중요한 문제가 또 하나 있습니다."

홈즈가 말했다.

"그 조약의 상세한 내용이 알려지게 되면 중대한 사태가 일어날 거라고 걱정하셨지요?"

표정이 풍부한 정치가의 얼굴에 그림자가 스쳐 지나갔다.

"아주 중대한 사태입니다."

"그런 일이 일어났습니까?"

"아직."

"만약 조약문이 프랑스나 러시아 대사관에 들어갔다고 가정해 보지요. 그렇다면 그 사실이 경께 알려지겠지요?"

"그렇겠지요."

홀더스트 경은 인상을 찡그리며 말했다.

"거의 10주가 경과했는데 아무 소식이 들리지 않았다면, 어떤 이유가 있어 조약문이 그들 손에 들어가지 못했다고 생각해도 틀린 건 아니겠지요?"

홀더스트 경은 어깨를 움츠려 보였다.

"하지만 홈즈 씨, 도둑이 조약문을 액자에 넣어서 걸려고 훔쳐간 건 아니지 않겠습니까."

"아마도 좋은 값을 받으려고 기다리는 거겠지요."

"그자가 조금 더 시간을 끈다면 돈을 전혀 받지 못할 겁니다. 그 조약은 몇 달 후에 공개할 예정이니까요."

"그건 가장 중요한 문제이군요."

홈즈가 말했다.

"물론 이런 가정도 해볼 수 있습니다. 도둑이 갑자기 병에 걸렸다든가,"

"예를 들자면, 뇌염 같은 병 말인가요?"

그 정치가는 번뜩이는 눈빛으로 홈즈를 흘겨보며 물었다.

"그렇게 말하진 않았습니다."

홈즈는 동요하지 않고 대답했다.

"자 그러면, 홀더스트 경. 귀중한 시간을 저희가 많이 빼앗은 것 같군요. 좋은 하루되시길 바랍니다."

"누가 범인이든 간에, 사건을 성공적으로 해결하길 빌겠습니다."

그 귀족은 이렇게 대답하며, 문 앞에서 고개를 숙여 인사했다.

"훌륭한 사람이군."

화이트홀로 들어서며 홈즈가 말했다.

"하지만 자신의 지위를 지키느라 애쓰고 있네. 돈과는 거리가 먼데, 필요한 데는 많지. 구두 밑창을 간 것을 자네도 물론 봤겠지? 왓슨, 이제 자네 일을 하도록 놔줘야겠군. 마차 광고에 대한 응답이 오지 않는다면 오늘 할 일은 아무 것도 없으니까 말이야. 하지만 내일은 오늘과 같은 시각에 기차를 타고, 워킹으로 같이 가준다면 정말 고맙겠네."

그래서 나는 다음 날 아침 홈즈를 만났고, 함께 워킹으로 내려갔다. 광고에 대한 응답도 없었고, 사건에 관련된 새로운 단서도 없다고 그는 말했다. 그는 하려고만 하면, 인디언처럼 완벽한 무표정을 지을 수 있기 때문에, 겉으로 봐서는 사건의 진행 상황에 만족하는지 아닌지를 파악하기 힘들었다. 내 기억에 의하면, 그때 우리가 나눈 대화는 베르티용[12] 인체 식별법에 대한 것이었고, 홈즈는 그 프랑스 학자에 대해 열광적인 찬사를 보냈다.

우리의 의뢰인은 여전히 헌신적인 애인의 간호를 받고 있었지만, 전날 보다는 눈에 띄게 나아보였다. 우리가 들어가자, 그는 어려움 없이 소파에서 일어나 인사를 했다.

"새로운 소식이 있습니까?"

그가 간절하게 물었다.

"예상했던 대로, 희망적인 내용은 없군요."

홈즈가 말했다.

"포브스를 만났고, 펠프스 씨의 삼촌도 만났습니다. 그리고 한두 가지 조사를 하고 있는 중인데 결과를 기다려봐야겠군요."

"그렇다면 포기하신 건 아니시죠?"

---

12 Alphonse Bertillon (1853-1914) : 프랑스의 범죄학자이며 인류학자. 베르티용 인체 식별법은 신체, 골격 등의 세밀한 측정과 신체 특징, 사진 등으로 범죄자를 밝혀내는 감식법이다. 지문 감식이 널리 쓰이기 전까지 주로 사용되었다.

"물론 아닙니다."

"그렇게 말씀해주시니 감사해요!"

해리슨 양이 소리쳤다.

"용기와 인내를 가지고 기다리면 진실이 곧 밝혀질 거예요."

"우리 쪽에서 얘기할 것이 더 많은 것 같습니다."

펠프스는 이렇게 말하며, 다시 소파에 앉았다.

"무슨 일이 일어나리라 기대하고 있었습니다."

"네. 지난 밤 동안 사건이 하나 있었는데, 심각한 일인 것 같습니다."

말을 하는 동안 그의 표정은 무거워졌고, 눈빛에는 두려움 같은 것이 나타났다.

"저도 모르는 사이에,"

그가 말했다.

"어떤 가공할 음모의 한 가운데 들어가, 명예뿐만 아니라 제 목숨까지 표적이 된 것이 아닌가 하는 생각이 들기 시작했습니다."

"아!"

홈즈가 소리쳤다.

"물론 말도 안 되는 이야기입니다. 제가 아는 한에는, 세상에 저를 적으로 생각하는 사람은 없으니까요. 하지만, 지난밤의 경험으로 볼 때, 다른 결론은 떠오르지 않는군요."

"계속 얘기해 주시지요."

"지난밤에 저는 처음으로 간호사 없이 잠을 잤다는 걸 말씀 드려야겠군요. 몸이 많이 나아졌기에 간호사가 없어도 괜찮다고 생각했습니다. 하지만 야간등은 켜놓았지요. 새벽 두 시쯤 되었을 겁니다. 얕은 잠에 들어 있던 저는 갑자기 희미한 소리를 듣고 깨어났습니다. 그건 생쥐가 판자를 갉아먹는 소리 같았는데, 저는 한동안 그런가보다 하며 누운 채로 듣고 있었지요. 그런데 소리가 점점 커지더니, 창문에서 날카로운 금속성 소리가 딸각하며 나더군요. 저는 깜짝 놀라서 일어나 앉았습니다. 그 소리가 무엇인지 이제 명확해졌습니다. 희미하게 들리던 소리는 누군가가 창틀 사이 틈으로 도구를 밀어 넣는 소리였고, 두 번째는 걸쇠를 밀어서 젖히는 소리였습니다.

십 분 정도 정적이 흘렀습니다. 그 소리에 제가 잠을 깨지나 않았는지 살펴보려는 것 같았지요. 그리고는 아주 천천히 창문을 여는, 낮은 삐걱 소리가 들려왔습니다. 제 신경이 예전 같지 않았기 때문에 저는 더 이상 참을 수가 없었습니다. 침대에서 뛰어내려와 덧문을 열어 젖혔지요. 한 남자가 창문 앞에 웅크리고 있더군요. 번개 같이 도망을 가서 잘 보지는 못했습니다. 외투 같은 걸 몸에 두르고 있었는데, 그걸로 얼굴 밑 부분까지 가리고 있었지요. 한 가지 확실한 것은 손에 무기를 들고 있었다는 겁니다. 제가 보기엔 긴 칼인 것 같았습니다. 그 자가 달아나려고 돌아설 때 번쩍이는 걸 분명히 보았지요."

"아주 흥미로운 일이군요."

홈즈가 말했다.

"그다음에 어떻게 했습니까?"

"제가 건강했다면 열린 창문을 넘어 그 자를 따라갔을 겁니다. 그럴 수가 없기 때문에 저는 벨을 울려 집안사람들을 깨웠지요. 벨은 주방에서 울리고, 하인들은 모두 위층에서 자기 때문에 시간이 좀 걸

럽니다. 그래서 소리를 질렀습니다. 그러자 조셉이 내려왔고, 그가 다른 사람들을 깨웠지요. 조셉과 마부가 창밖의 화단에서 발자국을 발견했지만, 최근 날씨가 건조했던 까닭에 잔디밭을 따라 발자국을 추적하는 건 가망이 없었습니다. 그렇지만 길 끝에 있는 나무 울타리에, 사람이 넘어가다 맨 위 난간을 부러뜨린 자국이 있다고 얘길 하더군요. 홈즈 씨의 의견을 먼저 묻는 것이 최선이라는 생각에, 아직 지역 경찰에는 아무 말도 하지 않았습니다."

의뢰인의 이야기는 셜록 홈즈에게 엄청난 영향을 끼친 것 같았다. 그는 흥분을 감추지 못하고 의자에서 일어나 방안을 왔다 갔다 했다.

"불행이란 혼자 오는 법이 없지요."

그 사건으로 인해 불안을 느끼고 있었지만, 펠프스는 미소를 지으며 말했다.

"불행은 그만하면 많이 겪은 것 같습니다."

홈즈가 말했다.

"저와 함께 집 근처를 산책하는 건 어떨까요?"

"아, 좋습니다. 햇볕을 좀 쬐고 싶군요. 조셉도 같이 가지요."

"저도 가겠어요."

해리슨 양이 말했다.

"그건 안 될 것 같습니다."

홈즈가 고개를 저으며 말했다.

"바로 그 자리에 앉아 계시기를 부탁드리겠습니다."

그 젊은 여인은 불쾌한 표정으로 다시 의자에 앉았다. 그녀의 오빠와 함께, 우리 넷은 밖으로 나갔다. 잔디밭을 돌아 그 젊은 외교관의 창문 밖에 도착했다. 그가 말한 대로 화단에 발자국이 있었지만, 흐리고 분명하지 않아서 쓸모가 없었다. 홈즈는 잠시 동안 그 앞에 몸을 숙이고 있다가 곧 일어나 어깨를 으쓱해 보였다.

"이걸 가지고는 누구도 알아내지 못할 겁니다."

그가 말했다.

"집을 한 바퀴 돌아봅시다. 강도가 하필이면 왜 이 방을 노렸는지 알아봐야겠군요. 응접실과 식당의 커다란 창문이 더 눈에 띄었을 텐데 말입니다."

"길에서 보면 그쪽이 더 잘 보이지요."

조셉 해리슨이 말했다.

"아, 물론 그렇군요. 여기 있는 문도 강도가 노릴 만한데, 무슨 문입니까?"

"상인들이 쓰는 옆문입니다. 당연히 밤에는 잠가 둡니다."

"전에도 이와 같은 일이 있었습니까?"

"전혀 없었습니다."

의뢰인이 말했다.

"금은제 식기류라든가, 밤도둑이 탐낼 만한 물건이 있나요?"

"값나가는 건 없습니다."

홈즈는 평소와 다른 무심한 태도로, 주머니에 손을 넣은 채 집주변을 거닐었다.

"그나저나,"

조셉 해리슨을 향해 말했다.

"그 자가 넘어가다 부순 울타리를 발견하셨다고 들었습니다. 다 같이 가서 보기로 하지요."

그 청년은 맨 위 난간이 부서진 울타리가 있는 곳으로 우리를 데리고 갔다. 작은 나무 조각이 매달려 있었다. 홈즈는 그걸 뜯어내 세밀하게 살펴보았다.

"지난밤에 부서진 것으로 보십니까? 좀 오래된 것 같지 않은가요?"

"글쎄요. 그럴 수도."

"누군가 저쪽으로 뛰어내린 흔적도 없습니다. 여기엔 도움이 될 만한 게 없군요. 침실로 돌아가 그 사건에 대해 얘기해봅시다."

퍼시 펠프스는 장래 처남의 팔에 기대어 아주 천천히 걸었다. 홈즈와 나는 빠르게 잔디밭을 건너갔기 때문에, 그들보다 훨씬 앞서, 열려있는 침실 창문 앞에 다다를 수 있었다.

"해리슨 양."

홈즈는 아주 신중한 태도로 이야기했다.

"하루 종일 거기에 머물러 있어야 합니다. 어떠한 일이 있어도 그 자리에서 떠나서는 안 됩니다. 정말 중요한 일입니다."

"원하신다면, 그렇게 하겠습니다. 홈즈 씨."

그 여인은 깜짝 놀라며 대답했다.

"자러 갈 때는 이 방문을 밖에서 잠그고 열쇠는 가져가십시오. 그렇게 한다고 약속해 주십시오."

"하지만, 퍼시는요?"

"그는 우리와 함께 런던으로 갈 겁니다."

"저는 여기에 남는 건가요?"

"그를 위한 일입니다. 그를 위해서 하는 거예요! 어서! 약속해 주십시오!"

그녀가 동의한다는 뜻으로 고개를 끄덕이자마자 두 사람이 나타났다.

"애니, 왜 거기서 기운 없이 앉아 있는 거냐?"

그녀의 오빠가 소리쳤다.

"햇볕이 환한 곳으로 나와야지!"

"고맙지만, 아니야. 오빠. 머리도 좀 아프고, 이 방이 시원하고 편안한 걸."

"이제 무엇을 하실 겁니까, 홈즈 씨?"

의뢰인이 물었다.

"음, 이 작은 일을 조사하느라, 중요한 사건 수사를 게을리 해서는 안 되겠지요. 우리와 함께 런던으로 가신다면 큰 도움이 될 것 같습니다."

"지금요?"

"형편이 되는 대로 빨리 가면 좋지요. 한 시간 후는 어떻습니까?"

"이제 다 나은 것 같은 기분입니다. 제가 조금이라도 도움이 된다면 좋겠군요."

"큰 도움이 될 겁니다."

"아마도 거기서 밤을 보내게 되겠지요?"

"지금 그걸 부탁드리려고 했습니다."

"그러면 밤손님이 다시 찾아온다 해도, 허탕 치게 되겠군요. 홈즈 씨, 우리는 당신께 모든 걸 맡기고 있으니, 필요한 게 있으면 확실히 말씀해 주십시오. 조셉이 함께 가서 저를 돌봐야겠지요?"

"오, 아닙니다. 아시다시피, 제 친구 왓슨이 의사이니 그가 돌봐줄 겁니다. 괜찮으시다면, 이곳에서 점심을 먹고 우리 셋이 함께 런던으로 떠나기로 하지요."

홈즈의 말대로 일은 진행되었다. 해리슨 양도 홈즈의 제안에 따라 그 침실을 떠나지 않았다. 그녀로부터 펠프스를 떼어놓으려는 것이 아니라면, 나로서는 홈즈가 어떤 목적으로 그런 전략을 세운 건지 짐작할 수 없었다. 펠프스는 건강을 되찾고, 활동을 시작하게 되었음을 기뻐하며, 우리와 같이 식당에서 점심 식사를 했다. 하지만 홈즈가 우리를 깜짝 놀라게 한 일은 아직 남아있었다. 역까지 같이 가서 우리를 기차에 태운 후, 자신은 워킹을 떠나지 않겠다고 조용히 얘기하는 것이었다.

"가기 전에 확실히 해두고 싶은 사소한 일이 한두 개 있네."

그가 말했다.

"펠프스 씨, 당신이 없는 편이 도움이 되기 때문입니다. 왓슨, 런던에 도착한 뒤 여기 친구 분과 함께 마차를 타고 곧장 베이커 가로 가서, 내가 갈 때까지 있어주면 고맙겠네. 다행히 학교 동창이니 이야기할 것이 많을 걸세. 펠프스 씨는 오늘 밤 여분의 침실을 쓰면 되겠고, 나는 아침 식사 시간에 맞춰 가겠네. 여덟 시에 워털루에 도착하는 기차가 있으니까."

"하지만 런던에서 수사하기로 한 건 어떻게 되는 겁니까?"

펠프스가 걱정스런 목소리로 물었다.

"내일 하면 됩니다. 제 생각엔, 지금 여기서 할 일이 더 급하군요."

"브라이어브레이에 가시면 내일 밤에 돌아가겠다고 전해주십시오."

기차가 플랫폼을 떠나기 시작하자 펠프스가 소리쳤다.

"브라이어브레이에는 돌아가지 않을 것 같습니다."

홈즈는 이렇게 대답하고, 역을 떠나는 기차를 향해 유쾌하게 손을 흔들었다.

펠프스와 나는 현재의 상황에 대해 이야기를 주고받았지만, 이러한 예상치 못한 전개에 대해선 우리 중 누구도 만족스런 대답을 내놓지는 못했다.

"홈즈 씨는 지난밤 강도에 대한 단서를 찾으려고 하는 것 같네. 그게 강도였다면 말이지. 나로서는, 평범한 강도였다는 생각이 들지 않는군."

"그럼 자네 생각은 뭔가?"

"자네는 내 이야기를 신경 쇠약 탓이라고 하겠지만, 나는 엄청난 정치적 음모가 내 주위를 둘러싸고 있다고 믿네. 그래서 내가 알 수 없는 어떤 이유로, 음모를 꾸민 세력이 내 목숨을 노리고 있는 것 같아. 허황되고 터무니없는 것 같지만, 사건을 잘 생각해보게! 도둑이 가져갈 것이라곤 하나도 없는데, 왜 하필 침실로 침입하려 했으며, 왜 긴 칼을 들고 들어왔겠는가?"

"그게 강도들이 쓰는 쇠지렛대가 아니라고 확신하나?"

"오, 아닐세. 그건 칼이었어. 칼날이 빛나는 것을 분명하게 봤네."

"하지만 대체 무슨 원한이 있기에 자네를 노린단 말인가?"

"아! 그게 의문일세."

"음, 홈즈도 같은 의견이라면 그의 행동이 이해가 되는군. 그렇지 않나? 자네 이론이 옳다고 가정해보세. 만약 홈즈가 어젯밤 자네를 놀라게 한 그 남자를 잡는다면, 해군 조약문을 훔친 자를 찾는 건 다 된 일이나 마찬가지지. 자네한테 적이 둘이나 있어서, 하나는 조약문을 훔치고 다른 하나는 자네 생명을 노린다는 건 말도 안 되는 일이니까."

"하지만 홈즈 씨가 브라이어브레이에는 가지 않겠다고 말하지 않았나."

"홈즈를 알고 지낸 지가 꽤 되는데."

내가 말했다.

"그가 무슨 일이든 합당한 이유 없이 하는 것을 본 적이 없다네."

그 이후로 대화는 다른 주제로 넘어갔다.

하지만 그 날은 피곤한 날이었다. 펠프스는 오래 앓았기 때문에 아직 허약했고, 잇단 재난을 겪은 탓인지 신경질적인데다 까다로웠다. 그의 관심사를 아프가니스탄이나, 인도, 사회 문제 등으로 돌리려고 했지만 번번이 실패했다. 그는 언제나 잃어버린 조약문에 대한 이야기로 돌아왔고, 홈즈가 무엇을 하고 있는지, 홀더스트 경이 어떤 조치를 내릴지, 아침에 어떤 소식을 듣게 될지 등에 대해 궁금해 하고, 추측도 해보고, 고민도 했다. 저녁이 되자 그의 흥분 상태는 더욱 심해졌다.

"자네는 홈즈 씨를 절대적으로 믿고 있지?"

그가 물었다.

"나는 홈즈가 훌륭하게 일을 처리하는 걸 보아왔네."

"하지만 이처럼 어려운 사건을 해결한 적은 없겠지?"

"오, 아닐세. 이보다 더 적은 단서를 가지고도 사건을 해결한 적이 있네."

"그래도 이처럼 커다란 이해관계가 걸린 문제는 아니었지?"

"그건 잘 모르겠네. 하지만 유럽의 세 왕실을 위해, 치명적인 명운이 달린 문제를 해결한 적이 있어."

"왓슨, 자네야 홈즈 씨를 잘 알고 있지만, 워낙 불가사의 같은 인물이라 나는 잘 모르겠네. 그는 희망이 있다고 생각할까? 그가 사건해결에 성공하리라 생각하나?"

"홈즈는 아무 말도 안했네."

"그건 좋지 않다는 뜻이로군."

"그 반대일세. 그가 실마리를 놓쳤을 때는 대개 그렇다고 이야기를 하지. 하지만 단서를 잡았을 때는, 그것이 완전히 확실하다고 판명나기 전까지 아무 말도 하지 않는다네. 이보게, 친구. 그 일에 대해서 아무리 조바심을 낸들 문제가 해결되는 건 아니니까, 이제 잠을 자는 편이 나을 것 같네. 그래야 내일 건강한 몸으로 무슨 일이든 할 수 있겠지."

친구를 설득해서 결국 내 충고대로 하게 했지만, 그의 흥분한 상태로 볼 때 잠을 잔다는 건 틀렸다는 걸 알고 있었다. 사실, 나 역시 그의 기분에 감염되어 밤새 뒤척이며 이 기이한 사건에 대해 고민하고, 수백 가지 가설도 만들어봤지만, 갈수록 말도 안 되는 이론이 될 뿐이었다. 홈즈는 왜 워킹에 남은 걸까? 왜 해리슨 양에게 하루 종일 병실에 머물러 있으라고 부탁한 걸까? 왜 브라이어브레이 저택 사람들에게 자신이 근처에 남아 있을 거란 사실을 알리지 않으려고 조심한 걸까? 나는 이 모든 사실을 설명할 수 있는 해결책을 찾으려 머리를 혹사하다가 잠이 들고 말았다.

잠에서 깬 시각은 일곱 시였다. 곧장 일어나 펠프스의 방으로 가 보니, 그는 밤새 잠을 자지 못해 수척한 얼굴이었다. 그가 처음한 말은 홈즈가 도착했냐고 묻는 것이었다.

"약속한 시간에 올 걸세."

내가 말했다.

"빠르지도 늦지도 않은 시간에 말이야."

내가 말한 대로였다. 여덟시가 조금 지나자 이륜마차가 현관 앞에 달려왔고, 내 친구가 그 안에서 내렸다. 우리는 창가에 서서 보고 있었는데, 홈즈의 왼손에는 붕대가 감겨있었고, 얼굴은 창백한데다 심각한 표정이었다. 그는 집 안으로 들어왔지만, 이층으로 올라오기까지 시간이 좀 걸렸다.

"실패한 것 같은 걸."

펠프스가 큰소리로 말했다.

나는 그 말이 맞다고 인정할 수 밖에 없었다.

"결국,"

내가 말했다.

"사건의 단서는 아마도 이곳 런던에 있는 모양일세."

펠프스는 신음하듯 말했다.

"어떻게 된 건지는 모르지만,"

그가 말했다.

"홈즈 씨가 돌아오는 것에 지나치게 큰 기대를 하고 있었던 것 같네. 그런데 어제는 저렇게 손에다 붕대를 묶고 있지 않았잖나? 무슨 일이 생긴 걸까?"

"홈즈, 다친 건 아닌가?"

친구가 방에 들어오자, 내가 물었다.

"아, 실수로 좀 긁혔을 뿐일세."

홈즈는 아침 인사로 고개를 끄덕여 보이며, 이렇게 말했다.

"펠프스 씨, 지금까지 다뤘던 사건 중에서 이번만큼 어려운 건 없던 것 같군요."

"포기하실까봐 겁이 났었습니다."

"아주 대단한 경험이었지요."

"그 붕대만 봐도 굉장한 모험이었다는 걸 알겠군."

내가 말했다.

"무슨 일이 있었는지 말해주게나."

"왓슨, 먼저 아침 식사부터 하세. 오늘 아침, 서리의 공기를 마시며 30마일을 왔다는 걸 기억해주게. 마차 광고에 대한 응답은 안 왔겠지? 뭐, 괜찮네. 항상 성공을 바랄 수는 없는 거니까."

식탁 준비를 마치고 벨을 막 울리려는데, 허드슨 부인이 차와 커피를 가지고 들어왔다. 몇 분 후에 그녀는 뚜껑이 덮인 음식을 가져왔고, 우리는 각각 식탁 앞에 앉았다. 홈즈는 몹시 굶주린 듯했고, 나는 호기심에 가득 차 있었으며, 펠프스는 무척이나 침울한 상태였다.

"허드슨 부인이 재치 있게 준비하셨군."

홈즈는 이렇게 말하며 뚜껑을 열었다. 접시에는 닭고기 카레가 담겨 있었다.

"요리 종류는 그리 다양하지 않아도, 스코틀랜드 여성답게 아침 식사가 풍성합니다. 왓슨, 자네 건 뭐가 들었나?"

"햄에그[13]일세."

내가 대답했다.

"좋군. 펠프스 씨, 뭘 드시겠습니까? 닭고기 카레? 햄에그? 아니면 앞에 놓인 걸 드실 건가요?"

"감사합니다만, 저는 아무 것도 먹을 수가 없군요."

펠프스가 말했다.

"아, 그러지 마시고, 앞에 있는 걸 좀 드시지요."

"감사합니다. 하지만 정말 먹고 싶지 않습니다."

"음, 그렇다면,"

홈즈는 장난기 가득한 눈을 반짝이며 말했다.

"제가 먹어도 반대하진 않으시겠지요?"

펠프스는 뚜껑을 들어올렸다. 순간, 비명을 지르더니, 접시 안을 빤히 쳐다보았다. 얼굴은 그가 바라보고 있는 접시처럼 하얗게 질려 있었다. 그 안에는 작은 청회색 두루마리 하나가 놓여있었다. 펠프스는 그걸 붙들고 뚫어지게 쳐다보다가 가슴에 끌어안더니, 기쁨에 찬 비명을 지르며, 미친 듯이 방 안을 뛰어다녔다. 그리고는 안락의자에 주저앉았는데, 자신의 감정을 주체 못해 기력을 쇠진하고 축 늘어진 상태였다. 우리는 그가 정신을 잃을까봐 목구멍 안으로 브랜디를 흘려 넣어주어야만 했다.

---

13 얇은 햄에 달걀 프라이를 얹은 음식.

"자아,"

홈즈는 그의 어깨를 두드려 진정시키며 말했다.

"이런 식으로 놀라게 해서 죄송합니다. 왓슨도 잘 알고 있듯이, 저는 극적인 것을 아주 좋아하는 편이라 서요."

펠프스는 홈즈의 손을 잡고 입 맞췄다.

"신의 은총이 있으시길!"

그가 소리쳤다.

"당신이 제 명예를 구해주셨습니다."

"제 명예도 걸려 있었지요."

홈즈가 말했다.

"당신이 직무 중에 실수를 범하는 걸 싫어하는 것처럼, 저 역시 사건 해결에 실패하는 걸 아주 싫어합니다."

펠프스는 그 귀중한 문서를 윗옷 안주머니 깊숙한 곳에 집어넣었다.

"아침 식사 하시는 걸 더 이상 방해할 마음은 없습니다만, 어떻게 찾아내셨고, 어디서 찾아냈는지 알고 싶어서 죽을 지경입니다."

셜록 홈즈는 커피 한 잔을 한 번에 들이키고서는 햄에그를 먹었다. 그리고는 일어나, 파이프에 불을 붙이고, 자신의 의자에 자리 잡고 앉았다.

"먼저 무엇을 했는지부터 이야기하고, 그 다음에 어째서 그렇게 했는지 얘기하기로 하지요."

홈즈가 말했다.

"기차역에서 헤어진 뒤, 저는 서리의 훌륭한 경치를 즐기며 리플

338

리[14]라는 작고 아름다운 마을까지 즐거운 산책을 했습니다. 여관에 들러 차를 마신 후, 휴대용 물병에 물을 채우고 샌드위치 한 꾸러미를 주머니에 넣었지요. 그곳에서 기다리다가 저녁이 되자, 다시 워킹으로 떠났습니다. 브라이어브레이 외곽 큰길가에 도착한 것은 해가 막 지려고 할 때였지요.

평상시에도 사람의 왕래가 많은 곳은 아니었지만, 아무도 지나가지 않을 때를 기다렸다가 담장을 넘어 마당으로 넘어갔습니다."

"대문이 분명 열려 있었을 텐데요?"

펠프스가 끼어들었다.

"그렇습니다만, 제가 이런 일에 있어서는 독특한 방식을 가지고 있지요. 전나무 세 그루가 서 있는 곳을 골라, 그 그늘 뒤에 숨어 담을 넘었기 때문에 집안에 있는 사람들에게 들킬 염려가 거의 없었습니다. 형편없게 된 내 바지 무릎을 보면 아시겠지만, 저는 몸을 웅크리고 이 덤불에서 저 덤불로 기어서, 당신의 침실 맞은편에 있는 철쭉 관목까지 접근했지요. 그곳에 웅크리고 앉아 사건의 전개를 기다렸습니다.

방 창문에 블라인드가 내려져 있지 않았기 때문에 해리슨 양이 탁자 옆에 앉아 책을 읽는 모습을 볼 수 있었습니다. 열 시 십오 분이 되자 그녀는 책을 덮고, 덧문을 잠근 다음 자러가더군요. 그녀가 방문을 닫는 소리가 들렸고, 열쇠를 돌려 자물쇠를 잠그는 걸 알 수 있었습니다.

14　Ripley : 워킹에서 남서쪽으로 4마일 정도 떨어져 있는 마을.

"열쇠를요?"

펠프스가 소리쳤다.

"그렇습니다. 자러갈 때는 문을 밖에서 잠그고 열쇠를 가져가라고 해리슨 양에게 부탁을 했지요. 그녀는 내가 시킨 그대로 했습니다. 해리슨 양의 도움이 없었더라면, 당신 윗옷 주머니에 그 문서를 넣어둘 수 없었을 겁니다. 그녀가 나간 후에 불이 꺼졌고, 나는 철쭉 관목 안에서 혼자 있게 되었습니다.

쾌적한 밤이었지만, 그래도 불침번이란 매우 지루한 일이지요. 물론, 사냥꾼이 강가에 숨어 큰 사냥감을 기다릴 때와 같은 흥분감도 있긴 합니다. 아주 오랜 시간이었지요. 얼마나 오래였냐 하면, 왓슨, 자네와 내가 〈얼룩 끈〉 사건을 수사할 때 칠흑처럼 어두운 방에서 보냈던 시간 같았네. 워킹에 있는 교회에서 종소리가 십오 분마다 들렸는데, 한두 번은 그 소리가 멈춰버린 게 아닐까 하는 생각이 들더군. 어찌 되었든, 새벽 두 시경이 되자 마침내 조심스럽게 걸쇠를 풀고, 열쇠를 돌리는 소리가 났습니다. 잠시 뒤 하인들이 쓰는 문이 열리더니 조셉 해리슨 씨가 달빛 아래로 나오더군요."

"조셉이!"

펠프스가 외쳤다.

"모자를 쓰지 않았지만, 위급할 때는 언제든 얼굴을 감출 수 있도록 어깨에 검은 망토를 걸치고 있었지요. 그는 벽의 그늘진 곳을 따라 발끝으로 걸어갔고, 창문에 다다르자 긴 칼을 창틀 사이로 밀어 넣어 걸쇠를 벗겼습니다. 그리고 창문을 활짝 열더니, 칼을 덧문 틈에 집어넣어 빗장을 올린 다음 덧문마저 열어 젖혔습니다.

내가 숨어 있던 곳에선 방 안 전체가 한 눈에 들어왔고, 그의 행동 하나하나를 잘 관찰할 수 있었습니다. 그는 벽난로 선반에 있는 양초 두 개를 켜더니, 문 근처에 있는 카펫 한쪽 끝을 접더군요. 그 다음엔 몸을 숙이고 네모난 판자를 들어 올렸습니다. 배관공이 가스 파이프를 연결할 수 있도록 만들어 놓은 곳이지요. 사실, 그 판자는 주방으로 이어지는 T자형 배관을 덮는 뚜껑이었습니다. 그는 숨겨진 장소에서 작은 종이 두루마기를 꺼냈고, 판자를 닫고 카펫을 원래대로 해놓은 뒤 양초를 불어 껐습니다. 그리고 곧장 밖으로 나오다가, 창 밖에 서있던 나와 맞닥뜨리고 말았지요.

음, 조셉은 생각했던 것보다 더 악랄한 인간이더군요. 무사처럼 칼을 휘두르며 덤벼들어, 두 번이나 때려눕혀야 했고, 칼을 쥔 손목을 잡다가 손을 베고 말았습니다. 완전히 제압당한 후에도 '죽여 버리겠다'는 듯이 한쪽 눈으로 나를 쳐다보았지요. 하지만 곧 현실을 깨닫고 문서를 내주더군요. 그걸 받은 후 조셉은 놓아줬습니다. 그래도 오늘 아침에 포브스에게 상세한 내용을 전보로 보냈습니다. 민첩하게 잡을 수 있다면 좋은 일이지요. 하지만 떠나고 난 후에야 빈 둥지를 덮치지나 않을 지 의심스럽군요. 물론, 그렇게 된다면 정부에게는 좋은 일이 되겠지요. 홀더스트 경이나 퍼시 펠프스 씨나 이 사건이 즉결 심판소로 가는 걸 바라지 않을 테니까요."

"세상에!"

의뢰인은 숨을 헐떡이며 말했다.

"고통스러웠던 10주 동안, 도둑맞은 문서가 제가 온종일 누워있었던 바로 그 방에 있었단 말입니까?"

"바로 그렇습니다."

"조셉이! 조셉이 악당이고 도둑놈이라니!"

"흠! 조셉은 외모와는 다르게, 교활하고 위험한 인물입니다. 오늘 새벽에 그에게서 들은 바로는, 주식에 손을 댔다가 큰 재산을 잃었더군요. 그 때문에 돈을 위해서라면 무엇이든 하게 된 것이지요. 눈앞에 기회가 생기면, 누이동생의 행복이나 펠프스 씨의 명예 따윈 개의치 않는 철저한 이기주의자입니다."

퍼시 펠프스는 의자 깊숙이 몸을 기댔다.

"머리가 어지럽습니다."

그가 말했다.

"이야기를 듣고 나니 정말 혼란스럽군요."

"이번 사건의 가장 어려운 점은,"

홈즈는 특유의 가르치는 듯한 말투로 얘기했다.

"너무 많은 증거가 있다는 것이었습니다. 핵심은 부수적이고 관련이 없는 사실에 가리고, 숨겨져 있었지요. 우리 앞에 놓인 모든 사실 중에서 중요하다고 생각되는 걸 골라내, 이 독특한 사건을 재구성할 수 있도록 순서대로 배열해야 했습니다. 당신이 그날 밤 조셉과 함께 집으로 돌아가려 했다는 사실에서부터, 나는 이미 그를 의심하기 시작했지요. 외무부 사무실을 잘 알고 있는 그가 집으로 가는 도중에 당신을 찾아오리라는 건 충분히 가능성이 있는 일이니까요. 누군가 침실에 들어가려고 애썼다는 얘기를 듣자, 의심은 확신으로 바뀌었습니다. 당신이 말했듯이, 의사와 함께 당신이 돌아왔을 때 조셉이 방에서 쫓겨나게 되었고, 그 방에 무언가를 감출 사람은 조셉 밖

342

에 없기 때문입니다. 특히 간호사가 없는 첫날밤에 침입 시도가 있었다는 건, 그 침입자가 집안 사정에 아주 밝은 사람이라는 걸 알려주지요."

"저는 완전히 장님이었군요!"

"제가 알아낸 바에 의하면 사건의 진실은 이렇습니다. 이 조셉 해리슨이라는 자는 찰스 가로 통하는 문으로 들어왔지요. 길을 잘 알고 있었기에 곧장 당신 사무실로 갔는데, 그때는 당신이 막 나간 직후였습니다. 방에 아무도 없자 그는 곧 벨을 울렸는데, 그 순간 책상 위에 있는 문서가 눈에 들어온 것입니다. 중대한 가치를 지닌 국가의 문서라는 걸 한 눈에 알아본 그는, 그걸 재빨리 주머니에 쑤셔 넣고 빠져 나간 것이지요. 당신도 기억하겠지만, 졸고 있던 수위가 벨이 울리는 걸 깨닫고 당신에게 얘기하기까지 몇 분이 걸렸기 때문에, 도둑이 도망치기엔 충분한 시간이었습니다.

그는 역으로 가 첫 번째 열차를 타고 워킹으로 갔습니다. 노획물을 살펴보니 정말 엄청난 가치를 지닌 물건이 틀림없었지요. 그는 안전하다고 생각되는 장소에 문서를 감추었고, 하루 이틀 지난 후에 다시 꺼내, 프랑스 대사관이든 어디든 값을 많이 쳐주는 곳으로 가져갈 생각이었습니다. 그런데 갑작스런 일이 벌어졌지요. 아무런 예고도 없이 방에서 쫓겨나왔고, 그 이후로부터는 적어도 두 명 이상이 항상 방에 있었기에, 그 보물을 되찾을 수 없던 겁니다. 조셉으로서는 미칠 것 같은 상황이었지요. 하지만 마침내 기회가 왔다는 생각이 들었습니다. 그래서 몰래 들어가려고 시도했으나, 당신이 깨어있어서 실패로 끝나게 되었지요. 그날 밤 항상 마시던 약을 드시지 않은 걸 기억하시겠지요."

"기억합니다."

"그가 바라는 효과의 약을 당신이 먹도록 조치했던 겁니다. 그래서 당신이 깨어있지 않으리라 믿었던 거지요. 물론, 그는 기회만 주어진다면 언제든 다시 침입을 시도하리란 걸 나는 알고 있었습니다. 당신이 방을 떠나게 되니, 바라던 기회를 잡은 거지요. 그가 선수를 치지 못하도록, 해리슨 양에게 하루 종일 있어달라고 부탁한 겁니다. 그리고 나서, 지키는 사람이 아무도 없다고 생각하게 만든 다음, 아까 말했듯이 감시하고 있던 것이지요. 나는 진작부터 그 문서가 방 안에 있으리라 생각했습니다만, 그걸 찾으려고 모든 마룻바닥과 스커팅[15]을 뜯어보고 싶진 않았습니다. 그렇기 때문에 그가 직접 감춰둔 장소에서 꺼내도록 한 겁니다. 많은 수고를 덜 수 있었지요. 그 밖에 내가 잘 설명하지 못한 부분이 있습니까?"

"조셉이 처음 그 방에 침입할 때, 왜 창문으로 들어가려 한 건가?"

내가 물었다.

"문으로 들어갈 수도 있지 않았을까?"

"그 방문으로 들어가려면, 일곱 개의 침실을 지나가야 하거든. 또한, 쉽게 잔디밭으로 도망칠 수도 있고 말이야. 다른 건?"

"혹시,"

펠프스가 물었다.

---

15 skirting : 마루와 맞닿은 벽의 아래 부분에 나무 판자를 붙인 것. 바닥 몰딩(floor molding), 걸레받이 등으로도 불린다.

"조셉이 저를 죽이려는 의도가 있던 건 아니겠지요? 칼은 그저 창문을 여는 도구였던 거겠죠?"

"그럴 수도 있지요."

홈즈는 어깨를 으쓱해 보이며 말했다.

"확실히 말할 수 있는 건, 조셉 해리슨이 덕을 갖춘 신사는 절대 아니라는 겁니다."

마지막 사건

    나의 친구, 셜록 홈즈를 유명하게 만들었던 그의 특이한 재능에 대해서, 이제 마지막 이야기를 쓰고자 무거운 마음으로 펜을 들었다. 그를 처음 만났던 〈주홍색 연구〉 시절에서부터, 해군 조약문 사건에 그가 관여했던 때에 이르기까지, ─ 물론 그의 관여로 심각한 국제 분쟁을 막았다는 건 말할 것도 없다 ─ 나는 그의 동료로서 함께 했던 진기한 경험을 표현하고자 애써왔다. 이제 다시 생각해보면, 조리가 없는 글에 터무니없이 부족한 내용이었지만 말이다. 나는 거기서 글쓰기를 중단하고, 내 인생에 2년이 지나도 메워지지 않는 커다란 구멍을 남긴 사건에 대해선 아무 말도 하지 않을 작정이었다. 하지만 제임스 모리아티 대령이 최근 저술에서 그의 형제를 변호하는 걸 보자, 사실을 있는 그대로 대중 앞에 밝힐 수밖에 없다는 생각에 이렇게 펜을 들게 되었다. 그 사건에 대해서 완벽한 진실을 알고 있는 사람은 나 하나뿐이고, 그 사실을 감추는 것이 더 이상 옳은 일이 아니라는 걸 깨달았다. 내가 아는 한, 이 사건이 공개적으로 활자화된 것은 단 세 번뿐이었다. 1891년 5월 6일 〈주르날 드 즈네브[01]〉, 5월 7일 로이터 통신[02]이 영국

---

01   Journal de Genève : 스위스 제네바에서 프랑스어로 발간되는 신문.
02   Reuter : 1851년 P. J. von Reuter가 설립한 영국의 통신사.

신문에 전송한 기사, 그리고 앞서 언급한 대령의 최근 저술이다. 첫 번째와 두 번째는 아주 짧은 요약문이었고, 마지막 것은, 이제부터 얘기하겠지만, 완벽한 사실 왜곡이다. 나는 이제 처음으로 모리아티 교수와 셜록 홈즈와의 사이에서 벌어진 사건의 진상에 대해 밝히고자 한다.

내가 결혼하고 개업한 이후로, 홈즈와 나의 친밀했던 관계는 어느 정도 달라졌다. 그는 여전히 사건 수사에 동료가 필요할 때면 가끔씩 나를 찾아왔지만, 그런 경우도 점점 더 줄어들게 되어, 1890년에는 단 세 개 사건 만이 내 기록에 남아있을 정도였다. 그해 겨울에서 1891년 초봄에 이르기까지, 나는 신문을 통해서 그가 프랑스 정부로부터 아주 중요한 사건을 의뢰받아 일하고 있다는 걸 알았다. 나는 그때 홈즈의 편지를 두 통 받았는데, 나르본[03]과 님[04]의 소인이 찍혀있어 프랑스에서 오랜 시간 머물러 있으리라 생각했다. 그렇기 때문에 4월 24일 저녁, 그가 진찰실에 들어왔을 때 나는 적지 않게 놀랐다. 그는 평소보다 여위고 안색이 좋지 않았다.

"음. 몸을 과하게 사용한 것 같군."

그는 내 말이 아니라, 내가 바라보는 시선에 대답했다.

"요즘 힘든 일이 좀 있네. 덧문을 닫아도 괜찮겠지?"

방 안에 있는 불빛은 내가 책을 읽느라 책상 위에 켜놓은 등잔불 하나뿐이었다. 홈즈는 벽에 몸을 붙이고 걸어가, 덧문 양쪽을 황급히 닫은 뒤 걸쇠를 단단히 채웠다.

---

03 Narbonne : 프랑스 남부에 있는 항구도시.
04 Nimes : 프랑스 남부에 있는 도시.

"뭔가 두려워할 일이라도 있나?"

"있네."

"뭔데?"

"공기총."

"이보게, 홈즈. 그게 무슨 말인가?"

"왓슨, 내가 결코 소심한 사람이 아니란 걸 자네는 잘 알고 있을 걸세. 그렇지만, 위험이 가까이 있는데도 그걸 무시하는 건 용기가 아니라 미련함이지. 성냥 좀 주겠나?"

담배 연기를 빨아들이자, 홈즈는 마음이 가라앉는 듯했다.

"이렇게 늦은 시간에 찾아온 걸 사과해야겠군."

그가 말했다.

"게다가 이상한 부탁이긴 하지만, 잠시 후 이곳을 나갈 때, 자네 집 뒷마당 담을 타고 넘어가게 해주게."

"대체 그게 다 무슨 뜻인가?"

내가 물었다.

그는 손을 내밀었는데, 등잔불 빛에 그의 손가락 관절 두 군데가 터져서 피가 흐르는 것이 보였다.

"보는 바와 같이, 허황된 이야기가 아닐세."

그는 웃으며 말했다.

"그 반대로, 한 남자의 손을 다치게 할 만큼 실제적인 일이지. 부인은 집에 있나?"

"어딜 좀 갔다네."

"잘됐군! 자네 혼자인 건가?"

"그렇지."

"그럼, 나와 함께 일주일 정도 유럽 대륙으로 가자고 부탁하기가 쉬워졌군."

"어디로?"

"오, 어디든지. 나야 어디든 상관없네."

도무지 알 수 없는 일이었다. 아무런 목적 없이 휴가를 가는 것은 홈즈의 천성이 아니었으며, 그의 창백하고 피곤한 얼굴은 극도로 긴장된 상태임을 말해주었다. 홈즈는 궁금해 하는 내 눈빛을 보더니, 두 손 끝을 마주대고 팔꿈치는 무릎에 올렸다. 그리고 상황을 설명해 주었다.

"자네는 아마 모리아티 교수에 대해서 전혀 들어본 적이 없을 테지?"

그가 말했다.

"전혀 없네."

"그게 바로 천재적이며, 경이로운 점일세."

홈즈가 소리쳤다.

"이 자는 런던에서 세력을 떨치지만, 아무도 그를 아는 사람이 없지. 이런 까닭에 그를 범죄사의 최고봉으로 꼽는 걸세. 왓슨, 진심으로 얘기하건데, 만일 내가 그 자를 쓰러뜨릴 수 있다면, 이 사회를 그의 손아귀에서 벗어나게 할 수 있다면, 나는 내 생애가 정점에 도달했다고 여기고 평온한 생활로 돌아갈 작정이네. 자네니까 하는 얘기지만, 최근 사건에서 스칸디나비아 왕족과 프랑스 정부를 도운 일로, 내게 딱 맞는 조용한 삶을 즐기며, 화학 연구에 몰두할 수 있는 지위를 얻게 되었지. 하지만 나는 견딜 수가 없네, 왓슨. 모리아티 교수 같은 자가 런던 거리를 아무 거리낌 없이 걸어 다니고 있다고 생각하면, 편안히 의자에 앉아 있을 수가 없어."

"그자가 대체 무슨 일을 한 건가?"

"그는 놀라운 경력을 가지고 있네. 훌륭한 집안에서 태어나 우수한 교육을 받았고, 수학에 대단한 재능을 타고 났네. 스물한 살 때 이항정리에 관한 논문을 써서 유럽에서 큰 호평을 받았지. 그 영향으로 영국의 작은 대학에서 수학교수직을 맡게 되었어. 모든 면으로 볼 때 빛나는 앞날이 보장되어 있던 거지. 하지만 그는 날 때부터 악마적인 성향을 가지고 있었네. 핏속에 흐르는 범죄적 기질은 순화되기는커녕, 그의 비범한 지능으로 인해 더욱 커지고, 점점 더 위험해졌지. 그를 둘러싼 좋지 않은 소문이 대학가에 퍼져 결국 교수직을 사임하지 않을 수 없게 되자, 런던으로 왔고, 여기서 육군 교관을 지냈지. 세상에 알려진 것은 여기까지야. 이제 내가 직접 알아낸 것을 말해주겠네.

"왓슨, 자네도 알겠지만, 나만큼 런던의 고등범죄에 대해 잘 파악하고 있는 사람은 없네. 몇 년 전부터 나는 범죄자의 배후에 어떤 세력이 있다는 것을 깨닫고 있었지. 끊임없이 법집행을 가로막고, 범죄자에겐 보호막이 되어주는 그런 존재 말일세. 여러 가지 종류의 범죄, 그러니까 화폐 위조, 강도, 살인 사건 등에서 이 힘의 존재를 계속해서 느껴왔고, 내가 직접 다루지 않았던 수많은 미해결 사건에서도 그 힘이 작용하고 있음을 추리해볼 수 있었네. 몇 년간 나는 그 세력을 덮고 있는 장막을 뚫으려고 노력해왔고, 결국에는 실마리를 잡아 그걸 추적해갔지. 수없는 우여곡절을 거친 후에야, 유명한 전직 수학 교수인 모리아티에 이르게 되었네.

왓슨, 그는 범죄계의 나폴레옹일세. 이 거대한 도시에서 일어난 악행의 절반과 밝혀지지 않은 범죄의 대부분은 그가 만들어낸 것이라네. 그는 천재이고 철학자이며 논리적인 사색가이지. 최고 수준의 두뇌를 가진 자야. 그는 거미줄 한 가운데에 자리 잡은 거미처럼 움직이지 않지만, 그 거미줄은 수천 군데로 뻗어나가 있고, 그 줄 하나하나가 떨리는 움직임을 잘 파악해내지. 직접 행동하는 일은 거의 없어. 계획만 세울 뿐이지. 하지만 부하가 아주 많고, 훌륭하게 조직되어 있네. 범죄가 벌어진다면, 예를 들어 서류를 훔친다던가, 어느 집을 턴다던가, 누군가를 제거하려 한다면, 그 이야기는 교수에게 들어가게 되고, 그 사건은 그의 머리를 거쳐 계획되고 실행이 되는 거야. 부하가 잡힐 수도 있겠지. 그럴 경우엔 돈으로 보석금을 내거나 변호사를 고용하는 걸세. 그렇지만 부하들을 움직이는 중심세력은 절대 잡히지 않아. 의심받는 일조차 없지. 왓슨, 이것이 바로 내가 추론해 찾아낸 조직이라네. 그리고 모든 열정을 다해 그 실체를 폭로하고, 없애버리고자 노력해왔지.

그러나 교수는 교묘한 방법으로 사방에 안전망을 설치해 놓았네. 내가 무슨 일을 하든, 법정에서 그의 유죄를 입증할 증거를 찾는 건 불가능할 것 같았지. 자네는 내 능력을 알걸세, 왓슨. 그런데 석 달이 지나자, 나는 결국 인정할 수밖에 없었네. 내 지적 능력과 동일한 적을 만났다는 것을 말이야. 그의 노련한 솜씨에 탄복하여, 그의 범죄에 대한 증오심이 사라질 정도였네. 하지만 마침내 그가 실수를 저질렀지. 아주 작은, 사소한 실수였지만 내가 바짝 따라가고 있는 상황에서, 그가 해서는 안 되는 거였네. 기회를 잡은 나는, 거기서부터 그의 주변에 그물을 치기 시작했고, 이제 거둬들일 준비가 끝났네. 사흘이면, 그러니까 다음 주 월요일이면 결실을 맺어, 교수와 그 조직의 모든 주요 일당들이 경찰의 손에 넘어갈 걸세. 그러면 금세기 최대의 형사 재판이 열리게 될 거고, 40건이 넘는 미해결 사건이 풀리게 되며, 그들 모두는 교수형을 당하게 되겠지. 그러나 섣불리 움직인다면, 마지막 순간에라도 우리의 손아귀를 빠져나가게 될 것이네.

이 일을 모리아티 교수가 알지 못하게 할 수 있었다면, 모든 게 잘 되었겠지. 하지만 그러기에는 너무도 교활한 자라네. 그는 내가 그물을 놓는 걸 하나하나 지켜보고 있었어. 계속해서 그는 빠져나가려고 애를 썼고, 나는 그때마다 앞서나갔지. 이보게, 만약 그 소리 없는 싸움을 상세하게 기록한다면, 범죄 수사 역사상 가장 놀라운 공방전으로 남을 걸세. 그토록 온 힘을 다한 것은 처음이었고, 그토록 적에게 심한 압박을 받은 것도 처음이었네. 그가 깊게 찔러오면, 나는 바로 받아쳐버렸지. 오늘 아침 나는 마지막 단계를 실행했고, 이제 사흘만 지나면 모든 일이 마무리되는 걸세. 그런데, 내 방에 앉아 그 일을 생각하고 있을 때 문이 열리더니 모리아티 교수가 내 앞에 나타났네.

왓슨, 내가 강심장이란 걸 자네도 알걸세. 하지만 내가 수없이 생각해오던 바로 그 자가 방문 앞에 서있는 것을 보자 깜짝 놀랐다는 걸 고백해야겠군. 그의 생김새는 잘 알고 있었네. 아주 키가 크고 말랐으며, 하얀 이마는 앞으로 튀어나왔고 두 눈은 깊이 들어가 있지. 말끔히 면도한 창백한 얼굴은 수도자처럼 보이는데, 어딘가 교수의 풍모가 남아있네. 공부를 많이 한 까닭에 어깨는 구부정하고, 고개는 앞으로 내밀고 있으며, 호기심 많은 파충류처럼 몸을 양옆으로 천천히 흔들고 있지. 그는 눈살을 찌푸린 채, 나에게서 무언가 캐내려는 듯이 쳐다봤네.

〈예상했던 것보다 이마 앞부분이 덜 발달했군.〉

그가 마침내 입을 열었어.

〈장전된 권총을 실내복 주머니에 넣고 만지작거리는 건 위험한 버릇이야.〉

그가 들어온 것을 보자마자, 나는 아주 위험한 상황에 처했다는 것을 알았네. 그가 생각할 수 있는 단 하나의 탈출구는 내 입을 막는 것이니까. 순간적으로 나는 서랍에서 권총을 꺼내 주머니에 넣고, 옷 안에서 겨누고 있었지. 그 말을 듣고 권총을 꺼내, 공이치기를 당겨놓은 채로 탁자 위에 놓았네. 그는 여전히 미소를 지으며 눈을 깜빡이고 있었지만, 그의 눈 속에는 무언가, 권총을 놓아두길 잘했다는 생각이 들게 하는 것이 있었지.

〈자네는 분명 내가 누군지 모를 테지.〉

그가 말했네.

〈천만에.〉

내가 대답했지.

〈아주 분명히 알고 있지. 앉으시오. 5분을 드릴 테니 할 말이 있다면 하시지.〉

〈내가 무슨 말을 하려고 왔는지 벌써 짐작하고 있을 텐데.〉

그가 말했네.

〈그렇다면 내 대답도 짐작하고 있겠군.〉

내가 대답했네.

〈계속 맞서겠다?〉

〈물론이지.〉

그는 재빨리 손을 주머니 속으로 집어넣었네. 그래서 나는 탁자 위의 권총을 집어 들었지. 하지만 그가 꺼낸 것은 그저 날짜를 적어 넣은 수첩일 뿐이었네.

〈자네는 1월 4일에 내 일을 방해했어.〉

그가 말했네.

〈23일에는 나를 불편하게 만들었지. 2월 중순에는 자네 때문에 심각한 곤란을 겪었어. 3월 말에는 내 계획에 중대한 차질을 빚게 했고, 4월이 끝나가는 지금, 자네의 계속된 압박으로 내 자유를 구속당할 실제적인 위험에 놓이게 되었지. 점점 견딜 수 없는 상황이 되고 있어.〉

〈무슨 말을 하려는 거요?〉

〈이 일에서 손을 떼라. 홈즈.〉

그는 고개를 가로저으며 말했네.

〈손을 떼야한다는 걸 알고 있을 테지.〉

〈월요일 이후에.〉

내가 말했지.

〈쯧쯧!〉

그가 말했네.

〈자네 정도의 지능을 가진 사람이라면, 이 일이 단 한 가지 결과

만을 가져온다는 걸 알고 있을 거야. 자네는 이제 물러서야 하네. 일을 이런 식으로 만들었기 때문에, 우리가 대응할 수 있는 방법은 단한 가지뿐이야. 자네가 일을 해결하려고 애쓰는 모습을 보면서 나는 지적인 즐거움을 느꼈지. 그러니까 솔직하게 말하는 말인데, 극단적인 방법을 써야한다면 나로서는 슬픈 일이 될 거야. 자네는 웃고 있지만, 이건 분명한 사실이라는 걸 보증하지.〉

〈위험은 내 직업의 일부분이오.〉

내가 말했지.

〈이건 위험이 아니야.〉

그가 말했네.

〈피할 수 없는 파멸이지. 자네가 맞서고 있는 건 한 개인이 아니라, 강력한 조직이네. 자네의 영리함으로는 전체를 파악하지도 못할 엄청난 조직이야. 깨끗이 물러서게, 홈즈. 아니면 발밑에 깔리게 될 테니까.〉

〈유쾌한 대화를 하다 보니,〉

나는 자리에서 일어나면서 말했네.

〈다른 곳에 중요한 일이 있다는 걸 잊고 있었소.〉

그도 역시 일어서며 아무 말 없이 나를 쳐다보더니, 딱하다는 듯이 고개를 저었네.

〈그렇다면, 좋아.〉

이윽고 그가 입을 열었네.

〈애석한 일이지만, 내가 할 수 있는 건 다했군. 자네가 하는 일은 속속들이 잘 알고 있지. 월요일까지는 아무 일도 할 수 없을 거야. 이건 자네와 나와 싸움일세, 홈즈. 자네는 내가 피고석에 앉길 바라고 있겠지. 내가 말하건대, 절대 그런 일은 없을 거야. 나를 이기길 바라고 있겠지. 내가 말하건대, 그런 일도 절대 없을 거야. 나를 파멸시킬 만큼 자네가 똑똑하다면, 나도 자네에게 똑 같이 할 수 있다는 것도 확실히 알아둬야지.〉

〈모리아티 교수, 내게 칭찬을 해주셨으니,〉

내가 말했네.

〈보답으로 한 마디 하겠소. 당신을 완전히 파멸시킬 수 있다면, 공공의 이익을 위해 나 자신을 기꺼이 희생할 거요.〉

〈파멸하는 건 자네일 뿐, 내가 아니라는 걸 약속하지.〉

그는 이렇게 소리치며, 굽은 등을 돌리더니 좌우를 살피며 방을 나갔네.

이것이 모리아티 교수와 내가 나눈 단 한 번의 대화일세. 나는 그리 기분이 좋지 않았네. 그의 차분하고 명료한 말투는, 시정잡배들이 흉내 낼 수 없는 확실한 설득력이 있었지. 물론, 자네는 이렇게 말할 테지. 〈왜 경찰을 불러 그를 감시하지 않는가?〉라고 말이야. 나를 공격할 자는 그의 부하일 거라는 확신이 있기 때문일세. 그렇다고 볼 수 있는 분명한 증거가 있네."

"벌써 습격을 당한 건가?"

"이보게, 왓슨. 모리아티 교수는 느긋하게 기다리는 사람이 아니야. 정오쯤에 몇 가지 일을 보러 옥스퍼드 가에 갔었네. 벤팅크 가(街)에서 나와 웰벡 가(街) 교차로로 향하는 모퉁이를 돌아가는 순간, 말 두 마리가 끄는 소형마차가 맹렬한 기세로 나타나 마치 번갯불처럼 빠르게 나를 덮쳐오더군. 나는 인도로 뛰어올라, 간발의 차이로 목숨을 구할 수 있었네. 마차는 순식간에 메릴레번 길로 사라졌지. 왓슨, 나는 그 후부터 인도로만 걸었네. 그런데 비어 가(街)를 걸어가는 데, 어떤 집의 지붕에서 벽돌 하나가 떨어지더니 내 발 앞에서 산산조각이 났어. 경찰을 불러 그 곳을 조사했지. 지붕에는 수리하기 위해 준비해둔 슬레이트와 벽돌이 쌓여있었네. 바람이 불어서 그 중 하나가 떨어진 것이라고 믿게끔 꾸며놓은 것이었지. 물론 누가 했는지 잘 알고 있었지만, 증거가 없었네. 그 다음에는 마차를 잡아타고 펠멜에 있는 형의 집으로 가, 그곳에서 낮 시간을 보냈어. 그리고 자네를 만나러 들른 것인데, 오는 도중에 곤봉을 든 불량배의 습격을 받았지. 그 녀석을 때려눕히고 경찰에게 인계했네. 하지만 단언하건대, 앞니로 내 주먹에 상처를 낸 자와, 10마일이나 떨어진 곳에서 칠판에 문제를 풀고 있는 퇴직 수학교수와의 연관성은 절대 찾아내지 못할 걸세. 왓슨, 이제 알 테지. 그래서 내가 이 방에 들어오자마자 덧문을 닫았고, 집을 나갈 때는 앞문보다 덜 눈에 띄는 곳으로 가겠다고 부탁하게된 거야."

내 친구의 용기에 감탄한 적은 자주 있었지만, 평온하게 앉아 하루를 공포 속에서 보내게 한 일련의 사건들을 하나하나 얘기하는 것을 보니 더욱 경탄하지 않을 수가 없었다.

"여기서 밤을 보낼 건가?"

내가 물었다.

"아닐세, 친구. 나는 위험한 손님이 될 거야. 계획은 다 세워놨으니, 모두 잘 될 걸세. 현재는 내 도움이 없이도 그들을 체포할 수 있도록 조치해놓았네. 재판 때는 내가 출석해야겠지만 말이야. 그러니까 경찰이 행동에 나설 수 있을 때까지 남은 며칠 동안, 나는 피신해 있는 것이 가장 좋은 방법이지. 자네가 나와 함께 유럽 대륙으로 가준다면 정말 기쁘겠네."

"병원은 한가하고,"

내가 말했다.

"돌봐줄 이웃도 있으니까, 기꺼이 같이 가겠네."

"그럼 내일 아침 출발할까?"

"그래야 한다면."

"오, 맞아. 꼭 그래야 한다네. 그러면 자네가 해야 할 사항을 알려주지. 왓슨, 부디 글자 그대로 따라주기를 부탁하겠네. 자네는 지금 가장 영악한 악당이며 유럽에서 가장 강력한 범죄 조직을 상대로, 나와 함께 속고 속이는 게임을 하고 있는 걸세. 자, 그럼 잘 듣게! 가져갈 짐을 싸서 믿을 만한 심부름꾼을 통해 오늘 밤 빅토리아역으로 보내되, 주소는 쓰지 말아야 하네. 아침에는 사람을 보내 이륜마차를 부르는데, 첫 번째나 두 번째 오는 마차는 그냥 보내라고 하게. 마차에 올라타면 스트랜드 길 쪽에 있는 로더 아케이드[05]로 가게. 행선지는 종이에 적어서 마부에게 주는데 내버리지 말라고 부탁해야 하네. 마차 요금은 미리 준비해두었다가 마차가 멈추면 즉시 준 다음, 아케이드를 뛰어서 통과하는데, 아홉 시 십오 분에 반대편에 도착하도록 하게. 작은 브루엄 마차가 보도에 가까이 서있을 거야. 칼라에 빨간

---

05 Lowther Arcade : 작은 상점들이 모여 있는 상가. 1900년대 들어서 사라짐.

띠를 두른 커다란 검은 망토를 입은 친구가 타고 있을 걸세. 그 마차를 타면, 대륙행 급행열차 시간에 맞춰 빅토리아 역에 도착할 수 있을 거라네."

"자네를 어디서 만나는 건가?"

"기차역일세. 앞에서 두 번째 일등석 칸을 예약해 놨어."

"그럼, 우리가 만나는 장소는 기차 안인가?"

"그렇지."

그날 밤 홈즈에게 자고가라고 권했지만 허사였다. 그는 자신이 집 안에 머물게 된다면 문제를 일으킬 거라 생각하고, 굳이 가려는 것이 틀림없었다. 내일 계획에 대해 서둘러 얘기를 끝낸 다음 그는 자리에서 일어났고, 나와 함께 정원으로 나갔다. 그는 모티머 가(街) 쪽으로 향하는 담을 넘어 갔다. 곧이어 마차를 부르는 휘파람 소리, 그가 마차를 타고 떠나는 소리가 들려왔다.

아침이 되자, 나는 홈즈가 지시한 그대로 따랐다. 아침식사를 마치고, 저들이 미리 준비해놨을 법한 마차는 피해서 골라 탄 뒤, 곧장 로더 아케이드로 향했다. 마차에서 내려서는 최대 속도로 달려 아케이드를 통과했다. 브루엄 마차가 대기하고 있었는데, 검은 색 망토를 두른 아주 뚱뚱한 마부가 타고 있었다. 내가 마차에 오르자마자 마부는 말 등 위로 채찍을 휘둘렀고, 빅토리아 역을 향해 덜컹거리며 출발했다. 내가 역에서 내린 후에, 그 마부는 마차를 돌리더니 내 쪽은 쳐다보지도 않고 달려가 버렸다.

여기까진 모든 일이 훌륭했다. 짐은 와 있었고, 홈즈가 알려준 기차 칸도 어렵지 않게 찾을 수 있었다. 〈예약〉이라고 붙여놓은 칸은 단

하나 밖에 없었다. 이제 걱정은 오직 홈즈가 나타나지 않았다는 것 뿐이었다. 역의 시계를 보니 출발 시간까지 겨우 7분이 남아있었다. 여행객이나 전송 나온 사람들 무리 속에서 내 친구의 민첩한 모습을 찾아보았지만 보이지 않았다. 그는 어디에도 없었다. 나이 지긋한 이탈리아 성직자가, 짐꾼에게 짐을 파리로 보내고 싶다는 말을 서툰 영어로 하느라 애쓰고 있기에, 도와주느라 몇 분이 지나갔다. 그리고 나서 다시 한 번 둘러본 후 기차로 돌아와 보니, 이탈리아 노인이 내 여행의 길동무라도 되는 듯 자리에 앉아 있었다. 짐꾼이 차표도 확인하지 않고 태운 것 같았다. 나는 그에게 다른 사람 자리를 차지하고 있는 거라고 설명했지만 소용이 없었다. 내 이탈리아어는 그의 영어보다도 못했기 때문이었다. 그래서 어깨를 들썩이며 포기하고, 걱정스런 마음으로 창밖을 내다보며 내 친구를 찾아 두리번거렸다. 그가 나타나지 않는 것은 지난 밤 습격을 당한 까닭이 아닐까 하는 생각이 들자, 두려움에 온몸이 오싹해졌다. 벌써 기차문은 모두 닫혔고, 기적이 울렸다. 그때였다.

"이보게, 왓슨."

목소리가 들렸다.

"자네는 아침 인사도 하지 않는군."

나는 소스라치게 놀라며 몸을 돌렸다. 늙은 성직자의 얼굴이 나를 향하고 있었다. 순간, 주름은 펴지고, 턱 쪽으로 늘어져 있던 코는 위로 올라갔다. 튀어나와있던 아랫입술은 들어가고, 중얼거림은 멈췄으며, 흐릿하던 눈은 반짝임을 되찾았고, 축 늘어졌던 몸은 생기를 찾았다. 다음 순간, 이 모든 모습이 무너져 내리고, 홈즈는 나타났을 때처럼 빠르게 사라져 버렸다.

"이런 세상에!"

나는 소리쳤다.

"어째서 이렇게 놀라게 하는 건가!"

"아직까지는 조심해야 하네."

홈즈는 낮은 목소리로 말했다.

"그들이 내 뒤를 바짝 따라오고 있어. 아, 저기 모리아티가 직접 나왔군."

홈즈가 말하는 동안 기차는 이미 움직이기 시작했다. 뒤를 돌아보자, 키 큰 남자가 맹렬히 사람들 사이를 헤치고 나와, 기차를 멈추게 하는 듯 손을 흔들어 댔다. 하지만 그건 너무 늦었다. 우리가 탄 기차는 빠르게 탄력을 받았고, 잠깐 사이에 역을 벗어났다.

"최대로 조심한 덕에, 겨우 빠져나올 수 있었군."

홈즈는 이렇게 말하며 웃었다. 그는 일어나, 변장하느라 입었던 성직자의 검은 옷과 모자를 벗어 손가방에 집어넣었다.

"왓슨, 아침 신문을 읽어봤어?"

"아니."

"그럼, 베이커 가에 대해서 모르겠군?"

"베이커 가?"

"지난 밤, 그들이 우리 방에 불을 질렀네. 큰 피해는 없었어."

"세상에! 홈즈! 도저히 참을 수 없는 일이군!"

"곤봉으로 날 공격했던 자가 체포된 후에 내 행적을 완전히 잃어버렸던 모양이야. 그렇지 않다면 내가 집에 돌아갔다고 생각할 이유가 없지. 분명 그들은 예방책으로 자네도 감시하고 있었을 걸세. 그래서 모리아티가 빅토리아 역까지 나타난 거지. 오는 동안 실수한 것은 없었겠지?"

"자네가 얘기한 그대로 했네."

"브루엄 마차를 찾았나?"

"응. 대기하고 있더군."

"마부가 누군지 알아챘어?"

"아니."

"내 형, 마이크로프트였네. 이와 같은 경우에는 돈을 주고 고용하는 사람은 쓰지 않는 게 확실하기 때문이지. 그런데 이제 모리아티에 대해 어떻게 대응할 지 계획을 세워야 하네."

"이건 급행열차이고, 배와 연계되어 있으니, 아주 효과적으로 모리아티 교수를 따돌린 것 같은데."

"이보게, 왓슨. 이 자는 나와 지적으로 동등한 수준이라고 말했던 의미를 잘 파악하지 못한 것이 분명하군. 만일 내가 추적자라면 이런 작은 장애물 하나 때문에 포기할 것이라고 생각하진 않겠지. 그런데 왜 그를 그렇게 얕잡아보는 건가?

"그렇다면, 그가 어떻게 할 것 같은가?"

"내가 하려는 대로 하겠지."

"그럼, 자네는 어떻게 할 건데?"

"특별 열차를 세내야지."

"하지만 그건 늦을 텐데."

"전혀 아니야. 이 기차는 켄터베리에 정차하네. 그리고 배는 항상 적어도 십오 분 정도는 연착하지. 그러니 우릴 따라잡을 수 있네."

"사람들이 보기엔 우리가 범죄자인 것 같겠군. 그 자가 오면 체포해버리세."

"그러면 석 달 동안 공들인 일이 실패로 돌아가네. 큰 고기는 잡겠지만, 작은 녀석들은 그물을 벗어나 사방으로 튀어 달아날 거야. 월요일에 그들 모두를 잡아야하네. 안되지. 체포하는 건 절대 허락할 수가 없어."

"그러면 어떻게 할 건가?"

"우리는 캔터베리에서 내리네."

"그 다음엔?"

"음, 그 다음엔 지방 도로를 따라 뉴헤이븐으로 가야지. 거기서 디에프[06]로 건너갈 걸세. 모리아티는 내가 하는 방식대로 할 거야. 파리로 가서 우리 짐에 표시를 해둔 다음, 보관소에서 이틀을 기다리겠지. 그동안에 우리는 여행용 가방을 두 개 사서, 지나가는 지방에서 필요한 물건을 구입하고, 여유를 즐기며 룩셈부르크와 바젤[07]을 거쳐 스위스로 가는 거야."

나는 여행을 많이 다녀본 사람이기 때문에 짐을 잃어버리는 건 그리 큰 불편이 아니었다. 하지만, 이루 다 말할 수 없는 악행으로 가득 찬 기록을 가진 자에게 쫓겨 다니고 숨어야한다는 생각에, 솔직히 불쾌해졌다. 하지만 나보다는 홈즈가 상황을 잘 파악하고 있다는 것은 분명했다. 그래서 우리는 캔터베리에 내렸는데, 뉴헤이븐으로 가

---

06 Dieppe : 프랑스 북서부에 있는 항구 도시.

07 Basle : 프랑스, 독일과 국경을 마주하고 있는 스위스의 도시.

는 기차를 타려면 한 시간을 기다려야 했다.

나는 내 옷을 싣고 빠르게 멀어지는 기차 화물칸을 조금은 안타까운 심정으로 바라보고 있었다. 그때 홈즈가 내 소매를 잡아당기며 저쪽을 가리켰다.

"저길 보게. 벌써 왔네."

저 멀리 켄터키 숲 사이로 옅은 연기가 올라오고 있었다. 일 분이 지나자 객차 하나를 단 기관차가 역으로 이어지는 모퉁이를 돌아오는 것이 보였다. 우리가 짐 더미 뒤로 몸을 숨기자마자, 그 기차는 덜컹거리는 굉음을 내며 지나갔다. 우리의 얼굴 위로 뜨거운 공기가 몰아쳤다.

"저기 가는군."

홈즈는 기차가 흔들거리며 전철기[08]를 지나가는 걸 바라보면서 말했다.

"우리 친구의 지능에도 한계가 있는 걸. 내가 생각하고 행동하는 그대로 추리해냈다면, 그야말로 놀라운 재능일 걸세."

"그런데 우리를 따라잡았으면 어떻게 했을까?"

"나를 죽이려고 공격해왔겠지. 그건 조금도 의심의 여지가 없네. 하지만 둘이 해볼 만한 게임이지. 현재 문제는, 여기서 이른 점심을 먹느냐, 아니면 뉴헤이븐에 있는 식당까지 허기를 참고 가느냐 하는 걸세."

우리는 그날 밤 브뤼셀에 도착했고, 그곳에서 이틀을 보낸 후 사

---

08 철도의 선로를 조정하기 위한 장치. 두 개의 선로가 만나는 지점에 설치하여, 열차가 다른 선로로 이동할 수 있게 한다. point

흘째 되는 날, 스트라스부르[09]로 갔다. 월요일 아침 홈즈는 런던 경찰에 전보를 보냈고, 저녁이 되자 호텔로 답장이 왔다. 홈즈는 그걸 열어서 보더니, 심한 욕설을 내뱉으며 벽난로 속으로 던져버렸다.

"미리 알았어야 했는데."

홈즈는 신음 소리를 냈다.

"그가 도망쳤네!"

"모리아티가?"

"그 자만 빼고 일당을 모두 잡았다는군. 경찰을 따돌린 모양이야. 물론, 내가 영국을 떠났으니 그를 상대할 사람이 아무도 없었지. 그래도 경찰 손에 모든 걸 쥐어줬다고 생각했었네. 왓슨, 자네는 영국으로 돌아가는 게 나을 것 같아."

"어째서?"

"나는 이제 위험한 동료이기 때문이네. 그 자는 할 일이 없어졌어. 런던으로 돌아간다면 붙잡히게 되겠지. 내가 그의 성격을 제대로 봤다면, 나에게 복수하는 일에 모든 힘을 쏟을 것이 틀림없네. 지난 번 짧은 대화를 나눴을 때도 그렇게 얘기했는데, 그건 빈 말이 아니야. 부디 자네는 병원 일로 돌아가 주길 바라네."

오랜 친구이자, 오랜 시간 함께 해온 나에게 그런 부탁은 받아들일 수 없는 것이었다. 우리는 스트라스부르에 있는 식당에 앉아 그 문제에 대해 반시간 동안 토론을 했다. 하지만 그날 밤 다시 여행을 시작하기로 했고, 우리는 제네바로 향했다.

---

09 Strasbourg : 프랑스 북동부에 있는 항구 도시.

론[10] 계곡에서 유쾌한 한 주를 보내고, 우리는 로이크를 지나 여전히 눈 속에 파묻혀 있는 젬미 고개[11]를 넘었다. 그리고 인터라켄을 거쳐 마이링겐으로 갔다. 즐거운 여행이었다. 아래로는 아름다운 녹색 빛의 봄이 있었고, 위로는 순백의 눈이 쌓인 겨울이 있었다. 하지만 홈즈는 자신에게 드리워진 검은 그림자를 한 순간도 잊어버리지 않고 있는 것이 틀림없었다. 정겨운 알프스의 마을에서든, 한적한 고갯길에서든, 재빨리 주위를 둘러보고, 지나가는 사람들의 얼굴을 면밀히 살피는 것을 보면 알 수 있었다. 어디를 가든, 우리를 뒤쫓는 위험에서 완전히 벗어날 수 없다고 그는 확신하고 있었다.

한 번은 이런 일이 있었다. 젬미 고개를 넘어 황량한 다우벤제 호숫가를 걷고 있을 때였다. 커다란 돌이 오른편 산등성이에서 요란한 소리를 내며 굴러와, 우리가 서있던 뒤편을 지나 호수로 빠졌다. 홈즈는 즉각 산등성이를 따라 올라가, 높은 산꼭대기에 서서 목을 길게 빼고 사방을 살펴보았다. 이곳은 봄철에 낙석이 흔한 곳이라고 안내인이 안심시켰지만, 소용이 없었다. 홈즈는 아무 말 없이, 예상했던 것이 그대로 되어서 만족하다는 투로 나에게 웃어보였다.

항상 경계를 게을리 하지 않았지만, 홈즈는 전혀 기운을 잃지 않았다. 그와는 반대로, 그토록 활력이 넘치는 모습을 이전엔 본 적이 없었다. 홈즈는 모리아티 교수로부터 이 사회를 구할 수 있다면, 자신의 경력에 마침표를 찍게 되더라도 기꺼이 받아들이겠다는 이야기를 계속 되풀이 했다.

---

10 Rhone : 알프스 빙하에서 시작해서 프랑스를 지나 지중해로 가는 강.
11 Gemmi Pass : 스위스 베른알프스 산맥에 있는 고개. 해발 2,314m.

"왓슨, 나는 내 인생을 헛되이 살지 않았다고 생각하네."

그가 말했다.

"내 사건 기록이 오늘 밤 끝난다하더라도, 나는 편안한 마음으로 바라볼 수가 있다네. 내가 있는 동안 런던의 분위기가 좀 나아졌지. 천 건이 넘는 사건 중에서 내 능력을 나쁜 쪽으로 쓴 적은 한 번도 없다네. 최근에 나는 인공적으로 만들어진 사회에서 일어나는 피상적인 일보다는, 자연이 제공하는 문제에 관해 더 관심을 가지게 되었지. 왓슨, 유럽에서 가장 위험하고 유능한 범죄자를 체포하거나 파멸시킴으로 내 경력에 최후의 장식을 하는 날, 자네가 쓰는 회상록은 끝을 맺을 것일세."

나는 이제 얼마 남지 않은 이야기를 간략하게, 하지만 정확하게 서술하고자 한다. 생각하고 싶지도 않은 주제이긴 하지만, 상세한 내용까지 빠뜨리지 않는 것이 내 의무일 것이다.

마이링겐의 작은 마을에 도착한 것은 5월 3일이었다. 우리는 피터 스타일러 노인이 운영하는 영국식 여관에 짐을 풀었다. 여관주인은 지적인 사람으로, 런던의 그로브너 호텔에서 삼 년간 웨이터로 일한 경력이 있어 영어를 유창하게 했다. 그의 조언에 따라, 우리는 산을 넘어 로젠라우이 마을에서 밤을 지내기로 하고, 4일 오후에 길을 떠났다. 그런데 여관주인은 산중턱에 있는 라이헨바흐 폭포[12]를 절대 그냥 지나치지 말라고 신신당부를 하며, 조금만 우회하면 그곳에 갈 수 있다고 했다.

---

12 저자, 코난 도일은 1893년, 아내와 함께 스위스를 방문해 라이헨바흐 폭포를 직접 보았다

그곳은 정말 무서운 곳이다. 눈이 녹아 불어난 급류가 거대한 나락으로 쏟아져 내리고, 불타는 집에서 피어나는 연기처럼 물보라가 뭉게뭉게 솟아오른다. 강물은 기둥이 되어, 반짝이는 검은 돌 사이의 거대한 틈 사이로 떨어지는데, 그 기둥이 점점 가늘어져서 깊이를 헤아릴 수 없는 구멍으로 들어가고, 그 안에선 격렬하게 물이 들끓듯 포말이 튀어 올라 들쭉날쭉한 가장자리로 넘쳐흐른다. 긴 초록색 물줄기는 포효하며 하염없이 떨어지고, 짙은 물보라가 만드는 장막은 치찰음을 내며 끊임없이 아른거리며 올라온다. 한없이 계속되는 소용돌이와 아우성으로 사람은 현기증을 일으킨다. 우리는 가장자리 가까운 곳에 서서, 저 아래 검은 바위에 부딪쳐 부서지는 물의 섬광을 바라보았고, 깊은 나락에서 물보라와 함께 윙윙거리며 들리는 인간의 목소리를 닮은 외침을 들었다.

폭포의 중간쯤에 전경을 볼 수 있는 길이 나있지만, 갑자기 막다른 길이 되어 여행객은 왔던 곳으로 돌아가야 했다. 우리가 그 길에서 돌아섰을 때, 스위스 청년이 손에 편지를 쥐고 이쪽으로 달려오는 모습이 보였다. 편지에는 방금 떠나온 여관의 표시가 있었는데, 여관 주인이 내게로 보낸 것이었다. 우리가 떠나고 얼마 지나지 않아 폐병 말기의 영국인 부인이 도착했다는 내용이었다. 그 부인은 다보스 플라츠[13]에서 겨울을 보내고 루체른에 있는 친구들을 만나러 여행하던 중인데 갑자기 심각한 내출혈이 시작되었다는 것이다. 몇 시간 밖에 못살 것 같지만, 영국인 의사가 봐준다면 큰 위로가 될 것 같으니 나

---

13   Davos Platz : 스위스의 휴양지. 스키장으로도 유명하다.

보고 돌아와 주길 바란다는 이야기였다. 마음 착한 스타일러 씨가 추신으로 말하기를, 그 부인은 스위스 의사는 절대 싫다고 거부하고 있고, 자신이 큰 책임감을 느낀다며, 내가 승낙해주면 정말 감사하겠다고 했다.

그건 무시할 수 없는 간청이었다. 낯선 땅에서 같은 나라의 여인이 죽어가면서 요청하는 것을 거절하기란 불가능했다. 하지만 홈즈를 떠나는 것 때문에 망설여졌다. 결국, 내가 마이링겐에 다녀오는 동안 편지를 전해준 스위스 청년이 가이드 겸 말동무로 그의 곁에 남기로 결정했다. 홈즈는 폭포에 잠시 머물러 있다가 천천히 산을 넘어서 로젠라우이로 갈 테니, 저녁 때 그곳에서 만나자고 했다. 내가 돌아설 때, 홈즈는 등을 바위에 기대고 팔짱을 낀 채로 흘러내려가는 폭포수를 바라보고 있었다. 그것이 내가 이 세상에서 마지막으로 본 홈즈의 모습이었다.

내리막 끝에 이르렀을 즈음 나는 뒤를 돌아보았다. 그곳에서 폭포를 보는 것은 불가능했지만, 산등성이를 돌아 폭포로 이어지는 길은 눈에 들어왔다. 그 길을 어떤 남자가 매우 빠른 속도로 걸어가던 것을 나는 기억한다. 녹색을 배경으로 그의 검은 형태를 뚜렷하게 볼 수 있었다. 그 남자의 모습과 열성적인 걸음이 내 주의를 끌었지만, 서둘러 내 갈 길을 가면서 잊어버리고 말았다.

마이링겐에 도착하기까지 한 시간이 조금 더 걸렸다. 스타일러 노인은 여관 입구에 서 있었다.

"저기,"

나는 서둘러 다가가며 물었다.

"부인은 더 나빠지진 않았겠지요?"

그의 얼굴에 놀라운 표정이 스쳐가며 눈썹이 떨리는 것을 보자, 내 가슴 속 심장이 싸늘하게 얼어붙는 것 같았다.

"이 편지를 쓰지 않았습니까?"

나는 주머니에서 편지를 꺼내서 주며 말했다.

"여관에 아픈 영국부인이 없단 말입니까?"

"물론 없지요."

그가 큰 소리로 말했다.

"헌데, 여기 여관 표시가 있군요! 하! 당신들이 떠난 후에 온 키 큰 영국인이 쓴 것 같습니다. 그 사람이 말하기를……."

하지만 나는 여관 주인의 설명을 기다리고 있을 수가 없었다. 두려움이 온 몸을 쑤시는 것을 느끼며, 나는 이미 마을길을 달려가고 있었다. 그리고 방금 내려왔던 길로 다시 올라갔다. 내려오는 데는 한시간이 걸렸다. 모든 노력을 다했는데도 라이헨바흐 폭포까지 다시 가는데 두 시간이나 걸리고 말았다. 내가 홈즈를 떠났던 자리에, 여전히 그의 등산용 지팡이가 바위에 기대어 놓여 있었다. 하지만 그의 모습은 보이지 않았고, 소리쳐 불러도 소용이 없었다. 돌아오는 대답은 주위를 둘러싼 절벽에서 메아리치는 내 목소리뿐이었다.

나를 오싹하게 만들고, 괴롭히는 것은 등산용 지팡이였다. 그렇다면, 홈즈는 로젠라우이에 가지 않았다. 한쪽은 수직으로 뻗은 절벽, 다른 쪽은 깎아지른 낭떠러지인데다, 폭이 3피트 밖에 안 되는 길 위에서 홈즈는 적에게 따라잡힌 것이다. 그 스위스 청년도 역시 사라졌다. 그는 아마도 모리아티에게 고용된 자로, 두 사람만 남겨두고 가버

370

렸을 것이다. 그리고 무슨 일이 일어났을까? 어떤 일이 일어났는지 누가 말해줄 수 있을까?

나는 끔찍한 상황에 정신이 멍해져서, 잠시 동안 서서 정신을 추슬렀다. 그러다 나는 홈즈의 방식을 기억해내고, 이 비극을 파악하려고 애쓰기 시작했다. 아, 그건 너무도 간단한 일이었다. 이야기를 하느라 우리는 길 끝까지 가지 않았고, 우리가 서있던 장소는 등산용 지팡이가 알려주고 있었다. 거무스름한 땅은 끊임없이 떨어지는 물보라로 언제나 부드러웠기에 새가 밟은 자국도 남아있을 정도였다. 내가 있는 곳에서부터 발자국 두 개가 길 끝 쪽으로 선명하게 이어져 있었다. 돌아온 자국은 없었다. 땅 끝에서 몇 야드 떨어진 곳에 흙이 짓밟혀 진창이 된 곳이 있었고, 바위틈에서 자라는 가시나무와 양치류 식물은 찢겨지고 더렵혀져 있었다. 나는 뿜어져 올라오는 물보라를 맞으며, 바닥에 엎드려 아래쪽을 살펴보았다. 내가 떠난 후 날이 어두워졌기 때문에, 내가 볼 수 있는 것은 검은 벽 여기저기서 반짝이는 물방울과, 저 아래 맨 끝에서 물기둥이 부딪쳐 부서지는 섬광뿐이었다. 나는 소리 질렀다. 하지만 내 귀로 돌아온 건, 사람의 비명을 닮은 폭포 소리 밖에 없었다.

그러나, 나의 친구이자 동료인 홈즈의 마지막 인사는 이미 준비되어 있었다. 아까 말했듯이, 그의 등산용 지팡이는 길가의 튀어나온 바위에 기대어 세워져 있었다. 그 돌 위에서 무언가 반짝이는 것이 내 눈에 들어왔다. 손을 내밀어 만져보았더니, 홈즈가 가지고 다니는 은제 담배 케이스였다. 그걸 집어 들자, 그 밑에 놓여있던 작고 네모난 종이가 펄럭이며 바닥으로 떨어졌다. 펼쳐보니, 그의 수첩에서 세 쪽의 종이를 찢어내, 나에게 쓴 편지였다. 그의 성격답게 수신인이 정확했으며, 서재에서 쓴 것처럼 안정되고 명확한 글씨였다.

친애하는 왓슨에게

모리아티의 배려로 몇 자 남긴다네. 그는 우리 사이에 놓인 문제를 마지막으로 논의하고자, 내 일이 끝나기를 기다리고 있네. 그는 영국 경찰에게서 벗어난 방법과, 우리들의 움직임을 파악할 수 있던 방법을 간략하게 설명해주었지. 그의 능력은 역시 내가 생각한 대로 대단한 것이었어. 나는 그가 더 이상 이 사회에 해를 끼치지 않을 것을 생각하니 기쁜 마음이라네. 하지만 나의 친구들에게, 특히 왓슨 자네에게 고통을 안겨주는 대가를 치러야한다니 걱정스럽군. 그렇지만 자네에게 이미 설명했듯이, 나의 생애는 중대한 국면에 다다랐고, 이보다 더 나에게 어울리는 결론은 찾을 수 없을 걸세. 사실대로 고백하자면, 나는 마이링겐에서 온 편지가 속임수라는 걸 분명히 알고 있었네. 이와 같은 일이 생길 것이란 확신 아래, 자네를 떠나보낸 것일세. 패터슨 경감에게 그 일당의 유죄를 입증할 문서는 〈모리아티〉라고 적은 파란 봉투에 넣어, 서류 정리함 M 항목에 두었다고 전해주게나. 나는 영국을 떠나기 전, 재산을 처분해서 나의 형 마이크로프트에게 넘겨주었네. 부인께 인사를 전해주시게. 자네는 나의 진정한 친구였다네.

셜록 홈즈로부터.

나머지 이야기는 몇 마디면 충분할 것이다. 전문가의 조사 결과, 두 사람 사이에 싸움이 벌어졌고, 서로를 붙들고 뒤엉킨 채로 떨어진 것이 틀림없다고 했다. 이러한 장소에서 그런 결과는 피할 수 없는 것이었다. 시신을 건져낼 희망은 전혀 없었다. 소용돌이치고 거품이 끓어오르는 끔찍한 가마솥 같은 곳, 그 깊은 바닥에는 가장 위험한 범죄자와 이 시대 최고 법의 수호자가 영원토록 누워있을 것이다. 그 스위스 청년은 다시 나타나지 않았는데, 모리아티가 고용하고 있던 수많은 부하 중 하나였음은 의심할 여지가 없었다. 그 일당에 대해서 얘기하자면, 홈즈가 수집한 증거가 그 조직을 얼마나 완벽하게 폭로했는지, 죽은 그의 손이 얼마나 그들을 압박했는지, 오래도록 대중의 기억 속에 남아있을 것이다. 그들의 대단한 두목에 대해선 재판과정에서 상세한 얘기가 나오지 않았다. 내가 그의 이력을 명백하게 서술하게 된 까닭은, 내게는 세상에서 가장 훌륭하고, 가장 지혜로웠던 사람으로 영원히 기억될 홈즈를 공격함으로써, 모리아티의 죄악을 지우고자 애쓰는 지각없는 옹호자들이 있기 때문이다.

셜록 홈즈의 회상록

초판 1쇄 인쇄 2009년 12월 18일
초판 1쇄 발행 2009년 12월 23일

지은이 아서 코난 도일
옮긴이 강의선
발행인 모지희
발행처 부북스
편집인 신현부

주소 100-835 서울시 중구 신당2동 432-1628
전화 02-2235-6041
팩스 02-2253-6042
이메일 boobooks@naver.com
출판등록 제2-4326호

ISBN 978-89-93785-05-0   04840

잘못된 책은 바꾸어 드립니다.